고교생이 알아야 할 세계 단편소설

1

구 인 환
(서울대 교수, 문학박사)

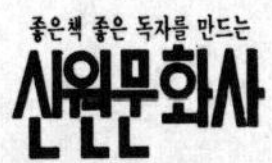

머 리 말

세상은 쉴 새 없이 변한다. 어쩌다 보면 빌딩이 서 있고 세계 어느 곳에서 일어나는 일도 몇 시간 안에 다 생생하게 알게 된다. 시간은 그대로 흘러가는 것이 아니고, 무엇인가 흔적을 남겨 놓고 빨리 지나간다. 오늘은 벌써 오늘이 아니고 어제로 변하고, 내일은 새로운 얼굴의 오늘로 다가온다. 옛날에 품었던 인류의 꿈은 벌써 실현되어 그때의 시각으로 보면 낙원이 된 지 오래다. 문 열어라 뚝딱, 문 닫아라 뚝딱 하는 도둑의 보굴(寶窟) 이야기도 전자산업의 발달로 실현된 지 이미 오래고, 앉아서 삼천 리 서서 구만 리 하던 옛말도 컴퓨터와 레이저광선 등 첨단과학의 발달로 실용화된 지 이미 오래다. 그러니 눈 깜짝할 사이에 세상은 변하여 문화의 발자취를 남기고 흘러간다.

이젠 산 속 깊이 숨어서 세상을 등지고 살 수는 없게 되었다. 제 아무리 숨어도 부처님 손바닥을 벗어날 수가 없다. 서로 바라보고 서로 알면서 서로 주고받으며 살아야 하는 세상이다. 잘못하면 우물 안의 개구리가 되어 자기만 알고 제일로 착각하는 유아 독존(唯我獨尊)의 과오를 범하기 쉽다. 그 결과는 가장 보기 싫은 꼴이 되고 만다. 그것은 닫혀진 공간의 개방에 의한 상호 교류와 수용에 의한 국제화 시대가 되고 있음을 알 수 있다. 바로 이것이 정보 시대요, 세계가 하나가 되어 가는 응집의 양상이요, 공동의 현상이다.

　문학도 이와 마찬가지다. 외국 문학의 수용과 그 감상이 절실해지고 있다. 세계의 뛰어난 문학 작품을 읽고 이해하여 그 나라의 생활 양상과 삶의 의미, 그리고 세계를 어떻게 인식하고 있는가, 그리고 어떻게 소설을 형상화하고 있는가를 살피는 것이 바로 그것이다. 그럼으로써 세계 속의 한국문학 양상을 알 수 있고, 문학의 보편성과 항구성을 이해하게 될 것이다. 우리가 〈햄릿〉, 〈맥베스〉, 〈오셀로〉, 〈리어왕〉과 같은 셰익스피어의 4대 비극을 읽고, 괴테의 〈젊은 베르테르의 슬픔〉, 모파상의 〈여자의 일생〉, 앙드레 지드의 〈좁은 문〉, 헤밍웨이의 〈노인과 바다〉, 톨스토이의 〈부활〉, 도스토예프스키의 〈죄와 벌〉, 체호프의 단편이나 카프카의 〈변신〉, 노신의 〈아Q정전〉 등을 읽는 것도 바로 그 작품 속에 나타나 있는 그 나라의 삶의 양식과 인간상을 이해하고 소설미학을 알기 위한 것이다.

　이에 다음 사항에 유의하면서 대학수학능력시험이나 본고사를 준비하는 입시생은 물론, 일반 교양인에게 외국 문학을 이해하고 감상하는 충실한 길잡이가 되기 위하여 이 세계 단편소설집을 상재한다.

1. 외국의 소설에서, 문학사에 빛나는 금자탑이 될 만한 작품을 골라 엄격하고도 충실한 번역으로 외국 소설을 이해하도록 했다.
2. 각 작품마다 '읽기 전에'에서 이 작품은 무엇에 중점을 두고 읽을 것인가를 제시하고, '작가 소개', '줄거리', '작품 해설'을 더하여 작품을 깊게 이해하고 상상력을 심화시키고 사고력을 기르는 길을 안내하고, 끝으로 문제를 내어 그 결과를 확인하도록 했다.
3. 작품을 보다 깊이 이해하기 위해서 소설의 기법이나 용어의 해설을 붙였다.

이런 의도로 엮어진 《고교생이 알아야 할 세계 단편소설》이 대학수학능력시험이나 본고사를 준비하는 입시생은 물론 교양을 위해 읽을, 많은 일반 독자들의 등불이 되기를 기대하면서, 희노애락이 얽힌 삶의 의미와 그 총체성을 이해하고, 형상화에 의한 창조의 신비성을 음미하면서 작품을 읽고 즐겨 문학적 문화가 고양되기를 기대한다.

끝으로 레저화의 대상이 되는 대중물의 출판에 기우는 상황에서 이러한 책을 상재하는 신원영 사장에 감사하고, 기획에서부터 동분 서주한 윤석원 주간과 교정과 제작에 수고하는 모든 분에게 감사하면서, 이 《고교생이 알아야 할 세계 단편소설》이 소기의 성과를 이루기를 빈다.

1994년 싱그러운 신록을 바라보면서,
구 인 환

고교생이 알아야 할 세계 단편소설 · 1

차 례

소 모 는 두 상 인

☞ 읽기 전에

> 1. 사소한 오해로 왜 해리를 죽이는가를 살펴보자.
> 2. 두 사람의 성격의 차이가 어디서 오는지 알아보자.

　이야기는 도운 페어를 떠난 다음날 일로 시작된다. 꽤 활기를 띤 장[市]이었다. 잉글랜드의 북부와 중부에서 적지않은 가축 상인들이 모여들어 잉글랜드의 돈푼깨나 뿌려졌는지 하일랜드의 농부들은 기뻐했다. 아무튼 상당히 큰 가축 떼를, 그것도 여러 떼를, 잉글랜드까지 보내는 것이다. 매주(買主) 자신이 몰고 가는 경우도 있지만 그러나 사들인 시장에서 멀리, 나중에는 도살장 보내기에 알맞도록 살찌게 하는 농장까지 몇 백 마일을 몰고 가는 일은 힘만 들고, 거기에다 책임이 무겁고 꽤 지루한 일이었다. 그래서 그 중에는 전문적인 소몰이꾼을 고용하여 시키기도 한다.

　그런데 하일랜드 지방의 사람들은 특히 이 까다로운 소몰이의 굉장한 베테랑이었다. 전쟁(戰爭) 장사에 있어서도 그렇지만 이 일에도 적격이었다. 가난을 극복하고 훌륭한 행동력을 발휘하는 습성의 좋은 수련이 된다는 것이었다. 그러면 먼저 큰 길을 될수록 피하고 황무지대를 질러가도록 해서 소위 가축용 루트를 완전히 알 필요가 있었다. 큰 길은 자칫 소의 다리를 아프게 하기 일쑤이고 또 도중에 몇몇 유료 관문(有料關門)이 있어 소몰이꾼들의 두통거리였다. 그에 반해서 길조차 없는 습지대를 질러가는 넓다란 푸른 들, 회색의 오솔길은 소도 힘 안 들이고 편히 걷고 더구나 마음 내키면 가다가 약간의 먹이를 뜯을 수도 있었다. 해가 저물면 소몰이꾼들은 대개 비가 오든, 바람이 불든 가축 곁에 벌렁 누워 잔다. 로카벨에서 링카샤까지는 도보행이지만 이들 건장한 소몰이꾼들은 거의 하룻밤도 지붕 밑에서 자는 일이 없었다. 물론 보수는 퍽 많았다. 가축을 목적지인 시장까지 잘 보내어 가축업자들의 벌이가 되기 위해서는 뭣보다도 이들 소몰이꾼들의 기전(氣轉), 감독, 정직함이 열쇠였고 그런 의미에서 그들의 신뢰도 여하는 매우 중요했기 때문이었다. 그런데도 그들의 비용은 일체 자기 부담이었다. 그래서 그들은 매우 구두쇠였다. 지금 이야기의 무렵을 보더라도 보통 하일랜드 태생의 소몰이꾼들은, 이 긴 고생스런 여행을 하는 동안, 대개 한 끼의 양을 기껏 귀리 두세 줌, 둥근 파 이것 또한 두세 개를 여러 번 되풀이하고 그 밖에는 양의 뿔에다 채운 위스키, 그것을 아침과 밤에 으레 찔끔찔끔 마실 뿐이었다.

또 무기라고 하면 팔 아래 감추든가 슬쩍 체크 무늬의 어깨걸이(하일랜드 지방에선 겨울 외투로 쓰인다) 사이에 감추어 둔 단검만이 유일한 것, 그 외는 소 떼를 모는데 쓰는 작대기 하나뿐이었다. 그러나 하일랜드의 사람들에게는 이 소몰이의 여행처럼 즐거운 것은 없었다. 첫째로, 여행의 처음부터 끝까지 희한한 변화가 있고 그것이 켈트 사람의 천성적 호기심과 좋아하는 방랑성을 자극했다. 장소가 바뀌면 물건도 다르다. 가다가 당연히 일어나는 조그마한 일, 여러 농민, 목축업자, 장사꾼들과 대하는 즐거움,

그리고 종종 있는 술타령 같은 것이 이들 하일랜드 사나이에겐,
돈은 없더라도 즐거웠다. 거기다 억센 힘에 대한 자신과 긍지가
있었다. 하일랜드의 사나이는 양 떼를 치면 마냥 어린애였지만
소몰이에 있어서는 왕이었던 것이다. 그리고 그 천성은, 양치기
생활의 둔중함을 아예 질색하였던 반면 그 삽상한, 고향의 자랑
스런 소 떼를, 마치 후견인인 양 몰고 갈 때만큼 사는 보람을 느
끼는 적은 없었다.

그 날 아침 이제 말한 그러한 일로써 도운을 출발한 몇 십 명의
그들 패 속에 로빈 오이그(꼬마 형이라는 뜻)만큼 위세 좋게 모자
의 챙을 척 올리고, 젊음이 발달한 두 다리에는 타탄무늬 바지의
자락을 무릎 바로 아래에 꼭 묶은, 씩씩한 하일랜드의 젊은이는
없었다. 오이그라는 별명이 말하듯 몸집은 작고 또 손발도 그다
지 억세지는 않았지만 가뿐하고 삽상하기가 노루 못지 않았다.
마치 튀는 듯한 발걸음, 그것은 멀리 길걷는 사나이들이 부러워
하는 것이었다. 뿐만 아니라 어깨걸이를 멘 것이라든가 모자 하
나 쓴 것만 보더라도 확실히 그것은 이 하일랜드 태생의 좋은 남
자, 기어코 로올랜드(스코틀랜드의 얕은 지대) 처녀들이 놓칠 리
없는, 말하자면 씩씩한 의기가 보였다. 햇볕과 비에 드러내놓기
만 한 얼굴, 거칠다기보다는 야무지고 건강한 안색이었지만, 그
것이 또 혈색이 좋은 볼, 빨간 입술, 하얀 이로 한층 시원스런 얼
굴이었다. 본시 하일랜드 사나이 모두가 그러하지만 큰 소리를
내어 웃는다거나 이를 드러내는 일도 아주 드물고, 그러면서도
밝고 고운 두 눈이 금세 기쁨에 넘칠 듯한 유쾌함이 모자 아래에
서 엿보인다.

이 로빈 오이그의 출발은 이날 이 삭은 읍은 물론 남녀 친구들
이 있는 근방 일대에까지 알려진 큰 사건이었다.

동업자 중에서는 아무튼 첫 손가락에 꼽히는 그였다. 그 자신
도 상당한 장사를 하고 있어서 하일랜드의 농민들은 물론 제1급

의 고객들도 자주 부탁했다. 이 지방에서는 아무래도 그가 제일 이라는 것이었다.

만일 조수라도 쓴다면 얼마든지 장사를 뻗칠 수 있을 테지만 그는 누님의 아들인 조카 아이 둘을 쓰는 외엔 일체 조수를 쓸 생각이 없었다. 아마도 그의 평판이라는 것이 반드시 손수 돌봐주니까라는 것으로 되어 있음을 알고 있기 때문이었으리라. 그래서 결국 동업하는 사람들이 받는 최고의 사례금으로써 만족하고, 이제 몇 번만 더 영국으로 이 여행을 하면 그 후는 자기 혼자 장사해서 집안 체면을 세우리라, 하는 희망으로 자위하고 있었다. 집안 체면이란 그의 부친 라프랑 매콘비히(나의 친구의 아들이라는 뜻)라는 이름을 저 유명한 로브 로이(18세기 초에 스코틀랜드에 실재한 의적)가 명명한 것이고, 그 인연은 로빈의 조부와 이 의적이 아주 친했다는 데 있는 것 같다. 그에 대해 더 캐기를 좋아하는 사람의 말을 엿들으면, 로빈이라는 이름도 셔우드 숲을 중심으로 활약한 로빈 훗처럼 이 로호 로오몬의 황야에서 크게 활약한 동명의 의적에게서 땄다는 말까지 있다. 제임스 보즈웰(18세기 스코틀랜드의 문인)은 아니지만 '어느 누가 이 조상을 자랑하지 않을 자 있으랴' 하는 식으로 로빈 오이그도 이 부계(父系)만은 크게 자랑했던 것이다. 그러한 그였지만 잉글랜드나 로올랜드로 자주 여행하고 보니 그러한 집안은 물론 촌구석에서는 아직 조금이나마 플러스가 될는지 모른다. 하지만 일단 외딴 곳에서 이름을 대려 하면 오히려 조소 아니면 주책스러운 것에 지나지 않는다는 것을 잘 알고 있었다. 그만큼 출생의 긍지라는 것은 말하자면 수전노의 재보(財寶)와 같았다. 혼자 남몰래 자랑스러워는 했지만 조금이라도 남 앞에서 자랑거리가 될 만한 것은 못되었다.

로빈 오이그는 많은 축복의 말을 받았다. 심사원들은 그가 맡은 소를 마냥 좋다 하고(사실 일급품 뿐이었다) 그 중에는 전송의 뜻으로 냄새 나는 담배 쌈지를 내밀기도 하고 술잔을 나누기도

했다. 그리고 모두 한마디씩,

"잘 가게, 잘 다녀오게. 색손 장(場)에선 잘 해봐. 종이 쌈지에 다간 빳빳한 지전을, 그리고 가죽 지갑에단 가뜩 잉글랜드의 금화를 가져와."

등등 그야말로 여간 소란한 전송이 아니었다.

젊은 처녀들과의 이별은 더욱 정다운 것이 있었다. 만일 그가 떠나는 마지막 순간까지 쳐다만 보아 주어도 간직해 둔 브로치를 기꺼이 선물로 주어 아깝지 않다고 생각하는 처녀들이 한둘이 아니었다고 한다.

바로 로빈 오이그가 무리에서 떨어진 몇 마리의 소에게 '후우후' 소리 지를 때였다. 그때 돌연 등 뒤에서 부르는 소리가 들렸다.

"로빈, 잠깐 기다려요. 토마프리치 쟈네트야, 아버지의 누이, 쟈네트 숙모란 말이야."

"제기랄, 형편없는 여편네가 왔군. 저년은 하일랜드의 마녀야, 여우라구."

스타링그 늪에서 온 농부가 말했다.

"우물쭈물하다간 소가 홀릴라."

"그건 못하지."

소몰이꾼 사이에서는 제법 좀 안다는 딴 사나이가 말했다.

"적어도 로빈 오이그란 놈이 꼬리에 망고 성자님의 매듭을 짓지 않고 내버려두었을 줄 알아. 어림도 없지. 그것만 해 두면 아무리 빗자루를 타고 데마이에트의 하늘을 날으는 늙은 너구리의 마녀라도 당장 엉덩이에 돛을 달고 줄행랑치는 법이야."

이것은 역시 여기에서 말해 두는 것이 좋으리라 생각하지만, 도시 이 하일랜드 산의 소는 걸핏, 마법이나 주문에 홀리기를 잘 했다. 그래서 머리 좋은 소몰이꾼들은 꼬리끝 털을 일종의 독특한 묶음으로 묶고 그것으로써 주술을 피하는 것이다.

그러나 농부들의 불신의 시선을 받은 당사자인 노파는 전혀 소 따위는 상관없이 오직 소몰이꾼들이 관심사였던 것 같다. 한편 로빈은 이 여자의 얼굴은 보기조차 질색이었다.

"어쩌자고 또 이렇게 아침 일찍이 화롯가를 빠져 나왔오? 어젯밤에 벌써 헤어질 인살 했을 텐데."

"아무렴 그렇지. 더구나 돌아올 때까지 하면서, 이런 몹쓸 늙은이에게 쓰고도 남을 만큼 뭉텅 용돈까지 주었지. 참 착한 아이다, 넌. 그런데 말이다."

라고 이 마녀 노파는 말했다.

"내 한 가지 걱정되는 건 만에 하나라도 손자녀석에게 좋지 않은 일이 생기지 않을까, 그렇게 되면 난 이제 먹을 것도 필요 없고 화롯불도 필요 없고, 아니 그렇지 저 고마운 햇님도 필요 없다는 거야. 그러니까 말이다. 무사히 외딴 곳을 다니고 돌아와, 또 무사하게 돌아오도록 한 가지 오른편 돌림의 주문을 해주지."

로빈 오이그는 할 수 없이 발을 멈추었다. 웃으면서도 한편 난처한 듯이 주위의 패들에게, 이것도 할 수 없지, 숙모의 기분을 시원하게 해주는 것 뿐이니까, 라고 하는 것처럼 눈짓을 했다. 쟈네트 숙모는 비틀비틀한 걸음으로 그의 둘레를 돌기 시작했다.

옛 드루이드 신앙(고대 켈트 족의 일종의 종교)에서 나온 것이라고도 하는 일종의 진혼 의식이었다. 하는 방법은 누구나 이미 알고 있는 것과 같이 대상이 되는 사람의 주위를 세 번 빙빙 오른쪽으로 돈다. 꼭 태양의 운행과 같은 방향이었다. 그러나 도중, 돌연 그녀는 우뚝 멈추었는가 하더니 놀란 듯 무서운 소리를 질렀다.

"앗, 로빈 네 손엔 피가 묻었어."

"아주머니두, 제발 그만둬요."

로빈 오이그는 말했다.

"그런 천리안은 당치도 않지, 아주머니 자신에게 해로워요. 웬만 해선 그 재앙에서 모면치도 못할 걸요."

그러나 노파는 무서운 얼굴을 하고 여전히 같은 말을 했다.

"너의 손에 피가 묻었다. 그것도 잉글랜드 인의 피야. 게에르인(주로 하일랜드 지방에서 사는 켈트 족의 일종)의 피라면 더 진하고 붉을 게다. 저것 봐, 좀 보여다오. 잠깐만……."

로빈이 막을 새도 없이(정말 막으려 했다면 폭력을 쓸 수밖에 없었지만) 노파는 민첩했고 막무가내였다.

앗, 할 사이에 로빈의 어깨걸이 아래에 손을 넣고는 허리의 단검을 쑥 빼었다. 말끔히 간 칼날이 한 점의 얼룩도 없이 햇빛에 빛났을 때, 그녀는 또 큰 소리를 질렀다.

"피다, 피야 피. 이것도 색손 사람의 피야. 로빈 오이그 매콘비히야, 오늘은 잉글랜드로 떠나선 못써!"

"농담이 아니에요."

로빈은 대답했다.

"그럴 수야 없죠. 그러면 스스로 쫓기는 셈이 아니에요. 이봐요 아주머니, 꼴불견이에요. 자, 그 칼을 줘요. 빛깔만 가지고 검은 소의 피, 흰 소의 피를 어떻게 구별한담. 사람의 피는 말이죠, 모두 아담에게서 받은 거에요. 자, 그 칼을 달라니까. 괜찮죠. 갔다 오겠어요. 지금쯤 벌써 스타링 다리께까지 갔을텐데…… 자, 그 칼. 난 이제 가야겠어요."

"아니야, 못 줘. 이 어깨걸이는 놓치 않겠어. 이 불길한 칼을 두고 가면 모르지만."

라고 주위의 여자들까지도 같은 말을 했다. 쟈네트 노파의 예언이 맞지 않은 적은 없었다는 것이었다. 로올랜드의 농부들은 한참 난처한 얼굴로 아까부터 방관하고 있었다. 이렇게 된 바에야 어떻게든 끝장을 낼 수밖에 없다고 로빈은 결심했다.

"자, 그럼 말이죠."

로빈은 칼자루만을 휴 모리슨에게 넘겨주며 말했다.

"당신네 로올랜드 사람들은 이런 아귀다툼쯤 아무것도 아니겠
지. 그럼 내 칼은 당신이 맡아 가지고 있어 줘. 아주 줄 수는 없
지. 아버지의 유품이니까. 하지만 당신네 떼는 우리들 바로 뒤에
따라오지. 내 허리에 없는 건 유감이지만 당신이 갖고 있다고 생
각하고 그런대로 참지. 아주머니, 어때요. 이럼, 됐죠?"
"할 수 없지."
노파는 말했다.
"그런 칼을 맡아 주는 큰 바보가 로올랜드 태생에 있다면야."
기운이 센 사나이, 휴 모리슨은 소리내어 크게 웃어댔다.
"이봐요 아주머니, 난 말이죠 그레네의 휴 모리슨 조상인 옛날
의 호걸 모리슨 일가지만, 결투하는 데 단검 같은 건 안썼어요.
아직 우리 집 역사엔 한 번도 없어요. 그런 건 필요 없었죠. 모두
덩치가 컸거든요. 나만은 좀 약하지만, 어때요, 이런 걸 쓰죠."
하면서 이번엔 아주 굉장한 곤봉을 내보였다.
"마시고 먹고 하는 자리에서 느닷없이 쿡 찌르는 따위는 몽땅
하일랜드의 깡패들에게 맡깁니다. 아니, 웃을 게 아니죠. 하일랜
드의 사람들, 특히 로빈 녀석도 그럴 걸. 아무튼 단검은 내가 맡
아 주지. 이런 할머니의 잠꼬대가 그렇게도 걸린다면 말야. 필요
할 땐 언제든지 도로 줄게."
휴 모리슨의 이 말투는 로빈에게 콱, 치미는 것이다. 하지만 그
도 여러 번 여행하는 동안 금방 콱, 하는 본래 하일랜드 인의 기
질을 누르고 조금은 인내라는 것을 배운 터였다. 그런 까닭에, 약
간 배알이 틀리기는 했으나, 잠자코 호걸 모리슨 일가의 후예라
고 하는 이 사나이의 도움을 받기로 했다.
"아냐, 저놈도 아침 술만 안 마셨을 뿐 결국 단프리샤 산의 얼
간이야. 그렇지 않다면 조금쯤은 신사다운 말씰텐데. 그러나 저
러나 네놈도 돼지새끼지, 꿀꿀하는 것밖엔 재주는 없을 걸. 저 따
위 때문에 창자 속의 잡탕을 찔러서야 유물인 칼이 울지 울어."

이렇게 말하면서(물론 게에르 말이었지만) 로빈은 떼를 몰고 배웅하는 사람들에게 손을 흔들었다. 그것은 그가 같은 동업이며 형 아무개하는 사이인, 이번에도 함께 가기를 약속한 사나이와 어떻게든 빨리 합류하고픈 생각이었기 때문이었다.

이 친구란, 이름이 해리 웨이크필드 젊은 잉글랜드 인이었다. 북부의 시장에서는 어디든지 얼굴이 알려져 있고 또 사실 그 방면의 솜씨에 있어서는 주인공 로빈 오이그 못지 않게 평판이 좋고 잘 통했다. 키는 6피트 가까울까 스미스필드(런던 옛 성 밖에 있던 광장, 가축 시장이 섰다)의 권투 시합이나 레슬링 시합 같은 데 나가도 충분히 이길 만한 훌륭한 체격이었다. 물론 권투계의 프로들 틈에 낄만 하지는 않았지만 시골 아마추어들이 뛰어드는 시합 정도라면 어떤 상대라도 대개는 더그아웃 시킬 만하였다. 또 돈카스터의 경마가 있으면 그는 언제나 득의 양양했다. 뱃심 좋게 기니를 썩 걸고 이것이 또 대개의 경우는 으레 이겼다. 요크샤의 투계에도, 이것은 모두 임자들이 쟁쟁한 사람들이었지만, 장사에 지장이 없는 한 그의 모습이 보이지 않을 때가 없었다. 아주 서글서글한 젊은이로서 아무튼 놀기 좋아하고 노는 곳이라면 어디든지 얼굴을 내미는 그런 사나이었으나 본래는 착실하고 또 장사의 이해 관계에 있어서는, 세심한 로빈 오이그보다도 경우가 밝았다. 말하자면 그에게 있어서는 쉬는 것은 어디까지나 쉬는 것, 반면에 일하는 날은 열심히 끈덕지게 일했다. 그는 심신이 함께 명랑한 그 옛날의 잉글랜드 지역의 전형이었다. 한때는 헤아릴 수 없이 많던 전쟁터에서 조국에 패권의 영광을 가져오고 지금은 그 창검으로써 조국의 호위를 다하는 잉글랜드 농민의 전형이었다. 금세 쾌활해시는 그였다. 신체가 건강하고 환경이 좋으니까 주위의 것이 모두 즐겁기만 했다.

때로는 일어나는 곤란도 그같이 단단한 사람으로서는 두통거리이기보다 한낱 재미있는 여흥이었다. 만사가 이와 같이 유쾌한 인간이었지만 일면 결점도 있었다. 그것은 화를 잘 낸다는 것이었다. 때로는 싸움꾼이라는 나쁜 느낌조차 주었다. 더구나 걸핏하면 직접 완력으로 해결하려 했다. 권투 솜씨에 있어서는 당할 상대가 없다는 것을 자신도 알고 있기 때문이었을까.

웨이크필드와 로빈 오이그가 처음에 어떻게 친해졌는지 그것은 잘 모른다. 그러나 이 두 사람, 소 이야기 말고는 서로 통하는 화제나 관심이 없을 것 같은 이 두 사람에게 여하튼 아주 진한 우정이 싹텄다는 것만은 확실했다. 송아지 이야기, 카이로 소 이야기 이외 로빈의 영어는 반편이었고 한편 해리의 심한 요크샤 투는 게에르 말 한 마디를 못했다. 언젠가 민치 무어의 습지대를 횡단할 때 로빈은 거의 한나절 걸려 게에르 말로 송아지라는 단어의 정확한 발음을 열심히 가르쳐 주려 했지만 허탕이었다. 트라케야에서 마더 케인에 이르는 동안 근방의 언덕은, 몇 번을 되풀이 해도 잘 안되어 해리의 굵은 목소리와 실패할 때마다 뱃속에서의 웃음소리로 크게 진동했다. 그러나 두 사람은 달리 공감대가 있었다. 그것은 해리에게는 몰이라든가 스잔, 시시리라는 이름의 젊은 처녀들이 반했던 노래 재주가 있고 로빈은 로빈대로 스코틀랜드 고유의 피브로크 곡을 실로 약약하게 휘파람 부는 재주가 있었던 것이다. 그리고 더욱 잉글랜드 인 해리를 기쁘게 한 것은 그가 북방의 노래, 경쾌한 것이든 슬픈 것이든 참으로 많이 안다는 것이고 어느새 그것을 베이스로 맞춰서 부르게 되었다는 것이다. 그래서 경마나 투계, 여우 사냥에 대해서 이야기 하는 해리의 말은 아마도 로빈은 잘 알아듣지 못했을 것이고, 반대로 하일랜드의 요정, 유령 이야기, 민족 전쟁, 약탈행위 같은 옛 전설은 다분 해리에게는 뚱딴지 같은 소리였겠지만, 그렇더라도 둘은 같이만 있으면 즐거운 것이 있었던 모양이다. 그런 탓인지 이 3년 내내 둘은 항상 짝이었고, 여행도 방향만 같다면 꼭 함께 다녔다. 물론 그것이 서로서로 편리하기도 했을 것이다. 하일랜드로 갈 때 잉글랜드 인으로서 로빈 이상의 길 안내자를 얻기란 불가능한 터였고, 또 일단 해리가 말하는, 국경의 안쪽으로 한 발을 디디면 해리의 얼굴과 해리의 지갑이 곧 로빈을 위해서 구실을 했기 때문이다. 사실 그는 뱃심이 좋아 한두 번 크게 은혜를 입은 것이 아니었다.

그토록 서로 사랑한 벗은 없고, 어찌 다툴 일이 일어날 까닭이 있으랴!
아아, 그토록 그들은 벗을 사랑하고, 어떻게든 우정을 보답코자 염원했거늘 지금은 하나의 벗조차 남지 않고, 아아 그는 그 벗과 싸울 결의를 하였다.
— 스코틀랜드의 고요(古謠) —

두 친구는 전과 다름없이 다정하게 리데스딜의 초원을 넘어 칸바랜드의 스코틀랜드 쪽, 이름도 황무지라고 불리는 지대를 지나가고 있었다. 이러한 황량한 지대에서는 대개 몰려가는 소들이 제 마음대로 먹이를 찾아가든지 아니면 부근의 목장과 운 좋게 부딪치면 잠깐 침범, 실례하고 가는 일도 있었다. 그런데 마침 무대는 바뀌었다. 겨우 울타리를 친 비옥지대에 내려왔지만 그렇게 되면 제멋대로 배를 채울 수는 없게 된다.
적어도 사전에 토지의 소유자와 교섭 거래를 해 둘 필요가 있었다. 특히 스코틀랜드의 큰 시장이 가까운 곳은 그러했다. 잉글랜드의 가축 상인도, 스코틀랜드의 가축 상인도 몰고 온 소 얼마는 이 큰 시장에서 파는 셈이지만, 그럴려면 소를 될수록 원기 좋게 북돋고 좋은 상태로 장에 내보내기를 원했다. 그래서 초원의 권리를 얻기란 무엇보다도 어렵고 또 비싸기도 했다. 할 수 없이 두 사람은 헤어져 가야 하는 때도 있었다. 즉 제각기 소의 사료 조달을 위해서 떠나는 것이다.

하지만 바로 이때, 두 사람이 서로 아무것도 모르고 생각한 것은 이 근방에 땅을 소유하고 있는 어느 시골 신사의 땅을, 불운하게도 동시에 사료의 공급지로써 교섭하려 했다는 것이었다. 해리 웨이크필드는 그것을 처음부터 잘 아는 관리인을 통해서 하였다. 그런데 이것도 아주 우연이었지만 그 주인인 시골 신사가 전부터 이 관리인에 대해서 약간의 의심을 품고 그 의심이 사실인가를 확인코자, 울타리 안의 목장을 어느 누가 사용하려고 신청하는 일이 있으면, 반드시 사전에 그에게 알려야 한다는 분부가 있었다. 그런데 마침 그 시골 신사 아이아비 씨는 바로 전날 일이 생겨서 수마일 북쪽으로 떠났기 때문에 관리인은 그 조건을 이미 끝난 것으로 마음대로 해석하고 해리 웨이크필드가 주인의 이익과 아마도 자기의 그것과 잘만 생각하여 준다면 응낙한다는 것으로 이야기는 결정됐던 것이었다.

한편 로빈 오이그는 해리의 그런 사실을 전혀 모르고 소를 몰고 가는데, 뒤에서 망아지를 그것도 당시의 풍류로써 털을 짧게 깎은 망아지를 타고 굉장히 멋쟁이 차림의 작은 남자가 뒤따라 오는 것이었다. 착 달라붙은 가죽 바지를 입고 반짝반짝 빛나는 말채를 든, 목이 긴 이 사나이는 어쩌다 시장의 경기가 어떠니, 소 값이 어떠니 하며 오이그에게 말을 붙이기 시작했다. 로빈도 꽤 이야기가 통하는 나리라는 생각이 들어 말결에 어디 근방에 풀밭을 빌릴 만한 곳이 없는가? 잠시 소에게 풀을 먹이고 싶다고 물어 보았다. 운이 좋았더라도 이보다 더 좋을 수는 없었으리라. 이 가죽 바지의 사나이는 바로 먼저 해리가 관리인과 교섭한, 아니 그 당시 교섭 중이었는지도 모르는 목장의 소유주였던 것이다.

"그야 젊은이, 나에게 그런 이야기를 한다는 건 운이 좋았군. 보아하니 당신의 소도 퍽 걷기에 지친 것 같은데. 바로 여기서 3마일쯤 가면 빌려 줘도 좋은 들이 하나 있지. 이 근방에는 그 곳밖에 없을 걸.”

“2, 3메에르나 4메에르쯤이라면 아직 소도 걸을만합죠.”

그러나 여기서도 빈틈없는 로빈 오이그는,

“한데 그 풀밭을 2, 3일 빌리기로 한다면 나리, 빌린 삯이 한 마리당 얼마 정도죠?”

“뭐 서로 무리가 없도록, 겨울장을 볼 만한 송아지 여섯 마리 얻으면 더 말 않지.”

“그렇더라도 어떤 소가 좋을깝쇼?”

“응, 글쎄. 저, 저 검은 놈으로 두 마리, 빨간 놈으로 하나, 그리고 저기 저 두 살배기 소—— 저 뿔이 휘어진 놈—— 그리고 이 뿔 없는 놈 정도면, 한데 대체 한 마리에 얼만가?”

“참, 나리는 눈이 높군요. 용습니다. 척 들어 맞었어요. 가령 내가 말이죠, 여섯 마리를 고른대두요, 그 이상 고르진 못합죠. 마치 내 자식처럼 잘 아는 내가 말이죠.”

“그건 그렇고, 한 마리에 얼만가?”

아이아비 씨는 되풀이해서 물었다.

“도운도 화르카크도 꽤 좋은 값이었다는 뎁쇼.”

이야기는 대개 이런 투로 나아가고 결국 소는 ‘타당한 값’으로 일단락 지었고, 아이아비 씨는 그 이외에 소의 한때 울타리 내 차용은 거저라고 했다. 로빈은 이것으로써 풀만 좋다면 웬 땡잡은 장사냐고 생각하고 있었다. 아이아비 씨는 줄곧 소 떼를 따라갔다. 안내역으로서 소를 풀밭까지 넣는 것을 보기도 하려니와 스코틀랜드 일대 장의 최근 시황(市況)을 듣고 싶기도 했던 것이다.

마침내 목장에 닿았고 풀의 상태는 아주 좋았다. 그러나 거기에서 놀라운 것은, 방금 소유주와 로빈 사이에 이야기가 결정된 풀밭에 관리인이 유유히 해리의 소 떼를 끌어 들이고 있었다. 아이아비 씨는 즉각 박차를 가하고 관리인쪽으로 달려갔다. 관리인과 해리와의 이야기를 곧 알아듣기는 한 것 같았다. 그러나 그는 해리에게 관리인이 여기를 빌려 주긴 하였으나 자기의 승인을 받지 않았으므로 풀은 어디든 딴 곳에서 구하기 바란다, 아무튼 여기는 빌려 줄 수 없으니까, 라고 한 마디로 거절해 버리고 말았다. 그리고 한편 관리인을 향해서는 지시를 무시하였다고 마구 힐난하고, 모처럼 진수(珍羞)를 뜯으려 하던 먹지 못해 지친 해리의 소를 밖으로 당장 쫓도록 명령했다. 대신 로빈의 소를 빨리 넣어주라는 것이었다. 해리는 처음으로 로빈을 적으로 생각하기 시작했다.

그때 해리는 당연 아이아비 씨의 결정에 한마디의 항의를 하고 싶었을 것이다. 그러나 그쪽은 잉글랜드 인, 준법 정신이라는 것이 몸에 배어 있다. 더구나 관리인인 존 프리스밤킨까지 뚜렷이 월권의 사실을 인정한 이상, 해리로서도 억울하지만 실망한 소들을 다시 모아 어디든 다른 곳을 찾아 몰고 갈 수밖에 없었다. 일의 자초지종을 안 로빈 오이그는 난처했다. 그래서 해리에게 문제의 풀밭을 함께 쓰면 어떤가 하고 물었다. 그러나 해리 웨이크필드로서는 자존심이 상한 것이 컸다. 앙연히 대답했다.

"까짓, 다 주지. 몽땅 줄게. 흥, 담배를 둘이 필 수야 있나. 높은 사람과 직통이라 평민 따위는 벙어리 방석이란 말이렷다. 제기랄, 그만둬. 난 말야. 더러운 구둣줄까지 입맞추고 남의 부뚜막에서 빵을 굽겠다곤 안해, 천만에 말씀이지."

로빈 오이그는 친구의 노여움에 슬퍼하긴 했으나 무리라고는 생각지 않았다. 그런대로 다시 한 번 설득해 보았다. 불과 한 시간만 참아 줄 수는 없는가. 아이아비의 집에 갔다가 소의 대금을 받은 즉시 다시 돌아와서 함께 딴 휴식장을 찾도록 하고 또 이렇게 둘이 엉뚱한 엇갈림을 하고 만 까닭도 자세히 설명하고 싶다고 하였다. 그러나 해리의 분노는 여전히 풀리지 않았다.

"그렇군, 그럼 장사까지 했군? 맙소사, 틀림없는 선생님이시군. 척척 장사의 썰물 때를 잘 맞추시거든. 가란 말야, 지옥이든 어디든 맘대로. 여하튼 배신하는 녀석의 낯짝 같은 건 두 번 다시 보고 싶지 않으니까. 자네, 그래도 내 얼굴을 보는군.”

“뭐, 누구의 얼굴이라도 볼 수 있지.”

로빈도 다소 화가 났다.

“그 뿐인가. 오늘이라도 자네, 저 아랫마을에서 묵게 되면 틀림없이 또 한 번 보게 될 걸.”

“뭐라고? 아무튼 나오지 않는 게 나을 걸세.”

해리는 대답했다. 그리고는 획, 등을 돌리고 관리인과 함께 떠나기를 싫어하는 소들을 모으기 시작하였다. 관리인도 어떻게든 해리에게 서비스를 함으로써 약간의 주머니 계산이 있는 모양이었다.

그러나 두세 군데 근방의 농장주와 부딪쳐 보았으나 바라는 풀밭을 제공하겠다는 사람은, 사실상 어쩔 수 없었는지도 모르지만, 끝내 없었다. 결국 해리 웨이크필드는 막다르게 되자 겨우 주막집 주인을 통해서 우선 이야기만은 타협했다. 이 주막집이란 처음에 그가 로빈과 헤어질 때 묵기로 정했던 집이었다. 집주인은 바로 옆의 심한 습지이지만, 뭣하면 먼젓번 관리인이 요구한 풀 값보다도 조금 싸게 소를 넣어 줄 수 있다고 하였다. 그러나 뭐라고 하든 그것은 거치른 토지인데다 돈까지도 지불하게 되고 보니, 그것이 또 로빈의 우정과 신의의 배반이라고 더욱 확대되어 느껴졌다.

또한 해리의 분노에 기름을 부은 것은 관리인과 주인, 그리고 그 자리에 있던 두셋 손님들이었다. 관리인으로 말하면 생각도 않던 주인의 불쾌를 산 원인이 로빈에게 있었고, 그런 의미에서 그가 품고 있던 것은 다소 이유없는 것은 아니었다. 그리고 주인과 손님들이 해리의 노여움을 부채질한 것은—— 하나, 국경지대는 옛날부터 있던 스코틀랜드 인에 대한 반감이 있을 것이고, 또 하나는 아담 이래(바라지 않는 명예지만) 신분, 계급을 불문하고 모든 인간이 갖는 '일이 벌어져라' 하는 야유성, 그것도 확실히 있었을 것이다. 더구나 맥주를 둘러쌌다는 것도 좋건 나쁘건 그 장소의 기분을 선동하기 쉬운 것이지만, 이 경우 크게 작용한 힘이었다. 이래서 말 많은 주인과, 배신자에 대한 벗의 저주는 몇 번인가 큰 컵이 비는 동안에 완전한 서약으로 굳어져 버린 것이었다.

그 무렵, 아이아비 씨는 로빈을 옛날집에 끌어들여 꽤 기분이 으쓱했다. 식료 저장고까지 들어가서, 로빈의 앞에 냉(泠) 고기를 잔뜩 갖다 놓고, 집에서 만든 맥주를 큰 잔에 가득 부어 거품을 불고 있었다. 좀체 먹어보지 못한 이러한 음식을 로빈이 마음껏 맛있게 먹는 것을 보면서, 아이아비 씨는 무한히 기뻤다. 그 자신은 조용히 파이프 담배를 태우며 방 안을 왔다 갔다 하면서 이 진객과의 회화에 가장으로서의 위신과 잡담을 즐기는 서민성 이 두 가지를 잘 만족시키고 있었다.

"그러니까 또 한 떼를 떼어 놓고 왔는데."

아이아비 씨가 말했다.

"몰던 사람 역시 고향사람 같던데. 물론 소는 당신 것만 못하더군. 거의 두 살짜리 소였고 몰이꾼은 큰 사나이던데, 당신처럼 킬트 스커트(스코틀랜드 특유의 허리에 감는 스커트)는 아니고 바지를 입었어. 누군지 아나?"

"글쎄, 휴 모리슨일까. 그래요, 그가 틀림없습니다. 하지만 그렇게 빨리 올 줄은 몰랐는데. 이건 놈의 승리군. 그러나 그렇다면 아무리 아쟈일 주(州)의 일물(逸物)이라도 꽤 피로할 걸. 어디까지 왔습디까?"

"한 6, 7마일쯤 될 거야. 녀석을 떼어놓은 곳이 크리슨베리 크라크였고 자네를 만난 곳이 홋란 부슈였으니까. 소가 지쳤다면 그만 팔아버릴까 할는지도 모르지."

"아닙니다. 그렇진 않아요. 휴 모리슨이란 사나이는 그런 장사는 못합니다. 아무래도 로빈 오이그처럼 스코틀랜드 사람 아니면 못합죠. 자, 그럼 이만 물러가겠어요. 난 저 아랫마을에 가서 해리 웨이크필드 녀석, 아직 그런 쓸데없는 생각을 하고 있는지 알아 봐야겠습니다.”

주막집의 한 패는 아직 한창 방담이 계속되고 있었다. 그 화제는 로빈 오이그의 배신이 중심이었는데 그때 그 범인이 들어온 것이었다. 그런 경우, 언제나 그렇듯이 그를 화제로 한 얘기는 일순 딱 그쳤다.

그리고 모두들 차디찬 침묵으로 그를 맞이했다. 이러한 환영은 말하자면 백천의 절규보다도 그가 심히 반갑지 않다는 것을 침입자에게 알리는 것이었다. 놀라기도 하고 괘씸도 했지만, 그렇다고 별로 이 냉대에 물러설 것 없이 그는 앙연, 아니 차라리 거만하다고도 할 태도로 들어갔다. 말 붙이는 사람도 없어서 그 역시 인사 한마디 없이 곧바로 난로 옆, 해리와 관리인 그리고 두셋 손님이 둘러싸고 앉은 테이블에 좀 떨어져 앉았다. 이 넓은 칸바란드 식의 부엌은 더 떨어져 앉았어도 여유가 있었으련만……

로빈은 파이프에 불을 붙이고는 싼 맥주 한 잔을 주문했다.

“마침 떨어졌는데요.”

주인인 로버트 헤스케트가 말했다.

“손님께선 자기 담배를 가지신 것 같은데 그러시면 술도 가지시지 않으셨는지? 아마 그게 손님의 고향에선 당연한 걸로 아는데요.”

“당신두, 쓸데없는 소린 말아요.”

부지런히 움직이고 있던 서글서글한 안주인이 말했다. 그리고 재빨리 그에게 술을 갖다 주고,

“손님께서 좋아하시는 걸 당신도 잘 아는 터가 아니에요. 당신의 장사는 손님을 존중하는 거에요. 스코틀랜드의 손님은, 하긴 맥주를 단것으로 좋아하실지 모르지만, 값 치르는 것은 틀림

없다고 당신도 잘 알잖느냐 말이에요.”

그러나 로빈에게 이들 부부의 대화는 마이동풍격인 것 같았다.
둥근 병을 높이 쳐들고는 주막 안의 손님들에게 소리내어 여러분
을 위해, 시장의 경기를 축복하며 건배했다.

“북쪽 땅 소몰이 따위는 아예 기어들어 오지 않는 편이 낫지.”

어떤 농장 주인이 말했다.

“저 하일랜드의 못된 소에게 이 잉글랜드 목장을 마구 해치게
할 수야 없지.”

“당토않치, 그건 잘못이야.”

로빈은 조용히 대꾸했다.

“불쌍하게 우리 스코틀랜드의 소를 홀딱 처먹고 살찌는 건 잉
글랜드의 인간이야.”

“그보다는 하일랜드의 소몰이들을 홀딱 처먹어 줄, 누구 없을
까.”

딴 농장주가 말했다.

“그놈들의 눈이 번쩍인데서야 어디 우리 잉글랜드 사람들이
먹을 걸 제대로 먹겠나.”

“또 있지. 멀쩡한 고용인들이 난데없이 주인의 기분을 잡치게
한단말야. 두 사람 새에 들어와서 훼방을 놓거든.”

이렇게 말한 것은 관리인이었다.

“그건 농담일는지 모르지만 그렇더라도.”

로빈은 말했다. 그러나 아직 평정을 잃지 않은 듯,

“한 사람의 인간에게 좀 지나치지 않을까.”

“농담이라니 진담이야. 이봐, 로빈 오이그인지 뭔지는 모르지
만 똑똑히 말해 둘께. 여기 있는 모두가 그렇게 생각한다는 걸 알
아 둬. 네놈의 친구 해리 웨이크필드에 대해 네놈이 한 짓은 인간
의 쓰레기 똥강아지 같다는 거야.”

“그래, 잘 알겠어.”

로빈은 변함없이 놀라울 만큼 침착했다.

"너희들 모두의 재량엔 나도 감탄했네. 너희들의 생각, 너희들의 하는 짓은 난 조금도 탐탁치 않지만 말야. 허나 해리가 얼마나 혼났는가 자신이 안다면 도대체 어떻게 하면 그 값을 치룰 수 있는가 그것도 말해 줄 수 있지 않느냐 이거야."

"그건 그래."

해리 웨이크필드는 그때까지도 잠자코 일이 되어가는 꼴만 보고 있었다. 오늘 로빈한테서 받은 상처에 대한 노여움도 노여움이려니와 지금까지의 오랜 우정도 생각났던 것 같았다. 처음으로 입을 벌렸다.

그는 벌떡 일어나 로빈 가까이로 갔다. 로빈도 일어서서 말없이 손을 내밀었다.

"해리, 그래 그래. 해 버려, 눕혀 버려."

사방에서 일제히 외치는 것이었다.

"늘씬하게 한 대 처버려 눕혀놔!"

"다들 조용해. 그래서 말야."

해리는 로빈을 돌아보며 경의와 도전이 반반 뒤섞인 표정으로 내민 손을 잡았다.

"이봐 로빈, 오늘 네가 한 짓은 뭐라 하든 심했다. 하지만 말야, 사나이답게 손을 잡고 어디든 밖에서 한바탕 겨누고 싶다면 물론 걸진 말고. 내 너를 용서할 수 있어. 그리고 다시 한 번 지금보다 더 사이좋게 지내보자."

"하지만 말야."

로빈이 대답했다.

"이번 일은 다시 말하지 말고 이대로 화해하는 게 더 좋지 않을까? 다리, 허리를 다치지 않고 말이다. 이대로 더 좋은 친구가 되자."

그러자 이 말을 들은 해리는 로빈의 손을 놓았다기보다 거세게 뿌리쳤다.

"난 말야, 그런 겁쟁이와 3년간 친했었는 줄은 몰랐는데."

"겁쟁이? 내 이름과는 아무런 관계가 없는 거야."

로빈의 눈이 빛났다. 그러나 아직은 흥분을 꾹 누르는 양,

"이봐 해리, 웨이크필드 저 후르우의 여울에서 말이다. 시꺼먼 바위 위에서 허우적대던 널, 강의 뱀장어들이 고마운 미끼라고 기다리던 때 말야. 너를 건져 준 팔과 다리는 설마 겁쟁이의 것이라곤 못하겠지."

"그렇지, 그건 네 말대로야."

해리는 적지아니 가슴이 섬뜩한 모양이었다.

"야, 이거 왜이래 해리."

관리인이 외쳤다.

"설마 뒤츠슨 트리스트, 우라 페아, 카라일 산즈, 스태그쇼 뱅크의 형님쯤 돼 가지고 이제와서 마음이 약해지는 건 아니겠지? 아, 참 스코틀랜드 킬트 녀석 따위와 오래 있으면 사나이의 본때도 잊고 있는지 모르지."

"여보슈 프리스바킨 씨, 똑똑히 가르쳐 주지만 남자의 본때를 잊진 않았네."

해리는 말을 계속했다.

"이봐 로빈, 그럼 틀렸어. 아무튼 한바탕 하지 않으면 안 돼. 그렇지 않으면 둘 다 이곳에서 웃음거리가 되는거야. 절대 너에게는 상처 같은 건 입히지 않을 테니까. 뭣하면 네가 원하는 대로 장갑도 좋아. 자, 사내답게 나가는 거야."

"하지만 강아지처럼 맞은들 쓸데없는 짓 아닌가."

로빈이 말했다.

"너에게 나쁘게 했다면 난 얼마든지 나가지. 여기 법률도, 언어도 전혀 모르지만 말야."

"안돼, 안돼. 법률이 문제가 아냐! 재판 문제도 아니구! 실컷

한바탕 하는 거야. 친구는 그때부터 되는 거야!"

모인 패들이 모두 한마디씩 했다.

"그러나 해리."

로빈이 또 말했다.

"가령 한다고 해도 말이다. 난 원숭이처럼 때리고 할퀴고 하는 싸움은 할 줄 모르니까."

"그럼 어떡하면 좋다는 거야. 어쨌든 나와 동등하게 맞선다는 건 무린 줄 알지만 말야."

해리가 말했다.

"나 같으면 단비라에서 하지. 그리고 먼저 피를 낸 편이 칼을 걷고. 나리들이 하는 그 식으로 말이야."

물론 그 말은 냉정한 이성의 소리라기보다는 차츰 북받쳐 온 감정에서 자기도 모르는 새에 튀어나왔을 것이다. 그러나 이 도전을 듣고 사람들은 크게 웃어댔다. 동시에 팔방에서 메아리 치듯 '나리라는데' 하는 소리가 일어나자 또 웃는 것이었다.

"훌륭하신 나리셔! 여봐 라프 헤스케트, 어때 결투용 칼 두 자루 있지? 나리께 드리는 거야."

"없는데. 카라일의 병기고에 사람을 보내면 있겠지. 하지만 그 때까지 포크라도 두 개 빌려 드릴까? 그런대로 대용하지 그래."

"쓸데없는 농담은 그만두게."

한 사나이가 말했다.

"적어도 스코틀랜드 인이라면 말야. 태어나서부터 머리엔 푸른 모자, 허리엔 단검과 피스톨, 이것만은 갖고 있기로 되었거든."

"아무래도 고오비 성관(城館)에 사람을 보내서 나리께 이 나리의 후견인을 맡아 주십사 해아겠지."

일제히 퍼붓는 조소 속에서 불현듯 로빈의 손은 본능적으로 어깨걸이 밑을 찾았다.

"하지만 역시 그만둬야지."

그는 게에르 말로 했다.

"부끄럼도 예의도 모르는 돼지 꿀꿀이들인 걸. 악마라도 잡아가라지! 자, 모두 길이나 비켜라."

입구 쪽으로 나아가며 그는 말했다.

그때 커다란 덩치를 내밀고 딱 버티어 길을 가로막은 것은 벗해리였다. 로빈 오이그가 밀어젖히고 나가려 하는 찰나 느닷없이 그는 얻어맞고 바닥 위에 나동그라졌다.

"싸움이다! 싸움", "해라, 해리!", "눕혀 버려!", "어이 조심해. 아니 저놈 보게, 피가 나오는데!"

입이란 입에서는 모두 튀어 나오는 미치광이들 같은 외침에 새까만 나무통, 그에 매달려 있는 소금처럼 돼지고기도 마구 흔들리고 벽의 돌선반에 나란히 놓여있는 큰 접시까지 서로 맞닿아 달가닥 소리를 내었다.

여하간 굉장한 소동이었다. 로빈은 겨우 땅바닥에서 일어났지만 콱 치민 흥분에 이제는 이성도, 자제도 몽땅 잃고 말았다. 분노의 무서운 얼굴로 느닷없이 산고양이처럼 덤벼들었으나, 애당초 노여움만으로는 주먹과 수련에 맞설 수가 없었다. 여지 없이 얻어맞고는 그 일격에 그대로 땅바닥에 뻗고 말았다. 안주인이 놀래어 일으켜 세우려 했지만 관리인이 제지하며 가까이 못 가게 했다.

"내버려 둬."

"살아나면 또 덤비겠지. 아직 덜 맞았거든."

그러나 상대한 본인은 말했다. 아마도 옛 짝에 대한 따뜻한 마음이 우러났는지도 모른다.

"아니, 이제 그만, 이쯤 해 두겠어. 뒤는 당신에게 맡깁니다. 프리스바킨 씨. 당신도 한마디 하고 싶을 테니까. 그리고 로빈 녀석. 싸움을 시작하는데 거추장스러운 것 정도도 벗을 줄 모르니까 말입니다. 어깨걸이를 너털너털 걸치고서 덤벼들어. 임마, 로

빈, 일어서! 자, 이젠 친구다. 너의 일, 너의 고향 이야기를 아직
도 뭐랄 놈이 있다면 너 대신 내가 한꺼번에 맡아 주지."
  그러나 로빈의 노여움은 누그러지지 않았다. 다시 한 번 하겠
다고 발버둥쳤다. 하지만 한편에선 안주인이 말리고 또 해리도
이미 맞설 의향이 없음을 알자 자연 그의 노여움은 마음속의 앙
갚음으로 잠재하게 되었다.
  "자, 그토록 앙심을 품는 게 아냐."
  해리는 영국인다운 뱃심으로 배포 좋게 말했다.
  "자, 악수. 다음부터 이제까지보다 더 좋게 지내세. 사이 좋게!"
  로빈 오이그는 앙칼진 소리로 외쳤다.
  "사이 좋게라구! 천만에. 그보다는 조심해, 해리."
  "끈덕진 스코틀랜드 근성도 딱하군. 무대의 대사는 아니지만
크롬웰 각하, 제발 벌을 주십사 하는 것이겠다. 네 신상에 해로운
것도 모르느냐 말야. 똥 같은 놈! 생각해 봐. 사람이 싸운 뒤 잘
못했다는 말말고 그 이상 할 말이 뭐 있어?"
  아무튼 이런 식으로 둘은 헤어졌다. 로빈 오이그는 아무 소리
없이 동전 한 닢을 꺼내어 탁자 위에 던지고는 곧바로 주막집을
나갔다. 나갈 때 문간에서 잠깐 뒤돌아보며, 두고 보자는 뜻인지
위협의 뜻인지 여하튼 손가락을 세워 해리 쪽을 향해 손을 흔들
었다. 그리고 달밝은 밖으로 사라져 갔다.
  그가 나간 뒤, 관리인과 해리의 사이는 사소한 말다툼이 있었
다. 관리인은 조금이나마 로빈을 괴롭힌 것이 자랑인 모양이었
고, 그에 반해서 해리 웨이크필드는 전후가 틀리는 이야기지만,
이번에는 로빈의 역성을 들고 뭣하다면 싸움도 불사하겠다는 기
세였다.
  "물론 잉글랜드 인처럼 주먹질은 시원찮지만 그건 지방 기질
이라 할 수 없는 거야."
라는 것이었다. 그러나 다행히 두 번째의 싸움은 안주인의 호통

으로 그럭저럭 무사히 끝났다.

　"더이상 이 집에서 싸움은 말아줘요. 하지만 웨이크필드 씨, 언젠가는 알 때가 올 걸요. 옛 친구를 원수로 만든 것이 어떠리라는 걸."

　"원 아주머니두! 로빈이란 녀석은 멋진 사나이거든요. 원한 같은 건 품질 않아요."

　"안심해선 안 될 걸요. 당신이 얼마나 스코틀랜드 사람과 사귀지는 몰라도 그 악착 같은 집념이 어떤지 모를테니까. 난 잘 알아요. 어머님이 스코틀랜드 사람이었거든요."

　"그래, 그렇게 지독한 딸이군."
하고 주인인 라프 헤스케트가 말했다.

　이러한 부부의 주고받는 이야기로 화제는 겨우 바뀌었다. 술집에는 새로 들어오는 손님이 있는가 하면 돌아가는 손님도 있었다. 이야기는 주로 앞으로 설 장날 이야기, 스코틀랜드, 잉글랜드 등 각지의 소 시세에 대한 소문으로 옮겨 갔다. 그리고 흥정이 시작되고 해리 웨이크필드는 마침 운이 좋아 소의 일부를 퍽 유리한 조건으로 사 준다는 사람까지 나타났다. 그래 초저녁의 불쾌했던 싸움 같은 것은 벌써 완전히 잊어버릴만 했다. 그러나 단 한 사람, 설령 에스크에서 이든까지 소라는 소를 몽땅 그의 것으로 만든대도 이것만은 아무래도 잊혀지지 않을 사나이가 있었다. 로빈 오이그 매콘비히였다.

　"아아, 아무런 무기를 지니고 있지 않았었다니."

　그는 말했다.

　"생전 이런 일은 처음이다. 하일랜드에서 태어난 사나이에게 그 단검을 벗어 놓으라니 말이 되나, 똥같은 것! 단검, 그렇다. 잉글랜드의 피! 숙모가 그렇게 말했으렸다! 그 아주머니가 말한 것으로써 그렇게 안 된 것이 없지!"

　그 무서운 예언의 일이 생각되자 얼핏 떠오른 살의가 그대로 움직이지 않는 결심으로 변했다.

"그렇지, 모리슨 녀석, 바로 뒤에 따라 올 게다. 까짓 백 마일이 떨어졌대도 어떠냔 말이다."

마냥 흥분키 쉬운 성미는 고스란히 무서운 결의, 그리고 또 행동력으로 이어졌다. 그는 하일랜드의 자랑인 날 듯한 발걸음을 황야 쪽으로 돌렸다. 오늘 아이아비 씨의 한 말로 미루어 반드시 모리슨이 올 길이었다. 마음은 굴욕감, 그것도 친구한테서 받은 굴욕감과 이제는 불구 대천의 원수로밖에 생각되지 않는 그 사나이에 대한 복수심으로 가득 찼다. 그렇지 않더라도 그의 자부심 — 태생과 가문 같은 것에 대한 은근한 자랑은 말하자면 수전노의 재보와 비슷한 것이었다. 다만 남몰래 홀로 즐긴다는 의미에 있어서 더욱 귀중하고 사랑스러운 것이었다. 지금은 그 재보를 빼앗긴 셈이다. 남몰래 예배했던 우상이 더럽혀지고 짓밟힌 것이다. 얻어터지고 채이고 모욕을 당하고 이미 가명(家名)과 가계(家系) 앞에 얼굴을 내밀 수 없는 마음이었다. 이제는 아무것도 없다. 있는 것은 다만 복수뿐이다. 이러한 생각은 한발자국 한발자국 숨차게 내딛는 데 따라 더욱, 복수는 받는 모욕과 똑같이 앗, 하는 일격으로 해치우지 않으면 안 된다고 마음으로 다졌다.

로빈이 주막집을 나왔을 때 그와 모리슨과의 거리는 적어도 7, 8영(英)마일쯤 되었다. 모리슨의 진행은 느린 소 걸음으로 제한되어 여간 느린 데 반해서 로빈의 시속은 6마일이었을까. 맑은 11월의 달빛 아래, 밤서리에 하얀 그루터기 밭과 나무 울타리, 바윗돌, 히이드의 들을 뒤로 하며 나는 듯이 걸어갔다. 이윽고 모리슨 일행인 듯한 소 떼의 울음소리가 들리기 시작했다. 그러자 습지대를 다가오는 소의 모습까지 마치 두더지 떼같이 보였다. 마침내 만났다. 그는 재빨리 그 사이를 뚫고 소를 몰고 있는 모리슨을 잡았다.

"오, 수고 하네."
모리슨이 말했다.
"아니, 로빈 매콘비히 아냐! 아니면 귀신인가?"
"맞아, 로빈 오이그 매콘비힐세. 아니 그게 아닐는지 모르지. 하지만 그건 어떻든 좋고, 그보다 내 단검을 주게."
"뭐라구? 하일랜드에 돌아간다는 건가? 제기랄! 장에도 내놓기 전에 벌써 다 팔아 치웠단 말야? 원 빠르기도 한 장사군!"
"아니 판 게 아냐. 돌아가는 것두 아니구. 두 번 다시 고향에는 돌아가지 않을 거야. 아무튼 휴, 내 단검을 주게. 주지 않으면 좀 시끄러울지 몰라."
"그래, 그렇다 해도 로빈, 주기 전에 좀 생각이나 해보세. 본시 이 단검이란 건 말야, 하일랜드 사나이가 가지면 무섭고 위험한 무기야. 그러구 보니 자네 어디 털러 갈 작정인가."
"노, 농담이 아닐세! 아무튼 칼을 달라는 거야."
로빈 오이그는 답답해지는 모양이었다.
"뭐 그다지 다급히 굴진 말게."
사람이 좋은 휴 모리슨은 진정시키듯 말했다.
"찌르구 베는 것은 좋지만 더 좋은 것을 일러 주지. 이봐, 자네도 알테지만 하일랜드 사내가 로올랜드 사내나 그리고 국경 지방의 젊은이들도 국경을 한발 넘어서면 모두 한 집의 형제 같은 거야. 보게, 뒤에서 자꾸 오는 에스크데엘의 젊은이들, 싸움 좋아하는 리데스데엘의 챠리, 로카비의 젊은 패도, 라스트라자의 4인조, 그 외에도 자꾸 오지 않느냐 말야. 자네가 만일 혼이 났다면 여기 있는 이 힘센 모리슨 나리도 있구 헌데 설령 칼라일, 스탄빅스 패들이 한꺼번에 덤빈대도 우리 손으로 충분히 맛을 보여 줄 수 있는 거야."
"아니, 실은 말야."
로빈 오이그는 대답했다. 이 이상 휴의 의혹을 받고 싶지 않기 때문이었을 것이다.

"블랙 워취(스코틀랜드의 제42고지연대의 별명)에 있는 부대에 입대했어. 그러니까 내일 아침에 출발치 않으면 안 돼."

"뭐, 입대라구? 머리가 어떻게 잘못 됐나? 아니면 취하기라도 했나? 돈을 주고 그만둬, 스무 장쯤은 빌려 주지. 소만 판다면 스무 장쯤은 어떻게 되겠지."

"뜻은 고마우이, 참 고마워 휴. 하지만 난 어떻든 가야 해. 그러니까 칼이나 내놓으라니까!"

"그럼 주지. 도저히 말을 들을 것 같지 않군. 그러나 내가 지금 말한 것 꼭 한 번 생각해 보게. 그건 그렇고 볼키다의 산골이 실망할 거야. 소위 로빈 오이그 매콘비히라는 놈이 엉뚱한 길로 가 버리니 말야."

"볼키다에서 실망한다구? 그렇겠지."

로빈은 실심한 듯 말했다.

"아무튼 휴, 잘 있게. 장사 잘 하구. 앞으로 두 번 다시 자네와는 시장에서나 어디서나 만나지 못할 걸세."

그는 바쁜 듯이 친구와 악수하고는 오던 길을 다시 전과 같은 빠른 걸음으로 되돌아갔다.

"뭐가 어떻게 된 모양인데."

모리슨은 혼잣말로 입 속에서 중얼거렸다.

"아침이면 더 자세히 알게 되겠지."

그러나 그 아침이 채 오기 전에 이 이야기의 파국은 이미 일어났다. 그 싸움이 있은 지 이미 두세 시간 지나고 거의 잊어버리고 있을 때였다. 로빈 오이그는 또 그 헤스케트의 주막집으로 돌아왔다. 술집 안은 여러 손님이 들어차고 그만큼 또 소연했다. 유달리 조용히 주고받는 이야기는 거래의 흥정이었을 것이고 유쾌 할 수밖에 아무것도 할 게 없는 패들은 그저 웃고 노래하고 떠들썩한 농담이나 지껄여댔다. 그 하는 일 없는 패거리 속에 해리 웨이크필드는 끼어 있었다. 들일하는 옷, 못박은 구두, 또 잉글랜드인 특유의 쾌활한 얼굴의 패들 사이에서 그는 예의,

나는야 농부가 좋아, 수레 끌고, 로쟈 나리인지, 어쨌단 말야?

라는 고요를 신나게 부르고 있었다. 그때 돌연 귀에 익은 목소리가 강한 하일랜드 사투리로,
"이놈, 해리 와아크펠트 사나이라면 나와라!"
하고 날카롭게 외치는 것이 들렸다.
"왜 그래? 무슨 일이야?"
손님들은 일제히 얼굴을 마주 보았다.
"그 하일랜드 녀석이야."
꽤 술에 취한 관리인의 말이었다.
"오늘 말야, 해리 놈에게 뜨거운 국 한 그릇을 거뜬히 얻어먹었지. 어떻든 캐비지국이 식었다고 또 데우러 온 모양이야."
"해리 와아크펠트!"
불길한 도전이 다시 소리 높이 울렸다.
"사나이라면 나왓!"
생각다 못해 지르는 소리, 그것은 그 울림만으로도 기묘하게 듣는 이의 귀에 멎어 공포를 자아내게 하는 그 무엇이 있었다. 손님들은 일제히 벽 주변으로 물러나 한가운데 서 있는 하일랜드 사나이, 눈을 험하게 치켜 뜨고 결의에 찬 굳어진 얼굴을 응시할 뿐이었다.
"로빈, 쾌히 상대해 주지. 단 그건 말야, 자네와 화해의 악수를 하고 언짢은 것은 모두 술로 씻어 버리자는 그 때문이야. 좋은가. 어쩐지 자네는 악수하는 법도 모르는 것 같지만 뭐, 자네 마음이 나쁜 것은 아니니까."
그때 그는 상대방 바로 앞에 와 섰다. 아주 믿는다는 듯이 거침

없는 그의 얼굴은, 어둡고 불길한 요기(妖氣)와도 비슷한 복수의 눈동자를 번쩍이며 뭔가 단단히 마음먹은 로빈의 그것과는 기묘하게 대조적이었다.

"그렇잖아 로빈, 자넨 잉글랜드 태생이 아냐. 계집애 정도밖에 싸울 줄 모른다고 해서 자네의 수치는 아냐."

"뭐라구? 난 할 줄 알아."

로빈의 대답은 날카로웠지만 이상하게 냉정한 것이었다.

"이제 그걸 보여 주지. 해리, 자네 오늘 색슨 인의 싸움하는 법을 가르쳐 주었지. 그러니까 이번엔 하일랜드 젊은 치의 것을 가르쳐 줄 테다."

그 뒤는 행동으로 메꾸었다. 쓱, 칼을 뽑았는가 하더니 날쌔게 그것은 커다란 잉들랜드 농민의 가슴팍에 깊숙이 꽂혔다. 아무튼 굉장한 힘, 그리고 필살(必殺)의 칼이었다. 상대방의 흉골에서 일순 뿌드득 소리가 나고, 양날의 칼끝은 바로 심장을 찔렀다. 해리 웨이크필드는 한마디 신음소리를 내었을 뿐 그대로 쓰러져 숨이 끊어졌다. 이어 로빈은 관리인의 멱살을 붙잡고 단검을 목줄에 갖다 대었다. 공포와 경악으로 관리인은 방어의 기력조차 없었다.

"네 녀석도 함께 여기다 재워 주려 했다."

로빈이 말했다.

"그러나 아버지의 칼에 이 멋진 사내의 피와 너 따위 거지의 피를 함께 칠할 수 없지."

로빈은 상대방의 몸을 힘껏 밀어 던졌다. 사나이는 바닥 위에 쓰러졌다. 동시에 또 한 손으로 피투성이의 흉기를 석탄불 속에 탁 던졌다.

"자, 잡을테면 잡아라, 피는 이 불로 정하게 할테다."

넋 잃은 침묵이 한동안 흘렀다. 로빈은 조용히 경관이 없는가 물었다. 경관 한 사람이 다가섰다. 그는 순순히 체포되었다.

"아주 심한 피비린내 나는 짓을 저질렀군."
하고 경관이 말했다.
"당신이 나빠."
로빈의 대답이었다.
"두 시간 전에 당신이 만일 저 녀석의 손을 말렸더라면 저 녀석도 아직까지 2분 전과 같이 싱싱해서 떠들어 댈 게 아냐."
"하지만 이 벌은 무거울 걸."
경관이 또 말했다.
"그런 건 걱정 마. 죽으면 채무는 몽땅 끝나는 거야. 이녀석 한테도 다 갚게 되는 셈이지."

야유꾼들의 공포는 차츰 분노로 변하였다. 인기였던 사나이가 현재 눈앞에서 살해당한 것이다. 아무리 복수라도 너무 심하지 않느냐는 것이 그들의 의견이었다. 당장 여기서 죽여 버려라, 하는 사형(私刑)의 형세로 되어갔다. 그러나 이번에는 경관이 잘 제지했다.

그리고 몇몇 다소 냉정한 패의 도움으로 칼라일까지의 호송용 마차를 찾았다. 다음의 순회 재판까지 판결을 기다리자고 하는 것이었다. 호송을 준비하는 동안 로빈은 전혀 무관심한 태도로 거의 대답도 하려 하지 않았다. 막 주막을 나서려 할 때 다시 한번 시체를 보고 싶다고 하였다. 시체는 의사의 검시가 있을 때까지 큰 탁자(바로 얼마전만 해도 해리 웨이크필드가 의기 양양하게 주재하고 있던) 위에 눕혀 있었다. 얼굴에는 깨끗한 손수건이 덮혀 있다. 야유꾼들은 놀래어 아아! 하는 탄성을 내었다. 로빈이 살짝 손수건을 제치고는 슬프긴 하지만 눈 깜짝 않는 시선을 지그시 친구의 죽은 얼굴에 던지고 있는 것이었다. 바로 아까까지 생명이 넘치던 얼굴, 자기 힘에 대해 흐뭇해 하던 자신, 그러면서 지금은 화해로 누그러진 만족, 그리고 적에 대한 경멸 그러한 것이 모두 뒤섞인 미소가 아직 입술 언저리에 가볍게 떠 있었다. 방금 방 안을 피바다로 만든 상처, 그것이 또 범인의 손에 닿아 다시 피를 뿜지 않을까 하고 보는 이들은 아슬아슬했다. 로빈은 다시 손수건을 덮고 한 마디 의외의 신음소리를 내었다.

"아, 참으로 멋진 녀석이었지!"

나의 이야기는 마지막이 가까워왔다. 이 불행한 하일랜드 사나이는 칼라일에서 재판을 받았다. 나 자신도 젊은 스코틀랜드 법률가이며, 변호사로서 다소 이름이 났던 탓이었는지 캄바랜드 주 장관의 호의도 있어서 판사단의 한 사람으로 끼었다. 사실심리는 지금까지 이야기한 형태로 진행되었다. 복수라고는 하지만 암살이라는 너무나 비 잉글랜드적인 이 범행에 대해서 첫 법정의 반감이 어떠하였는지는 모르지만 나중에는 피고의 뿌리 깊은 국민감정(즉 육체적 폭력을 당했을 때 그로서는 지울 수 없는 치욕, 불명예로 생각되었던 것이다)이라는 것이 설명되었다.

또한 그가 처음에는 무척 참아가며 화해까지 하려했던 사실이 분명해지자, 거기에는 잉글랜드 법정의 관용성이라고나 할까, 점차 그의 범행은 결코 천성의 심정이 잔인하다거나 또한 상습적 비행에 의한 비틀어진 마음에서 나온 것이 아니라 오직 잘못 인식한 명예감이 원인이 되어 돌발적 일탈 행위를 저지른 데 지나지 않는다는 경향으로 생각하게 되었다. 특히 존경하는 노 재판장 각하의 배심원에 대한 설시(說示)에 이르러서는 당시 웅변이나 비참한 감정이 솟았다고는 할 수 없지만 그래도 나는 지금도 잊혀지지 않는다.

"당연히 법에 의한 제재, 보복을 주장하면서도 사실상 아주 불쾌하고 혐오를 느끼지 않을 수 없는 갖가지 범죄를 심리하지 않으면 안 되었던 사례는 과거의 경험(즉 지금까지의 재판)에 비추어 보아도 자주 있었습니다. 그런데 오늘 또 엄격하긴 하나 확실히 뜻있는 이 법령을 아주 특이한 사건에 적용하지 않으면 안 된다는 한층 더 슬픈 의무에 직면하고 있습니다. 이 범행은 물론 그

것은 범죄 중에서도 중대한 범죄이나 그것을 다만 악한 마음에서
나왔다고 하기보다 순전히 생각의 잘못으로 저지른 즉, 악을 범
했다기보다 정의에 관한 불행한 편견, 그것에서 생긴 것입니다.

여기 두 인물이 있습니다. 둘다 그들의 세계에서는 존경을 받
았다고 하며 또 서로 무척 친한 벗이었던 것 같습니다. 그런데 그
한 사람의 생명은 이미 살해당하였고 또 한 사람은 지금 범법의
복수라는 사실을 몸으로써 입증하려 합니다. 그럼에도 불구하고
이들 두 사람은 서로 상대방의 국민 감정, 국민적 선입관이라는
것을 전혀 알지 못하고 저지른 행동이라는 것, 또 스스로 정도
(正道)에서 빗나가려 했다기보다 불행하게도 오류(誤謬)를 범했
다는 점에 있어서 우리들의 동정을 요구할 권리가 충분히 있다고
생각됩니다.

오해의 근본 원인에 대해서는 현재 피고석에 있는 피고에게 그
권리를 부여하는 것이 지당하다고 생각합니다. 피고는 경쟁하에
있는 울타리 안에 대한 점유권을 소유주 아이아비 씨와의 합법적
계약에 의해서 획득했습니다. 그러나 그에 대해 말할 수 없는 비
난, 더구나 본시 성질이 급한 사람으로서는 도저히 분해 못견딜
비난을 받았던 것이었습니다. 그럼에도 불구하고 피고는 평화와
우정을 위하여 획득한 권리의 반을 양보하려 했었습니다. 그러나
그 호의도 모멸로써 거절 당하였습니다. 그 뒤는 헤스케트 씨의
술집에서 벌어진 장면이 되는 셈입니다만 여기서도 이방인인 피
고는 피해자 이것 또한 유감스러운 일입니다만 동석자들로부터
어떻게 대접을 받았던가 이미 아실 줄 압니다. 동석자들은 오히
려 선동적 언동을 한 듯, 이 일을 크게 벌어지게 한 가장 큰 원인
이라고 생각됩니다. 그래도 피고는 화해를 희망하고, 담화를 희
망하고, 치안 관계자 내지 중재자의 중재라면 기꺼이 따를 의사
까지 표시했습니다. 그러나 이것 또한 만장의 모욕을 받고 거절
당하였으니 이들 동석자 같은 자들은 이미 페어 플레이라는 국민

정신조차 망각한 자들이라 아니할 수 없습니다. 더구나 피고가 그래도 평화리에 현장을 물러 나려 할 때 피해자에게 저지당하고 구타당하고 피까지 흘렸던 것입니다.

배심원 여러분, 앞서 진술한 박식한 검사 각하의 논고를 본관은 약간 참기 어려운 생각으로 배청했었습니다. 검사 각하는 이 경우 피고의 행위에 관해서 매우 불리한 진술을 하였습니다. 즉 각하는 피고가 피해자에 대해서 당당히 도전하지 않고 또 권투의 룰에 따라 싸우기를 두려워했기 때문에 그 비열한 이탈리아 인처럼 흉기 단검을 썼기에 당해내지 못할 피해자를 간신히 쓰러뜨릴 수 있었다고 말했습니다. 본관도 읽어 보았습니다만 이 고발의 한 대목에 가서 피고는 이른바 용자(勇者) 특유의 혐오감에 갑자기 몸이 떨렸던 것 같습니다. 본관은 특히 이것을 강조하고 싶습니다만, 만일 본관이 허위의 고발이라고 생각되는 논점을 하나하나 모조리 논박함으로써, 말하자면 피고의 사실상의 범죄를 지적한다면 아마 피고로서도 본관의 공평 무사함을 믿어주리라 생각합니다. 피고가 일종의 불굴, 다소 과도하리 만큼 굽히지 않는 인간임은 틀림없는 사실입니다. 본관으로서는 그것이 다소 부드러운, 아니 그보다는 그것을 제어하는 충분한 교육을 받은 사람이었으면 하고 마음으로 안타까워 하는 바입니다.

배심원 여러분, 검사 각하가 지적한 룰 문제는 사실 투우장, 투웅장(鬪熊場), 투계장에 있어서는 공지(公知)의 것일 겁니다. 그러나 당지에 있어서는 아무도 모릅니다. 이런 류의 싸움은 때로는 치명적인 사고가 발생할 수도 있겠지만 쌍방이 범의(犯意)라는 것이 없다는 일종의 입증으로써 이 룰론(論)이 적당할는지 모릅니다. 그러나 만일 그렇다면 그것은 다만 쌍방 당사자가 동등한 입장에 있고 또 그러한 재정법(裁定法)에 있어서도 양자가 평등하게 이것을 지실(知悉)하고 있으며 또 굴복하는 데 있어서도 또한 쌍방이 평등하게 양보한 경우에 한해서 인정되는 것이 아니면 안 됩니다. 가령 높은 지위도 있고 교양도 있는 신사에게 그와 같은 사납고 야만적인 결정법에, 그것도 상대는 젊고 완력이 센, 기법이 좋은 사람일 것이겠지만, 그것을 따라야 한다. 따르지 않으면 안 된다고 과연 말할 수 있겠습니까? 아마도 권투의 룰이라도 만약 그것이 검사 각하가 말하신 대로 사실 '즐거운 옛 잉글랜드'의 페어 플레이 정신에 입각하여 만들어진 것이라면 설마 그러한 비상식이 주장되리라고는 생각되지 않습니다.

배심원 여러분, 만일 피고가 받은 것과 같은 직접적인 육체적 폭력에 대한 자위상의 조치로써, 가령 잉글랜드 신사의 대검을 법으로도 인정한다고 한다면 그 똑같은 법이 똑같이 불쾌한 상황에 쫓긴 외국인, 이방인을 역시 보호할 것입니다. 따라서 배심원 여러분, 만약 이 형사 피고인이 설령 만장의 조소를 받고 또 적어도 한 사람 혹은, 피고로서는 당연히 생각되었을 테지만, 여러 사람에 의한 직접 폭력의 대상이 되는 것과 같은, 말하자면 불가항력에 의한 강박의 결과로써 마침내 그 흉기, 들은 바에 의하면 피고의 나라에서는 대개 몸에 지니고 다닌다고 합니다. 하지만 그것을 빼내어 여러분도 이미 상세히 입증된 것을 들으셨다시피, 불행한 사태를 야기케 했다면 본관으로서는 이것을 양심적으로 말해서 도저히 모살죄(謀殺罪)의 판결을 여러분에게 요구할 수는 없을 것입니다. 물론 피고의 자위는 그 경우 우리 법률가가 말하는 정당방위에 다소 일탈되기는 하였습니다. 그렇더라도 적용하게 될 죄명은 모살죄가 아니라 고살죄(故殺罪)라야 할 것입니다. 덧붙여 한마디 말씀드리겠습니다만 제임스 1세법 제3장이라는 것이 있습니다. 이것은 작은 흉기에 의한 자살(刺殺)에 관해서 비록 예모(豫謀)의 살의는 없었다고 해도 소위 성직 재판권의 특권은 이것을 인정치 않는다는 것입니다.

그러나 이상 상정한 소송에 있어서 본관은 역시 관대한 소인(訴因)이 옳다고 생각하고 싶습니다. 그것은 상술한 자살(刺殺)

에 관한 이 법규가 실은 일시적 이유에서 제정된 것이며 범죄의 실체에 변함이 없는 이상 그것이 단검에 의한 것이든 장검 내지 피스톨에 의한 것이든 모두 똑같이 혹은 같은 경우로 생각하는 것이 소위 이해 많은 근대법의 사고 방식이기 때문입니다.

그러나 배심원 여러분, 실은 이 재판의 급소는 최초 폭행을 받았을 때부터 죽음의 복수를 해치우기까지의 두 시간이라는 시간에 있습니다. 싸움하는 동안 말하자면 열전일 때 법은 인간성이 약한 사실을 참작하고 그러한 격정에 대해서 상당히 너그럽게 봅니다. 예를 들면 그때 당하고 있는 고통이라든가 또 어떠한 폭행을 당할지도 모른다는 공포라든가, 한편 몸을 지키려면 이쪽에도 얼마만큼의 폭력이 필요한가, 그리고 필요 이상으로 상대방을 괴롭히거나 상처를 입히지 않게 하려면 어느 정도로 그칠 것인가, 그러한 것을 엄밀히 따지기란 극히 어렵다는 것입니다. 즉 그러한 점을 충분히 고려해 넣는다는 것입니다. 그런데 12마일을 걸었다고 한다면 아무리 빨리 걸었다고 하더라도 피고로서는 충분히 냉정을 되찾을 시간이 있었을 것입니다. 그러므로 충분히 생각한 끝에 결심할 만한 조건이 있었는데 그러한 살인을 했다고 하면 이것은 이미 일시의 분노, 일시의 공포로써 저질렀다고는 할 수 없습니다. 어디까지나 예정된 복수, 목적 그리고 행위였으며 이에 대해서는 법도 동정의 여지가 없고 작량(酌量)을 가할 수 없을 뿐 아니라 가하지도 않고 또 가해서도 안 될 것입니다.

물론 이 불쌍한 피고의 불행한 행위는 정상 참작의 의미에서 그것이 특수한 경우임은 말할 나위 없습니다. 예를 들면 피고가 사는 지방은 극히 최근까지도 잉글랜드의 법은 커녕 인방(隣邦) 스코틀랜드의 법도 시행되지 않은 사실조차 있습니다. 잉글랜드의 법은 아직 그곳까지 침투되지 않고 있으며 스코틀랜드의 법 역시, 물론 그 점은 문명 개화의 나라라면 어디에서든지 채용되고 있는 정의와 평등의 대 원칙에 입각한 것입니다.

아무튼 실정은 상술한 바와 같습니다. 즉 북미 인디언들, 또 산간 지대에 들어가 보면 각 부족은 서로 끊임없이 싸우고 있습니다. 때문에 자연, 각자가 자위의 방편으로 무기를 갖지 않을 수 없습니다. 그렇게 되면 이들은 가명(家名)을 존중한다 할까요, 자존심이라고 할까요, 그러한 생각에서 자신을 평화로운 나라의 평화로운 농민이라고 생각하기에 앞서 기사(騎士) 기분, 전사(戰士) 기분에 사로잡힙니다. 그러나 먼저 검사각하께서 말한 투기장의 룰 같은 것은 이러한 호전적인 산악 부족의 사람들에게는 전혀 알려져 있지 않습니다. 다만 자연히 만인에게 부여한 무기만으로 승패를 결정하는 따위는 그들에게 있어서 프랑스 귀족들이 그러했듯 아주 저열한 해결법이라고 생각할는지도 모릅니다. 반면 복수는 그들 사회의 습속으로 보아 마치 체로키, 모호크 등 인디언 부족과 같이 말하자면 일상 다반사인가 봅니다. 결국 그 본질에 있어서, 베이컨 경도 갈파(喝破)한 바와 같이 일종의 야만 미개인의 정의라고 하는 것입니다. 즉 폭력을 제지하는 데 있어서 제대로 법이 없는 곳에서는 복수의 공포, 그것만이 압제자의 손을 누르는 것입니다.

물론 그것을 인정한다 하더라도 또 피고의 부조(父祖) 시대의 실정이 상술한 것과 같은 이상 당시의 사고 방식, 감정이 아직도 사람들에게 어떠한 영향력을 갖고 있음에 틀림없다 하지만, 본시 법의 시행 그것은 여러분 즉 배심원의 입장으로나 본관 즉 재판장의 입장으로나 절대 변경할 수 없는 것이며 또 그런 일이 있어서도 안 되겠습니다. 물론 본건과 같이 심히 가슴 아픈 사건의 경우에 있어서도 그 점은 조금도 변함이 없습니다. 문명의 제일 목적은 각 사람이 그 칼의 길이나 완력의 강함에 의해서 갖가지 멋대로 만드는 따위의 야만적인 정의에 대하여 만인에게 평등하게 시행되는 보편적 법의 보호를 설정하는 데 있는 것입니다. 인민을 향해서 '복수는 내가 맡는다'고 소리치는 법의 소리는 말하자면 신의 소리 다음 가는 소리입니다. 비록 일순간일지라도 격정이 식고 이성이 개입할 여유가 있기만 하다면 당사자간의 시비를 판정할 수 있는 것은 오직 법뿐입니다. 또한 그 법만이, 사람들 각각 그 비(非)를 바로잡으려 하는 뜻에 대해서 말하자면, 절대불멸의 방패임을 피해자는 깨닫지 않을 수 없었던 것입니다. 다시 한 번 되풀이합니다만 개인적 감정으로 말하면 본건의 불행한 피고는 증오의 대상으로 보기보다 오히려 동정해야 하겠습니다. 피고는 전혀 모르고 또 그릇된 명예감으로 해서 죄로 떨어진 것이기 때문입니다. 그러나 배심원 여러분, 피고의 죄는 어디까지나 살인죄입니다. 여러분의 숭고하고 중대한 임무로 보아 그렇게 생각하는 것이 여러분의 의무입니다. 분노의 격정이라는 점에서 말하면 잉글랜드 사람도, 스코틀랜드 사람도 다를 바가 없습니다. 만일 이 피고의 행위에 대해서 형벌이 없다면 그 이유야 어떻든 사실에 있어서 남으론 랜즈엔드에서 북으로는 오크니 섬의 끝에 이르기까지 백천의 흉기를 일제히 풀어놓는 셈이 될 것입니다.”

　이와 같이 말하고 노 재판장은 설시(說示)를 끝맺었다. 그러나 그 감동적인 거동으로 보나 또 눈물이 글썽글썽한 얼굴을 보나 퍽이나 괴로운 의무였음에 틀림없었다. 배심원들은 그의 설시내용으로 유죄를 답신했다.

　로빈 오이그 매콘비히, 본성 마그레가는 사형 선고를 받고 그대로 형이 집행되었다. 매우 의연한 태도로 복형하고 판정의 정당함도 인정했다고 한다. 그러나 그는 아무런 흉기도 지니지 않은 사람을 습격했다고 비난하는 사람들에게 대해서만은 분명히 반발했다고 한다. 그는 말했다.

　“나를 빼앗으려는 생명에는 나도 생명으로써 갚는다. 그 이상 어떻게 하겠는가.”

〈成贊慶　譯〉

S.W. 스콧(Sir Walter Scott, 1771~1832) : 영국의 시인, 소설가. 스코틀랜드의 수도 에딘버러에서 변호사의 아들로 출생, 그곳의 대학에서 수학. 부친 아래서 견습생으로 일하다가 변호사가 되었다. 결혼한 후 지사 대리, 최고 재판소 서기, 의회 위원회 서기 등을 지내다가 종남작까지 되었으나 경영하던 출판사의 파산으로 많은 빚을 지고, 이후 문필에 전념하면서 결국 그 빚을 다 갚았다고 한다. 그는 스코틀랜드 변경 지대의 옛 전설과 가요, 독일의 시 등을 연구하여 그 재능을 기르고 문학적 취미를 닦았다. 시 〈최후의 음유시인의 노래〉를 발표하여 유명해졌으나, 이후 산문으로 지향하여 스코틀랜드의 역사를 배경으로 한 소설을 많이 썼다. 그의 소설은 대개 스코틀랜드를 배경으로 한 걸작인데, 역사상의 인물이 생동감 있게 묘사되어 있으며, 과거에 대한 환상적 회상이 아니라 현실적 생활기반에 대한 반성적 경향을 띤 사실미와 미래에의 전망을 지니고 있다. 한때 그의 명성이 쇠퇴하기도 했으나 최근에는 영미 문학에서 다시 새로운 평가를 받게 되었다. 〈웨이벌리〉, 〈아이반호〉, 〈가이어스타인의 앤〉 등이 유명한 작품이다.

줄 거 리

하일랜드 인인 로빈과 잉글랜드 인인 해리는 둘 다 유명한 소몰이꾼으로, 가까운 친구 사이이다. 그러나 소 떼를 쉬게 할 목초지를 구하는 데서 사소한 오해가 발생하여 두 사람 사이는 기묘하게 뒤틀어진다. 해리는 주변 사람들의 부추김에 로빈에게 싸움을 걸고, 로빈이 피하려 하자 기습적으로 주먹질을 한 후 화해를 청한다. 그러나 하일랜드 인에게 있어 남에게 맞는다는 것은 말할 수 없을 만큼 수치스러운 일이었으므로, 로빈은 곧 다시 해리를 찾아가 그를 칼로 찔러죽이고 만다. 이 사건을 맡은 판사는 로빈과 해리 사이에 서로의 문화에 대한 이해가 없었던 점, 그리고 로빈이 완고한 고집을 순화시킬 만한 교육의 기회를 갖지 못한 것을 안타까워 하면서도 별수없이 로빈에게 사형을 선고하고, 로빈은 담담하게 판결을 받아들인다.

작품 해설

스코틀랜드의 수도에서 태어난 스콧은 스코틀랜드의 역사를 다룬 소설을 많이 창작했는데, 시간적 배경이 보다 현대로 이동해 있기는 하나, 〈소 모는 두 상인〉도 스코틀랜드 변경지방의 문화에 대한 관심을 바탕으로 하고 있는 작품이다. 영국 본토는 스코틀랜드(북부), 잉글랜드(남부), 웨일즈(서부)로 나누어지고 대영제국은 여기 하일랜드까지 연합한 형태로 이루어진 것인데, 이들 지방 사이의 알력은 오늘날까지도 심각한 것이다. 〈소 모는 두 상인〉에 등장하는 로빈과 해리는 각각 하일랜드 인과 잉글랜드 인으로, 이와 같은 지방색을 바탕으로 성장해 온 사람들이다. 이들은 언어소통조차 힘들 정도로 다른 문화적 전통 속에서 자라났지만, 유능한 소몰이꾼이며 성실하다는, 그리고 옛 노래를 좋아한다는 공통점 때문에 가까운 친구가 된다.

하지만 아무리 가까운 친구 사이라 해도 넘기 힘든 문화의 장벽은 엄존하기 마련이다. 예를 들어 잉글랜드에서는 무기를 사용하지 않는 싸움은 큰 문제가 되지 않는 터이요, 그런 싸움을 거친 다음 친구 사이가 가까워지는 일도 왕왕 있는 것이지만, 하일랜드에서는 남에게 맞는다는 것은 극히 수치스러운 일이요, 그럴 때는 상대의 목숨을 요구함으로써 그 수치를 씻어야 하는 것이다. 로빈과 해리는 바로 이런 상황에 놓이게 된다. 같은 목초지에 대한 교섭을 로빈은 주인을 통해, 해리는 관리인을 통해 했다는 공교로운 사건 때문에 생겨난 둘 사이의 갈등은 주변 사람들의 부추김에 의해 걷잡을 수 없을 정도로 치닫게 된다. 그러나 모두 서로에 대한 우정은 잃지 않은 상태에서, 해리는 잉글랜드 인답게 간단한 주먹싸움으로 사태를 해결할 것을 생각하게 되지만, 하일랜드 문화를 이해하지 못한 데서 나온 이런 생각은 비극적인 결과를 불러오게 된다. 남에게 맞았다는 수치를 씻어 버리기 위해, 로빈은 자기 칼을 찾아다가 단칼에 해리를 찔러버린 것이다.

이런 사건—— 해리가 로빈에게 주먹다짐을 하고 로빈은 해리를 찔러 죽인 사건은 서로에 대한 증오 때문에 일어난 것이 아니다. 해리는 자기 주먹에 쓰러진 로빈이 떠난 뒤에는 싸우기라도 할 듯한 기세로 로빈을 옹호하고, 로빈 역시 해리를 죽인 다음 '멋진 녀석이었어!'라며 아쉬운 탄성을 올린다. 그들은 친구에 대한 우정을 간직하고 있으면서도, 자기 문화가 요구하는 일종의 의무 때문에 친구를 때리고 혹은 살해한 것이다. 그들의 문화가 받은 모욕은 특정한 방법으로 되갚을 것을 요구하고 있으며, 그들은 그런 요구를 당연하게 받아들이고 있기 때문이다.

작가는 이 소설의 말미에 판사의 판결을 장황하게 서술함으로써 이 점을 명백히 하려고 한다. 두 사람 사이의 비극이 일어난 근본적인 이유는 다른 사람의 문화에 대한 이해가 결핍되어 있었기 때문이며, 또한 '문화가 요구하는 바'를 근대적인 법률에 통합시키는 일이 제대로 이루어지지 않았기 때문이라는 것이 판사의 핵심적인 논지이다. 이 부분이 구성에 있어서의 긴장을 깨고 있는 것은 사실이지만, 이렇게 판사의 해석을 첨부할 만큼 작가가 영국 내 다른 지방들 사이의 갈등을 심각하게 의식하고 있었다는 것은 여기서 분명히 드러난다. 스코틀랜드 인으로서 작품에서도 스코틀랜드 역사를 주로 다뤄 온 스콧이 지방색과 각 지방 사이의 갈등을 예민하게 의식하고 있었다는 것은 어쩌면 당연한 일일 것이다.

문 제

1. 이 소설에서 왜 하일랜드 인인 로빈이 잉글랜드 인인 해리를 죽이게 되는가?
2. 로빈이 담담하게 사형선고의 판결을 받아들이는 까닭은 무엇인가?

해   답

1. 해리가 주위의 부추김을 받아 로빈에게 싸움질을 걸고 주먹으로 치고 또 화해를 하자고 얕잡아 보았기 때문에.
2. 자기가 행한 행위에 대한 책임을 지기 위하여.

뚱뚱한 신사

> 1. 이 작품에서 작가는 인간관계의 본질에 대한 자기 나름의 견해를 제시
>   하고 있다. 그 견해는 어떻게 요약될 수 있는 것인지 생각하면서 작품을
>   읽어 보자.
> 2. '뚱뚱한 신사'가 제시되고 형상화되는 방법은, 소설 속의 일반적인 인물
>   들이 제시되는 방법과 다르다. 그 차이점에 대해 생각해 보자.

11월이라는 우울한 달의 어느 비오는 날이었다. 여행 도중에
약간 몸의 상태가 좋지 못하여 발을 멈추고 있었던 것이지만 그
병도 거의 나아갔다. 그러나 아직 열이 오르는 것 같아 다비라는
조그마한 읍의 한 여관에서 하루 종일 갇혀 있지 않으면 안 되었
다. 시골 여관의 비오는 일요일! 같은 경험을 겪지 않은 사람이
면 도저히 내 처지를 알 수 없을 것이다. 비가 뚝뚝 창문을 들이
치고 있었다. 교회에서 예배보는 종이 서글프게 울려 왔다. 어떤
눈요기할 만한 것은 없을까 하고 창가에 다가갔지만 아무것도 위
로될 만한 것이 가까운 데는 전혀 있을 것 같지 않았다. 침실 창
밖에는 기와지붕과 굴뚝이 가까이에 있고 거실의 창에서는 마구

간 앞의 공터가 훤히 보였다. 비오는 날의 마구간 앞마당처럼 세상을 지긋지긋하게 생각케 하는 것도 없다. 그 곳에는 나그네와 마부들이 흐트러 놓은 젖은 지푸라기들이 너저분했다. 한 구석에는 섬처럼 쌓인 우마의 똥 주위에 샛노랗게 물이 고여 있었다. 짐수레 아래에는 흠뻑 젖은 몇 마리의 닭이 있었는데, 그 가운데 벼슬을 척 늘어뜨린 가련한 수탉이 한 마리 끼여 있었다. 산 것 같지도 않게 흠뻑 젖어 축 늘어진 꼬리가 달라붙어 깃은 하나처럼 되었고 잔등에서 그 꼬리를 거쳐 물이 똑똑 흘러 내렸다. 짐수레 곁에는 꾸벅꾸벅 조는 듯한 젖소가 우물우물 반추(反芻)하면서 끈기있게 비를 맞으며 서 있고 등에선 무럭무럭 김이 나고 있었다. 허옇게 흐린 눈을 한 말은 쓸쓸한 마구간에 진력이 났는지 귀신같이 긴 목을 창문으로 내놓고 있었는데 추녀에서 빗물이 뚝뚝 그 목에 떨어지는 것이었다. 바로 그 옆에 강아지 집이 있고 거기에 묶인 가련한 똥개가 이따금 짖는 것도 아니고 깽깽 우는 것도 아닌 소리를 내고 있었다.

타락한 여자 같은 식모는 파텐(나무로 만든 신바닥에 쇠를 단 일종의 오버슈즈)을 신은 발로 무겁게, 마치 오늘의 날씨처럼 찌푸린 얼굴을 하고 마구간 앞마당을 왔다갔다 했다. 요컨대 하나서부터 열까지 모두가 무미 건조하고, 쓸쓸하고 다만 아랑곳없는 오리 떼만이 다정한 술친구처럼 웅덩이 둘레에 모여서 그 술을 둘러싸고 시끄럽게 지껄여 댈 뿐이었다.

외톨이로서 맥도 풀려 나는 뭐든지 마음을 위로해 줄 것이 있었으면 하였다. 도저히 방에서는 견딜 수 없게 되자, 나는 그곳을 빠져 나와서는 '장돌뱅이 방'이라는 특별한 이름으로 불리우는 방을 찾아 갔다. 그것은 흔히 어느 여인숙에서나 장돌뱅이라든가 세일즈맨 같은 여행자——즉 이륜 마차나 말이나 합승 마차를 타고 줄곧 온 지방을 두루 돌아다니는 돈벌이의 무사(武士) 수행자들을 받아들이기 위하여 특별히 마련한 공동용 방이었다. 그들은 내가 아는 바로서는 옛날의 무사 수행자들의 오늘에 있어서의 유일한 후계자이다. 창을 채찍으로 바꾸고, 방패를 상품 견본표로 바꾸고, 갑옷을 외투로 바꾸었을 뿐, 그들은 옛날과 똑같이 모험투성이의 편력적 생활을 보낸다. 어느 누구도 견주지 못할 미녀를 수호하는 대신에 그들은 여러 나라를 편력하면서 어느 부자나 제조업자의 명성을 넓히고 그들을 대신해서 언제나 기꺼이 거래를 한다. 지금은 싸움이 아니라 거래가 시대의 유행으로 되었기 때문이다. 옛날같이 걸핏하면 싸우는 시대라면 여인숙의 방은 밤이 되면 갑옷이나 청룡도나 얼굴만을 내놓는 투구 따위, 여행에 지친 무사들의 갑주류(甲胄類)가 즐비하게 방 주위에 걸렸었던 것이지만, 이 ‘장돌뱅이 방’은 두터운 나사(羅紗) 외투, 여러 가지의 채찍과 박차(拍車), 각반(脚絆), 기름 헝겊으로 싼 모자 등등 무사 수행자의 후계자들 차림새로 장식되어 있다. 나는 말상대가 돼 줄만한 이러한 훌륭한 분들 중에 누구든 만나 보았으면 했던 것인데 기대는 어긋나고 말았다. 방에는 두세 사람이 있긴 했지만 별 수가 없었다. 한 사람은 마침 아침 식사를 끝내려던 참이라 버터와 빵을 정신없이 먹으면서 급사를 나무라고 있고, 한 사람은 각반의 단추를 채우면서 구두를 잘 닦지 않았다고 여인숙의 구두닦이에게 마구 욕지거리를 하고 있었다. 또 한 사람은 앉아서 손가락으로 식탁을 마냥 두들기면서 유리창에 흐르는 비를 바라보고 있는 것이었다.

한 마디의 말도 주고 받지 않은 채, 연이어 방을 나가 버리고 말았다.

나는 맥없이 창가에 가서, 모두가 아랫도리를 무릎까지 걷어올리고 우산에서 물방울을 떨어뜨리며 교회로 정신없이 가고 있는 것을 보았다. 종이 그쳐 거리는 조용했다. 나는 곧 맞은편 상점의 딸들을 보면서 눈요기를 할 수 있었다. 딸들은 나들이옷이 젖을까봐 집을 나가지 않고 여인숙에 숙박하는 손님들의 마음을 끌려고 앞의 창에서 아름다운 모습을 내보이는 것이었다. 하지만 감시가 심한 어머니가 못마땅한 얼굴을 하고 딸들을 불러들였기에 나는 바깥에서는 아무런 즐거움도 찾을 수 없게 되었다.

이 기나긴 낮을 뭘하며 지낼까 하고 나는 몹시 속이 상해 쓸쓸했다. 거기에다 여인숙에서 내다보이는 것으로 말하면 모두가 다 지루한 하루를 10배도 더 지루하게 하는 것으로 되어 있는 모양이었다. 맥주와 담배연기 냄새가 풍기는, 벌써 대여섯 번 되풀이해 읽은 오랜 신문, 비보다도 더 못 견딜 아무 짝에도 소용이 없는 책들. 나는 옛날 잡지 〈부인의 벗〉을 손에 들고 속이 상해 죽을 지경이었다. 유리창에 휘갈겨 쓴 기운찬 장돌뱅이들의 흔해빠진 이름을 몽땅 읽었다. 스미스가(家), 브라운가, 잭슨가, 존슨가 등등 조금도 변하지 않는 틀에 박힌 가족이나 그 외의 별의별 자손의 이름. 여태까지 여기저기에서 마주친 듯한 넌덜머리가 나는 여인숙 창에 낙서한 시 몇 줄도 나는 판독할 수 있었다.

그 날은 우울하고 험악한 대로 지나갔다. 군데군데 찢긴 뜬 구름이 느릿느릿 떠내려 갔다. 내리는 비조차 아무런 변화가 없었다. 단조롭고 지루하게 주룩주룩 끊임없이 내리고 있었다. 기껏 어쩌다 지나가는 사람의 우산에서 툭툭 때리는 빗방울 소리에 나는 이따금 시원스런 소낙비를 연상하고 기분이 개운해지는 것이 고작이었다.

정오가 지날 무렵 경적이 울리고 역마차가 큰 거리를 달려오는 것을 보았을 때는 정말 가슴이 후련해 지는 기분이 들었다. 차 밖으로 나온 승객들은 무명 우산을 쓰고 옷이 쭈글쭈글 구겨졌고 비에 젖은 두터운 나사 외투나 반외투에서는 김이 오르고 있었다.

이 소리를 듣고 근방을 기웃거리던 소년들의 떼, 똥강아지들, 빨강 머리의 마부, 구두닦이, 그 밖에 여인숙 일대에서 뜯어먹고 사는 부랑자들이 그들의 은둔지에서 우르르 몰려나왔다. 그러나 이 소동도 잠시였다. 역마차는 다시 급히 가버리고 소년도, 개도,

마부도 구두닦이도 모두 본 소굴로 슬슬 되돌아갔다. 또다시 조용해진 거리, 비는 여전히 내리고 있었다. 도시, 개일 것 같은 기미는 보이지 않았다. 청우계(晴雨計)는 우천을 가리켰다. 여인숙 안주인이 기르고 있는 고양이는 불 옆에 쭈그리고 앉아서 얼굴을 비비고 그 손으로 귀를 닦고 있었다.

달력을 보니 무서운 예보가 페이지의 위에서 아래까지 한 달 동안 계속이었다.

'이 — 즈음 — 비 — 많음!'

나는 기가 막혔다. 시간이 전혀 가는 것 같지 않았다. 기둥시계의 뚝딱 소리조차 권태로웠다. 그러나 급기야 벨소리가 울려와서 이 여인숙의 정적은 깨졌다.

이어 여인숙 주방에서 급사의 소리가 들렸다.

"13번의 뚱뚱한 분이 아침을 드십니다. 차, 버터와 빵, 그리고 햄과 계란이에요. 계란은 너무 삶지 않도록."

나는 자유로운 상태에서는 어떤 일이라도 중대해진다. 이것으로 머리를 써서 생각할 문제가 제출된 것이며 생각나는 대로 상상을 전개할 수 있었다. 나는 혼자서 여러 가지를 마음속으로 그려 보기를 좋아하는 성질이지만, 이 경우 마음속에서 그릴 만한 재료가 부여된 셈이었다. 위층의 손님이 스미스 씨라든가 브라운 씨, 잭슨 씨, 존슨 씨 혹은 단지 '13번'이라고만 불리웠던들 전혀 상상의 실마리를 잡지 못할 말이었을는지 모른다. 그에 대해서는 아무것도 생각지 않았을 것이다. 그런데 '뚱뚱한 분!' 이 호칭에는 뭔가 눈에 떠오르는 것 같은 것이 있다. 곧 체격을 짐작한다. 그 인물을 내 마음의 눈에 뚜렷하게 보이게 하고, 그 뒤로는 넉넉히 상상하게 해 주었다.

그 사나이는 뚱뚱하다고 했지만 어떤 사람의 말을 빌리면 육중하다고 할 수 있을는지 모른다. 그러니까 아마도 상당히 나이가 들었는지 모른다. 나이가 들면서 점점 살쪄가는 사람도 적지 않으니까. 느즈막이 아침을, 더구나 자기 방에서 먹는 것으로 미루어, 하고픈 대로 살고 아침 일찍 일어나지 않아도 되는 신분일 것 같았다. 틀림없이 뚱뚱하고 얼굴이 붉고 육중한 노인일 것이다.

벨이 요란히 울리는 소리가 또 들렸다. 뚱뚱하게 생긴 신사가 조반을 재촉하는 모양이었다. 상당한 신분의 사람임에 틀림없다. '이 세상에 어떤 억압도 없는' 신분인 것이다. 언제나 그의 치닥거리는 금세 누군가가 해준다. 식욕이 왕성한 공복이면 다소 기분이 언짢아진다. '혹시 어느 런던의 시참사회원(市參事會員)일지도 모르고 혹은 하원 의원일는지도 모르지' 하고 나는 생각하였다. 아침 식사를 위로 가져가고 잠시 조용했었다. 신사는 차를 마시는가 보다. 또 요란스레 벨이 울렸다. 그에 대답할 겨를도 없이 다시 벨이 요란했다.

'웬일일까! 굉장히 악쓰는 노인인가 보군!' 급사가 잔뜩 성이 나서 내려왔다. 버터에서 썩은 냄새가 난다, 계란을 너무 익혔다, 햄이 짜다는 것이었다. 뚱뚱한 신사는 확실히 음식에 대해서는 까다로운 편이다. 먹고는 고래고래 소리지르고 급사를 못 살게 심부름시키고 집안 사람들과는 웅얼대며 사는 그런 사람인 것이다.

안주인이 잔뜩 화가 났다. 그녀는 팔팔한, 색정적인 여자라고나 할까. 잔소리가 좀 심하고 체신머리가 없어 뵈기는 하나 꽤 예쁘기는 한 여인이었다. 잔소리가 심한 여자는 흔히 그런 법이지만 남편은 반편이었다.

그녀는 그 좋지 못한 아침 식사를 2층으로 보냈다고 고용인들을 몹시 나무랐지만 뚱뚱한 신사에 대해서는 아무런 군소리도 하지 않았다. 그런 점으로 봐서 그 신사는 틀림없이 상당한 신분의 사람으로서 시골 여인숙에서 떠들썩하게 폐를 끼쳐도 그다지 꺼릴 것이 없다는 것을 넉넉히 짐작할 수 있었다. 새로 계란과 햄, 버터와 빵을 위로 가져갔다. 이번에는 그런대로 기분 좋게 받아들인 모양이었다. 그 이상 잔소리가 없었다.

　내가 장돌뱅이 방을 채 몇 번밖에 왔다 갔다 하지 않은 사이에
또 벨이 울렸다. 그러자 곧 부산해지고 집 안을 샅샅이 뒤지는 것
같았다. 뚱뚱한 신사께서 '타임스'나 '크로니클' 신문을 읽겠다
는 분부였다. 그렇다면 호이크 당(黨)이군, 하고 나는 단정했다.
그렇지 않고, 핑계만 있으면 제멋대로 행패를 부리는 것으로 보
아 이건 혹시 급진파인지도 모른다고 생각했다. 헌트(리 헌트,
1784~1859년. 영국의 수필가. 급진파로서 영웅시되었다)는 걸때가
굵다더니 '바로 그 헌트 당자가 아닐까!' 하고 나는 생각했다.

　나는 호기심이 나기 시작했다. 아까부터 그토록 떠들어 대는
그 뚱뚱한 신사란 도대체 누구냐고 나는 급사에게 물었으나 아무
것도 가르쳐 주는 것이 없었다. 아무도 그의 이름을 아는 것 같지
않았다. 여인숙의 분주한 주인이라는 사람은 잠깐 머물다 가는
손님의 이름이나 직업에 대해서 그다지 골치를 썩히는 일이 드물
다. 옷의 색깔과 몸차림만으로도 충분히 나그네로서의 그 이름을
생각할 수 있는 것이다. 혹은 키 큰 신사이기도 하고, 키 작은 신
사이기도 하며, 검은 옷을 입은 신사, 다색 옷의 신사, 때로는 지
금의 경우처럼 뚱뚱한 신사로도 되는 것이다. 이러한 이름이 일
단 생각나서 지어지면 그것으로써 어떠한 경우에도 쓰이고 그 이
상 아무것도 묻지 않아도 된다.

　비! 비! 비! 인정사정 없는, 그칠 줄 모르는 비! 집 밖으로는
발 내디딜 엄두도 안 나고 집 안에서는 또한 아무런 위로가 될 만
한 것이 없었다. 이윽고 그동안에 머리 위에서 어느 누군가 걸어
가는 소리가 들려왔다.

　뚱뚱하게 살찐 신사의 방이었다. 그 발자국 소리의 육중함으로
보아 반드시 큰 몸집의 사람이었다. 그리고 삐걱대는 구두창을
댄 것을 보니 늙은일 것 같았다. 나는 추측했다. '이 사람은 꼭
규칙적인 습관의 구식 부자 노인이며 지금 식사 후의 운동을 하

고 있는가 보다'라고.

나는 이번에는 난로 위 선반 둘레에 붙어 있는 합승 마차, 여관 따위의 광고를 모조리 읽었다. 〈부인의 벗〉은 더 참을 수 없었던 것이다. 어떻게 해야 좋을지 모른 채 나는 급히 방을 나와서 다시 내 방으로 올라갔다. 방에 돌아와서 얼마나 되었을까. 이웃 침실에서 폭풍이 일어났다. 문이 열리자 다시 쾅 닫혔다. 혈색이 좋고 명랑한 얼굴이어서 눈을 끌게 한 여급이 몹시 낭패한 꼴로 아래로 내려갔다. 뚱뚱한 신사가 무언가 난폭한 말을 그녀에게 한 것이다!

이로써 지금까지의 나의 대강 짐작은 발칵 뒤집혀 지고 말았다. 이 미지의 인물은 아마도 노신사는 아닌 모양이었다. 노신사란 여급에게 난폭하게 소리지르지를 않는 법이다. 그렇다고 젊은 신사는 아닌 것 같았다.

젊은 신사라는 것은 상대방을 그렇게까지 잔뜩 화나게 하지를 않는다. 그러니까 반드시 중년배임에 틀림이 없다. 그리고 반드시 추남이다. 그렇지 않으면 여급도 저편의 이야기에 그토록 심하게 성내지 않았을 것이다. 도시, 나는 전혀 까닭을 알 수 없었다.

잠시 후, 여인숙 안주인의 소리가 귀에 들렸다. 그녀가 퉁탕퉁탕 2층으로 올라오는 모습이 얼핏 보였다. 얼굴에 열을 띠고 모자를 흔들면서 연방 입을 움직이고 가만히 두지를 않았다.

"이 지붕 밑에선 절대 그런 짓은 못하게 하지. 설령 손님이 아무리 돈을 잘 뿌려도 이 집에선 어림도 없지. 우리 집 여급이 일하고 있는데 그렇게 취급되기는 싫으니까. 이런 건 아주 질색이야."

나는 본시 싸움은 싫어했고 특히 여자, 그 중에도 미녀가 상대라면 더욱 어쩔 줄 모르는 터라, 몰래 내 방으로 돌아와서 문을 반쯤 닫아 버렸다. 그러나 호기심 때문에 귀를 기울이지 않을 수

는 없었다. 안주인은 조금도 굽히는 기색 없이 적의 보루(堡壘)
로 뛰어 들어갔다. 들어가자 문을 꽝 닫았다. 한동안 닦아세우는
소리가 들렸다. 그러자 차츰 그 소리는 다락방을 불어 대는 돌풍
처럼 누그러졌다. 이어 웃음소리가 들리고 그 이상은 아무것도
들리지 않았다.

 잠시 후 안주인은 약간 비뚤어진 모자를 바로 하면서 그 얼굴
에 이상한 웃음을 띠우고 방에서 나왔다. 아래층으로 내려가자
바깥 주인이 어찌된 영문인가 묻는 것이 들렸다. 안주인은 '아무
것도 아니에요. 그 애가 바보에요'라는 대답이었다. 나는 성질 좋
은 여급을 그토록 성내게 하고 잔소리가 심한 안주인을 싱글벙글
하게 하는 불가해한 인물을 어떻게 생각해야 할는지 점점 더 알
수 없었다. 이 사나이는 필연 늙은이도, 심술꾼도 아닐 것 같았다.

 나는 이 사나이의 화상(畫像)을 다시 한 번 고쳐서 아주 다르
게 그리지 않으면 안 되었다. 그래서 나는 이 사나이를 시골 여인
숙 대문에서 흔히 보는 배를 불쑥 내민 뚱뚱한 신사의 한 사람으
로 생각했다. 얼룩 염색을 한 목도리를 두르고 맥주 탓으로 다소
얼굴이 불그레하고 진득진득한 인상의 사람일 것이다. 세상의 안
팎을 두루 보아 술집 분위기에도 익숙해서 좀체로 급사에게도 속
지 않고 악랄한 술집 주인의 술법을 잘 아는 '하이게이트의 맹세
(옛날 런던의 하이게이트 술집에서 유행한 장난 같은 맹세, '여주인에
게 키스하는 경우는 여급에게 키스하지 않는다'는 등등)'를 한 그러
한 사나이다. 다소 식도락을 즐기는 편으로써 1기니 정도의 돈쯤
은 뿌리기도 하고, 어느 급사라도 불러내여 여급을 마음대로 다
루며 카운터 옆에서 마담과 쑥덕공론을 하기도 하고, 식후의 1파
운드의 붉은 포도주니 니기스 주(포도주, 온수, 설탕, 향료를 섞은
음료) 한 잔으로 말이 많아지는 말하자면 그러한 사람이다.

 대개 이러한 추측을 하고 있는 동안에 오전은 지나가 버렸다.
어떤 하나의 확신을 종합하기가 바쁘게 무언지 까닭 모를 그 무

엇이 나타나서 그것을 부서 버려, 나는 또 어떻게 생각해야 좋을
는지 분간을 못한다. 열이 오른 머리로 혼자서 이것저것 생각하
다 보면 그만 그렇게 돼 버리고 만다. 앞서도 말한 것과 같이 나
는 몹시 마음이 들떠 있었다. 아직 얼굴조차 보지도 못한 인물에
대해서 이러쿵저러쿵 생각하다 보니 나는 점점 이상해졌다. 가만
히 있을 수 없는 초조에서 울어난 발작이었던 것이다.

　식사 때가 왔다. 뚱뚱한 신사가 '장돌뱅이 방'에서 식사를 한
다면 그제사 그 모습을 볼 수 있겠지, 하고 나는 기대했지만 그
기대는 어긋나고 말았다. 신사는 자기 방으로 식사를 나르게 하
였던 것이다. 그렇게 혼자만 있고 싶어 하면서 불가해한 태도를
취하는 까닭은 도대체 무엇일까? 이건 아무래도 급진파일 리는
없다. 세상 사람들과 이렇게 사귀기 싫어하고 비오는 하루 종일
을 할 일 없이 혼자 있다는 것은 너무나도 귀족적이다. 더구나 불
만을 품은 정치가로서는 사치스런 생활이다. 갖가지 음식에 대해
서 이러니저러니 까다롭게 굴고 사치스런 생활을 찬미하는 사람
처럼 술잔만 기울인다. 그러나 이 점, 내가 품고 있던 의혹은 곧
풀렸다. 그것은 최초의 한 병을 아직 비우지 안 했으려니 생각할
때, 한가락 노랫소리가 희미하게 들렸다. 나는 귀를 기울였다. 그
것은 '신이여, 우리 국왕을 보호하옵소서' 하는 영국 국가였다.
이렇다면 급진파가 아니라 충성스런 시민임이 분명하다. 술잔을
기울이며 충성심이 우러나고, 달리 고수할 것이 없는 경우라도
기꺼이 왕과 헌법만은 고수할 인간인 것이다. 그러나 도대체 어
떤 사람일까? 나는 엉뚱한 억측을 하기 시작했다. 어느 암행하는
귀한 사람이 아닐까. '천만에 그럴 리야!' 하고 생각다 못해 중얼
댔다.

　'혹시 왕실 사람인지도 모르지. 아무튼 그 사람은 뚱뚱하다니
까.'

　날씨는 여전했다. 이상한 미지의 인물은 방에 틀어박힌 채, 내

가 알기로는, 그 의자에 앉은 채인것 같았다. 왜냐하면 움직이는 기미가 들리지 않았기 때문이었다. 그러는 사이에 시간이 가고 '장돌뱅이 방'에는 사람들이 모이기 시작했다. 방금 도착한 사람들 중에는 두터운 나사 외투의 단추를 낀 채 있는 사람도 있었다. 또 여기저기 도시에 갔다가 돌아온 사람도 있었다. 어떤 사람은 식사를 하고 어떤 사람은 차를 마셨다. 나는 만일 오늘, 지금 같은 기분이 아니었더라면 이러한 여러 사람들을 자세히 관찰했을는지 모른다. 그 중에는 여행하는 진짜 장난꾸러기가 둘이 있어서 나그네에게 정해져 있는 갖가지 농담을 마구 지껄이고 있었다. 루이자라든가 에세린다라든가 그 외에도 대여섯 가지 귀여운 이름을 불러대면서 여급에게 여러 가지를 암시하다가는 자기 농담에 자기가 히죽이 웃는 것이었다. 그러나 나의 머리는 뚱뚱한 신사일로 가득하였다. 기나긴 하루를 종일 이 신사로써 내 상상을 자극하고 이제는 추구를 그만둘 수도 없었다.

밤이 차츰 깊어 갔다. 나그네들은 두세 번 신문을 연거푸 읽었다. 불 둘레에 모여서 말 이야기, 오만가지 경험담, 실패담을 줄곧 이야기하는 사람도 있었다. 모두 여러 상인과 관계되는 평판을 화제로 하였다. 두 장난꾸러기는 예쁜 여급 이야기, 친절한 여관집 안주인 이야기 등등 도맡아 이야기를 숱하게 하였다. 이러한 이야기는 그들의 소위 나이트캡 말하자면 물과 설탕을 가한 브랜디라든가 그렇지 않으면 그러한 종류 외의 혼합주 등 강한 술잔을 조용히 비우는 동안에 하였다.

그것이 끝나자 그들은 차례로 벨을 울려서 슈샤인이나 여급을 불러대고, 신기에 상당히 불편한 헌 신을 개조한 슬리퍼를 끌면서 잠자리로 돌아갔다.

나중에는 한 사람밖에 남지 않았다. 그 사람은 다리가 짧고 허리가 긴, 다혈증의 사나이로서 엷은 갈색 머리에 머리통이 컸다. 붉은 포도주를, 쓴 니가스 컵과 술의 스푼을 손에 들고 단지 혼자

서 앉아 있는 것이었다. 한 모금 마시고는 젓고 곰곰이 생각하다
가는 다시 한 모금 마셔서 마침내 스푼밖에 남지 않았다. 빈 컵을
앞에 두고 이 사나이는 의자에 몸을 곧바로 하고 차츰 잠들고 말
았다. 그러자 촛불도 졸음이 오는 듯이 보였다. 촛불 심지가 길어
져서 검어지고 끝이 돌돌 말려 방 안에 그나마 남아 있던 빛이 더
욱 어두워진 것이다. 이렇게 퍼진 어둠이 모든 것을 휩쓸어 갔다.
방을 나간, 벌써 잠이 든 나그네들의 두터운 나사 외투가 후줄그
레 귀신같이 방의 사방 벽에 걸려 있었다.

다만 기둥시계의 시간을 알리는 소리에 섞여 잠든 술꾼들의 코
고는 소리와 집 추녀에서 뚝뚝 떨어지는 빗방울 소리가 들릴 뿐
이었다. 한밤중이 되어 교회의 몇 군데 종이 엇갈려 울려 왔다.
돌연 머리 위에서 뚱뚱한 신사가 왔다갔다 하기 시작했다. 어쩐
지 무서운 생각이 들었다. 나처럼 신경 과민의 상태에 있는 자에
게는 유달리 그러했다. 어쩐지 오싹하게 하는 외투, 목구멍에서
골골하는 것같은 잠결 소리, 거기다 이 이상한 인물이 삐걱삐걱
내는 발자국 소리. 그 발자국 소리는 차츰 작아지고 마침내 없어
졌다. 나는 더 참을 수 없게 되었다. 극도로 흥분해서 이야기의
주인공같이 저돌적인 기분이었다. '어떤 녀석인지 이 사내를 한
번 보리라!' 하고 나는 중얼댔다. 방의 불빛을 더듬어 13호실로
걸음을 재촉했다. 문이 약간 열려 있었다. 나는 잠시 주저했다가
안으로 들어갔다. 방은 비어 있었다. 테이블 앞에 커다란 좌석엔
넓은 안락의자가 놓여 있고 테이블 위에는 빈 큰 컵과 타임스 신
문이 놓여 있었다. 방에서는 스틸튼 치즈의 냄새가 풍겼다.

이상한 미지의 인물은 확실히 방금 잠자리로 물러간 모양이었
다. 나는 몹시 실망해서 내 방으로 돌아왔지만 방은 이 여인숙의
바깥쪽으로 옮겨 있었다. 복도를 걷다가 침실 입구에 밀랍 먹인
최상부의 가죽이 더럽혀진 커다란 장화가 최상부에 놓여 있는 게
눈에 띄었다. 이것은 분명히 그 미지의 사람의 것에 틀림없었다.

그러나 그 굴 속으로 들어간 무서운 인물을 시끄럽게 해서는 안
될 것이라고 생각했다. 내 머리에다 피스톨이나 그보다 더 무서
운 것으로 발사할는 지도 모를 일이었다.

그리고 잠자리에 들어가서도, 또 꿈속에서도 이 뚱뚱한 신사와
밀랍 먹인 자국이 최상부에 달린 장화에 쫓기었다.

이튿날 아침은 약간 늦잠을 자다가 무슨 떠들썩한 소리에 눈은
떴지만, 처음에는 그것이 무슨 소리였는지 몰랐다. 그러나 더 뚜
렷이 깨자 문 밖에는 역마차가 출발하려 한다는 것을 알았다. 갑
자기 아래층에서 외치는 소리가 들려 왔다.

"손님께서 우산을 잊으셨대! 13번에서 손님의 우산을 찾아와!"

이어 복도에서 여급이 퉁탕탕 뛰어가는 소리가 나고, 뛰면서
큰 소리로 대답하는 것이 들렸다.

"있어요! 손님의 우산이 있어요!"

그렇다면 그 이상한 인물이 막 출발하려는 것이다. 이것이 그
사나이를 보는 마지막 남은 유일한 기회다. 나는 침상에서 벌떡
일어나 창가에 뛰어가서 커튼을 제치고 역마차 문으로 막 들어가
려 하는 사람의 뒷모습을 얼핏 보았다. 갈색 윗옷의 뒷자락이 둘
로 갈라져 있고, 갈색 바지의 커다란 엉덩이가 완전히 보였다. 문
이 닫히자, '오라잇!' 하는 소리가 들리고 마차는 달리기 시작했
다. 뚱뚱한 신사에 관해서 내가 본 것은 다만 그것뿐이었다.

〈成贊慶　譯〉

W. 어빙(Washington Irving, 1783~1859) : 미국의 문학가. 몸이 약해 정규 교육을 받지 못하고 유럽 등지를 여행. 귀국 후 변호사 자격을 얻었다. 형의 상점 대리인으로 유럽에 갔으며, 그 후 17년간 외국의 여러 나라에 머무르며 크레이언이라는 필명으로 《스케치북》을 출판, 이는 〈립 밴 윙클〉 등 자국의 민간 전승과 영국의 풍속을 다룬 작품과 그 외 34편의 로맨틱한 문장을 모은 것으로, 이 저서로 그의 문명(文名)은 국제적인 것이 되었다. 스페인의 역사에 흥미를 가져 〈콜럼버스전〉, 〈그라나다의 정복〉, 〈앨햄브러〉 등의 역사물을 쓰기도 했다. 일단 귀국했으나, 다시 스페인 공사로 임명되어 마드리드에서 살았고 만년은 뉴욕 근처 서니사이드의 저택에서 보냈다. 젊었을 때 약혼녀가 죽은 이후 평생을 독신으로 살았다. 그는 현실에서 등을 돌리고 과거에 살려고 한 작가이며, 그의 작품은 그만큼 로맨티시즘의 기조를 이루고 있다. 온아하고 매력있는 문장으로 미국 문학을 처음으로 세계적인 수준에 올려 놓았다.

줄 거 리

11월의 어느 비오는 날, 여관에서 무료한 시간을 보내고 있던 '나'는 '뚱뚱한 신사'라고 불리는 투숙객에게 관심을 가지게 된다. 얼굴을 보지도 못하고 신분이나 나이에 대한 어떤 정보도 얻지 못한 상태에서 '나'는 그 뚱뚱한 신사가 어떤 사람일까를 여러모로 상상해 본다. 그러나 참의원, 급진파의 열혈한, 구식 부자노인, 유들유들한 중년신사 등의 여러 가능성을 생각해 보면서도, 정작 그를 직접 보지는 못한다. 이튿날, '내'가 눈을 떴을 때 이미 뚱뚱한 신사는 여관을 떠날 준비를 끝내고 있었다. 결국 '나'는 그의 뒷모습을 얼핏 보았을 뿐이다.

작품 해설

이 작품은 '뚱뚱한 신사'라고 불리는 어떤 사람에 대한 호기심이 결국 충족되지 못하고 만다는 간단한 내용으로 짜여져 있다. 극적인 사건도, 뚜렷한 성격을 지닌 인물도, 치밀한 구성도 여기에는 존재하지 않는다. 이 작품을 통해 작가가 보여주고자 하는 것은 흥미진진한 플롯이 아니고, 인간관계의 본질에 대한 번득이는 통찰이다.

화자인 '나'는 '뚱뚱한 신사'에게 호기심을 느끼고, 그의 발소리라든지 종업원들을 대하는 태도 등 외면적인 증거를 통해 그가 누구인지를 알아내고자 하지만, 그런 '나'의 수고는 본래 헛된 것이다. 일상생활에서, 어떤 사람을 완전히 이해한다는 것은 불가능한 일이기 때문이다. E.M. 포스터의 말을 빌자면,

"일상생활에서 우리는 결코 서로를 이해하지 못한다. 우리는 서로를, 외적인 기호에 의해, 대략 알고 있을 뿐이며 이것만으로도 충분히 사회생활과 심

지어는 다른 사람과의 친밀한 관계를 유지해 나갈 수 있다.”

그러나 일반적으로 소설 내의 인물들은 이렇게 묘사되지 않는다. 그들의 외면과 내면을 모두 알고 있는 작가 덕분에, ‘소설 내의 인물은 독자에 의해 완전히 이해’ 될 수 있다. 〈뚱뚱한 신사〉의 작가 어빙은 바로 이 점에 의문을 제기하며 ‘뚱뚱한 신사’라는 인물의 실체에 접근하지 못하는 ‘나’를 보여주고 있는 것이다.

따라서 ‘뚱뚱한 신사’가 제시되는 방법은 소설의 일반적인 등장인물들이 제시되는 방법과 다르다. 일반적으로 소설에 등장하는 인물은 외모나 행동은 물론 내면적인 심리까지도 자세하게 제시되는 데 비해, 이 소설에 나오는 ‘뚱뚱한 신사’에 대해서는 아무런 구체적인 정보도 주어지지 않는다. 독자는 화자인 ‘나’의 상상을 따라갈 수 있을 뿐이다. 그러나 ‘나’의 상상은 ‘뚱뚱한 신사’에 대한 사소한 정보가 전달될 때마다 계속 단절되고 변화를 겪는다. 느릿느릿한 발걸음 소리로 미루어 보면 그는 점잖은 노인 같기도 하고, 여관 안주인을 대하는 능란한 태도로 보아서는 적당히 속물적인 중년 남자인 것 같기도 하며, 과격한 진보파인가 싶기도 하고, 영국 국가를 부르는 것으로 보아서는 보수적인 사람 같기도 하다. 이처럼 화자는, 그가 어떤 인물인지를 끝까지 알지 못한다.

문　제
1. 이런 소설의 시점은 무엇이겠는가. 또 김유정의 소설 중 이런 시점으로 된 작품을 써라.
2. 이 작품에서 화자인 ‘나’가 ‘뚱뚱한 신사’의 실상을 알려고 여러 가지로 상상해 보는 것은 결국 그 신사의 무엇을 알려는 것인가?

해　답
1. 1인칭 관찰자 시점, 김유정의 〈동백꽃〉.
2. 신사의 직업과 성격.

늙은 투사

☞ 읽기 전에

1. 작품의 배경이 되고 있는 시대적·사회적 상황을 고려하면서 이 소설을 읽어 보도록 하자.
2. 여기 등장하는 '늙은 투사'란 무엇을 상징하는 인물인지 생각해 보자.

한때 뉴잉글랜드는, 후년에 일어난 대혁명 후의 가공할 폭정보다도 더 심한 불법의 악정에 신음하던 시대가 있었다. 호색 왕(好色王) 찰스의 완미(頑迷)한 후계자인 제임스 2세가 전 식민지의 헌장을 폐지, 우리들의 자유를 빼앗고 종교를 위태롭게 하기 위하여 포악 무도한 군대를 파견했던 것이다. 에드먼드 앤드러스 경(卿)의 집정은 전제 정치의 특색을 빈틈없이 갖추고 있었다. 국왕으로부터 정권을 위임받고 총독과 고문관을 겸하면서 국가의 일 따위는 안중에 없었다. 국민이나 혹은 그 대표자의 동의를 얻는 일도 없이 법률을 제정하고 세금을 부과했다. 시민의 개인적인 권리는 침해되고 소유지는 무효로 선언되는가 하면 백성의 원성은 신문의 기사 제한에 의해 뭉개지고 말았다. 그리고 급기야는, 우리들의 자유로운 국토에 처음으로 진주해 온 용병대의 최초의 일격에 의해서 그 불만의 소리는 굴복되었던 것이다. 2년 동안 우리들의 조상들은 설령 그 지배자가 의회이든 섭정(攝政)이든 싫어하는 카톨릭교의 왕이든, 모국에 대한 충성심을 변치 않고 지녀온 그러한 부자(父子) 관계에 있어서의 아들의 애정으로써 우울한 복종을 계속하고 있었다. 그러나 이러한 불행한 시대를 맞을 때까지는 그런 충성심도 단지 허울에 지나지 않았고 식민지의 사람들은 자치로써 대영제국 태생의 신민(臣民)들의 특권이기나 한듯이 훨씬 많은 자유를 누리고 있었던 것이다.

마침내 오렌지 공(公)이 운명을 건 시도를 감행하여 만약 그것이 잘 성공되기만 하면 시민의 권리, 종교상의 권리에 승리를 가져오고 뉴잉글랜드는 해방되리라 하는 소문이 바다를 건너 이쪽 언덕으로 전해왔다.

그러나 그것은 근거 없는 풍문에 지나지 않았다. 그것은 거짓말일 것이다. 그런 짓을 해도 실패하리라, 어느 편이든 제임스 왕에 모반하는 자는 사형을 면치 못하리라, 라는 것이었다. 하지만 그러한 정보는 적지않은 효과가 있었다. 사람들은 거리에서 수수께끼 같은 미소를 교환하고 압제자들을 대담하게 노려보기도 했다. 한편 사소한 계기라도 있으면 온 땅이 그 심각한 절망에서 들고 일어날지 모르는, 억압되고 침묵 당하였던 여론이 비등하고 있었다. 지배자들은 신변상 위험을 느끼고 더욱 권력을 휘둘러 그것을 회피하고, 뿐만 아니라 더 가혹한 수단으로써 자기들의 전제 정치를 공고히 할 결심을 하고 있는 모양이었다. 1689년 4월의 어느 날 오후, 에드먼드 앤드러스 경과 그의 심복 고문관들은 한잔 한 기분으로 총독의 친위대의 영국병을 소집하고 보스턴의 가두에 풀어 놓았다. 진군을 개시한 때는 해가 바로 저물 무렵이었다.

이 물정이 소란할 때 그 군고(軍鼓)의 갑작스런 울림은 병사의 진군가라기보다 차라리 시민들 자신의 비상 소집이기나 한 것처럼 거리거리를 울렸다.

온 거리에서 군중들이 킹 스트리트에 모여들었다.

이 지점이야말로 약 1세기 후 영국 군대와 영국의 폭정에 신음하던 인민과의 싸움의 무대로 될 운명의 지점이었다. 신세계에 이주자들이 도착한 이래 60년 이상의 세월이 흘렀지만 그들의 자손인 이들 군중은 평상시보다도 이러한 위급 존망의 경우에 더욱 강한 그들 성격의 특색을 발휘하는 것이었다. 눈에 띄지 않는 옷차림, 한결같이 엄숙한 태도, 어둡지만 두려움을 모르는 표정, 성경 귀절을 중얼대는 말, 정의의 행동에 대한 신의 축복의 확신, 이러한 것은 황야가 위험에 처했을 때, 당초의 청교도들의 특색이기도 했다—— 그런 분위기였다. 사실 그러한 옛 어른들의 정신은 아직도 살아 있었다. 그날 가두에 모인 사람들 중에는 가로수 밑에서 신을 예배한 사람도 있었고, 그 신 때문에 고국을 떠나지 않을 수 없었던, 신을 위하여 의연히 일어선 사람도 있었던 것이다. 국회의 노병들도 역시 여기에 모였다. 스튜어트 가(家)에 대해 비록 그들의 몸은 늙었지만, 두 번째의 일격을 가하려는 냉엄한 미소까지 띠고 있었다. 또 마을을 불태우고 노약(老若)을 살육한 필립 왕 전쟁의 역전의 용사들도 경건하고 매서운 표정으로 모였다. 한편 전토의, 경신(敬神)의 마음이 깊은 사람들은 기도로써 그들을 원조했다. 몇몇 목사들도 여기저기서 군중 속에 끼어 있었다. 그 군중은 딴 야유꾼들과는 달리 목사들의 의복이야말로 신성 불가침의 것이기나 한 것처럼 경의로써 지켜보고 있었다. 이러한 성직자들은 군중들을 진정케 했지만 흩어지지 않도록 그들의 영향력을 발휘하는 것이었다.

그동안에도, 조그마한 동요라도 있으면 나라 안을 큰 동란으로 휩쓸지 모르는 시기에 임하였음에도 불구하고, 시의 치안을 교란하려는 총독의 의도는 뭇 국민이 납득키 어려운 점이었고 제각기의 생각에 따라 해석하고 있었다.

"악마는 이제 곧 전가(傳家)의 보도(寶刀)를 뺄 거야."
라고 말하는 사람이 있었다.

"왜냐하면 녀석은 우물쭈물할 수 없는 것을 알고 있기 때문이거든. 경건한 목사님들은 모두 감옥에 끌려 갈 테지. 목사님들은 킹 스트리트에서 스미스필드의 화형 같은 것을 당할는지 모르지."

그래서 각 교구의 신자들은 자기네들의 목사 곁에 바짝 모여들었다. 목사는 침착하게 하늘을 쳐다보며 사도답게 위엄을 갖추고 있었다. 그것은 또 직장(職掌)의 최고의 영예인 순교자로서의 영예를 받을 만한 것이었다. 그 당시 소 기도서(小祈禱書) 속에 특기할 만한 존 로자스와 같은 순교자가 그들 가운데 뉴잉글랜드에서 나타나리라 하는 것이 실제로 공상되었던 것이다.

"로마 법황이 또다시 바르트로메오의 학살과 똑같은 것을 명했다.", "우리들 남자와 사내 아이는 모두 학살당한다."
고 부르짖는 사람도 있었다.

다소라도 사물의 이치를 아는 사람들은 총독이 의도하는 것이 그렇게 극악 무도한 것이 아니라고 믿었지만 이러한 유언(流言)은 덮어놓고 부정되는 것은 아니었다.

구헌장 하의 전임 총독이며 최초의 이주자들이 존경한 옛 벗인 브래드스트리트 씨가 시에 있다는 것이 알려졌다. 에드먼드 앤드러스 경이 군대를 행진시킴으로써 곧 사람들을 공포 속에 몰아넣고, 그들의 수장(首長)으로서의 지위를 마음대로 해서 반대 세력을 타도하려 한다는 추측은 근거가 있었다.

"구헌장의 총독을 절대 옹호하라!"

"그렇다. 그렇다."
고 군중은 외쳤다.

"선량한 노 브래드스트리트 총독을!"

이 환성이 최고조에 달할 때 사람들은 브래드스트리트 본인의 낯익은 모습을 보고 놀랐다. 머지않아 아흔 살이 되려 하는 장로

인 그는 어느 집 문간의 계단 위에 나타나 그다운 온건한 어조로 정당한 당국의 명령에 복종하도록 간망(懇望)하는 것이었다.

"여러분."

존경하는 이 노인은 말했다.

"경솔한 행동을 해서는 안 됩니다. 커다란 소리를 지르지 말고 뉴잉글랜드의 행복을 위해서 기도해 주십시오. 그리고 끝까지 참아서 이 사태에 대한 신의 뜻이 나타나기를 기다려 주십시오."

일은 빨리 결정되지 않으면 안 되었다. 그러는 동안에 급 템포의 북소리가 코온힐 방면에서 차츰 높이, 가슴에 스며들 듯 가까워 왔다. 마침내 그것은 집집마다에 진동하고 병사들의 규칙적인 보조(步調)의 울림은 거리에 충만했다. 거리 가득히 2열 종대의 병사들이 나타났다. 화승총(火繩銃)을 메고 화승에는 이미 불이 당겨져 있었다. 그 때문에 초저녁 어둠 속에 불은 점점 열을 지은 것처럼 보였다.

그들의 보무 당당(步武堂堂)한 행진은 가는 길을 가로막는 모든 것을 용서없이 석권하는 마치 기계의 행진과 같았다.

그 뒤에서 포석(鋪石) 위에 뒤섞인 말굽소리를 울리면서 천천히 기마 의장병의 일대가 다가왔다. 그 중심 인물은 에드먼드 앤드러스이며 초로(初老)의 사나이긴 하지만 몸을 똑바로 가눈 모습은 마치 병사와 같았다. 그의 신변을 둘러싼 자들은 심복의 고문관들, 즉 뉴잉글랜드의 불구 대천의 적이었다. 그의 우측엔 가증한 적, 에드워드 랜돌프가 말을 타고 있었다. 이 사나이야말로 코튼 메사의 말을 빌리면 '저주할 사이비 인간'이며 옛날부터 정부를 멸망케 하고 그의 생존 중, 아니 죽을 때까지 잊을 수 없는 저주의 대상이었던 사나이다. 좌측에는 바리반트가 말을 타고 가면서 연신 농담과 조롱의 말을 내뱉고 있었다. 댓드리는 그 뒤를 따랐다. 당연히 그래야 했겠지만 사람들의 분노의 눈초리와 마주치는 것이 두려운 듯, 얼굴을 숙이고 있었다. 사람들은 태어났을 때부터 그들의 유일한 동국인인 그를 조국의 박해자들 틈에 발견한 것이었다. 항구에 정박하고 있는 프리케이트 함의 함장과 두셋 국왕의 문관들도 그 속에 끼어 있었다. 그러나 많은 사람의 주목을 받고 심각한 감정을 자극한 인물은 성직자의 법복을 입은 채 치안관들 틈에 끼어 거만하게 말을 타고 가는 킹즈 차펠 감독파의 목사였다. 이 사나이야말로 고위의 성직자와 박해의, 교회와 국가와의 통합의, 청교도들을 황야로 몬 모든 가증할 만한 행위에 알맞는 대표자였던 것이다. 딴 호위병들은 2열로 줄지어 제일 뒤를 맡고 있었다.

이러한 광경은 모두가 뉴잉글랜드의 상태, 그 사기(士氣), 사물의 이치와 국민의 특성 같은 것에서 자연적으로 나타난 것이 아니라 정부의 기형적인 모습을 마치 그림으로 그려 놓은 것 같았다. 한쪽에는 슬픈 얼굴을 하고 음울한 복장의 믿음 깊은 군중이 있고, 또 한쪽에는 전제적인 지배자들의 일단이, 신분이 높은 국회의원들을 한가운데 두고 가슴에 십자가의 크리스트 상(像)을 단 모습도 여기저기 보이며 그 모두가 호사스런 의복을 걸쳤고, 술에 얼굴을 붉힌 채, 부정한 권력에 취하여 온 국민의 원성을 조소하고 있는 것이었다. 가로를 피로써 물들일 명령을 이제나저제나 기다리는 용병들은 그것만이 복종케 할 수단이라는 것을 증명하는 것이었다.

"오, 만군의 주여."

군중 속에서 한 사람이 절규했다.

"당신의 종들을 위하여 투사를 보내시옵소서!"

큰 소리로 외쳤다. 그리고 주목할 인물을 소개하는데 전령(傳令)과 같은 구실을 했다. 군중들은 뒤로 물러나 지금은 도로의 저 끝쪽으로 엉성하게 모여 있었다. 한편 병사들은 그 도로 길이의 3분의 1, 가까이 진행하고 있었다. 그 사이의 공간엔 사람 그림자 하나 없었다. 높은 건물 사이의 조용한 포도, 그 위는 황혼이 가까운 건물의 그림자를 던지고 있었다. 돌연 거기에 한 사람의 노인 모습이 나타났다. 군중 속에서 나온 사람인 듯 도로의 가운데를 혼자서 걸어 무장한 일대와 맞대고 나가려 하였다. 그는 56년 전에 입던 검은 색의 외투를 걸치고 끝이 뾰죽한 모자를 쓴, 시대에 뒤늦은 청교도의 복장으로 무거운 칼을 허리에 차고 있었지만 나이에서 오는 발목의 흔들림을 지탱코자 지팡이를 손에 쥐고 있었다.

군중으로부터 좀 떨어진 곳에서 그 노인은 육중한 태도로 돌아다보았다. 그 얼굴에는 노인다운 당당한 위풍이 있고 가슴까지 늘어진 흰 수염은 한층 더 성자같은 풍모를 풍겼다. 그는 격려하는 것 같은, 그리고 동시에 경고하는 것 같은 몸짓을 하고는 다시 등을 돌려 앞으로 걷기 시작하였다.

"이 백발의 장로는 누군가!"

노인들의 아들인 젊은이들은 물었다.

"이 거룩한 노인은 누군가?"

노인들은 또 노인들에게 물었다.

그러나 누구 한 사람 대답하지 못했다. 여든 살 혹은 그 이상의 연대의, 군중 속의 어버이들은 당황했다. 젊었을 때 잘 알던 터인, 예를 들면 윈스로프의 맹우(盟友)였던 사람, 법률을 만들기도 하고 기도하기도 하고 만인(蠻人)을 대항해서 자기들을 지도하기도 한 왕년의 고문관, 그러한 저명한 권위자의 한 사람을 잊었다는 것은 이상한 일이라고 생각했기 때문이었다. 초로(初老)의 사람들도 또 현재의 자기네 두발이 그런 것과 같이 자기들이 젊었을 무렵의 그 사람의 백발을 잘 기억하고 있는 터였다. 그리고 그 젊은이들은 어째서 이 노인의 일을 온통 잊어버렸을까?

지난 시대의 거룩한 유물이라고 할 그 백발의 장로, 그의 고마운 축복의 기도가 이 젊은이들이 아직 어렸을 때 모자도 쓰지 않은 머리 위에 베풀어졌을 터인데……

"이 사람은 어디서 왔을까? 무얼 할 작정인가. 도대체 이 노인은 누군가?"

놀라고 의아해 하는 군중은 수군거렸다.

그러는 동안에도 이 거룩한, 알지 못할 노인은 지팡이를 손에 든 채로 길 한복판을 혼자서 앞으로 걷고만 있었다. 행진해 오는 병사들 쪽으로 가까이 가서 그 군고의 울림이 몹시 귀를 때리게 되자 노인은 몸을 곧바로 세우고 긴장한 태도를 취했다. 머리는 백설처럼 희었지만 침범 못할 위엄을 갖추고 모록(耄碌)한 티는 없어진 것 같았다. 계속 그는 전사와 같은 발걸음으로 진군가에 보조를 맞추면서 앞으로 나갔다. 이래서 노인은 한 방향으로 나아가고 병사와 치안관들의 대열은 그 반대 방향으로 행진했다. 마침내 쌍방의 거리가 20야드 될까말까 한 곳까지 접근하자 노인은 들고 있던 지팡이의 가운데를 쥐고 마치 지휘자가 갖는 직장(職杖)처럼 앞으로 내어밀었다.

"멈춰라!"

그는 외쳤다.

그 눈, 그 얼굴, 명령하는 태도. 전쟁터에서 대군을 지휘할 만한, 기도드릴 때 신에게도 바칠 만한, 장중한, 더구나 전사와 같은 그 소리의 울림, 그것은 거역할 수 없는 것이었다. 노인의 말과 그 내민 팔에 군고의 울림은 그대로 뚝 멈추고 행렬도 일제히 정지하였다. 군중들은 몸에서 근질근질하는 것을 느끼며 열광하였다. 지도자와 성자를 동시에 겸비한 사람 같은 당당한 태도, 늙은 데다 그러한 옛날 복장으로는 뚜렷이 알 수는 없었지만 이 사람이야말로 바로 정의에 입각하여 일어선 옛 투사의 한 사람임에 틀림이 없었다. 박해자가 쳐대는 군고의 울림에 끌려 무덤 속에서 모습을 나타냈음이 틀림없었다. 군중은 존경과 환희의 절규로서 뉴잉글랜드의 해방을 기대했다.

총독과 휘하의 의장병들은 뜻하지 않은 방해를 당한 것을 알자, 마치 허덕이며 겁먹은 말을 그 백발의 유령에게 향하여 엎어누를 듯이 다급하게 말을 달렸다.

그러나 상대는 한 발자국이라도 물러서지 않고, 당장 그를 둘러싸려 하는 일단을 날카로운 시선으로 노려보았다. 그리고 마지막으로 에드먼드 앤드러스 경을 매섭게 노려보았다. 누구나가 이때 이 정체 모를 노인 편이 이 자리의 주도자이며, 왕가의 전 권력과 권위를 대표하고 병사를 뒤에 거느린 총독 겸 고문관 편이 그에게 복종할 수밖에 다른 도리가 없는 것으로 생각하였을는지도 모른다.

"이 늙은 녀석이 어쨌다는 거야?"

에드워드 랜돌프가 기고 만장해서 외쳤다.

"전진, 에드먼드 경! 병사들에게 전진을 명하시요. 당신이 이 나라 사람에게 허락했듯이 늙은이에게 어느 길이건 택하게 하면 되는 거요. 옆으로 비키든가, 아니면 말굽에 짓밟히든가!"

"아니 아니, 이 노인에게 경의를 표합시다."

바리반트가 웃으면서 말했다.

"보시는 바와 같이 놈은 23년간 잠만 자고 있다가 세상이 바뀐 것을 뭣 하나 모르는 라운드 헤드(둥근 머리)의 중놈인가 봅니다. 아마도 놈은 옛날 라운드 헤드의 이름으로 우리들을 타도하려고 생각하는 모양이지요."

"여봐, 할아버지, 당신 미쳤오?"

에드먼드 앤드러스 경이 거칠게 큰 소리로 물었다.

"제임스 왕의 총독의 진군을 감히 제지하다니!"

"나는 이전에 임금님의 진군도 저지한 일이 있다."

준엄하고 침착한 태도로 노인은 대답했다.

"총독 각하, 내가 여기 온 것은 압박받는 인민의 신음을 듣고 내 은둔한 곳에서 잠자코 있을 수만은 없었기 때문이다. 주님이신 신께 오직 은혜를 베풀십사고 기도한 결과 주님의 사도들이 들고 일어선 것과 똑같은 이유로 다시 이 세상에 내 모습을 나타내기를 고맙게도 허락해 주신 것이다. 제임스라고 하시던가? 영국의 왕위에는 이미 카톨릭 교도의 폭군은 존재하지 않을 터. 더구나 내일 낮까지는 너희들이 공포라는 이름을 씌우려 하는 이 거리에서, 그의 이름조차 웃음거리가 되리라. 가거라. 너의 총독의 이름도 과거의 것, 가거라. 오늘 밤으로써 너의 권세도 끝난 것이다. 내일은 감옥이다. 가거라, 내가 교수대의 예언을 하기 전에!”

사람들은 그의 곁으로 몰려갔다. 그들은 자기네들의 투사의 말에 취해 있었다. 노인은 지난 시대의 고인과 말한 외에는 이야기에 익숙하지 못한 사람처럼 오랫동안 써 보지 않은 말로 말하는 것이었다. 그러나 그 소리는 군중의 영혼을 흔들어 놓았다. 그들은 전연 무기를 손에 쥐지 않은 것은 아니며 급하면 길에 깔려 있는 돌이라도 필살의 무기로 삼으려는 태세를 갖춘 채 병사들을 향해 나아갔다. 에드먼드 앤드러스 경은 노인을 보다가 군중 쪽으로 사납고, 잔인한 시선을 던졌다. 그는 그들이 도저히 가라앉히기 어려운 열화와 같은 분노에 불타고 있는 것을 알았다. 다시 그는 노인의 모습을 물끄러미 보았다. 노인은 빈 터의 으슥한 어둠에 싸여 서 있었다.

그곳에는 우군도, 적도 발을 들여놓지 않았다. 그는 무엇을 생각하고 있는지 그 의도하는 바를 입 밖에 내놓지 않았다. 그러나 압제자는 이 늙은 투사의 표정에서 위압을 받았는지 그렇지 않으면 군중의 험악한 동향에 자기 몸의 위험을 느꼈는지 그는 물러나고 병사들에게 서서히 신중하게 퇴각을 개시하도록 명령했다. 다음날 해 떨어지기 전, 총독과 그와 함께 말을 달리던 자들은 모두 감옥에 갇쳤다. 그리고 연이어 제임스가 왕위를 물러나고 윌리엄이 즉위하였다고 뉴잉글랜드 온 땅에 포고되었다.

하지만 그 늙은 투사는 어디로 갔을까? 군대가 킹 스트리트를

퇴거하고 군중이 그 뒤를 흥분해서 부산스레 따라갈 때 그 노총
독 브래드스트리트가 자기보다도 훨씬 나이 많은 노령의 사람과
힘차게 껴안는 것을 보았다고 이야기하는 사람도 있었다. 또 어
떤 사람들은 그들이 그 노인의 위엄에 눌려 있는 사이에 노인은
그들의 눈 앞에서 저녁 어둠 속으로 차츰 사라져 버려 바로 직전
까지 그가 서 있던 곳에는 사람의 그림자조차 안 보였다고도 하
였다. 여하튼 모든 사람들의 일치하는 점은 그 백발 노인의 모습
을 다시는 보지 못하였다는 것이었다. 그 당시의 사람들은 맑은
날 낮에 혹은 황혼 때라도 그 노인이 다시 모습을 보여 주었으면
하고 기대했었다. 그러나 그의 모습은 두 번 다시 보이지 않았고
그의 장례식이 언제 있었는지 또 어디에 그의 묘표(墓標)가 있는
지 아무도 몰랐다.

이 늙은 투사는 누구였던가? 아마도 그의 이름은 당시에는 너
무나 강력한, 그러나 임금에게는 면목 없는 교훈을 하고 신하로
서는 훌륭한 귀감(龜鑑)이었기 때문에 후세까지도 빛나는 형(刑)
의 선고를 내려야 했던 준엄한 대법정의 기록 속에서 찾을 수 있
을는지도 모른다. 청교도의 자손들이 그들 조상의 정신을 발휘하
지 않으면 안 될 때가 오면 언제나 이 노인은 다시 그 모습을 나
타낸다고 하는 이야기를 필자는 들은 일이 있다. 80년 후, 다시
그는 킹 스트리트에 나타났다. 그로부터 또 5년 후, 어느 4월의
새벽, 렉싱톤의 예배당 광장에 그는 서 있었다. 거기는 오늘날 석
판을 깐 화강암의 방첨비(方尖碑)가 세워 있고 혁명 전쟁의 최초
의 전사자를 기념하고 있다. 또한 우리들의 아버지들이 뱅카즈
힐의 흉벽(胸壁)에서 고전(苦戰)을 할 때도, 밤 중에 그 늙은 투
사는 순찰을 계속하고 있었다. 그가 다시 모습을 보이기는 훨씬
미래의 일일는지 모른다. 그가 모습을 보일 때는 암흑의 시대이
고 역경과 위급의 때이다. 그러나 만일 자기 나라의 폭정이 우리
를 압박하거나 혹은 침략자들의 발이 우리의 국토를 더럽히는 일

이 있으면 다시 그 늙은 투사는 나타날 것이다. 그는 바로 뉴잉글랜드의 전통적인 정신이기 때문이다. 그리고 위험이 닥친 막다른 데 이르렀을 때엔 그 환상의 행진이야말로 뉴잉글랜드의 자손들이 자기네 조상의 정의를 입증하려 하는 바로 그 표시임에 틀림없다.

〈尹相根　譯〉

**작가 소개

N. 호손(Nathaniel Hawthorne, 1804~1864) : 미국의 소설가. 보드인 대학을 졸업하고, 졸업 후 고향 세일렘에서 잡지에 기고하면서 문필 생활 계속. 이어 보스턴의 세관에 근무하였다. 결혼하여 콘코드에 살면서 다시 세일렘의 세관에 근무하는 한편, 〈두 번 말해진 이야기〉를 써서 인정받고, 대표작 〈주홍 글씨〉로 문단적 위치를 확립하였다. 피어스 대통령의 주선으로 영국에 가서 리버풀의 영사가 되고, 이어 이탈리아에 체재한 후 런던을 거쳐 돌아왔다. 죄악, 양심 등의 문제를 탐구하는 데 노력을 기울였으며, 인물을 상징화하는 난해한 면이 있었다. 단편도 많이 썼으며, 구성과 문장이 뛰어났다.

줄 거 리

미 대륙의 뉴잉글랜드가 영국의 식민지로 있을 때의 일이다. 영국왕 제임스 2세는 식민지 주민의 권리를 침해하는 제반 조치를 취하고, 그 명령을 수행할 총독을 파견해 두고 있었다. 뉴잉글랜드 인들의 반감이 점차 고조될 즈음, 영국에서 오렌지 공이 제임스 2세를 몰아낼 준비를 하고 있다는 소식이 전해진다. 이 소식에 고무된 주민들은 킹 스트리트 광장에 모여들지만, 곧 총독의 군대 역시 이곳으로 진군하여 주민들을 위협한다. 주민들이 두려움과 분노 속에서 '우리를 이끌 누군가'를 기다리고 있을 때, 백발이 성성한 한 노인이 나타나 총독의 군대와 정면으로 대적한다. 그는 제임스 왕이 이미 폐위되었으며 총독도 이튿날이면 체포되는 신세가 될 것이라고 예언하고, 그 말을 들은 총독이 군대를 철수시키자 어디론가 사라진다. 주민들 중에 아무도 이 노인을 아는 사람이 없었기 때문에, 그가 사라진 후에는 그에 대한 신비로운 소문이 떠돌았다. 그는 영국 왕에게 직언을 하다 쫓겨난 높은 신분의 인물로, 영국이 정의롭지 못한 행동을 할 때마다, 그리고 식민지 주민들이 그에 맞서 일어설 때마다 나타나는 '늙은 투사'라는 것이었다.

작품 해설

호손은 미 대륙이 영국의 지배 하에 있었던 시절에 많은 관심을 기울여, 그때를 배경으로 한 작품을 많이 창작했다. 여기 실린 〈늙은 투사〉도 영국 지배 하의 뉴잉글랜드 주를 배경으로 하고 있는 작품이다.

〈늙은 투사〉는 소설로 시작되지만 전설로서 끝난다. 제임스 2세가 미 대륙으로 이주한 청교도들의 종교적·사회적 권리를 억압하고 있었다는 것, 이에 대한 반감이 식민지 주민들 사이에서 자라나고 있었다는 것은 역사적인 사실이다. 그러나 광장으로 모여든 시민들을 해산시키기 위해 총독의 군대가 진군해 왔을 때, 또한 시민들이 그 무력을 두려워하여 섣불리 앞으로 나서지 못하고 있을 때 '늙은 투사'가 나타나 군대의 진군을 저지했다는 대목에서부터 이 작품은 완연하게 전설의 세계로 넘어간다. 범할 수 없는 위엄을 가진 늙은 투사, 제임스 2세의 폐위와 총독의 체포를 예지할 수 있는 능력까지 갖춘 이 노인을 현실적인 존재라고 보기는 어렵다. 덕망있는 전임 총독과 아는 사이 같았다거나 왕에게 충언을 하다 형(刑)을 받은 사람인지도 모른다는 소문은 그가 '실재하는 존재'일 가능성을 뒷받침해 주지만, 곧 이어 작가는 그 늙은 투사가 그로부터 80년 후에도, 독립전쟁 때에도 나타났다고 서술함으로써 그를 상징적인 존재, 전설 속의 인물로 격상시킨다. 그는 뉴잉글랜드의 정신이요, 불의에 대항하여 자유를 지키려는 정신의 상징이다.

이렇게 늙은 투사라는 한 숭고한 존재 —— 현실적인 존재인 동시에 상징적인 존재이기도 한 —— 를 내세움으로써, 작가는 미 대륙에 이주한 청교도들이 어떤 역사를 거쳐 왔는가를 압축적으로 보여주고 있다. 그들은 종교의 자유를 누리기 위해 미 대륙으로 건너왔고, 다시 그들의 자유를 억압하려는 폭군에 맞서 싸웠으며, 마침내 영국 정부에 맞서 독립전쟁을 벌임으로써 자유를 쟁취하였다. 늙은 투사는 이런 투쟁의 현장 어디에나 있었던 존재, 곧 청교도들의 정신이며, 따라서 늙은 투사를 형상화한다는 것은 곧 '자유를 위한 투쟁의 역사'를 보여준다는 것을 뜻한다. 늙은 투사는 미국의 역사에 신비로운 후광을 던져주는 존재, '역사의 전설화'를 만들어내는 존재이다. 작가는 자유라는 이름 아래 모두 하나가 된 순간을 포착하여 그것을 늙은 투사의 형상화로 나타냄으로써, 그때 드러난 인간의 존엄성에 찬가를 바치고 있는 것이다.

문   제
1. 이 소설의 극적 전환을 가져오는 늙은 투사는 청교도들의 무엇을 나타내고 있으며, 그것은 인간의 무엇을 나타내고 있는가?
2. 뉴잉글랜드의 주민들이 실현하려는 것은 결국 무엇인가?

해   답
1. 청교도들의 자유를 위한 투쟁의 전설화, 인간의 존엄성.
2. 자유를 바탕으로 하는 새로운 역사의 수립.

라 그랑드 브르떼쉬

☞ 읽기 전에

1. 이 작품은 대작 《인간희극》의 일부를 이루는 것이다. 《인간희극》의 문학사상 의의에 대해 알아보고 이 작품을 읽도록 하자.
2. 이 작품에서 묘사되고 있는 것은 인간의 어떤 측면인가? 작품의 분위기와 관련시켜 생각해 보자.

"아닙니다! 아주머니."
하고 의사는 대답했다.

"내 자랑할 만한 화제 중에는 무서운 이야기가 있지요. 그러나 샹포르(18세기의 비평가)가 드 프롱사끄 공작에게 '당신의 감정이 폭발할 때와 우리들이 현재 이렇게 있을 때와의 사이에는 샴페인 병이 열 개쯤 늘어설 정도의 차이가 있군요'라고 말했다지만 샹포르의 이러한 멋진 말에 의하면 어떠한 이야기든지, 이야기 하기에 알맞는 때가 있는 겁니다."

"하지만 지금은 오전 2시가 아니에요. 아까 하신 로지나의 이야기를 듣고 우리들은 벌써부터 이야기 들을 준비가 다 됐어요."
이 집 여주인의 말이었다.

“얘기해 줘요, 비앙숑 씨!”

모두 사방에서 재촉하였다.

호인인 이 의사가 이야기를 할 듯한 몸짓을 해서 주위에 침묵이 흘렀다.

“반돔의 읍에서 조금 나온 곳에 르 누아르 강을 연해서…….”라고 그는 말을 꺼냈다.

“유난히 지붕이 높이 솟은 다갈색의 옛 집이 있습니다. 이 집은 근방의 민가에서는 뚝 떨어진 외따른 집인데 보통 어느 작은 읍이면 흔히 보일 듯한 그 냄새도, 고약한 유피공장이라든가 초라한 여인숙이라든가 하는 것이 그 근방에는 전혀 없습니다.

이 집 앞에는 강을 마주 보는 뜰이 있고, 이 뜰에 옛날에는 회양목이 잘 다듬어져 오솔길 양쪽에 나란히 있었겠지만 지금은 그 회양목이 제멋대로 자라고 있습니다. 르 누아르 강 속에서 자라는 몇 그루의 버드나무는 울타리처럼 부쩍 자라서 집을 반쯤 가리고 있습니다. 우리들이 잡초라고 부르고 있는 풀들도 무성하게 자라서 강언덕을 장식하고 있습니다. 뜰 안의 과일나무도 10여 년이나 내버려 두어서 이젠 열매도 제대로 맺지 못하고 그 새싹은 수풀 같은 모양을 하고 있습니다. 그 과일나무는 마치 관목 울타리처럼 되어 있고, 뜰의 오솔길은 그 옛날 모래가 뿌려져 있었지만 지금은 쇠비름이 가득히 자라 있습니다. 그러나 지금 거기엔 이미 오솔길이었던 흔적조차 없어졌습니다.

이 집의 대지가 내려다보이는 유일한 장소는 드 반돔 공작 댁의 고성(古城)의 폐허가 무너지려 하는 산꼭대기입니다. 거기서 내려다보면 그 토지의 한 모퉁이는, 시대는 모른다 하더라도 어느 귀족이 몹시 사랑하던 곳이었던 것 같습니다. 아마도 그 귀족은 장미꽃이나 튜울립 등 한마디로 하자면 원예를 즐기고 특별히 맛있는 과일을 즐겼던가 봅니다. 정자가 하나, 그것도 잔해에 불과합니다만, 보이고 그 아래에는 아직 세월이 몽땅 침식치 않은 테이블이 있습니다.

어떤 묘비명을 읽으면 거기 매장된 선량한 상인의 일상 생활을 상상케 됩니다만, 그처럼 모습이 흐트러진 뜰을 보고 있노라면, 시골에서 맛볼 수 있는 평화로운 생활의 소극적인 기쁨을 상상케 됩니다.

이러한, 영혼을 붙잡는 듯한 슬프고 온화한 관념을 채우기나 하는 것처럼 벽 한군데는 'ULTIMAN COGITA!(너희들 마지막 때를 생각하라)'라는 평범한 기독교적 문구가 써 있는 해시계까지 눈에 뜨입니다.

이 집의 지붕은 거의 헐었는데 창문은 언제나 닫혀 있습니다. 발코니는 제비집으로 덮여 있는가 하면 문도 여러 군데 닫혀 있습니다. 또 키 큰 잡초가 입구에 깔린 돌 틈 사이로 녹색의 줄을 그었고, 이곳저곳에 달린 쇠붙이는 녹이 슬었습니다. 달, 해, 겨울, 여름, 눈 따위가 목재에 구멍을 내고, 판자를 휘고 페인트를 누더기로 만들었습니다.

여기에 가득 찬 음산한 침묵을 깨뜨리는 것은 다만 까마귀나 고양이, 흰 담비, 쥐 뿐이며 이러한 것들이 제멋대로 뛰어다니고 싸우고 서로 잡아먹고 합니다. 눈에 보이지 않는 하나의 손이 도처에 '신비'라는 글을 써 놓았습니다. 만일 여러분이 호기심이 나서 이 집에 길을 따라가신다면 위쪽이 원형으로 되어 있는 커다란 문이 보일 겁니다. 그 문은 근방의 아이들이 작은 구멍을 잔뜩 내놓았습니다. 나는 나중에야 그 문이 10년 전부터 닫힌 채 있다는 것을 알았습니다.

그런데 그 크고 작은 구멍에서 들여다보면 여러분도 그 뜰의 정면과 가운데 마당의 정면과의 사이에 완전한 조화가 이루어져 있는 것을 알 수 있습니다.

거기에 똑같이 황폐 상태가 가득 차 있다는 것입니다. 풀은 원형을 만들어 포석(鋪石) 가장자리를 쌓습니다. 커다란 틈은 벽에 줄을 그었고, 벽 꼭대기에 있는 낡은 기둥 장식에는 무수히 쐐기풀이 얽혀 있습니다. 입구의 돌 층계는 무너져 있고, 벨을 잡아당기는 끈은 썩고 '어떤 불이 하늘에서 떨어져 여길 지나갔을까? 어떤 재판이 이 집에 소금을 뿌리게 했을까? 여기 있던 사람이 신을 모독했을까? 그 사람은 프랑스를 배반하였는가?' 이런 것을 우리는 생각케 됩니다. 파충류들은 우리들의 의문에 대답도 없이 기어다닙니다. 이 허황한 인기척 없는 집은 누구도 풀 수 없는 커다란 수수께끼입니다. 이 집은 옛날엔 귀족의 작은 영지로서 라 그랑드 브르떼쉬라고 불리웠습니다. 데쁘랑 씨(인간 희극 중의 명의 비앙숑의 은사)가 반돔의 읍에서 어느 돈 많은 환자의 치료를 저에게 맡긴 일이 있습니다. 나는 이 읍에 체류하는 동안 그 기묘한 집을 보는 것이 아주 재미있는 일 중의 하나였습니다. 이 집은 폐허보다도 더욱 재미있는 것이 아닐까요? 폐허라는 것은 움직일 수 없는 역사적인 사실의 흔적이 얼마든지 붙어 있는 것입니다. 그러나 이 집은 설령 복수의 손에 걸려 서서히 파괴되고 있다손 치더라도 그대로 서 있어 어떤 비밀을 간직하고 있었습니다. 사람의 알 수 없는 생각을 품고 있었습니다.

　나는 저녁이면 이 대지를 지키고 있는 제멋대로 자란 나무 울타리로 가까이 가 보았습니다. 나는 긁히는 생채기쯤은 아무렇지도 않았습니다. 이 주인 없는 뜰, 공유지도 아니고 사유지도 아닌 땅에 나는 들어갔습니다. 나는 거기서 몇 시간이건 멈춰 서서 그 황폐한 모습을 물끄러미 바라보았습니다. 이 기이한 광경에는 분명 그에 붙어다닌 이야기가 있었겠지만, 나는 비록 그 이야기를 들을 수 있었어도 반돔의 말많은 사람들한테서는 단 한 번이라도 물어 보고 싶은 생각이 없었을 것입니다. 나는 그 뜰에서 슬거운 소설을 쓰고 있었던 것입니다. 나는 거기서 넋을 잃은 듯한 희미한 우울의 쾌락에 젖어 있었습니다. 이 집이 버려진 동기는 아마도 진부한 것이었을 테니까, 만약 내가 그 동기를 안다고 하면 혼자서 도연(陶然)했던 미간(未刊)의 시를 상실했을는지도 모릅니다. 나에게 있어서 이 숨은 집은 불행 때문에 암담해진 인간 생활의 극히 변화가 많은 영상을 보여 주었습니다. 그것은 수도승이 없어진 승원 같이도 보였고, 혹은 비명(碑銘)의 말을 전하는 죽은 사람도 없는 묘의 고요함이기도 했습니다. 오늘은 문둥병 환자의 집이었지만, 내일은 아트레우스(희랍 신화에 나오는 인물. 같은 족속끼리 증오, 복수, 살육을 행하는 자의 대명사)의 자손의 집이기도 했을 것입니다. 그러나 거기는 뭣보다도 먼저 명상의 관념과 모래시계의 생활을 가진 시골이었습니다. 나는 거기에서 자주 눈물을 흘렸습니다. 절대로 웃는 일이 없었습니다.

나는 거기에서 머리 위를 급히 날아가는 산비둘기의 펄럭이는 둔한 바람소리를 듣고 느닷없이 공포를 느낀 적이 한두 번이 아니었습니다. 그곳 토지는 습지입니다. 거기에는 도마뱀, 살모사, 개구리 등이 야성적으로 자유롭게 돌아다니므로 조심하지 않으면 안 됩니다. 또 첫째로 추위를 두려워해서는 안 됩니다. 마치 석상(石像)의 기사(騎士) 손이 돈쥬앙의 목덜미를 휘어잡듯 순식간에 얼음 외투가 사람의 어깨를 덮어버리기 때문입니다.

어느 날 밤, 나는 거기서 벌벌 떨었습니다. 그때는 바람으로 녹슨 헌 바람개비를 돌려서 그 소리가 마치 집이 신음소리를 내는 것처럼 들렸기 때문이었습니다. 그 무렵 나는 이 집에 흔적을 남긴 슬픔의 수수께끼를 해명하려고 꽤 음산한 이야기를 거의 꾸며 놓은 때였습니다. 나는 어두운 생각에 잠긴 채 여관으로 돌아왔습니다. 내가 저녁을 다 먹고 난 후 여관 안주인이 어딘지 뜻있는 듯한 표정으로 방으로 들어와서 나에게 말했습니다.

"손님, 루뇨 씨가 오셨습니다."

"루뇨 씨라니, 누구 말입니까?"

"뭐라구요, 손님은 루뇨 씨를 모르세요? 어쩜! 이상한데요."
하고 그녀는 나갔습니다.

　돌연 나는 키가 큰 홀쭉한 사나이가 검은 옷을 입고 손에 모자를 들고 나타난 것을 보았습니다. 이 사나이는 벗어진 대머리와 뾰죽한 작은 머리와 어딘지 더러운 물이 들어있는 컵처럼 곱지 못한 얼굴을 나에게 들이대면서, 마치 당장 연적(戀敵)에게 덤벼들려는 염소 수컷 같은 꼴로 들어왔습니다. 여러분 같으면 어느 행정부의 수부계(受付係)라고 했을 겁니다. 이 알지 못할 사나이는 주름잡은 곳이 퍽 닳아빠진 헌 옷을 입고 있었습니다. 그래도 그는 와이셔츠의 가슴 장식에는 다이아몬드를 달고 귀에는 금으로 만든 이어링을 달고 있었습니다.

　"당신은 누구시죠?"
하고 나는 그에게 물었습니다.
　그는 의자에 앉자 난롯가에 몸을 당기고 테이블 위에 모자를 얹고는 손을 비비면서 대답했습니다.
　"꽤 춥군요. 저어, 나는 루뇨라는 사람입니다."
　나는 그에게 인사하며 속으로 이렇게 말했습니다.
　'일 본드 카아니!(희가극 〈바그다드의 카리파〉 중의 교왕(敎王) 카리파의 숨은 이름) 정체를 잡아라.'
　"나는 반돔의 공증인을 하고 있는 사람입니다."
　그는 말을 계속했습니다.
　"그러세요. 잘 오셨습니다."
　나는 커다란 소리로 말했습니다.
　"하지만 난 유언장를 만들어 달랄 순 없습니다. 그 이유는 말씀드릴 수 없습니다만."
　"잠깐 기다리십시오!"
　그는 마치 억지로 나를 침묵케 하려는 듯이 손을 들었습니다.
　"실례지만 잠깐 이야기하게 해 주십시오. 들건대 선생은 이따금 라 그랑드 브르떼쉬의 뜰을 거니신다구요."
　"예, 그렇습니다."

"잠깐 기다려주십시오!"

그는 전과 같은 몸짓을 되풀이하면서 말했습니다.

"그러한 행위는 진짜 범죄를 구성합니다. 나는 고(故) 드 메레 백작부인의 이름으로 또 부인의 유언 집행인으로서 선생에게 그 방문을 중지해 주십사 말씀드리러 온 것입니다. 잠깐만 기다리십시오! 물론 나는 터키 인처럼 인정사정 없는 인간은 아니니 그런 것으로 당신에게 죄를 씌우려는 생각은 없습니다. 더구나 내겐 반돔에서 제일 훌륭한 저택을 헐게 내버려 두지 않으면 안 되는 여러 가지 사정이 있는 것입니다만, 그런 사정을 선생이 모르신다는 것도 역시 무리는 아니라고 생각합니다. 하지만 뵙기에 교양도 있으신 분 같아, 울타리가 있는 소유지에 침입하는 것은 법이 중형으로써 금하고 있다는 것을 아셔야 합니다. 나무 울타리든 돌담이든 똑같은 가치를 갖고 있는 겁니다. 하긴 현재 그 집 상태로 보아 호기심을 가지시는 것도 무리가 아니라고 할는지 모릅니다. 나 역시 선생을 그 집 안에 자유롭게 출입시켜 드렸으면 그보다 나은 것은 없겠죠. 그러나 나로서는 유언자인 부인의 의사를 집행할 의무가 있으니 지금 이후로는 그 뜰 안에 들어가시지 않도록 부탁드리는 바입니다. 나 자신도 그 유언이 있은 다음은 아까도 말씀드린 대로 드 메레 부인의 유산에 속해 있는 그 집에는 발을 들여놓은 일이 없습니다. 다만 그 집의 문, 창 정도를 조사했을 뿐입니다. 그것도 돌아가신 드 메레 부인이 지정한 대로 토지 가옥의 세금을 매년 물게 되어 그 세금을 결정키 위한 것이었습니다. 참, 반돔에서는 부인의 유서에 대해서 별의별 소문도 많았습니다."

여기서 그는 말을 끊고 코를 풀더군요. 이 훌륭한 신사가 말입니다. 드 메레 부인의 유산 상속이 그의 생애에 있어서 가장 중대했던 사건으로서 이것이 그의 명성, 그의 영광, 그의 '왕정 복고(王政復古)' 그 자체라는 것을 뚜렷이 알게 되어 나는 그의 요설

(饒舌)에 경의를 표했습니다. 나는 나의 아름다운 꿈같은 이야기와도 결별하지 않으면 안 되었습니다. 그러나 진상을 낱낱이 안다는 즐거움에는 반대하지 않았습니다.

"그럼……."

하고 나는 그에게 말했습니다.

"실례지만 그 기묘한 유언의 이유를 들려주실 수 없을까요?"

이 말을 듣자 공증인의 얼굴은 금세 기쁜 표정을 띠었습니다만, 그것은 흔히 제일 좋아하는 이야기를 할 때 기뻐하는 표정이었습니다. 그는 와이셔츠의 깃을 으쓱해서 매만지고는 담배 쌈지를 꺼내어 그것을 펼쳐 그 담배를 내 앞에 내놓았습니다. 그는 한 개비를 집었습니다. 그는 기뻤던 것입니다. 제대로의 지론을 갖지 않은 사람은 인생에서 끄집어 낼 수 있는 이익을 알지 못합니다. 제대로의 지론이란 정열과 편집광(編執狂) 사이의 바로 중간에 있는 것입니다. 이때 나는 스탄(18세기의 영국작가)의 그 아름다운 표현을 속속들이 이해했습니다. 그리고 토비 아저씨가 트림(스탄의 〈트리스트람 샨디〉에 나오는 인물)의 도움으로 제대로의 논법을 늘어놓을 때의 기쁨이 어떠한 것인가를 완전히 알았습니다. 루뇨 씨는 나에게 말했습니다.

"나는 파리에서 로간 공증인(인간 희극 중 인물)의 제일 서기를 하고 있습니다. 그곳은 아주 훌륭한 법률 사무소라서 아마 선생도 그 평판을 들으셨을 겁니다. 그렇죠? 여하튼 어떤 불행한 파산 사건이 있었기 때문에 그는 유명해졌습니다. 1816년에는 법률 사무소의 시세도 오르고 당시의 물가로는 파리에서 개업할 만한 엄두도 나지 않았고 충분한 재산도 없어서 나는 이 읍에 와서 여기 전임자의 법률 사무소를 손에 넣었습니다. 나에게는 반놈에 친척이 있었는데 이들 중에 백모 한 분이 계셨는데 이 백모께서 나에게 자기 딸을 아내로 주셨기 때문이죠."

그는 잠깐 쉬었다가 다시 계속했습니다.

"내가 국새상서(國璽尙書)의 인가를 받고 3개월 되었을 때의 일입니다. 어느 날 저녁 내가 막 자려고 할 때(당시 나는 아직 결혼하지 않았는 데요) 드 메레 백작부인이 메레의 별관으로 불렀습니다. 부인의 심부름하는 아이는 정직한 처녀로서 현재 이 여관에서 일하고 있습니다만, 심부름꾼이 백작부인의 사륜 마차로 나의 집 문턱까지 왔던 것입니다. 아니, 잠깐만 기다리세요. 여기서 말씀드려 둘 필요가 있습니다. 드 메레 백작은 내가 이 읍에 오기 두 달 전에 파리에 가셔서 저 세상으로 돌아가셨습니다. 백작은 파리에서 별의별 방탕 생활을 하시다가 그만 무참히도 돌아가신 것입니다. 알고 계십니까?

백작이 출발하시던 날에 백작부인은 그랑드 브르떼쉬를 뜨셨고 그곳 가구도 처분하고 말았습니다. 어떤 사람들의 말인즉 부인은 가구도 벽걸이도 태워 버렸다고, 즉 부인은 상기(上記)의 모 씨가 현재 차용하고 있는 장소에 갖다 놓은 가구, 살림살이를 아마도 그 어떤 것이든 불문하고 일체를……(아니 내가 왜 이런 소릴 하는지, 실례했습니다. 내가 임대차 계약을 구실하고 있는 것 같은 기분이 되어 그렇습니다) 즉 부인은 그러한 것을 메레의 목장에서 태워 버렸다고까지 하는 사람도 있는 것입니다. 선생은 메레에 가 보신 일이 있으십니까? 없으세요?"

그는 자기가 나의 대답을 했다.

"그건 참! 거기는 참으로 좋은 곳입니다!"

"3개월쯤 전부터……."

그는 가볍게 끄덕이고는 이어 말했습니다.

"백작 부부는 괴상한 생활을 하고 있었습니다. 두 분은 누구와도 면회하지 않고, 부인은 아래에서, 백작은 2층에서 이런 식으로 살았습니다. 부인은 자기 혼자가 되면 교회 밖에 모습을 나타내지 않았습니다. 그 후 별관에 옮기고부터는 부인은 찾아오는 남자 친구도, 여자 친구도 만나주지 않았습니다. 라 그랑드 브르떼쉬를 떠나 메레로 가실 때부터 부인은 많이 변했습니다. 이 셰르(친애한다는 뜻) 부인은…… 참 나는 지금 셰르(고가(高價)라는 뜻도 됨)라고 했습니다만 이 다이아몬드는 부인께서 주셨습니다. 그러나 나는 단 한 번밖에 부인을 못 뵈었습니다! 한데, 친애하는 부인은 아주 중태에 빠져 있었습니다. 부인은 확실히 자기의 건강에 대해서 이미 절망하고 있었습니다. 왜냐하면 의사를 부르려 하지도 않고 돌아가신 것입니다. 그래서 이 읍의 부인들은 백작부인의 머리가 이상해졌다고 생각할 정도였습니다. 그러므로 드 메레 부인이 나의 도움이 필요하다는 것을 알았을 때 내 호기심은 몹시 자극되었던 것입니다. 그러나 나만이 이 이야기에 흥미를 가졌던 것은 아닙니다. 그 날 밤이 깊었는 데도, 내가 메레에 갔다는 것을 읍내 사람들이 다 아는 정도였으니까요.

나는 도중에서 여러 가지를 물었으나 그 심부름꾼은 퍽이나 애매한 대답을 했습니다. 하지만 그 처녀는 마나님께서 낮에 메레의 승려한테서 종유(終油)의 비적(秘蹟)을 받으셨다든가, 그 밤을 도저히 넘기실 것 같지 않다고 말했습니다. 나는 열한 시쯤 해서 별관에 닿았습니다. 큰 계단으로 올라갔습니다. 천장이 높고 어두운 데다가 추운, 그리고 아주 습하기만 한 커다란 방들을 지나 나는 백작부인이 계신 제일 좋은 침실에 갔습니다. 사방에서 입에 오르내리는 이 귀부인의 소문으로 미루어(하긴 선생, 여기서 부인에 대한 소문을 몽땅 되풀이해서 말씀드린들 끝이 없겠죠) 나는 부인을 요염한 여인으로 생각했었습니다. 그런데 의외였습니다. 나는 커다란 침대에서 신음하는 부인을 발견하는 데 한참 걸렸습니다. 위에는 얼핏, 보기만 하여도 재채기가 나올 만큼 먼지가 뿌옇게 덮인 구정체(舊政體) 시대의 프리즈(그림이 있는 벽걸이)가 둘러싸여 있었지만, 그 넓은 방의 조명을 부인은 글쎄 그 구식 아르간 램프를 쓰고 있었습니다. 그렇지, 선생은 메레에 안 가보셨다죠, 아시겠어요? 그 침대라는 것엔 나뭇잎 무늬의 인도 비단이

씌워 있고, 높은 관 뚜껑이 달린 그 옛날식의 침대입니다. 발이 하나 달린 작은 침대용 테이블이 침대 곁에 있고, 그 위에는 〈크리스트의 가르침〉이란 책 한 권이 놓여 있었습니다. 덧붙여 말씀드립니다만 나는 그 책과 램프를 아내에게 사주었습니다. 그리고 또 그 심복 하녀가 쓰는, 한 발 달린 큰 안락 의자와 두 발 달린 의자가 있었습니다. 그 이외에는 불도 없었습니다. 이상이 가구라고 하는 것의 전부였습니다. 이런 것으로는 가구의 명세표에 써 넣어도 채 열 줄도 못되었을 것입니다.

진정 선생께서 그때 내가 본 것처럼 갈색 벽걸이가 둘러쳐 있는 그 넓디넓은 방을 보셨더라면 선생 자신이 진짜 소설의 장면에 끌려온 게 아닌가 하고 생각하셨을는지 모릅니다. 그건 차디찬, 아니 그 이상의 어떤 음산한 것이었습니다."

하고, 그는 덧붙여서 연극하는 시늉으로 잠시 한 팔을 들고 있었습니다.

"나는 침대 곁에 가서 물끄러미 본 다음 베개를 비치는 램프의 희미한 불도 있어서 드 메레 부인을 찾았습니다. 부인의 얼굴은 납같이 창백하고 두 손을 포갠 것처럼 뼈가 앙상했습니다. 백작 부인은 레이스의 나이트캡을 쓰고 계셨기에 아름다운 머리카락이 보였습니다만, 그 머리카락도 실처럼 하얀 빛깔이었습니다. 부인은 침대 위에 앉아 계셨는데 그러한 자세가 몹시 거북한 것 같았습니다. 부인의 커다란 까만 눈은 열 때문인지 쇠약해져 이미 반은 죽어 있었고, 눈썹 근처의 뼈 아래는 거의 움직이지 않았습니다. 그건 여기였습니다."

그는 자기의 눈두덩을 가리켰습니다.

"부인의 이마는 땀으로 흠뻑 젖었습니다. 야위어 가늘어진 두 손은 보드라운 가죽으로 씌운 뼈 같고, 혈관도 근육도 겉으로 튀어 나왔습니다. 부인은 굉장한 미인이었던가 봅니다. 그러나 그때 말이 아니었습니다. 나는 부인의 모습을 보고 뭐라 말할 수 없는 기분이었습니다. 부인의 유해를 매장한 사람들의 말을 들으면 살아 있으면서 부인처럼 야위고 그러면서도 죽지 않은 사람은 아직 본 일이 없었답니다. 요컨대 부인은 보기에도 섬칫한 모습이었어요. 병으로 해서 완전히 못쓰게 된 그 부인은, 이미 망령에 지나지 않았습니다. 부인이 말을 하실 때 그 핏기 없는 자줏빛 입술은 조금도 움직이는 것같이 보이지 않았습니다.

나는 직업상 자주 가사(假死) 상태인 사람의 베갯머리에 가서 유언을 확인하는 일이 있으므로 이러한 광경에 익숙해 있긴 하나, 솔직하게 말해서 내가 보아 오던 눈물에 젖은 가족이나 임종의 고뇌 따위는, 그 넓디넓은 집 안에 다만 혼자서 말이 없던 그 부인에 비하면 아무것도 아니었습니다. 나는 어떤 소리도 들을 수 없었습니다. 환자가 호흡을 하면 위에 덮은 얇은 이불이 움직이게 될 터인데 그것조차 보이지 않았습니다. 나는 멍청해서 줄곧 부인만 보고 꼼짝하지 않았습니다. 지금도 나는 그곳에 가 있는 것만 같습니다. 이윽고 부인의 커다란 눈이 움직이고, 부인은 오른손을 올리려 하다가 이내 침대 위에 떨어뜨렸습니다. 그리고는 다음과 같은 말이 한숨처럼 부인의 입에서 새어 나왔습니다.

'나는 정말 목빠지게 당신을 기다렸어요.'

부인의 볼에 갑자기 생기가 돌았으나, 입을 여는 것은 부인에게 굉장한 고역이었던 것입니다.

'마나님' 하고 나는 부인에게 말하였습니다. 부인은 나에게 잠자코 있으라고 눈짓을 하셨습니다. 이때 나이 많은 가정부가 일어서서 내게 귀띔을 해 주었습니다.

'말씀해선 안 돼요. 백작부인은 조그마한 소리도 듣지 못하는 상태입니다. 뭐라고 발하시면 마나님은 괴로워 하실는지 모르니까요.'

나는 앉았습니다. 잠시 후 드 메레 부인은 남아 있는 온 힘을 기울여서 오른팔을 움직이고 이 또한 비상한 노력으로 긴 베개

밑에 넣고, 잠깐 동작을 멈췄습니다. 그 다음에 마지막 힘을 모아 그 손을 빼셨습니다. 이렇게 해서 봉인한 서류를 집었을 때 부인의 이마에 땀방울이 맺혔습니다.

'나의 이 유언서를 당신에게 맡깁니다.'

부인이 말씀하셨습니다.

'아, 괴로워, 아!'

이것이 마지막이었습니다. 부인은 침대 위에 있던 십자가를 쥐고 그것을 재빨리 입술에 대고는 돌아가셨습니다. 그 한군데만을 응시하던 눈의 표정은 지금도 생각하면 몸서리납니다. 부인은 무척 괴로우셨을 겁니다. 부인의 마지막 눈빛 속에는 환희가 엿보였습니다. 그것은 죽어가는 눈 위에 새긴 감정이었던 것입니다.

나는 그 유언서를 갖고 나왔습니다. 그리고 그것을 폈을 때 나는 드 메레 부인이 나를 유언 집행자로 지명한 것을 알았습니다. 부인은 개인에게 준 약간의 유증(遺贈)을 제외하고는 자기 재산의 총액을 반돔의 병원에 기증했습니다. 그러나 라 그랑드 브르떼쉬에 관해서 부인의 처치는 어떠했느냐 하면 부인이 나에게 위탁한 것은 부인이 돌아가신 날부터 만 50년간 그 집을 사망시 그대로의 상태로 둘 것, 누구를 막론하고 어떤 방이건 들어가는 것을 금지할 것, 여하한 수리도 하지 말 것, 필요하다면 문지기를 고용하기 위해 금리(金利)를 할당해도 좋으니 부인의 유지(遺志)를 완전히 집행할 것 등등입니다. 이 기한이 만료했을 때 유언자의 희망이 완전히 수행된다면 그 집은 내 상속자들의 소유로 돌아가기로 되어 있습니다. 아시다시피 공증인은 유증을 받지 못하게 되어 있기 때문입니다. 그렇지 않으면 라 그랑드 브르떼쉬는 법정 상속인의 소유로 될 것입니다. 그러기 위해서는 유언서에 추가된 유언 부속서(附屬書) 속에 지시되어 있는 여러 조건을 이행할 의무가 있습니다. 하지만 그 유언 부속서라는 것은 상술한 50년이 만료한 뒤가 아니면 개봉해서는 안 됩니다. 그러므로 이 유언서는 아직 무효의 이의(異議)를 내세울 수는 없습니다. 그러니까……."

여기까지 말하자 키다리 공증인은 자기 말이 채 끝나지도 않았으면서도 승리한 듯이 나를 쳐다보았습니다. 나는 두세 마디 찬사로 그를 기쁘게 해 주었습니다.

"여보세요."

나는 마지막으로 말했습니다.

"당신의 말을 듣고 나는 퍽 깊은 감명을 받았습니다. 지금도 그 시트보다 더 창백한 임종 때의 부인 얼굴이 보이는 것 같습니다. 그 날카롭게 빛나는 눈도 무서워졌습니다. 그래, 오늘 밤 나는 그 분의 꿈을 꿀 겁니다. 그런데 그 색다른 유언서에 포함되어 있는 조항은 당신도 약간은 짐작하셨겠지요."

"천만에, 선생."

그는 우습게도 경계하는 듯이 말했습니다.

"나는 다이아몬드를 선물로 지불해 주신 그런 분들의 행위를 이러니저러니 상상할 수 없군요."

그러나 나는 곧 이 반돔의 조심성 많은 공증인의 혀를 풀어 놓고야 말았습니다. 그는 긴 옆길로 돌아가면서도, 이 유언에 대해서 남녀 쌍방의, 뱃속이 시커먼 책략가들이 품고 있는 갖가지 의견을 나에게 전해 주었습니다. 뭣보다도 반돔에서는 이들의 판결이 법률을 대신한다는 것이었습니다. 그러나 이들의 의견은 실로 모순이 많고 장황하여 나는 이 이야기의 진상에 흥미를 가졌었지만, 자칫 잠들 뻔하였습니다. 아마도 이 공증인은 자기 자신의 이야기에 귀를 기울이는 고객이나 지방의 사람들에게 이야기를 들려주는 것에 익숙해 있는 것 같으나, 그 납납한 입놀림과 단조로운 억양에는 나의 호기심도 나가 떨어졌습니다. 고맙게도 그는 돌아가 주었습니다.

"굉장합니다. 선생, 별의별 사람들이……."

그는 계단의 도중에서 나에게 말했습니다.

"아직 45년은 더 살고 싶어할 것입니다. 그러나 잠깐 기다리세요."

그러자 그는 교활한 듯이 오른손 엄지를 코 위에다 대었습니다. 마치 '이제부터 내가 말하는 것을 주의하시오'라고 말하는 것 같았습니다.

"그때까지, 그때까지 살고 싶더라도 지금 60세라면 틀린 겁니다."

공증인은 이 최후의 경구가 퍽 재치 있었다고 생각한 모양입니다만, 그 덕분에 나는 방심한 상태에서 내 자신으로 돌아와 문을 닫았습니다. 그리고 나는 난로의 장작 쌓는 곳에 두 발을 올려놓고 의자에 엉덩이를 붙이고 있었습니다. 나는 루뇨 씨의 법률적 사실에다가 라드크리프 식의 소설을 꾸미느라 생각에 잠겨 있었습니다. 그때 내 방의 문이 여자처럼 솜씨 있는 손으로 손잡이가 빙글 돌며 열렸습니다. 나는 여관의 안주인이 들어오는 것을 보았습니다. 아주 기분이 좋은 듯 쾌활하고 살찐 여자였지만, 이 여자는 천성의 사명이 잘못되었습니다. 왜냐하면 그녀는 테니에(17세기의 프랑도르 화가)의 그림 속에서 태어나야 했을 것이라고 생각되는 프랑도르 여자였기 때문입니다.

"잠깐, 손님."

하고 그녀는 말했습니다.

"루뇨 씨는 틀림없이 장황하게 라 그랑드 브르떼쉬의 이야기를 하셨겠죠?"

"그래요, 르빠 아줌마."

"뭐라 그래요?"

나는 그녀에게 드 메레 부인의 음울한 이야기를 대충 되풀이하였습니다. 그녀는 한 마디도 빼놓지 않고 마치 경관의 본능과 스파이의 교활함과 상인의 약삭빠름의 중간의 것같은, 여관업자의 독특한, 만사를 꿰뚫어 보는 눈빛으로 나를 쳐다보았습니다.

"저 르빠 아줌마, 당신은 이 이야기를 더 잘 아는 것 같은데, 그렇죠? 그렇지 않다면 어째서 내 방에 올라온 거요?"

"어머나! 난 이름이 르빠인 것만큼 정직한 여자에요. 정직한 여자의 명예를 걸고서 맹세해요……."

"맹세 안해도 좋습니다. 당신의 눈은 비밀로 가득 찼으니까요. 당신은 드 메레 씨를 알고 있었구려. 드 메레 씨란 어떠한 사람이었오?"

"그야 뭐, 드 메레 씨로 말하면 정말입니다. 미남자이시고 언제까지 보아도 끝이 없을 정도구요. 키도 크신 분이었죠. 거기다 빠까르디 출신의 어엿한 귀족이셨어요. 그런데도 그 분은 이곳 사람들의 말로는 무척 성을 잘 내신 분이었죠. 그래서 그 분은 누구와도 말썽을 일으키고 싶지 않으셔서 뭐든지 현금으로 지불했어요. 정말 그 분은 성질도 급하셨어요. 하지만 이곳 마나님들은 누구나 다 그 분이 상냥하다고들 생각했었어요."

"성질이 급한 분이라서 그랬던가?"
하고 나는 여관집 안주인에게 물었습니다.

"아마 그런 거겠죠."
그녀는 말했습니다.

"손님, 생각 좀 해 보세요. 드 메레 부인이란 분은 다른 부인들에게 언짢게 할 생각이 없었다고 하더라도 반돔에서는 제일 가는 미인이죠. 돈도 제일 많으니까, 이런 여자와 결혼하려면 세상 사람의 말이, 남자는 돈을 저축하지 않으면 안 된다는 것이었죠. 부인은 2만 프랑 정도의 연금을 갖고 계셨으니까요. 마을 사람들은 모두 이 혼례식에 나갔었지요. 신부가 귀엽고 상냥하고 정말 보석 같은 부인이었죠. 아, 그때 두 분은 참 멋진 부부였어요."

"두 사람은 가정 생활에서도 행복했었나?"

"글쎄요, 짐작컨대 그랬다고도 하겠고 그렇지 않았다고도 하겠죠. 생각해 보세요. 우리들 따위는 그 분들과 같은 솥의 밥을 먹고 사는 게 아니니까요. 드 메레 부인은 퍽도 얌전하고 좋은 분이셨지만 이따금 서방님의 성화에 무척 고생하셨나봐요. 하지만 그 분이 좀 거만한 데가 있었다고 해도 우리들은 그 분이 좋았어요. 아마 그랬더라도 그것은 그 분의 신분 탓이었겠죠. 누구든 귀족이라면, 아시겠죠…….”

“그러나 드 메레 부처가 갑자기 헤어졌다는 것은 무언가 결정적인 사건이 있었던 까닭이 아닐까?”

“저는 뭐 결정적인 사건이 있었다고 한 게 아니에요. 그런 건 전 아무것도 몰라요.”

“그래요. 알았어요. 당신이 뭐든지 안다는 게 뚜렷해졌군.”

“그렇다면 손님, 뭐든지 다 말해드리죠. 저는 루뇨 씨가 손님의 방으로 올라가는 것을 보았을 때 저 사람이 라 그랑드 브르떼쉬에 관해 드 메레 부인의 일을 말하려는가보다 하고 생각했어요. 그래서 손님의 의견을 들어봤으면 했어요. 나로서는 손님 같은 분이라면 좋은 충고를 해 주실 것이고, 설마하니 나같이 불쌍한 여자를 배신할 리 없다고 생각했기 때문이에요.

나로 말하면 남에게 나쁜 짓을 한 예가 없고 양심의 가책에 괴로워하는 그런 여자니까요. 오늘날까지 나는 이곳 사람들에게 도저히 내 마음을 털어놓을 생각이 나지 않았어요. 이곳 사람들은 마치 쇠로 만든 독설(毒舌)같이 말만 많은 사람들이니까요. 손님처럼 오랜 동안 저희 집에 유숙한 사람도 없었고, 또 내가 자청해서 그 15만 프랑의 이야기를 말씀드릴 만한 사람도 없었어요.”

“잠깐 기다려요. 르빠 아줌마.”

나는 이 도도한 요설을 멈추게 하고 그녀에게 말했습니다.

“만일 당신이 털어놓는 이야기가 나를 난처하게 만드는 성질의 것이라면 아예 그런 건 듣고 싶지 않은데.”

“하나도 걱정하실 건 없어요.”

그녀는 나의 말을 잡아채어 말했습니다.

"곧 아시게 되니까요."

그 열성으로 보아 나만이 그 비밀을 듣는 유일한 사람이었을 터인 데도 사람좋은 여관집 안주인은 그 비밀을 어쩐지 나에게만 전한 것 같지만은 않았습니다. 그래, 나는 귀를 기울였습니다.

"나폴레옹 황제가 이 읍으로 스페인 포로와 그 외 사람을 호송해서 보냈을 때의 일입니다. 나는 반돔으로 신병 불구속인 채 호송된 젊은 스페인 사람 하나를 정부의 지불로써 유숙케 했었지요. 신병은 불구속이었지만 그 분만은 매일 군수한테 출두했었어요. 그 분은 스페인 귀족이었던 거에요. 쓸데없는 말을 여쭈어 미안하군요. 그 분은 바고스 데페레디아라든가 오스 디아라는 글자가 든 이름이었어요. 혹 원하신다면 저희 집 숙박 대장에 기록되어 있으니까 보여드릴 수도 있어요. 스페인의 남자는 쓸모가 없다고들 하지만 그 분으로 말하면 스페인 사람이라고는 하나 정말 미남자였어요. 키는 겨우 다섯 자 두 치나 세 치 정도밖에 안 되었지만 몸매가 아주 멋있는 분이었죠. 거기다 손이 작고, 그걸 또 잘 다듬었거든요. 정말 보여 드리고 싶을 정도에요. 손을 다듬기 위해 그 분은, 여자들이 화장할 때에 쓰는 만큼 많은 브러시를 갖고 있었죠. 그 분은 머리카락이 검고 고왔으며 눈매는 불처럼 빛났어요. 얼굴빛은 약간 햇볕에 그을었지만 아무튼 저는 그 빛이 좋았어요. 여러 아씨들 외에도 베르트랑 장군이라든가 다브랑테스 공작 부처, 도가즈님, 스페인 왕 같은 분들이 저희 여관에서 묵으셨지만 어느 분이건 이 스페인 사람처럼 아래 내의를 입은 분은 본 일이 없었어요. 그만큼 이 분은 화사한 하의를 입고 있었던 거에요. 이 분은 많이 드시는 편이 아니었어요. 에의바르고 아주 행실이 상냥해서 아무도 그 분을 미워할 수 없었어요. 정말 나는 그 분이 무척 좋았어요. 그렇지만 그 분은 하루에 네 마디도 하지 않았으니까 우리들은 그 분과 잠깐이라도 애기할 수가 없었지요. 그 분은 어느 누가 말을 걸어도 대답조차 안했습니다. 듣건대 스페인 사람이라면 누구든지 갖고 있는 괴상한 버릇으로 편벽(偏癖)이라더군요.

그 분은 승려처럼 성무 일과서(聖務日課書)를 읽고 있었어요. 미사에도 어떠한 예배에도 규칙적으로 갔었습니다. 그런데 그 분은 어디에 앉아계셨는 줄 아세요? 그건 우리들도 나중에 발견한 것이지만 말이죠, 드 메레 부인의 챠펠(小祭壇場)에서 두 걸음쯤 떨어진 곳이었어요. 하지만 이분이 처음 교회에 갔었을 때부터 그 빈 자리에 앉았었으니까 설마 어떤 의도가 있으려니 생각한 사람은 아무도 없었어요. 그리고 이 불쌍한 젊은 분은 자기의 기도서에서 조금이라도 얼굴을 든 일조차 없었으니까요. 그 무렵 그 분은 밤이 되면 산위에 올라가 성터를 산책하고 있었어요. 그것이 불쌍한 젊은이에겐 유일한 낙이었던 거에요. 그 분은 거기에서 자기의 고향을 그리워했었지요. 딴 사람들의 말이, 스페인이란 나라는 첩첩 산 뿐이라면서요? 이곳에 구류된지 얼마 안 되었을 무렵 이분은 아주 늦게서야 집으로 돌아오곤 했어요. 이분이 오밤중 열두 시를 치지 않으면 돌아오지 않는다는 것을 본 나는 걱정이 되었어요. 하지만 우리들은 모두 그 분의 마음내킴에는 습관화되고 말았어요. 그 분은 문의 열쇠를 갖고 다녀서 우리들은 귀가를 기다리지 않았지요. 그런데 저희 집 마부가 하루는 말하는데요, 어느 날 밤 이 사나이가 말 목욕을 시키려고 갔을 때, 그 스페인의 귀족이 강 저 멀리로 마치 진짜 물고기처럼 헤엄쳐 가는 것을 보았다는 거에요. 그 분이 돌아왔을 때에 나는 강 속의 풀을 조심하라고 말해줬지요. 그랬더니 당자는 물에 들어갔던 것이 발각되자 아주 난처한 얼굴을 하더군요.

급기야 손님 어른, 글쎄 어느 날이라기보다는 어느 날 아침 그 분은 방에서 자취를 감추고 말았어요.

그 분이 돌아오지 않은 거에요. 이것저것을 조사한 결과 우리들은 그 분의 서랍 속에서 서류를 한 통 발견했습니다. 그 서랍 속에는 그것 외에 포르투갈 금화 50매가 있었지요. 이것은 대략 5천 프랑에 해당하는 것이었어요. 그리고 그 서랍에는 봉인한 작은 상자 속에 1만 프랑이나 되는 다이아몬드가 몇 개 들어 있었고요. 그런데 그 분의 서류에는 내가 돌아오지 않을 경우, 나는 당신에게 이 금화와 다이아몬드를 이양하니 당신은 반드시 미사를 올려 나의 탈주와 영혼의 구제를 신에게 감사해 주십사고 써 있었던 것입니다.

그때는 저도 아직 주인이 있었어요. 주인은 그 젊은이를 찾아 돌아다녔어요. 그런데 묘한 이야기가 있지 않겠어요. 우리집 사람은 그 스페인 사람의 옷을 갖고 돌아왔어요. 라 그랑드 브르떼쉬의 맞은편 그 집 앞을 흐르는 강변에 있는 목책(木柵) 가운데 커다란 돌 밑에서 그 옷을 발견한 것이에요. 하지만 주인은 이른 아침에 그곳에 갔기 때문에 아무도 주인을 본 사람이 없었지요. 주인은 편지를 읽은 다음 그 옷을 태워 버렸어요. 그런 다음 우리는 페레디아 백작의 유지에 따라 그 분이 도망친 것을 공표했지요. 군수 나리는 경관을 총동원해서 그 분을 추적했어요. 그러나 유감스럽게도 그 분은 두 번 다시 잡히지 않았습니다. 르빠는 그 스페인 사람이 강에 빠져 죽은 걸로 생각했었어요. 하지만 나는요, 그렇게 생각지 않았지요. 나는 그보다도 이분은 드 메레 부인의 사건과 무슨 관계가 있지 않은가 생각해요. 왜냐하면 로자리가 저에게 말하기를요, 그 아이의 마나님은 십자가 상을 아주 귀중하게 여기시고 그것을 자기와 함께 묻어 달라고까지 할 정도였는데 그 십자가 상이라는 것은 흑단(黑檀)과 은으로 만든 것이거든요. 페레디아 백작도 처음 체류하던 동안에는 역시 흑단과 은의 십자가 상을 갖고 계셨어요. 그런데 얼마 있다보니 그 십자가 상이 보이지 않았으니까요. 아무튼 이쯤 되면 손님 어른, 그 스페인 사람의 1만 5천 프랑 때문에 제가 꺼림칙한 생각을 가질 건 없지 않아요? 그 돈은 의당히 제 것이 아니냐 말이에요?"

"그렇구 말구. 하지만 당신은 로자리에게 물어보지 않았나요?"
하고 나는 그녀에게 말했습니다.

"그야 손님, 물어봤지요. 그래도 별 수 없잖아요. 그 애는 아주
벽창호니까요. 그야 뭔가 알고 있겠죠. 그런데도 그 애의 입을 벌
릴 수 없었어요."

여관집 안주인은 다시 한참 동안 나와 얘기했어요. 그것이 끝
나자 나는 막연한 어두운 상념과 소설적인 호기심과 종교적인 공
포감에 젖었습니다. 이 종교적인 공포라는 것은 마침 밤이 되어
어둑한 교회로 들어갔을 때 우리들을 사로잡는 그 느낌과 퍽 비
슷한 것이었습니다. 교회에 들어가면 우리들은 높고 둥근 천장
아래에 멀리 희미한 광선이 보이고, 사람 그림자가 미끄러지듯
다가오고, 승복이나 법복 스치는 소리가 들립니다. 그때 우리들
은 몸이 오싹해지지요. 내 눈 앞에는 라 그랑드 브르떼쉬와 쭉 뻗
은 잡초, 닫힌 창, 녹슨 쇠붙이, 잠긴 문, 인기척 없는 방들이 갑
자기 환상처럼 떠올랐습니다. 나는 이 심각한 이야기의 핵심, 세
사람을 죽인 드라마의 핵심을 찾고자 그 신비한 집 깊숙이 들어
가려고 마음먹었습니다.

로자리는 내 생각으로 반돔에서 제일 흥미있는 사람이 되었습
니다. 나는 그녀를 자세히 관찰하는 동안에 그 오동통한 얼굴에
밝고 건강한 빛이 흐르면서도 어딘지 가슴속에 감춘 집념 같은
것의 흔적을 발견했습니다. 그녀의 마음속에는 뿌리깊은 회한 아
니면 희망 같은 것이 있었습니다. 그녀의 태도를 보면 마치 열광
적으로 기도하는 믿음이 깊은 여인이, 항상 자기 자식의 마지막
울음소리를 듣고 있는, 갓난애를 죽인 처녀가 갖는 것같은 어떤
비밀을 갖고 있는 듯이 생각되었습니다. 그런데도 그녀의 거동은
소박하고 거칠었습니다. 그녀의 얼빠진 미소에는 죄를 저지른 듯
한 구석은 전연 없었습니다. 그래서 꼭 조연 맨, 네모진, 흰빛과

자줏빛 줄이 든 옷 속으로 억지로 끼어 넣은 그녀의 단단한 상체가, 붉은 빛과 푸른빛의 바둑판 무늬로 된 커다란 어깨걸이를 걸치고 있는 것을 보신다면, 그것만으로도 여러분 역시 이 여인은 죄없는 여인이라고 생각하실 겁니다.

'좋아' 하고 나는 생각했습니다.

'라 그랑드 브르떼쉬의 이야기를 몽땅 알기 전에는 나는 반돔을 떠나지 않을 테다. 이 목적을 달성키 위해 만일 절대로 필요하다고 한다면 나는 로자리의 정부라도 되어 주자.'

"로자리 양!"

하고 어느 날 밤 나는 그녀에게 말했습니다.

"왜 그러세요, 손님 어른?"

"당신은 결혼을 안 했소?"

그녀는 가벼이 몸을 떨었습니다.

"어머, 너무하셔! 나도 불행해도 괜찮다는 마음만 있다면 남자에게 흠잡힐 데가 없을 거에요."

그녀는 웃으면서 말했습니다.

그녀는 곧 속마음의 동요에서 제자리로 돌아갔습니다. 귀족의 부인에서부터 여관집 하녀까지 포함해서 누구나가 여자로서의 특유한 냉정을 갖고 있기 때문입니다.

"그야, 당신은 신선하고 남자의 마음을 자극하는 것이 있으니까 애인에게 흠잡힐 리가 없지! 한데 로자리 양, 당신이 드 메레 부인 댁을 그만두고 어째서 여관집 하녀가 되었는지 나에게 말해 줄 순 없을까? 부인께서 당신에게 얼마 만큼의 연금을 남겨 주시지 않았던가?"

"어머나! 그런 건 해 주시지 않았어요. 그렇지민 손님 이른, 여기서 제가 하는 일은 반돔에서도 제일 좋은 직업이에요."

이 대답은 판사나 대리인(代理人)들이 '연기(延期)의 답변'이라고 부르고 있는 대답의 하나였습니다. 로자리는 이 소설적인 이야기 가운데서 바로 바둑판 한가운데 있는 목(目)과 같은 위치를 점하고 있는 것같이 생각되었습니다. 그녀는 이해와 진실의 중심, 그 위에 있었습니다. 그녀는 내가 보건대 그 중요한 묶임눈 가운데 묶여 있는 것으로 보였습니다. 이것은 도저히 흔히 쓰는 색계(色計)로 부딪칠 성질의 것이 아니었습니다. 이 처녀 속에는 연애 소설의 마지막 장(章)이 있었던 것입니다. 이런 까닭에 로자리는 나의 특별한 애정의 대상이 되었습니다. 이 처녀도 여러 가지로 살펴보니 흡사 우리들이 특별한 생각을 기울이는 모든 여자의 경우와 같이 그녀 안에도 갖가지의 아름다운 매력이 있다는 것을 깨달았습니다. 그녀는 말할 나위 없이 미인이었습니다. 그녀는 곧 어떠한 환경의 여자라 해도 우리들의 욕망이 여자에게 구하고 있는 여러 매력을 완전히 갖추고 있었습니다. 그 공증인이 찾아온지 2주일 쯤 지난 어느날 밤이라기보다 차라리 아침 때였습니다. 그때는 벌써 새벽녘이었기 때문입니다. 나는 로자리에게 말하였습니다.

"한번, 드 메레 부인에 관해서 당신이 알고 있는 것을 나에게 몽땅 얘기해 주지 않을 텐가?"

"어쩜!"

하고 그녀는 말했습니다.

"그런 것은 묻지 마세요. 오라스 님."

그녀의 아름다운 얼굴이 창백해지고 그 눈은 이미 윤나는 천진한 빛을 잃었습니다.

"그럼……."

하고 그녀는 다시 말했습니다.

"그토록 원하신다면 말씀드리죠. 하지만 나를 위해 비밀을 꼭 지켜주셔야 해요."

"암, 좋아. 가련한 아가씨. 나는 모든 비밀을 도둑놈의 성실을 갖고 지켜주지. 이놈은 세상에 있는 것 중에서 제일 의지 굳은 거니까."

"같은 것이라면……."

하고 그녀는 나에게 말했습니다.

"어른의 성실로써 지켜주시는 게 좋겠어요."

이렇게 말하고 그녀는 네커치프를 매만지면서 애기하기 위해 자세를 바로잡았습니다. 애기를 하기 위해서 필요한 신뢰와 안심을 나타내는 태도로써 의당 있는 것이지요. 최상의 이야기는 바로 지금 우리들 모두가 테이블에 붙어 있는 때와 같이 어느 시각에 말해야 하는 것입니까. 누구든지 서 있다든가 배가 고프다든가 해서는 아무런 애기도 할 수는 없답니다.

로자리의 기나긴 애기를 충실하게 옮겨야 한다면 한 권의 책을 엮어도 모자랄 것입니다. 그런데 그녀가 나에게 순서없이 일러준 그 사건이라는 것은 마침 산수에서 비례 중항(比例中項)이 두 외항(外項)의 중간에 있는 것과 마찬가지로 공증인의 애기와 르빠 아줌마의 애기와의 중간에 놓인 것이니까 내가 여러분에게 그것을 추려서 짧게 애기해 드려도 괜찮다고 생각합니다. 그럼 추려서 말씀드리지요.

드 메레 부인이 라 그랑드 브르떼쉬에서 쓰고 있던 방은 아래 층에 있었습니다. 벽 안쪽으로 길이가 넉 자쯤 되는 작은방이 있었는데 그 곳은 부인의 옷 선반으로 쓰였습니다. 내가 지금부터 애기해 드리려 하는 사건이 있던 날 밤 3개월 전부터 부인은 몹시 건강이 나빠져 남편은 부인을 혼자 남겨 두고 자기는 2층에서 자곤 했었습니다. 사람들은 예측도 못할 그 우연이라는 것의 장난으로 그 사건이 일어나던 날 밤, 그는 여느 때보다도 두 시간쯤 늦게 클럽에서 돌아왔습니다. 그 클럽은 그가 가서 신문을 읽는다든가 마을 사람들과 정치를 논한다든가 하는 곳이었습니다. 그 날 밤, 그의 아내는 이미 남편이 돌아와서 자리에 들어가 잠든 것으로 생각했습니다. 그런데 클럽에서는 프랑스 군의 침공을 대상으로 아주 활발하게 논의하고 있었던 것입니다. 또한 당구의 승부는 열을 띠었습니다. 그는 40프랑을 잃었습니다. 그것은 모두가 돈을 모으는 반돔에서는 막대한 금액이었습니다. 아무튼 반돔이라는 곳의 풍습은 칭찬해야 할 만큼 검소 속에 묻혀 있었으니까요. 이러한 검소함은 행복의 근원이 되겠지만 파리에서는 그러한 행복 따위는 누구도 상관하지 않겠지요.

얼마 전부터 드 메레 씨는 로자리에게 아내는 자느냐고 묻기만 할 뿐이었습니다. 이 처녀의 주무셨다는 대답을 듣기만 하면 그는 습관과 신뢰에서 생기는 그 남모를 행복에 젖어 곧 자기 방으로 가버리는 것이었습니다. 그러나 그 날 밤은 집에 돌아오자 곧 드 메레 부인에게 클럽에서 당한 재난을 들려주려 생각했음인지 혹 그녀에게 위로를 받으려했음인지 공연히 부인방으로 가려는 마음이 생겼습니다. 그 전에 저녁 식사를 하는 동안 그는 드 메레 부인이 아주 요염하게 옷을 차려 입은 것이 생각났습니다. 클럽에서 집으로 돌아오는 길에서도 그는 이제 아내도 병고에서 구출되어 건강을 회복하고 예뻐졌다고 생각했던 터였습니다. 이와 같이 그도 딴 남편들이 겨우 만사를 깨닫는 것과 같이 좀 늦게서야 이런 것을 깨닫게 된 것입니다.

그 무렵, 로자리는 부엌에서 식모와 마부가 트럼프로 브리지를 하면서 어려운 패를 넘기는 것을 열심히 보고 있었습니다. 그래서 드 메레 씨는 로자리를 부르는 대신에 자신이 커다란 초롱불을 들고 한 계단씩 계단을 그 약한 불로 비치면서 아내의 방을 향해 갔습니다. 금방 그의 발자국 소리가 복도의 둥근 천장에 울렸습니다. 이 귀족은 아내의 방 손잡이를 돌렸습니다. 순간, 내가 아까도 말씀드린, 그 옷 넣는 방 문이 닫히는 소리가 들린 것 같았습니다. 그러나 그가 들어갔을 때는 드 메레 부인은 혼자서 난로 앞에 서 있었습니다. 남편은 속으로 로자리가 옷 넣는 방에 있으려니 생각했었습니다. 하지만 그의 귓속에서 종소리처럼 울린 일말의 의혹이 그에게 불신을 갖게 하였습니다. 아내를 쳐다보니 그녀의 눈에는 무언가 흐트러진 겁먹은 듯한 표정이 발견되었습니다.

"아주 늦게 돌아오셨군요."
하고 그녀는 말했습니다.

여느 때는 참으로 깨끗하고 우아하던 이 소리가 약간 달라진 듯이 생각되었습니다. 드 메레 씨는 아무런 대답도 하지 않았습니다. 이때 로자리가 들어왔기 때문이었습니다. 그에게 이것은 벼락을 맞는 것과 같았습니다. 그는 팔짱을 낀 채 단조로운 동작으로 저쪽 창에서 이쪽 창으로 왔다 갔다 하면서 방 안을 돌아다녔습니다.

"뭐 나쁜 소식이라도 들으셨나요? 그렇지 않음 속상한 일이라도 있으세요?"

아내는 로자리가 옷을 벗기는 동안 남편한테 어물어물 물었습니다.

그는 여전히 잠자코 있었습니다.

"넌 저리로 가렴."
드 메레 부인은 하녀에게 일렀습니다.

"카아르 페이퍼는 내가 달테니까."

그녀는 남편의 얼굴을 얼핏 보고는 어떤 불길한 사태가 일어날 것 같은 예감이 들어서 남편과 단 둘이 있고 싶었던 것입니다. 로자리가 나갔기 때문이라기 보다는, 이 처녀는 잠시 복도에 남아 있었으므로, 로자리가 나가고 난 줄로 생각되었을 때, 드 메레 씨는 아내의 앞에 앉아 부인에게 냉정하게 이렇게 말했습니다.

"여보, 당신 옷 넣는 방에 누가 있지!"

그녀는 조용한 태도로 남편을 보고는 그에게 잘라 말했습니다.

"아니요."

이 '아니요'라는 말은 드 메레 씨의 가슴을 갈라내는 말이었습니다. 그는 그 말을 믿지 않았던 것입니다. 그렇기는 하지만 그로서는 이때처럼 아내가 순결하고 양심적으로 보인 적은 없었습니다. 그는 벌떡 일어서서 옷 넣는 방의 문을 열려고 하였습니다. 드 메레 부인은 그의 손을 붙잡고 그를 말리며 난처한 모양으로 남편을 보고는 유달리 흥분한 소리로 이렇게 말했습니다.

"만약 이 속에 아무도 없다면 우리들 사이는 아예 끝장으로 생각하세요."

아내의 태도에는 진실 같지 않은 위엄이 뚜렷이 엿보여서 이것을 본 귀족은 아내에게 깊은 존경의 마음을 느끼는 동시에 한편 단호한 수단을 써야겠다는 생각이 들었습니다. 그것은 큰 극장이라도 있다면 영원토록 불멸의 것으로 될 만한 수단의 하나였습니다.

"아니, 조제피느. 내가 여는 건 그만두지. 안에 누가 있든 없든 어느 경우라도 우리 둘은 영원히 헤어지게 될 테니까 말야. 잘 들어 둬. 나는 당신의 영혼이 아주 순결하다는 것을 알며, 성스러운 생활을 하고 있다는 것도 알고 있지. 설마 당신이 그러한 생활까지 희생하면서까지 치명적인 죄를 범할 생각은 없을 거야."

이 말을 듣자 드 메레 부인은 매서운 눈초리로 남편을 노려 보았습니다.

"아니, 저기에 당신의 십자가 상이 걸려 있군. 신 앞에서 아무도 없다는 것을 나에게 맹세해요. 그러면 나는 당신을 믿지. 그리고 저 문은 열지 않기로 하지."

드 메레 부인은 십자가를 쥐고 이렇게 말했습니다.

"나는 아무도 없다는 것을 맹세합니다."

"더 큰 소리로 다시 한 번 '나는 신 앞에서 이 옷 넣는 방에 아무도 없다는 것을 맹세합니다'라고 말해요."

그녀는 이 문구를 거침없이 되풀이하였습니다.

"그것으로 좋아."

하고 드 메레 씨는 차디차게 말했습니다.

　잠시 침묵이 흐른 다음,

　"당신은 참 좋은 걸 갖고 있군. 난 몰랐지."

하고 그는 굉장한 조각이 새겨져 있고 은을 박은 그 흑단의 십자가 상을 자세히 보면서 말하였습니다.

　"이 십자가 상은 듀뷔뷔에 상점에서 발견한 것이에요. 듀뷔뷔에는 작년 스페인의 포로 부대가 반돔을 통과할 때 스페인의 수도사한테서 그것을 샀다는 거에요."

　"그래!"

하고 드 메레 씨는 다시 그 십자가 상을 제자리의 못에 걸었습니다. 그리고 그는 벨을 눌렀습니다.

　곧 로자리가 왔습니다. 드 메레 씨는 급히 로자리를 문에서 뜰로 향하는 창 곁의 오목한 곳으로 데리고 가서 이 처녀에게 작은 소리로 이렇게 말했습니다.

　"난 말야, 고랑프로가 너와 결혼하고 싶어하는 걸 알고 있어. 허나 가난하기 때문에·너희들은 같이 있지 못하지. 너는 미장이의 십장이 되기 전엔 마누라가 될 수 없다고 했다면서…… 그럼 말야, 고랑프로를 불러 줘. 가서 흙손하고 미장이 연장을 갖고 여기로 오라고 해. 하지만 그 남자의 집에 가면 당사자 외는 깨우지 않도록 하란 말야. 그러면 그 남자는 네가 바라던 것보다 훨씬 부자가 될테니까. 여하튼 쓸데없는 소린 말고 빨리 가. 그렇지 않음……."

　그는 눈썹을 찌푸렸습니다. 로자리가 나가려 할 때 그는 다시 그녀를 불렀습니다.

　"자, 내 큰 열쇠를 갖고 가."

하고 말했습니다.

　"장!"

하고 드 메레 씨는 복도에 쩡쩡 울리는 벼락 같은 소리를 질렀습니다. 그의 마부이자 심복인 장이 브리지 놀이를 하다 뛰어왔습니다.

"너희들은 다 자거라."
하고 주인은 이 남자에게 말하고는 더 가까이 오라고 손짓했습니다.

"모두 잠들면 알았나, 모두 잠들면 말야 알았지? 넌 곧 아래로 내려와서 모두가 잔다는 걸 나에게 알려 줘."

드 메레 씨는 이러한 명령을 내리면서도 아내에게 눈을 떼지 않았습니다. 그는 난로 앞에 있는 아내의 곁으로 조용히 되돌아가서 클럽에서 논쟁하던 것, 당구치던 것을 그녀에게 얘기하기 시작했습니다. 로자리가 돌아왔을 때 드 메레 씨 부처는 퍽 다정하게 이야기하고 있었습니다.

이 귀족은 최근 아래층 응접실로 쓰고 있는 방들의 천장을 새로 깨끗이 칠하게 했었습니다. 반돔에서는 시멘트가 귀하고 그 값은 수송 때문에 무척 비쌉니다. 그러나 이 귀족은 비록 쓰다 남는 한이 있더라도 살 사람이 얼마든지 있다는 것을 아니까 꽤 많은 시멘트를 구입해 놓았습니다. 이런 사정이 있었기 때문에 그는 이 자리의 계획이 생각나고 그것을 실행에 옮겼던 것입니다.

"주인 나리, 고랑프로가 왔습니다."
로자리는 작은 소리로 말했습니다.

"안에 들어오도록 해!"
삐까르디의 귀족은 큰 소리로 대답했습니다. 드 메레 부인은 이 미장이를 보고는 약간 파래졌습니다.

"고랑프로. 마굿간에 있는 벽돌을 날라 오게. 이 옷 넣는 방의 문을 막을 만큼 벽돌을 갖고 오는 거야. 이 벽을 칠하는 데는 나머지 시멘트를 쓰게."

그리고는 로자리와 이 일꾼을 자기 앞으로 가까이 오게 하고,

"알았나, 고랑프로."

하고 소리를 낮추어 말했습니다.

"자넨 오늘 밤 여기서 자게. 그러면 내일 아침에 여권을 줄테니까 외국의, 내가 지정한 도시로 가는 거야. 그 여행에 6천 프랑을 주지. 그곳에 가서 10년은 살아야 해. 만일 그 도시가 마음에 안들면 그 나라의 아무 데 가서 살아도 좋아. 그리고 파리를 들렀다 가게. 거기서 날 기다리는 거야. 파리에 도착하면 장래 너에게 반드시 따로 6천 프랑을 준다는 계약을 해 주지. 그 6천 프랑은 네가 이 계약의 조건을 완전히 이행하고 귀국했을 때 지불하기로 한다. 이만한 대금을 받는 것이니까 오늘 밤 여기서 한 일을 절대 남에게 말해서는 안 돼. 그리고 로자리, 너에게는 내가 1만 프랑을 주지. 그러나 너희들이 결혼하고 싶다면 입을 다물고 있어야 하는 거야. 그렇지 않으면 지참금은 안 줄 테니까."

"로자리."

하고 드 메레 부인이 불렀습니다.

"내 머리를 따 줘."

남편은 사방으로 왔다 갔다 하면서 문과 미장이와 아내를 번갈아 보았습니다. 그러나 무례한 경계를 태도로 나타내지는 않았습니다. 고랑프로는 아무래도 소리를 내지 않을 수 없었습니다. 드 메레 부인은 이 일꾼이 벽돌을 내려놓고 남편이 방 저쪽 끝으로 간 순간에 로자리에게 말했습니다.

"이봐 로자리, 만일 네가 고랑프로에게 아래 쪽에다가 틈을 남겨 두라고 말해주면 너에게 천 프랑의 연금을 줄게."

그리고는 부인은 큰 소리로 로자리에게 침착하게 말했습니다.

"자, 저 분의 일을 도와 드려!"

드 메레 씨 부부는 고랑프로가 문을 막는 동안 줄곧 침묵을 시키고 있었습니다. 이 침묵은 남편에게 있어서는 앞을 내다보고 하는 술책이었습니다. 그는 이 중에 뜻을 갖는 말을 할 기회를 아내에게 주고 싶지 않았던 것입니다. 그러나 드 메레 부인에게 있어서는 침묵은 신중 때문이 아니면 자존심 때문이었습니다. 벽이 그 높이의 반쯤 달했을 때 이 영락없는 미장이는 귀족이 이쪽으로 등을 돌린 일순을 이용하여 문에 달려 있는 두 장의 유리창 중의 하나를 곡괭이로 쳤습니다. 이 동작을 보고 드 메레 부인은 로자리가 고랑프로에게 이미 얘기한 것을 확인했습니다. 그때 세 사람은 누구나, 한 남자의 검은 다갈색 얼굴과 까만 머리칼과 불같은 눈초리를 보았습니다.

남편이 이쪽을 돌아보기 전에 가련한 부인은 이 알 수 없는 사나이에게 고개를 흔들어 신호할 만한 여유가 있었습니다. 이 신호는 그 사나이로서는 이러한 의미였습니다.

'희망을 가지세요!'

이때는 9월이었으니까 4시만 되면 날이 밝습니다. 그때 이 일도 끝났습니다. 미장이는 장의 감시 밑에 집 안에 남고, 드 메레 씨는 아내의 방에서 잤습니다.

이튿날 아침 그는 일어나자 불쑥 말했습니다.

"참 그렇지. 읍 사무소에 여권을 찾으러 가야지."

그는 머리에 모자를 쓰고 문께로 세 발자국 갔다가 생각을 고쳐서 십자가 상을 쥐었습니다. 아내는 기쁨에 몸이 떨렸습니다.

'저 사람은 뒤뷔뷔에 상점에 가는가 보군' 하고 그녀는 생각했습니다.

귀족이 밖으로 나가자마자 드 메레 부인은 곧 벨을 울리고 로자리를 불렀습니다. 그리고는 흥분된 소리로,

"곡괭이! 곡괭이!"

하고 외쳤습니다.

"그리고 일을 착수해. 난 어제 고랑프로가 어떻게 일했는지 봐뒀어. 구멍을 뚫고 다시 그것을 메워 놓을 시간이 있을 거야."

눈 깜짝할 사이에 로자리는 도끼 같은 것을 안주인 앞에 가져왔습니다. 그러자 부인은 도저히 상상도 못할 기세로 그 벽을 쳐

부수기 시작했습니다. 그녀는 이미 수개의 벽돌을 떼 놓고 이번에는 보다 더 강렬한 일격을 먹이려고 펄쩍 뛰었을 때 그녀는 드 메레 씨가 자기의 뒤에 있는 것을 보았습니다. 그녀는 실신하고 말았습니다.

"마나님을 침대에 눕혀드려."

하고 귀족은 냉엄하게 말했습니다.

자기가 없는 동안에 일어날 일을 예상하고 그는 아내에게 함정을 파놓았던 것입니다. 그는 다만 시장에게 편지를 쓴 다음 듀뷔뷔에를 부르러 사람을 보냈을 뿐이었습니다.

보석상은 어지럽혀진 방 안이 겨우 치워졌을 때 도착했습니다.

"듀뷔뷔에."

하고 귀족은 그에게 물었습니다.

"자네, 이 읍을 지나간 스페인 군대한테 십자가 상을 산 일이 있었나?"

"없습니다. 영감님."

"좋아, 고마우이."

그는 아내에게 호랑이 같은 눈초리를 던지면서 말했습니다.

"장."

하고 그는 자기의 심복인 하인을 보고 덧붙였습니다.

"너희들은 드 메레 부인의 방으로 내 식사를 가져와. 마나님이 신병이시니까. 난 마나님이 회복할 때까지 곁을 떠나지 않으려네."

잔혹한 귀족은 20일 동안 아내의 곁에 붙어 있었습니다. 처음 얼마 동안은 벽으로 막아 버린 옷 넣는 방에서 무슨 소리가 나서 소제피느는 죽음에 닥친 외국인을 위하여 남편에게 애원하려 하면 그때마다 남편은 그녀에게 단 한 마디의 말도 못하게 하고 이렇게 대답하는 것이었습니다.

"당신은 십자가를 걸고 그곳에는 아무도 없다고 맹세했지."

　이 이야기가 끝나자 모든 부인들은 테이블에서 벌떡 일어섰기 때문에, 비앙송이 그녀들을 잡아놓고 있던 마력은 이 움직임으로 해서 사라져 버리고 말았다. 그렇지만 그녀들 중의 몇몇은 이 마지막 말을 들었을 때 오싹, 몸서리 같은 것을 느꼈던 것이다.

〈李明球　譯〉

H. 발자크(Honoré de Balzac, 1799~1850) : 프랑스의 소설가. 17세부터 3년간, 소르본느 대학에서 법률학을 배우면서 공증인 사무소에서 실습. 20세 때 가족의 반대를 무릅쓰고 문학으로 입신하려고 결심. 약 10년간 독서와 습작에 전념했으나, 이 시기에 쓰여진 작품들은 보잘 것 없었다. 스콧과 쿠퍼의 영향을 받아 프랑스 대혁명 시대의 농민반란을 그린 역사소설 〈부엉이 당〉을 발표, 이것은 산더미 같은 부채를 갚기 위한 필사적 노력의 결과였으며, 동시에 그의 출세작이었다. 그 후 1848년에 이르기까지 약 20년 동안 소설, 희곡, 논문, 수필의 여러 분야에 걸쳐 초인적이라 할 만큼 많은 작품을 썼다. 《인간희극》(17권)은 종합적인 제명 아래, 장편을 주로 하여 약 90편의 소설을 서로 관련시켜, 전편이 하나의 작품을 구성하도록 지은 것이다. 정치적으로는 정통 왕당파에 들어 국회의원으로 입후보하기도 했으며, 제지업과 은광업에도 손을 대는 등 지극히 활동적인 생활을 했다. 동시대의 생물학자, 생리학자의 학설에 시사를 받아 생물학적 유추에 의하여 인간 및 사회를 관찰하고, 특유의 사실주의 작풍을 확립하였다. 소설의 제재를 넓게 개척하고, 그 개념을 현저하게 확대하여 사실주의의 시조가 되었으며, 자연주의의 선구로서 플로베르, 모파상, 졸라, 공쿠르 형제 등 자국의 작가와 도스토예프스키, 무어, 스트린드베리 등의 외국 작가에까지 영향을 주었다.

줄 거 리

이는 의사 비앙숑이 들려준 이야기이다. 그는 젊었을 때 '라 그랑드 브르떼쉬'라는 폐허가 된 저택에 매료된 일이 있었다. 그러나 그 저택을 찾아다니기 시작한 지 얼마 되지 않아 비앙숑은 드 메레 부인의 유언 집행인이라는 사람의 방문을 받고, 부인이 죽은 후 50년 동안은 '라 그랑드 브르떼쉬'에 아무도 들어가지 못하도록 유언했다는 말을 듣는다. 비앙숑은 이 기이한 이야기에 호기심을 느껴, 그리고 전쟁 포로로 이 마을에 왔다가 거액의 돈을 남기고 행방불명되었다는 스페인 귀족이 드 메레 부인의 유언과 관계가 있을 것이라는 짐작을 가지게 되어, '라 그랑드 브르떼쉬'의 사연을 추적하기 시작한다. 그리하여 결국 드러난 그 저택의 사연은 드 메레 부인이 예의 스페인 귀족과 맺었던 불륜의 사랑에 관련된 것이었다. 드 메레 부인이 젊었던 시절, 그녀는 남편의 눈을 피해 스페인 귀족과 밀회를 갖다가, 예기치 않은 시각에 남편이 돌아온 어느 날, 애인을 옷 넣는 방에 숨긴다. 수상한 눈치를 챈 남편이 옷 넣는 방에 누가 없느냐고 묻자 부인은 '신의 이름에 맹세코 아무도 없다'는 답변을 했고, 이에 남편은 미장이를 불러 옷 넣는 방을 막아 버렸으며, 결국 스페인 귀족은 밀폐된 방 안에서 죽어갔다는 것이다.

작품 해설

1832년에 쓰여진 〈라 그랑드 브르떼쉬〉는 후에 《인간희극》의 일부로서 편입되었다. 정확하게 말한다면 《인간희극》을 이루는 작품 중 하나인 중편소설 〈속 여성연구〉에 삽화로서 편입된 것이다. 〈속 여성연구〉는 파리의 어느 살롱에서 밤 늦게까지 친한 사람들이 모여 서로의 여성관과 여성에 대한 에피소드를 서로 말하는 구성으로 되어 있다. 의사 비앙숑이 말한 것으로 되어 있는 〈라 그랑드 브르떼쉬〉의 내용은 이 에피소드 중의 하나인 셈이며, 화자인 비앙숑은 《인간희극》의 다른 작품에도 나오는 인물이다.

〈라 그랑드 브르떼쉬〉는 액자 소설의 구조를 취하고 있다. 드 메레 부인의 유언에 얽힌 사연은 내화(內話)에 해당하며, 의사 비앙숑이 그 사연을 풀어 가는 과정은 외화(外話)를 이룬다. 이 작품에서 중심이 되는 것은 당연히 내화인데, 이 내화에 연관되어 있는 인물들 중 어느 쪽에 초점을 두느냐에 따라 '라 그랑드 브르떼쉬'의 사연은 여러 방향으로 해석될 수 있다. 드 메레에 초점을 맞춰 보자면 이것은 배신당한 남편의 집요한 복수극이고, 드 메레 부인을 중심으로 본다면 비극적인 사랑의 이야기이며, 스페인 귀족의 입장에서 본다면 이국에서의 어이없는 죽음에 얽힌 사연일 수도 있다. 그러니 만큼 이 이야기에서는 누구의 입장이 옳고 그르다는 판단을 내리기가 불가능하다. 애인을 숨기기 위해 신의 이름을 걸고 거짓 맹세를 하는 아내와, 그것을 빌미삼아 교활한 방법으로 아내의 애인을 죽이는 남편, 여기에는 사랑의 집착이 빚어내는 일종의 광기가 있을 뿐이다. 입구를 막은 방에서 죽어가는 스페인 인의 신음소리가 흘러나올 때 이 광기는 절정에 달한다. 부인이 애인을 살려달라고 애원할 때마다 드 메레는 '당신은 거기 아무도 없다고 신에게 맹세했지'라는 말로 그녀의 입을 막아 버리고, 신음소리가 들리는 그 방에 부인을 지키며 앉아 있는다. 사랑에서 비롯된 광기가 극단적인 잔혹함을 부른 것이다.

드 메레 부인이 남긴 유언은 이 광기의 남은 흔적이라 할 수 있는 것이다. 그 사건 이후 드 메레 부인은 부부관계의 형식을 유지해 오다가, 남편이 먼저 죽은 후에는 죽은 스페인 귀족을 만난 장소이기도 한 교회에 가끔 나갈 뿐, 아무도 만나지 않고 고립된 생활을 한다. 세상을 떠날 때까지 그녀는 스페인 귀족이 준 흑단 십자가를 소중히 간직하며, 그녀의 사후로도 50년 동안 '라 그랑드 브르떼쉬'의 문을 열지 못하게 함으로써 집요하고 광적인 사랑을 완성한다. 비극적인 결과를 부른 정열 때문에 그녀는 평생을 고통 속에서 살았고, 죽는 순간에 이르러, 그 고통을 불러 온 남편의 광기에 대응되는 광기를 보여주는 것이다.

문   제

1. 이 소설은 1인칭 관찰자 시점으로 된 액자 소설인데 드 메레 부인의 얽힌 사연과 비앙숑이 그 사연을 풀어 가는 과정을 무엇이라고 하는가?
2. 이 소설의 초점은 누구에게 두어야 그 사랑의 한(恨)을 알 수 있는가?

세 사나이

☞ 읽기 전에

> 1. 이 작품의 배경이 되고 있는 시간은 비바람이 치는 밤이며, 공간은 외딴 오두막집이다. 이런 배경이 이 소설의 플롯에 '필연성'이라는 인상을 주는 데 어떻게 기여하고 있는지 생각해 보자.
> 2. 이 소설에 등장하는 '첫번째 사나이'가 처해 있는 상황을, 근세 초기 영국 사회에 대한 이해를 가지고 생각해 보자.

　기백 년의 세월이 지났어도 거의 손상되지 않고 옛 모습을 그대로 지니고 있는 농업국, 영국적인 지형은 극히 적지만 그 중에도 남보다 남서부의 몇몇 고을의 큰 면적을 차지하고 있는, 풀과 댑싸리가 많은 고지의 초원 혹은 골짜기, 양을 치는 목장 등등으로 특별히 구별되어 불리워지지 않는 일대는 손꼽혀 무방할 것이다. 그러한 곳에서 사람이 살고 있을 것 같은 형적(形跡)에 부딪친다고 한다면 그 곳은 대개 양치기의 오두막집이 하나 우뚝 서 있는 따위의 예가 고작이다.

　지금으로부터 50년 전의 일이지만 쓸쓸한 오두막집이, 그러한 초원지에 세워져 있었다. 어쩌면 지금도 그 곳에 남아 있는지도 모른다. 쓸쓸하기는 하지만 그 장소는 실제의 거리로 따져서 군청이 있는 읍에서 불과 5마일이 채 못된다. 그렇다고 그것이 어떻다는 것은 아니었다. 기복이 심한 고지가 5마일이나 되고 진눈깨비, 비, 안개가 내리는 고맙잖은 긴 계절에는 다이몬(셰익스피어의 〈아센즈의 다이몬〉의 주인공, 사람 싫어하기로 유명)이나 네브카드네자르(바빌론의 왕, 나라에서 쫓겨나 황야에 살다. 구약성서 다니엘 서(書) 제4장)와 같은 위인이 세상을 버리고 살기에나 알맞는 터였고, 날씨가 좋은 경우에도 세상을 버렸다는 정도는 아닌, 예를 들면 시인이나 철학자, 예술가 혹은 '즐거운 것을 머리에 떠오르게 해서 명상하는' 사람들을 기쁘게 할 만한 것은 전혀 없었던 것이다.

그런 쓸쓸한 집을 세울려면 옛날의 흙벽집, 즉 흙덩어리나 나무 토막들, 그렇지 않으면 옛날에 있었던 울타리의 잔해를 이용하는 것이 대부분의 예이지만, 지금 우리들이 보고 있는 오두막집은 이런 종류의 재료는 전혀 쓰지 않았다. 그 집은 흔히 '까마귀의 보금자리'로 불리워, 완전히 주위에서 외따로 떨어져 있었다. 그러한 장소에 세워진 것은, 바로 근방에 오솔길이 둘, 직각으로 교차하기 때문인 것 같았고, 아마도 5백 년 전부터 그 오솔길은 거기에 그처럼 교차되고 있었는지도 모른다. 따라서 그 집은 풍우에 방치된 채였다. 그러나 이러한 고지에서 바람이 불 때는 가차없이 불었고, 비도 맹렬히 쏟아졌으나, 겨울철의 날씨는 낮은 지대에 사는 사람들이 상상하는 것처럼 반드시 견딜 수 없는 것은 아니었다. 빠작빠작 소리가 나는 하얀 서리는 낮은 지대보다 심하지 않았고, 그렇게 매섭지도 않았다. 이 집을 빌려서 살고 있던 양치기와 그의 가족은 집이 헐어 빠져서 살기에 썩 불편하겠다고 동정하는 사람이 있으면 아니요, 아담한 시냇가의 집에서 살던 때보다도 기침이나 담(痰)이 오히려 덜 난다고 말하는 것이었다.

1821년 3월 28일 밤은, 바로 그러한 동정의 말을 다른 사람들이 말할 만한 굉장한 밤이었다. 옆으로 때리는 비바람——이센라크(1066년 노르망디 침입시)나 크리시(1346년 영·불이 싸운 싸움터)의 긴 화살같이 벽을 들이치고 처마와 울타리를 때렸다. 피난할 곳도 없는 양이나 그 밖의 동물은 궁둥이를 바람부는 방향으로 돌리고 서 있었다. 앙상한 가시덤불 위에 도사리던 새들의 깃은 바람을 맞아 양산처럼 되어 있었다.

오두막집의 마루머리 끝은 비에 젖어 빗방울이 벽을 때리고 있었다. 그런데도 불구하고 양치기에 대한 동정은 너무나 터무니없는 것이었다. 왜냐하면 기분 좋은 이 농부는 둘째 딸의 세례 축하로 많은 손님을 접대하고 있었기 때문이었다.

손님들은 비가 오기 전에 와서 지금은 손님방 및 안방에 모여 있었다. 이 사건이 나던 밤 여덟 시에 그 방 안을 한번 들여다보았더라면 이런 소란스런 날씨에는 바랄 수도 없는 그런 오붓한, 기분 좋은 피난처라는 것을 누구나가 생각했을 것이다.

집주인의 직업은, 난로 위에 장식 대신으로 매달아 놓은, 번쩍번쩍하게 닦은 숱한 양치기용의 자루 달린 고리가 뚜렷하게 말해주고 있었다. 고리의 구부러진 모양은 옛날 가정용 성서 같은 데서 볼 수 있는 장로들의 그림 속에 나오는 고풍인 것에서 요전의 양시장에서 가장 멋진 것이라고 인기가 있던 것에 이르기까지 천차 만별이었다.

방 안을 조명하는 것은 여섯 자루의 초였지만, 심지가 둘레의 초보다 약간 작은 훌륭한 것으로써 촛대는 일반적인 축제일이나 종교적인 축제일 혹은 한 집안의 경사에만 쓰이는 것이었다. 촛대는 방 안 여기저기에 있었고 난로 선반 위에도 두 개가 있었다. 촛대를 거기에 놓는다는 것은 까닭이 있는 것이어서 난로 선반 위에 촛대를 놓은 것은 반드시 연회를 의미하는 것이었다.

난로는 벌겋게 불을 피우기 위해 구석에 쌓아둔 커다란 장작 앞에서 불꽃 '미련한 자의 웃음'(전도서 제7장 제6절)처럼 탁탁, 소리를 내면서 타고 있었다. 모인 사람들은 열아홉 명. 그 중에 여자들 다섯 명은 형형 색색의 밝은 빛의 저고리를 입고 벽 가까이에 있는 의자에 앉아 있으며, 처녀들은 부끄럽거나 부끄럽지 않거나 창 곁의 긴 의자에 모여 있었다. 울타리를 만드는 차리 제이크, 교회의 서무 일을 보는 에라이져 뉴, 그리고 근처의 젖짜는 공장을 경영하는 양치기의 장인인 존 핏쳐를 포함해, 네 남자는 제멋대로의 자세로 긴 의자에 걸터 앉아 있었다. 한 젊은이와 나이 찬 처녀는 결혼 얘기를 꺼내며 얼굴을 붉히면서 한쪽 구석의 선반 아래 앉아 있었고, 50이 갓 넘어 보이는 약혼 중인 남자는 줄곧 들떠서 약혼녀의 뒤를 좇고 있었다. 누구나가 모두 즐거워하는 양, 관습적인 딱딱한 규칙에 묶여 있지 않은 점에서 그만큼 허물없이 보였다. 완전히 마음을 탁 푼 분위기 속에서, 출세를 하고 싶다든가, 견문을 넓히고 싶다든가, 혹은 남보다 뛰어난 일을 하고 싶다는 욕망을 나타내는 표정이나 몸짓이 전혀 없는 것으로 미루어, 진짜 귀족의 침착성과도 비교될 만한 의젓한 태도가 자리에 모인 사람들에게서 풍겼다—— 사회 계급의 양 극단에 속해 있는 사람들을 제외하고 자칫하면 그러한 욕망이, 오늘날에는 인간의 아름다움이나 따뜻함을 왕왕 손상하고 있는 것이지만.

양치기인 페넬은 좋은 곳에서 아내를 맞아들였었다. 먼 골짜기의 목장 주인의 딸로서 50기니의 지참금을 갖고 온 아내였다. 그 돈은 아이들에게 필요할 때 쓰려고 소중히 간직해 두었다. 낭비를 싫어하는 이 여인은 이번 잔치를 어떻게 했으면 좋을까 하고 머리를 짜냈다.

댄스를 빼는 것도 한 방법이었지만, 그러나 의자와 긴 의자에 붙어 앉기만 하고 움직이지 않는다면 까딱 남자분들은 한정없이 술잔을 거듭해서 집 안의 온 술을 한 방울도 남기지 않을는지도 모를 일이었다. 그래서 낭패라고 한다면 댄스 파티라는 것이 좋겠지만, 이것도 마시는 점에 있어서는 확실히 결점을 피할 수는 있으나, 그대신 먹는 것이 그만큼 못견딜 판이다. 맹렬한 식욕이 적당한 운동으로 자극되어 주방에 일대 공황을 초래하게 한다. 페넬의 아내는 그 중간을 택해서 얘기와 노래를 하는 사이사이에 짧은 댄스를 섞기로 하고 무턱대고 먹거나 마시거나 하지 않게 하였다. 그러나 이 계획은 여자다운 그녀의 가슴에만 간직하고 남편에겐 말하지 않았다. 따라서 양치기 자신은 마음껏 손님을 환대하려는 생각을 하고 있었다.

바이올리니스트는 그 지방의 소년으로서 열두 살 정도일까, 지그(경쾌하고도 빠른 댄스 곡)와 리이르(보통 두 쌍이 마주보고 여덟 8자를 그리 듯 추는 경쾌한 무곡)는 감탄할 만한 솜씨였다. 손이 작고 손가락이 짧으니까 높은 음을 내려면 연방 손가락을 위아래로 움직여야 하기 때문에, 순수한 음을 낼 수 없었다. 바로 일곱 시에 이 소년은 바이올린의 불협화음을 내고 있었다. 반주는, 현명하게도 애용의 악기인 서펜트(사상 취주악기)를 가지고 온 교회의 서무계인 에라이져 뉴가 내는 굵직한 기초 저음이었다. 댄스는 곧 시작되었다. 페넬의 아내는 악기를 가진 사람들에게 댄스는 어떠한 일이 있어도 15분을 넘지 않도록 남 몰래 당부해 두었다.

그러나 에라이져도, 소년도 자랑스런 역할에 흥분해서 그 명령을 완전히 잊고 말았다. 뿐만 아니라 춤추는 사람 중 열일곱 살 먹은 올리버 자일즈는 방년 33세인 금발의 처녀에게 그만 홀딱 반하여 전후를 생각지 않고, 번쩍번쩍 빛나는 크라운 은화를 연주하는 사람들에게 눈물을 흘리며 주면서 손가락이 움직이는 한, 숨 쉬고 있는 한, 연주를 계속 해 달라고 했다. 페넬의 아내는 손님들의 얼굴에 무럭무럭 김이 나는 것을 보고 방을 건너가서 바이올리니스트의 팔굽을 건드리고 서펜트의 입을 손으로 눌렀다. 하지만 그들은 아무런 반응이 없었다. 그래서 그녀도 너무 지나치게 되면 상냥한 부인이라는 그녀의 평판에 흠이 가지나 않을까 하는 염려에서 할 수 없이 물러나고 어쩔 도리가 없다는 듯한 기분으로 주저앉고 말았다. 이러한 까닭에 댄스는 점점 더 맹렬히 바람을 일으키고, 춤추는 사람들은 유성처럼 궤도를 돌며 뛰어다녀 앞으로, 혹은 뒤로 멀어졌는가 하면 또 가까이 와서 마침내는 방에서 제일 안쪽에 있는, 지금까지 계속 춤추는 사람들의 발에 채인 큰 시계의 바늘이 둘레를 한 바퀴 돌 지경이었다.

페넬의 집에서 이러한 푸짐한 모임이 한창일 무렵, 이 파티와 매우 큰 관계가 있는 사건이 바깥의 음산한 어둠 속에서 일어나고 있었다. 댄스가 차츰 맹렬해지는 것을 페넬의 아내가 몹시 걱정하고 있던 때와 한 사람이 동네의 먼 곳에서 '까마귀의 보금자리'인 쓸쓸한 언덕으로 올라가던 때와는 같은 시각이었다.

이 사나이는 빗속을 쉬지도 않고 훨씬 멀리서 양치기의 오두막집 바로 옆을 지나는, 좀체로 사람들이 지나지 않는 오솔길을 성큼성큼 올라오고 있었다.

만월이 가까운 때였으므로 하늘은 비구름으로 가득히 뒤덮여 있었지만, 바깥 사물은 쉽게 볼 수 있었다. 밝은 빛은 아니나 외로이 걸어가는 그 사나이는 날씬한 몸매의 사나이라는 것을 알 수 있었다. 걸음걸이는, 그 사나이가 본능적으로 가뿐하게 행동하는 시기는 다소 지나긴 했어도 아직 때와 장소에 따라서는 날쌔게 몸을 움직일 수 있다는 것을 나타내고 있었다. 대강 짐작해서 40세 전후임이 틀림 없었다. 키는 커 보였으나 군인을 모집하는 관계원의 상사나, 눈으로 신장을 짐작을 해 버릇한 사람이라면 키가 크게 보이는 것은 마른 탓이고, 고작 이 사나이는 5피트 8인치나 9인치로 생각하였을 것이다. 발걸음은 조금도 비틀거리지 않았지만 걷는 길을 퍽 조심하는 것이 분명하고, 말하자면 머릿속에서 길을 따라걷는 것 같았다. 입고 있는 의복은 검은 옷도, 검은 빛에 가까운 옷도 아니었으나, 원래 검은 옷을 입어 버릇한 사람이라는 느낌을 이 사나이는 어딘가 풍기고 있었다. 옷은 코르덴이고 구두는 징이 박혀 있긴 하였지만, 그 걸음걸이는 코르덴 옷을 입고 징박은 구두를 신은 흙과 친했던 농부의 티가 전혀 보이지 않았다.

그가 양치기의 집 맞은편까지 닿았을 때, 비는 퍼부었다기보다 옆으로 때리는 비였다. 조그만 집이기는 하지만 그 주위는 풍우의 힘이 꺾여, 그것에 끌려 그는 멈춰 섰다. 양치기가 사는 건물 안에서 가장 눈에 띄는 것은 울타리도 없는 뜰의 앞 구석에 있는 텅 빈 돼지 우리이고, 이 지방에서는 그다지 허물도 잘 보이지 않을 집의 전면을 진부하고 틀에 박힌 현관으로 감춘다든가 하는 짓을 해놓지 않았다. 나그네의 눈에는 젖은 슬래브 지붕의 하얀 빛으로 이 작은 건물이 보였다.

그 쪽으로 가보니 오두막집은 텅 비어 있어서 추녀 밑에서 비를 피하기로 하였다. 이렇게 서 있는 동안 인접한 큰 집 안에서는 굵직한 관악기의 울림과 비교적 얌전한 바이올린의 소리가 들려와, 땅 위를 옆으로 때리며 튕기는 노도와 같은 빗소리와 뜰에 심은 캐비지의 잎과 오솔길 옆에 약간 보이는 여덟 갠가 열 개의 벌꿀통을 때리는 소란스런 소리, 또 오두막집의 벽에 줄지어 늘어놓은 양동이와 냄비 속에 뚝뚝 떨어지는 빗방울 소리가 반주하는 것 같았다.

높은 곳에 있는 집은 어디나 마찬가지겠지만 '까마귀의 보금자리'에서도 생활을 하는 데 제일 곤란한 것은 물이 부족한 것이고, 혹 가다가 비가 내리면 집 안의 모든 그릇을 총동원해서 물받는 데 쓰는 것이었다. 볕이 내리 쪼이는 여름 고지의 집에 절대 없어서는 안 될 비눗물이나 설거지물의 절약법에 대해서는 퍽 재미나는 색다른 얘기도 있는 법이지만, 그러나 이 무렵이 되면 그러한 비상 수단도 필요없게 되고 다만 하늘에서 내리는 것을 고맙게 받는 것으로써 넉넉히 써야만 했다.

　이윽고 서펜트의 소리가 멎고 온 집이 조용해졌다. 갑자기 사라진 소음에 넋을 잃고 생각에 잠겨 있던 외로운 나그네를 깨웠다. 그는 돼지 우리에서 나와 무엇을 생각하였는지 집 입구로 통하는 작은 길을 걸어갔다. 입구까지 오자 우선 일렬로 늘어선 그릇 곁에 있는 커다란 돌 위에 무릎을 꿇고 그릇 하나를 들어 실컷 그 물을 마셨다. 이렇게 목을 추기고는 일어서서 노크를 하려고 손을 번쩍 들었다가 짐짓 멈춰 한동안 문을 물끄러미 보고 있었다. 문구멍으로는 아무것도 보이지 않았다. 그는 홀로 집 안을 상상하고 이런 류의 집 안에는 어떠한 것이 있고 그것이 그가 안내를 부탁하는 것과 어떻게 관계되어질 것인가 하는 것을 미리 생각해 보려고 하는 것 같았다.

　결심을 채 못하고 그는 고개를 돌려 주위를 한번 살펴 보았다. 아무데도 사람 하나 보이지 않았다. 뜰의 작은 길이 발목에서 저쪽으로 뻗어 있고 달팽이가 걸어간 자국처럼 빛나고 있었다. 조그마한 우물이라고는 하지만 빈 우물에 가까운 우물의 지붕, 우물 뚜껑 등이 탁한 물빛으로 칠한 것같이 엷게 비쳤다.

　한편 골짜기의 저쪽에는 희멀겋게 보이는 범위가 여느 때보다도 훨씬 크고, 시내가 목장으로 넘치고 있는 것이 보였다. 그 저쪽에는 때리 듯이 내리는 빗방울을 통해서 희미한 빛이 점점이 번쩍였다. 그것은 그가 온 듯한 군청이 있는 고을의 위치를 가리키는 빛이었다. 그 방향을 보더라도 생물이 있는 기색이 전혀 보이지 않아서 결심을 굳게 한 듯 그는 문을 두들겼다.

　집 안에는 춤곡 대신에 걷잡을 수 없는 얘기가 한창이었다. 울타리를 만드는 목수는 일동에게 노래 부르기를 제안하였으나 사람들은 그다지 마음이 내키지 않던 참에 마침 노크 소리는 매우 고마운 기분 전환의 계기가 되었다.

　"어서 오십쇼!"

하고 양치기는 곧 대답하였다.

빗장이 찰칵, 소리내어 위로 튕기자 밤의 어둠에서 아까 그 나그네가 문간 입구의 구두털기 위에 나타났다. 양치기는 일어서서 가까이에 있는 초 두 가락을 들고 나그네 쪽으로 얼굴을 돌렸다.

그 사나이의 얼굴빛은 검지만 콧날은 오히려 호감이 가게 하는 인상을 촛불은 비춰줬다. 방에 들어와서도 한동안은 모자를 벗지도 않고 눈 위까지 깊숙이 눌러 쓰긴 했어도 그 눈은 크고 맑은 눈이었고 겁먹은 티가 없이 방 안을 아무런 생각도 않고 둘러본다기보다는 획 날카롭게 훑어본 것을 감추지는 못하였다.

한번 훑어보고는 만족한 양 헝클어진 머리를 들어 내놓고 풍부한 굵은 소리로,

"비가 너무 심해서, 안에서 잠깐 쉬게 해 주십시오."

라고 말했다.

"들어오시죠. 마침 잘 오셨습니다. 기쁜 일이 좀 있어서 진탕 놀려던 참입니다. 이런 기쁜 일은 아무리 뭣해도 1년에 한 번이 고작이지요."

"하지만 한 번은 축하하는 게 좋아요."

라고 한 여자가 거침없이 말했다.

"아이는 될수록 빨리 낳고 마는 것이 그만큼 빨리 고생이 끝나 좋으니까요."

"그래, 그 기쁜 일이란 무엇입니까?"

하고 나그네는 물었다.

"갓난애를 낳고 세례 축하를 하고 있습니다."

나그네는 주인에게 축하한다는 말을 하고는 한잔 들라고 내민 커다란 귀가 달린 술잔을 고맙게 받았다. 집에 들어오기 전에는 적지아니 주저하는 모습을 보이던 그의 태도도 이제는 전혀 거리낌없는 것이 되었다.

"꽤 늦게 이 산을 넘어 오셨군요."

하고 쉰 살 먹은 약혼한 사나이가 말했다.

"아주 늦어지고 말았군요. 아주머니, 혹 폐가 안 된다면 난로
의 한 모퉁이를 좀 실례하겠어요. 비를 정면으로 맞은 쪽이 흠뻑
젖었어요."

페넬의 아내는 허락하고 이 불청객을 위해 자리를 마련해 주었
다. 그는 난로 모퉁이 한쪽을 차지하자 집에라도 돌아온 양 팔다
리를 쭉 피는 것이었다.

"그렇습니다. 구두 앞쪽이 찢어졌습죠."

그는 양치기의 아내가 구두를 보는 것을 알아채고 숨김없이 말
하였다.

"거기다 옷도 험하죠? 요즘은 좋은 옷감이 안 나와서요, 아무
거나 걸쳐입을 수밖에 없습니다. 집에 돌아가면 그런대로 일하는
데 입을 만한 게 있겠죠."

"이 근방이세요?"
라고 그녀는 물었다.

"아뇨, 근방이라기보단 훨씬 깊숙이 들어가야 합니다."

"그러실 줄 알았어요. 저도 그러니까요. 말씀하시는 투가 저희
마을 근방 사람이군요."

"하지만 저에 대해선 아마 모르실 겁니다."
하고 그는 재빨리 말을 꺾었다.

"아무튼 아주머니와 저와는 나이가 퍽 다르니까요."

여편네의 나이가 젊다는 것이 귀찮은 질문을 막는 데 효과적이
었다.

"어떤 것도 싫습니다만 한 가지 얻었으면 하는 게 있는데요."
라고 새로 온 사나이는 말을 이었다.

"담배 한 모금 피웠으면 합니다. 마침 떨어졌어요."

"파이프를 내세요. 담아 드릴테니."

"그것도 좀 빌려 주셨으면……."

"담배를 피우시면서 파이프도 안 가지고 계세요?"

"어디 도중에서 떨어뜨렸는가 봐요."

양치기는 새 도제(陶製)의 파이프에 담배를 담아 주며,

"담배 쌈지를 주세요. 가득 넣어 드릴테니."

사나이는 호주머니를 뒤지는 체 하였다.

"그것도 떨어뜨렸어요?"

주인은 다소 어이없는 얼굴을 하고 물었다.

"미안합니다."

사나이는 난처한 듯이 말하였다.

"종이에다 싸 주셨으면 좋겠어요."

곰방대에 불이 몽땅 빨려 들어가듯 담뱃불을 붙인 다음 그는 난로 귀퉁이에 다시 자리잡고는 젖은 다리에서 김이 무럭무럭 나는 것을 보며 더 이상 말하기도 귀찮아하는 것 같았다.

한편 손님들은 다음 춤곡에 맞추어 어떻게 춤을 출까 얘기하는 데 바빠서 이 손님에 대한 관심이 거의 없어졌다. 이윽고 곡이 정해지고 사람들이 일어서려 할 때였다. 다시 문간에서 노크 소리가 났다.

노크 소리를 들은 난로 귀퉁이의 사나이는 부집게를 들고 장작을 두둘기기 시작하였다. 철저하게 그것을 두둘기는 것이 마치 그의 일생의 목적이기나 되는 것 같았다.

이번에도 또 양치기는 '어서 오십쇼' 하였다. 그 목소리에 따라 새 사나이가 문간에 짚으로 엮은 구두털기 위에 섰다. 이 사나이도 역시 근방에서는 보지 못한 사람이었다.

이번 사나이는 먼저 온 사나이와는 전연 다른 형의 사람이었다. 태도도 훨씬 자연스럽고 누구와도 부드럽게 대할 수 있는 쾌활한 얼굴을 하고 있었다. 처음에 온 사나이와 비교해서 대 여섯 살 위, 머리도 백발이 성성한 데다가 눈썹이 거슬러 나고 구레나룻은 볼에서 뒤로 빗겨 있었다. 얼굴은 둥근 편, 얼굴 근육이 팽팽하지는 않으나 그렇다고 힘없어 보이지는 않았다. 술을 좋아하

는지 콧등이 빨갛다. 길고 엷은 다갈색 외투를 걷어 올리니 그 안에는 전체가 석탄의 재 같은 회색의 양복이 보이고, 닦으면 빛날 몇 개의 금속으로 만든 커다란 인장(印章)을 바지의 허리띠에 있는 호주머니에 매달아 유일의 장식물로 삼고 있는 듯이 보였다. 야트막한 광택이 나는 모자의 빗방울을 털며,
　"잠깐 비를 피합시다. 이대로 케스터 브리지까지 간다면 흠뻑 젖어 버리겠군요."
　"그러세요. 아무쪼록 천천히."
라고 양치기는 말하였으나 먼젓번처럼 그리 친절하지는 않은 것 같았다. 이것은 조금이라도 페넬에게 인색한 근성이 있어서 그런 것이 아니라 방도 비좁은 데다 빈 의자도 적고 특히 아름답게 차려 입은 여자들과 처녀들에게 비에 젖은 손님과 함께 어울리게 하는 것이 그다지 좋아 보이지 않았기 때문이었다.
　그러나 두 번째로 온 사나이는 외투를 벗고 모자를 마치 거기에 걸기로 되어 있기나 한 것처럼 천장 들보의 못에 걸고는 터벅터벅 식탁 앞의 의자에 가 앉았다. 하여간 좁은 방이라서 춤출 만한 여지를 될수록 크게 잡으려고 식탁은 난로의 구석 쪽으로 밀어 놓았으므로 먼저 온 사나이의 팔굽이 닿을 지경이었다. 따라서 이 근방에서는 보지 못한 두 사람이 자연 가까이 얼굴을 맞대게 된 것이었다. 그들은 안면이 없는 서먹서먹함을 깨뜨리기 위해 꾸벅 고개를 숙이고 이윽고 최초의 사나이는 이 집 대대의 커다란 술잔을 상대방에게 권하였다. 술잔은 터무니없이 커다란 다갈색의 것으로써 그 가장자리는 이미 돌아간 선조 대대의 사람들의 목마른 입술에 닿아 마치 옛집의 문지방처럼 닳았고, 불룩한 옆 가장자리에는 노란 문자로 다음과 같은 글귀가 구워져 있었다.

　내가 나타나니
　비로소 아주 흥겨움도다.

　상대방 사나이는 권하는 대로 그 술잔에 입술을 대고는 꿀꺽꿀꺽 마셨다. 자기 것도 아니면서 멋대로 상대에게 권하는 처음 사나이의 거동을 어이없이 보고 있던 양치기의 아내는 얼굴이 우스울 정도로 새파래졌다.
　"이제사 제 자리를 얻은 격이군요!"
하고 이 술꾼은 크게 만족해서 양치기에게 말했다.
　"실은 여기 들어오기 전에 당신네 집의 뜰을 지나면서 벌통이 일렬로 늘어서 있는 것을 보았습죠. 그래 난 생각했습니다. 벌통이 있는 곳에 반드시 벌꿀이 있고 벌꿀이 있는 곳에 반드시 봉밀주(蜂密酒)가 있다구요. 하지만 그건 그렇더라도 이렇게 맛있는 건 그 전에 좀체로 구경조차 못했습니다."
　그는 다시 술잔을 입술에 갖다 대고 거꾸로 나자빠지지나 않을까 할만큼 술잔을 기울였다.
　"마음에 드셔서 흐뭇합니다."
　양치기는 상냥하게 말하였다.
　"제법 맛이 나는 셈이죠."
라고 페넬의 아내는 무뚝뚝하게 말하였다. 칭찬 받는 것은 좋지만 술통이 바닥 나서야 되겠느냐고 말하고픈 눈치였다.
　"꽤 잔손이 많이 가죠. 그리고 이젠 만들 것 같지도 않아요. 벌꿀은 좋은 값으로 팔리지, 우리들뿐이라면 벌집을 씻고 떨어진 것으로 만드는 연한 봉밀주나 당밀주(糖密酒)로 평생 쓰고도 남으니까요."
　"거, 그건 좋지 않은 생각이십니다."
　석탄재 같은 회색옷을 입은 사나이는 세 번 술잔을 비우고는 나무라듯 말하였다.
　"예배당 가는 것은 일요일이 좋고 곤란한 사람을 도와 주는 것은 어느 날이고 좋지만 봉밀주만은 이만큼 묵은 게 아니고는……"

"하, 하, 하, 하!"

난로 귀퉁이의 사나이는 파이프를 입에 문 탓으로 그다지 입을 열지는 않았지만 상대방 남자의 농담이 정말 우스웠던지 혹은 우스운 체 해 보이려고 했는지 이렇게 짤막하게 웃었다.

이 당시의 묵은 봉밀주는 1갈론에 4파운드의 비율로 가장 순수한 제일 첫 해의 벌꿀, 말하자면 숫처녀 같은 벌꿀로 만든 것으로서── 물론 거기에는 계란 흰자위, 육계(肉桂), 생강, 정향(丁香), 육두구(肉荳寇), 만년랑(萬年榔), 누룩을 각각 적당히 넣어서 처리하고 병에 담아 곳간에 저장하는 순서를 거치지만── 사실은 매우 강한 술이었다. 입 안에서는 그다지 강하게 느껴지지는 않는다. 따라서 식탁에 앉아 있던 석탄재 같은 회색옷을 입은 사나이는 차츰 취기가 돌자 조끼의 단추를 풀고 의자에 몸을 뒤로 젖히고는 두 다리를 큰 댓자로 벌려, 여러 모로 귀찮은 존재가 된 까닭도 결국 그것이 원인이었다.

"그래 말입니다. 지금 말한 바와 같이 나는 지금부터 케스터 브리지에 가는 길입니다. 어떻든 간에 케스터 브리지에 가지 않으면 안 된단 말씀입니다. 사실은 지금쯤 도착됐어야 했을 텐데 비가 이러니 당신 댁에서 비를 피하게 되었습죠. 덕분에 음식 대접을 받고 고맙지 뭡니까."

"케스터 브리지에서 사시진 않으시군요?"
하고 양치기는 물었다.

"음, 지금은 그렇지요. 하지만 어느 때건 이사 가려고 생각하죠."

"장사를 시작하겠단 말씀인가요?"

"설마 그럴려구."

양치기의 아내가 말했다.

"누가 봐도 이 분은 부자 같고, 일 같은 건 우스워서 못할 겁니다."

석탄재 같은 회색옷을 입은 사나이는 안주인의 말을 그대로 듣고 어떻게 할까 생각하는 것 같았으나 이윽고 다음과 같이 대답함으로써 그것을 물리쳤다.

"부자라니 꼭 들어 맞았다곤 못하겠는데. 현재 나는 일하고 있고 일하지 않으면 안 되거든요. 오밤중에 케스터 브리지에 닿더라도 내일 아침 여덟 시에는 일을 시작한단 말씀입니다. 그렇습죠, 덥건 축축하건 바람이 불건 눈이 내리건 기근(饑饉)이 되건 내일 일은 해 넘겨야 한단 말씀이죠."

"불쌍도 해라! 그럼 보긴 훌륭해도 당신은 나보다도 사정이 딱하군요."

양치기의 아내는 말하였다.

"아니, 그건 내 장사지만요. 여러분, 그렇게 사정이 딱한 것도 아닙니다. 자 이만하고 떠나기로 할까. 잘못하면 여관방도 못 구하지."

이렇게 말하면서 본인은 도시 움직이는 기색도 없이 다시 말을 계속했다.

"떠나기 전에 가까워진 의미로 한잔 더 할 만한 틈은 있습죠. 이 술잔이 비지만 않으면 당장이라도 하겠는데요."

"연한 거라면 예 있어요."

페넬의 아내가 말하였다.

"연하다고 해도 벌집을 씻어낸 최초의 물이니까요."

"그만두십쇼."

하고 사나이는 경멸하듯이 말하였다.

"그걸 얻어 먹으면 처음의 친절이 아무것도 아니니까."

"그건 드시지 말아요."

페넬이 말을 꺼냈다.

"낳아라 불려라 하더라도 매일 하는 게 아니니 한 잔 더 드리겠습니다."

그는 술통이 있는 아래층 창고로 내려갔다. 양치기의 아내는 그 뒤를 따라갔다.

"어쩌자고 당신은 그래요?"

그녀는 둘만이 되자 이내 나무라듯 말하였다.

"단숨에 먹어 버렸어요, 그 사람은. 너끈히 열 사람 분은 됐는데, 게다가 연한 건 싫다, 하여튼 센 게 아니면 안 된다니! 보도 듣도 못한 놈팡이 주제에! 아무래도 그 인상이 수상한 자예요."

"하지만 모처럼 온 사람 아냐. 비는 오고 세례 잔치는 하겠다, 그까짓 어때, 봉밀주 한두 잔쯤은. 이번에 벌을 태우면 잔뜩 생기니까."

"할 수 없군요. 그럼 이번만이에요."

그녀는 안타까운 듯이 술통을 보면서 말하였다.

"그건 그런데 그 남자 뭘하는 자죠? 어디의 누구난 말예요? 갑자기 들어와서는 아는 체하고 말이에요."

"모르지, 다시 한 번 물어 볼까."

석탄재 같은 회색옷을 입은 사나이에게 커다란 술잔으로 먹이는 비극은 이번에는 페넬의 아내가 경계해서 용케 막을 수 있었다. 즉 작은 찻잔에 따라 주고 커다란 그릇은 멀리 떨어진 곳에 두기로 한 것이었다. 그가 받을 몫을 다 마셨을 때 양치기는 사나이의 직업에 대해서 아까 하던 질문을 다시 하였다.

사나이는 곧 대답하지는 않았다. 하니까 난로 귀퉁이에 있던 사나이가 돌연 들으라는 듯이 말했다.

"내 직업은 누구나 알겠지만 난 짐수레 목수죠."

"이 근방에선 좋은 장사군요."

양치기가 말했다.

"내 장사도 누구든지 알 수 있죠. 머리만 좋으면."

석탄재 같은 회색옷을 입은 사나이의 말이었다.

"손가락을 보면 대개는 그 사람의 직업이 뭔가 알 수 있거든."

하고 자기의 손을 내보이면서 울타리 만드는 사나이가 불쑥 말하
였다.

"내 손가락은 바늘이 잔뜩 꽂혀 있는 바늘꽂이처럼 덤불 가시
가 가득 박혀 있거든요."

난로 귀퉁이에 앉은 사나이는 본능적으로 어두운 곳에 손을 감
추며 파이프를 피우면서 난롯불만 물끄러미 바라보고 있었다. 식
탁의 사나이는 울타리 만드는 사나이의 말을 받아 교활하게 덧붙
였다.

"그건 그래, 하지만 내 장사는 좀 달라서 나에겐 자국이 나지
않고 손님에게만 자국이 생기거든."

아무도 이 수수께끼를 풀어 보이는 사람이 없어서 양치기의 아
내는 노래라도 한번 부르면 어떠냐고 말했다. 먼젓번도 그랬지만
역시 이번에도 똑같은 핑계가 나왔다 — 목이 쉬었다든가 첫 구
절을 잊었다 하더니 노래를 부르겠다고 큰소리로 말해서 그 자리
의 분위기를 살렸다. 그는 조끼의 옆 주머니에 엄지를 넣고 다른
한쪽 손은 공중에서 부드럽게 흔들며 문구를 생각하는 듯한 눈초
리로 난로 선반 위에 있는 양치기의 번쩍번쩍 빛나는 갈쿠리를
바라보면서 노래하기 시작하였다.

나의 장사는 흔한 것은 아니죠.
양을 치는 여러분 —
나의 장사는 보면 알 수 있는
손님을 묶어 올려, 높은 곳으로
영치기 영차
먼 나라로 보낸답니다!

노래가 끝났을 때 방 안은 조용해졌다. 다만 난롯가의 사나이
만이 '얼씨구 절씨구' 노래 부르는 사람의 장단을 맞추며 음악적

인 멋이 있는 굵은 최저음부의 목소리로 함께 불렀다.

　먼 나라로 보낸답니다!

　올리버 쟈일즈, 젖 짜는 공장을 경영하는 존 피쳐, 교회 서무계, 쉰 살의 약혼한 남자, 벽 주변의 젊은 여자들은 그다지 명랑하지 못한 생각에 잠겨 있는 것 같았다. 양치기는 뭔가 생각하는 기색을 하고 아래만 보고 있고, 양치기의 아내는 구린 듯이 노래하는 사람을 노려보고 있었다. 과연 옛날 노래를 기억해서 부른데 지나지 않을까, 그렇지 않으면 그때 그 자리에서 즉석으로 지은 것이었을까. 그녀는 어느 것이라고 짐작할 수가 없었다. 누구나가 베르샤자르의 술잔치 손님처럼 이 의미의 알 수 없는 계시에 어리둥절할 뿐이었지만(다니엘서(書) 제5장) 난로 귀퉁이의 사나이만이 태연하게 ‘3번을’ 하고는 파이프를 계속 물고 있었다.
　노래 부르는 사람은 입 안을 온통 술로 채우고 꿀꺽 삼킨 다음 시키는 대로 다음 절을 계속하였다.

　나의 도구는 희한한 게 아니죠.
　양을 치는 여러분──
　나의 도구는 볼품 없는 조그마한 밧줄, 그네 기둥,
　그것만 있으면 도구는 충분하죠!

　양치기 페넬은 슬쩍 주위를 살폈다. 이 사나이가 그의 질문을 노래로 대답하고 있는 것은 이미 의심할 여지가 없었다. 손님들은 놀라서 소리를 낮게 내며 뒤로 물러섰다. 쉰 살 먹은 사나이와 약혼한 젊은 여자는 정신이 반은 나가 그대로 쓰러질 뻔하였으나 남자편이 느림보여서 몸을 부축해 주지 않았으므로 떨면서 자리에 주저앉았다.

“그럼, 녀석은……!”

뒤쪽에 있던 사람들은 기분 나쁜 관리의 이름을 속삭이듯 말하였다.

“그 때문에 왔군! 내일 케스터 브리지의 형무소에서 있기로 된 거야 —— 양을 훔쳤다든가 해서 —— 왜 들었지 않아, 불쌍한 시계 수선공이 말야, 쇼츠포드의 사나이라든가, 일이 없어서 —— 티모시 사마즈라고 했으렷다. 집 식구가 배 곯아 굶어 죽게 되어서 쇼츠포드에서 신작로로 쭉 나와 대낮에 마누라와 아들과 그 외에도 많은 남자들 눈 앞에서 양 한 마리를 훔쳤다는 거야. 저 녀석은…….”

하고 그들은 그 무서운 장사를 하고 있는 사나이 쪽을 턱으로 가리켰다.

“고향의 군청에서는 일이 없으니까 그걸 하러 나온 거야. 우리들 군의 계원이 죽었으니 그 뒷자리에 주저앉은 거지. 형무소 안의 먼젓번 남자와 똑같은 오두막집에 들어가서 살 작정이야.”

석탄재 같은 회색옷을 입은 사나이는 이 쑥덕거리는 얘기에는 전혀 아랑곳없이 또 그의 입술을 추기는 것이었다. 그리고 난로 귀퉁이의 사나이가 결국 그와 맞장구 치는 유일의 사나이로 알고 그의 술잔을 얘기가 통하는 상대에게 내밀었다. 상대방도 술잔을 내밀었다. 두 사람은 술잔을 부딪쳤다. 방 안의 사람들의 눈은 노래를 부른 사나이의 동작에 붙어 떨어지지 않았다. 그는 세 번째 노래를 부르기 위해서 입을 벌렸다. 그 때 또다시 새로운 노크 소리가 입구에서 들렸다. 이번에는 약하고 주저하는 노크 소리였다.

일동은 질린 듯한 얼굴을 하였다. 양치기는 섬칫한 안색을 하고 문간을 바라보았다. 그는 무서워하는 아내의 시선을 억제하고 이번이 세 번째인 손님을 맞는 ‘들어오세요’ 하는 말을 입에서 내기까지는 힘이 들었다.

문이 조용히 열리면서 다시 새 사나이가 구두털기 위에 나타났다. 앞서 온 두 사나이와 같이 그도 보지못한 사나이였다. 이번의 사나이는 키가 작고 몸집도 작으며 살결이 희고 검은 빛 양복을 깨끗이 입은 몸차림을 하고 있었다.

"잠깐 길을 묻고 싶습니다만……."
하고 그는 말을 꺼냈다. 이윽고 이 집 사람들을 관찰하기 위하여 방을 한번 훑어 본 그의 눈은 석탄재 같은 회색옷을 입은 사나이에게 멈췄다. 바로 그때 자기의 노래에 열중해서 새로이 손님이 온 것도 아랑곳않고 세 번째 노래를 부르기 시작한 그는, 낮은 소리로 무엇인지 속삭이고 묻고 하는 것을 그치게 하였다.

내일은 나의 일하는 날.
양을 치는 여러분——
내일은 나의 일하는 날이죠,
농부의 양 한 마리 죽인 놈이 잡혔으니,
명복이라도 빌어 줍시다!

난로 귀퉁이의 사나이는 노래하는 사람과 함께 신이 나서 술잔을 흔들며 잔 속의 봉밀주를 난로 위에 튕기면서 굵은 목소리로 먼젓번같이 되풀이했다.

명복이라도 빌어 줍시다!

노래를 하는 동안 제3의 사나이는 입구에 서 있었다. 도시 들어오려 하지 않으므로 일동의 눈은 특히 그 사나이에게 쏠렸다. 놀랍게도 그는 질려서 눈노 제대로 뜰 수 없는 양 서 있는 것이었다. 무릎이 부들부들 떨리고, 손은 그것을 집고 몸을 의지하고 있던 문간의 걸쇠가 덜렁덜렁 소리를 낼 만큼 몹시 흔들렸다. 핏기 없는 입술은 벌려 있고 눈은 방 중앙에 자리잡은 신이 나서 떠드는 관리만을 보고 있었다. 다음 순간, 획 돌아서자 문을 닫고 도망쳐 가버렸다.

"도대체 이 사나이는 뭘까?"

라고 양치기는 말하였다.

무서운 것을 알게 되고, 방금 온 손님의 모습이 이상했고 그래서 사람들은 다만 어리둥절한 얼굴로 입을 여는 사람이 없었다. 본능적으로 그들은 중앙의 무서운 관리의 곁에서 멀리 떨어져 가고 개중에는 지옥의 귀신이라고 생각한 사람도 있었던 모양이었다. 아무튼 그들은 먼 데로 둥글게 모여 그들과 그와의 사이에는 넓은 면적의 틈이 생겼다.

……악마는 원(圓)의 중심에 있다.

방 안은 정적에 감싸여──하기는 20명 이상이나 있었지만──덧문을 때리는 빗소리, 이따금 굴뚝에서 흘러들어온 비 때문에 나는 찌익하는 빗방울 소리, 긴 도제의 파이프를 피우기 시작한 난로 귀퉁이 사나이의 끊임없는 파이프 소리 외에는 아무것도 들리지 않았다.

이 정적은 뜻하지 않은 일로 깨지고 말았다. 먼 데서 총 쏘는 소리가 공기를 진동했다. 군청 소재의 읍 쪽이었다.

"제기랄!"

노래 부르던 사나이가 벌떡 일어나며 외쳤다.

"왜 그러죠, 저건?"

대여섯 사람이 물었다.

"죄수가 형무소에서 도망 친 거야. 그 때문이야, 저건."

누구나 귀가 솔깃했다. 다시 총소리가 났다. 아무도 말하는 사람이 없었다. 난로 귀퉁이에 앉은 사나이만이 침착하게 말하였다.

"그런 경우에 이 군에서는 총을 쏜다는 얘기를 들었지만 실제로 듣기는 이번이 처음인데."
　"혹, 아까 그 놈일지도 몰라."
라고 석탄재 같은 회색옷의 사나이가 중얼댔다.
　"그래, 틀림없어!"
　양치기의 입에서 절로 말이 나왔다.
　"이 눈으로 보았거든! 방금 입구에 얼굴을 내밀곤 당신을 보
고, 당신의 노래를 듣자 나뭇잎처럼 벌벌 떨던 그 작은 몸집의 사
나이가 틀림없어요!"
　"어금니가 맞지 않고 숨도 제대로 쉬지 못했으렷다."
하고 낙농장을 경영하고 있는 사나이가 말했다.
　"그리고 심장은 몸속으로 덜컥 떨어진 것 같았잖아."
라고 올리버 쟈이르즈가 한마디 했다.
　"한 대 맞은 것처럼 뛰어 나갔어."
라고 울타리 만드는 사나이가 말하고,
　"틀림없어. 어금니는 안맞고, 심장이 떨어진 것 같았지. 한 대
맞은 것처럼 뛰어 나갔어."
　난로 귀퉁이의 사나이가 차근히 말을 종합하였다.
　비상경보 총소리가 사이를 두며 낮고 은은하게 계속 울리고 그
들의 의혹은 확실한 사실로 되었다. 석탄재 같은 회색옷의 사나
이는 마음을 가다듬었다.
　"경관은 없나, 여긴?"
　그는 탁한 음성으로 말하였다.
　"있다면 나와 주었으면 좋겠는데."
　쉰 살 짜리 약혼한 사나이가 떨면서 앞으로 나왔다. 약혼녀는
의자 등에 기대어 찔끔찔끔 울기 시작했다.
　"본직 경관인가?"
　"그렇습니다."
　"그럼, 곧 범인을 추적하게, 부하를 데리고. 체포해서 이리로

세 사나이　137

데려 와. 멀리 도망치지 않았을 테니까."

"알았습니다. 알았습니다. 한데 경봉(警棒)이 없습니다. 집에
가서 가져오겠습니다. 급히 돌아오렵니다. 그리고 모두 함께 갑
시다."

"경봉! 경봉 같은 건 아무래도 좋아. 범인이 도망치지 않느냐
말야!"

"하지만 경봉이 없대서야 말이 안됩니다. 그렇잖아 윌리암 존,
그리고 찰즈 제이크? 정말입니다. 그건 황색과 금빛으로 임금님
의 관이 그려져 있으니까요. 또 사자와, 물소의 뿔도 그려져 있습
죠. 그러니까 그걸로 한대 후려치는 것은 합법적이죠. 그 귀중한
경봉을 갖지 않고 사람을 붙잡다니……. 싫습니다. 난 싫어요. 법
률이라고 하는 어엿한 배경이 없으면 그 사나이를 붙들기는커녕
잘못하면 되려 내가 붙들릴 판입니다."

"이봐, 난 어엿한 관리야! 그러니까 너희들에게 권리를 주지."
회색옷을 입은 무서운 관리가 말하였다.

"자, 모두 준비 해. 호롱불은 없나?"

"그렇지, 호롱불 어디 있어? 그게 없으면 곤란해!"
순경이 말하였다.

"그리고 신체가 튼튼한 자는 남지 말고."

"신체가 튼튼한 자…… 그렇지, 남지 말고!"

"단단한 곤봉이나 갈퀴를 들고."

"곤봉과 갈퀴. 법률의 명령이란 말야! 그걸 단단히 쥐고 수색
하러 가는 거야. 우리는 관리가 하라는 대로 해야 해!"

이래서 독촉을 받은 사나이들은 추적할 준비를 하였다. 증거는
간접적으로 추정한 것에 지나지 않았지만 제법 움직일 수 없는
것도 있고 그러한 것을 목격한 이상, 만약 그들이 그 세 번째의
불쌍한 사나이를 곧 뒤쫓지 않는다면 사실을 알고도 놓아 주었다
고 들이대면 변명할 여지가 없다는 것은 논의의 필요조차 없을

것이며, 더구나 범인은 이같이 산비탈이 많은 곳에서는 채 5백 야드도 도망치지 못했을 터이기 때문이다.

양치기는 호롱불 준비가 언제나 되어 있으므로 급히 불을 붙이고는 양쪽 손에 양 우리를 만드는 삿자리대를 들고 일동은 줄줄 밖으로 나가 읍과는 반대 방향으로 향하였다. 비는 알맞게도 조금 잔잔해졌다.

떠들썩해서 눈을 떴는지, 혹은 세례의 좋지 않은 꿈이라도 꾸었는지, 오늘 갓 세례를 받은 아기가 2층방에서 슬픈 듯 울기 시작했다. 그 슬픈 듯한 소리가 마루 틈으로 아래층 여인들의 귀에 들려 그들은 급히 일어나 2층으로 갔다. 그들은 아기를 얼릴 구실이 생겨서 기뻐하는 모양이었다. 반 시간 동안에 일어난 일이 그들을 완전히 질리게 했기 때문이었다. 이래서 2, 3분 후 아래층 그 방은 그야말로 텅텅 비고 말았다.

그러나 그것은 그리 오래 계속되지는 않았다. 일동의 발소리가 사라지기도 전에 한 사나이가 집모퉁이를 돌아 모두가 간 방향에서 돌아왔다. 문간에서 안을 들여다보고 아무도 없는 것을 확인하자 그 사나이는 천천히 들어갔다. 그는 바로 좀전에 사람들과 함께 나간, 난로 귀퉁이에 앉아 있던 사나이였다. 돌아온 동기는 그가 앉아 있던 장소 곁의 선반에 있던 푸딩 같은 과자를 한 쪽 집었으므로 그 때문이라 생각되었다. 아마도 갖고 갈 것을 잊었던 모양이다. 그는 또 남아 있는 봉밀주를 잔에 반쯤 따라 선 채로 꿀꺽꿀꺽 마시고 과자를 먹었다. 그게 채 끝나기도 전에 또 한 사나이가 슬쩍 들어왔다. 석탄재 같은 회색옷을 입은 사나이였다.

"아니, 당신도 있었군?"
하고 회색옷의 사나이는 미소를 띠우면서 말하였다.

"체포에 협력하러 간 줄 알았지."
이 사나이가 돌아온 목적도 옛 봉밀주의 매력적인 커다란 그릇을 찾기위해 두리번거리는 것으로 알 수 있었다.

  “나도 당신은 협력하러 간 줄 알았지.”
라고 또 한 사나이가 푸딩 같은 과자를 우물우물 씹으면서 말
했다.
  “그랬지. 허나 곰곰히 생각해 보니까 내가 안 가도 사람 수는
부족 하진 않아.”
라고 회색옷의 사나이는 말했다.
  “그리고 밤이 이래서야 원. 본시 범인의 감시는 정부에서 할
일이고, 내 알 바 아니거든.”
  “그렇구 말구. 나도 당신과 같애, 내가 안 가도 사람 수가 부족
하진 않으니까 말야.”
  “조잡한 이 시골의 울퉁불퉁한 길을 뛰어다니다 다리라도 부
러뜨리면 어떡하지.”
  “옳은 말씀이야. 하긴 큰 소리로 말할 순 없지만 말야.”
  “까짓 양치기 패들은 익숙하니까. 하지만, 미련한 것들이야,
조금만 흔들어 놓으면 뭐든지 하니 말야. 어떻든 날이 새면 끝나
겠지. 내가 아무것도 안해도 말야.”
  “이제 잡아 오겠지. 우리는 높은 자리에서 구경만 하는 거야.”
  “높은 자리에서 구경이라니 재미 있군. 한데 내 갈 길은 케스
터 브리지지만, 이 다리 갖곤 거기까지 겨우 가겠는데. 당신도 그
쪽으로 가는 거요?”
  “아니요. 저쪽 편 집으로 가는 거지.”
  그는 막연히 바른쪽을 턱으로 가리켰다.
  “게다가 그 점도 역시 당신과 같군. 이 다리론 자기 전까지 닿
는 게 고작이겠는데.”
  이 무렵, 벌써 커다란 그릇의 봉밀주는 다 동이 나고 말았다.
결국 두 사람은 입구에서 아주 서운한 듯이 악수하고는 잘 가라
는 인사를 나누면서 각자의 길로 나섰다.
  이렇게 하고 있는 동안에, 한편 추적하는 사람들은 그 근처 고

원 초원지가 내려다보이는 돼지등 같은 언덕 끝까지 와 있었다. 아직 어떻게 해야 할는지 아무런 계획이 없었다. 주모자인 기분 나쁜 장사를 하는 사나이가 함께 오지 않은 것을 알자 계획 따위 는 문제되지 않은 것 같았다. 사방 팔방 닥치는 대로 산을 내려간 것은 좋았지만 몇몇 사람이, 그 근방의 백악질(白堊質)의 토지에 대한 상식도 없이 밤길을 걸어 다니는 놈을 위해 대자연이 마련 한 함정에 걸려 뒹굴고 말았다. 12야드의 간격으로 급사면(急斜 面)을 띠처럼 감은 자갈의 비탈—— 이 근방에서는 그것을 '랜세 트'라고 하지만—— 그것이 밤길을 조심성 없이 배회하는 사람들 을 급습해서 앗, 하는 새에 데굴데굴 구르는 돌에 걸려 낭떠러지 에 미끄러 떨어지게 했다. 손에 쥔 호롱불도 놓쳐 제일 아래까지 뒹굴어 떨어지고 호롱은 몽땅 그을고 말았다.

일동이 겨우 다시 일어났을 때, 이 근방의 지리를 가장 잘 아는 양치기가 선두에 서서 위험이 곳곳에 있어 마음놓을 수 없는 비 탈을 돌아갔다. 호롱불은 오히려 그들의 눈을 눈부시게 하고 상 대방을 경계할 뿐 수색에 도움이 될 것 같지 않으므로 꺼 버리고 적당히 침묵을 지키기로 하였다. 그러한 합리적인 준비를 갖추고 그들은 골짜기 아래로 내려갔다. 그 곳은 풀이 무성하게 자라 이 곳저곳에 가시덤불이 있는, 둘이 나란히 갈 수 없는 습기찬 길로, 그 곳으로 도망치면 숨을 장소라도 있을 것 같은 곳이었다. 일행 은 그 곳을 지나 맞은편 언덕으로 올라갔다. 거기서 각각 다른 행 동을 취한 다음 잠시 후 다시 모여 서로 정황을 보고 하였다. 두 번째 모였을 때는, 아마도 50년쯤 전에 날아가던 새가 씨를 떨어 뜨렸으려니 생각되는, 목초지인 이 근방에서는 드문 단 한 그루 만이 서 있는 서양 물푸레나무 옆이었다. 한데 그 나무 줄기 한 쪽에 달라붙어 줄기처럼 꼼짝 않고 서 있는, 찾고 있던 사나이의 모습이 보였다. 저쪽 하늘을 등져 윤곽이 뚜렷이 부조(浮彫)되어 있었다. 일동은 발자국 소리를 죽이며 그 앞으로 가까이 갔다.

“목숨이 아깝거든 돈을 내라!”
하고 순경은 꼼짝 않고 서 있는 사나이에게 무서운 소리로 말
했다.
“아냐, 그럼 못 써.”
존 피쳐가 속삭였다.
“우리편이 그런 대사를 쓰면 우습잖아. 그건 이 사나이 같은
놈의 대사야. 우린 상전(上典) 편이거든.”
“알았네, 알았어.”
순경은 초조하게 대답했다.
“허나 잠자코 있을 수 없지 않느냐 말야. 나같이 책임이 있고
보면 당신도 엉뚱한 소리가 나오는 수가 있어! 피고석의 범인,
포승을 받아라. 하늘에 계신, 아니 그게 아니라 국왕의 어명이로
다.”
나무 그늘의 사나이는 그때 처음으로 그들의 존재를 알아차린
것같이 그들이 용기를 내자 이어 천천히 그들 앞으로 다가왔다.
아니나 다를까, 그는 몸집 작은 제3의 사나이였다. 그러나 그 전
의 공포는 거의 보이지 않았다.
“저, 여러분께서 제게 무슨 말씀을 하셨나요?”
“그렇다. 이리나와 당장 포승을 받아라!”
하고 순경은 말하였다.
“내일 아침 얌전히 교수를 당해야 하거늘, 케스터 브리지의 형
무소에서 기다리지 않았으니 체포하는 거야. 자, 여러분 정신을
차려서 붙듭시다.”
죄상을 듣고 사나이는 사정을 짐작하였는지 그 이상 아무런 말
도 없이 아주 얌전하게 수색대가 하는 대로 있었다. 그들은 손에
몽둥이를 들고 사방에서 사나이를 둘러싸고 양치기의 오두막집
으로 그를 끌고 갔다.
그들이 돌아왔을 때는 이미 열한 시였다. 열린 문간에서 빛이

비치고 집 안에서는 남자들의 소리가 들려 무언가 새로운 사건
이, 그들이 없는 동안에 일어났다는 것을 알려 주었다. 안에 들어
가 보니 케스터 브리지 형무소의 두 관리와 근방의 별장에서 사
는 유명한 치안 판사가 양치기의 집에 와 있었다. 탈옥이 있었다
는 소문이 이곳저곳 사람들의 귀에 들어갔기 때문이었다.

"상관님."
하고 순경은 말했다.

"찾고 계시는 자를 체포해 왔습니다. 모험, 위험이 없었던 바
는 아닙니다. 그러나 그 임무를 다하라, 그것이었습니다. 범인은
이 훌륭한 체격의 사람들로 둘러싸여 있습니다. 이 사람들은 공
사를 모르는 것으로 보아서는 유익한 협조를 해 주었습니다. 자
여러분, 범인을 앞으로 끌어내시오!"

제3의 사나이는 밝은 곳으로 끌려나왔다.

"이 사람은 누구야?"
관리 한 사람이 말하였다.

"범인입니다."
순경이 대답하였다.

"당치 않은."
간수인 사나이가 말하였다. 최초의 관리도 맞장구를 쳤다.

"하지만 그럴 리가 없을 텐데요?"
하고 순경이 말하였다.

"이 사나이는 저기 앉아 노래 부르던 관리를 보고 벌벌 떨었지
않았느냐 말이에요?"
이렇게 말한 그는 교수인이 노래하는 동안 이 집에 들어온 제
3의 사나이의 묘한 행동을 자세히 설명하였다.

"그렇게 말해도 난처한 것이……."
라고 관리는 딱 잘라 말하였다.

"내 알기론 이 사나이는 아무튼 범인이 아니야. 범인은 이 사

나이와는 조금도 닮지 않은 남자야. 바짝 마르고 머리도, 눈도 검은 아주 호남이거든. 음성은 음악적인 베이스, 한번 들으면 일생 잊혀지지 않을 목소리를 하고 있지.”

“아니, 큰일났군. 그럼 난로 귀퉁이께 있던 사나이 아냐!”

“이봐, 뭐라고.”

뒤에서 양치기한테 자초지종을 묻고 앞으로 다가선 치안 판사가 말하였다.

“그래, 결국 그 사나이를 못잡았단 말인가?”

“그러하옵니다. 각하.”

순경이 말하였다.

“그 사나이는 바로 찾고 계시는 사나이입니다만 동시에 또 그 사나이는 찾고 있던 사나이가 아니었습니다. 무슨 말씀인고 하니, 우리가 수색하던 사나이가 아니었단 말씀입니다. 각하, 저의 변변찮은 구변으론 잘 모르실 줄 압니다만 찾고 계시는 사나이는 난로 귀퉁이에 앉아 있던 사나이었습니다.”

“뭐가 뭔지 전혀 모르겠네.”

하고 치안 판사는 말하였다.

“곧 그 사나이를 수색하게.”

붙잡혀 온 사나이가 그때서야 처음으로 입을 열었다. 난로 귀퉁이에 있던 사나이의 얘기가 나온 것이 딴 무엇보다도 그를 움직였던 모양이었다.

“선생님.”

그는 치안 판사 앞으로 나아갔다.

“이제껏 수고를 끼쳐서 죄송합니다. 저는 조금도 나쁜 짓은 안 했습니다. 구태여 죄라고 한다면 찾고 계시는 범인이 저의 형이라는 것입니다. 오늘 정오가 지날 무렵 저는 형과 마지막 작별을 하고자 쇼츠퍼드의 집에서 케스터 브리지의 형무소까지 터벅터벅 걸어온 것입니다. 도중 해가 저물어서 한숨 쉬고 길을 가르쳐 주십사, 이 집에 들렀습니다. 문을 열어보니 눈 앞에 케스터 브리지의 감옥에 있겠거니 생각했던 형이 있지 않겠습니까. 이 난로 귀퉁이에 앉았습죠. 그뿐 아니라 설령, 형이 도망치려 해도 도망칠 수도 없게 형의 생명을 뺏으려 온 사형 집행인이 붙어 있고 사형 애기를 노래로 부르고 있었습니다. 바로 옆에서 시침을 떼느라고 함께 음성을 맞추어 노래 부르고 있는 것을 본인도 모르는 눈치였습니다. 형은 괴로운 표정을 하고 저를 보았습니다. 그것이 '이 자리의 상황을 모르는 체 해라. 내 목숨은 네게 달렸다'고 하는 것 같았습니다. 너무나 놀란 나는 더 이상 서 있을 수 없었습니다. 그래서 저도 모르게 발길을 돌려 도망친 것입니다."

말하는 사람의 태도가 애기가 거짓이 아닌 것을 나타내고 있었다. 그의 애기는 주위에 있는 사람들에게 큰 감명을 주었다.

"그래, 자네는 자네의 형이 지금 어디에 있는지 알고 있나?"

치안 판사가 물었다.

"모릅니다. 이 문을 닫고 도망친 후 형의 모습을 못 보았습니다."

"그건 정말입니다. 그때부터 쭉 우리들이 있었으니까요."

하고 순경이 말하였다.

"어디로 도망쳤다고 생각되나? 형의 직업은 뭐야?"

"시계 수선공입니다."

"뭐야, 수레 목수 어쩌구 하던데. 못된 악당이군."

순경이 말하였다.

"수레는 수레라도 기둥 시계나 회중 시계의 톱니바퀴쯤으로 해 둔 게로군."

양치기 페넬의 말이었다.

"수레 목수 치곤 손이 퍽 희다고 생각했었어."

"이 사나이를 구류한다 한들 별 수 없겠는데."

치안 판사가 말하였다.

“잡으려면 그 놈을 잡아야지.”

이래서 몸집 작은 사나이는 곧 석방되었다. 그러나 그는 여전히 탐탁잖은 얼굴을 하고 있었다. 그의 뇌리에 새겨진 고뇌는 자기 일보다는 형의 신변이 걱정되었기 때문에 치안 판사나 경관의 힘으로써는 어쩔 수 없었다.

소란도 일단 낙착을 짓고 몸집 작은 사나이가 사라졌을 때는 밤도 다 지나, 다음날 아침이 아니면 수사를 계속해도 소용이 없는 것을 알았다.

다음날, 양도둑의 수색은 많은 사람들이 열심히 되풀이했다. 그러나 처벌은 죄와는 어울리지 않게 잔혹한 것이어서 이 지방 사람들의 동정은 오히려 도망친 사나이에게로 몰렸다. 뿐만 아니라 양치기의 집에서 베푼 세례 축하연이라는 전례없는 사정 아래서 교수인과 거침없이 술잔을 나누던 그 사나이의 침착성과 대담함에 그들은 탄복했던 것이었다. 따라서 숲과 들의 산길을 바삐 찾아다니던 사람들이 자기네 집 마굿간 2층이나 곳간을 찾게 되었을 때, 과연 그렇게 철저하게 찾았는지 어쩐지는 좀 의심스럽다고 생각될 만하였다. 큰 길에서 멀리 떨어진 웬만해서는 사람도 지나지 않는, 풀이 무성한 오솔길에서 정체 모를 사람의 그림자가 보였다는 소문도 가끔 있었지만 그런 방면으로 수색을 펼쳐 보아도 마치 구름을 잡는 듯하였다. 이렇듯 아무런 소식조차 없이 며칠이 지나고 몇 주일이 지났다.

요컨대 난로 옆에 앉아 있던 굵은 베이스의 사나이는 끝내 잡히지 않았다. 바다를 건너 도망쳤다는 사람도 있고, 아니 그렇지 않고 인구가 많은 도회의 구석에 숨었다고 하는 사람들도 있었다. 어떻든 간에 그 석탄재 같은 회색옷의 사나이는 케스터 브리지에서의 예정했던 아침 일을 하지 못하고, 그 목초지의 집 한 채에서 한 시간쯤 함께 지낸 일이 있는 그 상냥하던 사나이와 직업상의 일로 다시 어디서든 얼굴을 마주 대하게 되지도 않았다.

양치기 페넬과 알뜰한 그 아내의 묘 위에는 벌써 오래 전부터 풀이 무성하게 되었다. 세례 축하에 초대 받았던 손님도 태반이 그 날 밤의 주인 부부를 전후해서 사망하였다. 그때에 축복 받았던 아기도 이제는 노란 고엽(枯葉, 맥베스 5막 제3장 23행)의 나이의 아주머니가 되어 버렸다. 그러나 그 날 밤 양치기의 집에 세 사나이가 왔던 일과, 그에 관련된 사건의 자세한 것은 '까마귀의 보금자리' 주변의 지방에서는 지금도 모르는 사람이 없을 정도로 유명하다.

〈金明求 譯〉

T. 하디(Thomas Hardy, 1840~1928) : 영국의 소설가, 시인. 도싯셔 주의 수도 도체스터 근교의 마을에서 출생. 부친은 석공이었다. 중등 교육을 마친 후 도체스터 및 런던의 건축사무소에서 일했다. 건축 논문이 현상공모에 당선된 일도 있으며, 한편 예술 비평가가 되려고 했으나, 독학으로 문학을 공부해 결국 작가가 되었다. 그의 작품은 성격과 환경의 소설인 〈녹음 아래서〉, 〈시끄러운 무리를 떠나〉, 〈귀향〉, 〈케스터 브리지의 시장〉, 〈테스〉, 〈쥬드〉, 환상적인 로맨스의 소설 〈푸른 눈의 부부〉, 〈탑 위의 두 사람〉, 교지(狡智)의 소설 〈에델 버터의 손〉, 〈무관심한 사람〉 등으로 분류된다. 이들 작품은 대부분 작가의 고향을 배경으로 한 웨섹스 소설이며, 맹목적인 운명에 의하여 인간의 정의가 무참하게 짓밟히는 과정을 그린 것이다. 특히 〈테스〉와 〈쥬드〉는 비타협적인 내용 때문에 세인의 맹렬한 비난을 받았다. 시집으로는 《웨섹스의 시집》, 《과거와 현재의 시집》, 《환경에의 풍자》 등이 있다.

줄 거 리

영국 남서부 초원의 외딴 오두막집, 그 곳에서 아이의 세례식을 축하하기 위한 잔치가 벌어지고 있을 때, 세 명의 낯모를 손님이 차례로 찾아온다. 첫 번째 손님은 직업이 목수인 사람, 두 번째 손님은 양 한 마리를 훔쳤다는 죄로 사형선고를 받은 죄수의 형을 집행하기 위해 이 지방에 온 관리인데, 이 둘이 함께 어울려 '내일 아침에는 그 죄수를 처형하게 된다'는 내용의 노래를 부르고 있을 때 세 번째 사나이가 나타난다. 그는 두 사람을 보고는 문간에서 몸을 떨다가 도망쳐 버린다. 사람들이 기이하다고 생각하고 있을 때, 죄수가 탈출했다는 소식이 이 오두막집에 전해진다. 세 번째 사나이가 바로 그 죄수임에 틀림없다고 생각한 마을 사람들이 그를 수색하는 동안, 앞서 왔던 두 사람은 각각 제 갈길을 간다. 그러나 막상 세 번째 사나이를 잡고 보니, 그는 죄수의 동생일 뿐이며, 목수라고 자칭했던 첫 번째 사나이가 탈출한 죄수였음이 드러난다. 그는 결국 잡히지 않았으며, 이 이야기는 그 지방에 전설로 전해지고 있다.

작품 해설

탈출한 사형수, 그 사형수를 처형하기 위해 온 관리, 사형수의 동생 —— 이런 사람들이 한자리에 모인다면, 그것만으로도 극적인 상황은 충분히 연출된다. 〈세 사나이〉가 다루고 있는 것은 바로 이런 극적인 상황이다. 그러나 독자에게 있어 이 상황은 결미에 가서야 드러나는 것이다. 그 이전까지 독자는 심한 비바람이 치는 밤, 부근에 하나밖에 없는 인가라는 조건 때문에 길을 가던 사람들이 모두 한 장소로 모여드는 것을 볼 수 있을 뿐이다. 신분이 분명히 드러나지 않는 이 사나이들은 그러므로 조금씩 비밀을 가지고 있는 사람들로 보인다. 그들 중에서 제일 먼저 자기 신분을 드러내는 사람은 두 번째 사나이다. 그는 내일 아침에는 죄수를 교수형에 처한다는 불길한 내용의 노래를 부름으로써 자기 직업을 암시한다. 이때 찾아온 세 번째 사나이는 수상한 태도를 보이며 도망치고, 바로 이어 전해진 죄수 탈출 소식에 사람들은 세번째 사나이가 바로 그 죄수일 것이라고 단정을 내린다. 그러나 막상 그가 사람들에게 잡히고 나서 밝힌 신분은, 사형수의 동생이라는 것이었다. 그리고 이때까지 그 신분을 드러내지 않았던 남아있던 첫 번째 사나이가 사실 사형수임이 밝혀진다.

이처럼 세 사나이의 신분이 차례로 밝혀져 가는 과정을 통해, 이 작품에서 제시된 상황의 의미도 점차 밝혀지게 된다. 먼저 사형 집행자가, 그리고 사형수의 동생이, 마지막으로 사형수가 그 신분을 드러냄으로써 독자는 점차 이것이 어떤 상황인지를 알아가게 되며, 또한 새로운 정보로써 세 사나이들이 앞서 보인 행동을 재해석하게 된다. 이 재해석의 과정에서 가장 문제되는 인물은 사형수이다. 그는 사형 집행인과 함께 앉아 술잔을 나눴으며, 내일 아침에는 죄수를 처형한다는 노래를 부를 때는 그와 함께 화음을 맞추기도 했고, 사람들이 자기 동생을 사형수로 오인하여 잡으러 나갔을 때 다시 돌아와 요기를 하는 담대함을 보이기도 한다. 결과적으로 이런 담대함은 사람들의 호의적인 반응을 얻는다. 그가 사형 판결을 받게 된 사연도 사람들의 동정을 살 만한 것이었는데다가 —— 그는 시계공으로, 가족들의 생계를 위해 훔친 양한 마리 때문에 사형 선고를 받았다 —— 사형 집행인과 함께 있다는 불안한 상황을 태연하게 견뎌낸 것이 사람들을 감탄시켰기 때문이다. 그의 범죄에 대한 처벌이 터무니없이 가혹하다는 것은 이 대목에서도 확인된다. 사람들은 그의 담대함을 '범죄자 특유의 것'으로 해석하지 않고 '평범한 사람이 발휘한 용기'로 해석한다. 그는 '진짜 범죄자'가 아니라는, 그리고 그런 사람에 대해 영국 법정의 판결은 너무 가혹하다는 공감대가 마을 사람들 사이에서는 형성되어 있으며, 그 때문에 이 〈세 사나이〉 이야기는 전설처럼 전해지고 있는 것이다.

문 제

1. 이 소설의 시간, 공간적 배경은 무엇인가?
2. 이 소설에서 세 번째 사나이의 역할이 무엇이며, 이 소설에서 극적인 장면을 두 군데를 고르면 어디겠는가?

해 답

1. 시간은 비바람이 지는 밤이며, 공간은 외딴 오두막집이다.
2. 첫 번째 장면은 세 번째 사나이가 외딴집에 들어와서 그가 탈출범이라고 놀라는 장면이며, 두 번째 장면은 세 번째 사나이를 잡아 보니 그 첫 번째로 가장한 탈출범의 동생임을 알고 놀라는 장면.

유대의 총독

☞ 읽기 전에

1. 성서에 본디오 빌라도는 어떤 인물로 그려져 있는지, 미리 알아보고 이 작품을 읽도록 하자.
2. 이 작품의 결말 부분이 지니는 의미는 무엇인지에 대해 생각해 보자.

이탈리아의 명문에 태어난 루키우스 아에리우스 라미아가 아테나의 학사(學舍)에 철학을 배우러 갔을 때는 아직 주홍빛 가장자리 선을 친 백의(고대 로마에서 미성년의 귀공자들이 입던 옷)를 벗지 않은 때였다. 그때에 그는 로마에 머물면서 에스크이리노 언덕의 자택에서 방탕한 젊은이들에 싸여 노는 재미로 날을 보내었다. 그런데 집정관 스루피키우스 크리누스의 처, 리피다와 불륜의 관계를 맺었다고 하여 피소(被訴)되고, 이어 유죄 판결을 받은 그는 티베리우스 제(帝)의 명으로 추방형을 받고 말았다. 그때 그는 갓 스물네 살의 봄을 맞을 때였다. 추방당한 몸이 되고부터 18년 간에 걸쳐 그는 시리아, 팔레스타인, 카파도치안, 알바니아의 여러 나라를 편력하고 안테오케, 체자리아, 예루살렘 등지에서는 오래도록 머물러 있었다. 티베리우스가 세상을 떠나고 카이우스가 제위에 올랐을 때 라미아는 사면되고 수도로 돌아왔다. 그는 재산의 일부도 되찾았다. 세상살이의 고됨을 맛본 덕으로 사려 깊은 사람으로 되어 있었다.

그는 난잡한 여인들과의 교제를 일체 피하고 술책을 써서 공직에 오르려고도 안했으며 지위, 명성을 멀리하고 에스크리노 언덕의 자택에서 은신하면서 세월을 보냈다. 머나먼 여행을 하다가 각별히 눈에 띄었던 일을 글로 쓰면서 그는 지난날의 괴로움을 이제 와서 기분풀이 한다고 하였다. 이와 같이 마음을 편안히 갖고 저술을 한다든가 에피쿠로스의 책을 풀어 싫증도 모르는 명상에 잠겨 있다든가 하는 동안 어느새 노년이 되었다는 것을 깨닫고 적지아니 놀라기도 하고 무언가 슬픈 기분에 사로잡히기도 했던 것이었다. 62세 때, 독한 감기로 고생한 그는 바이아 읍으로 요양차 가게 되었다. 그 옛날 물총새들이 즐겨 보금자리를 만들던 그 해안도 당시는 부유하고 마구 놀기를 좋아하는 로마 사람들의 왕래만 빈번했다. 일 주일 동안 라미아는 이 화사스런 군중 속에서 얘기 상대도 없이 혼자 지내고 있었다. 그러던 어느 날 점심을 먹고나자 산뜻한 기분이 되어, 바커스(酒神)의 무녀(巫女)처럼 포도넝쿨에 덮여 바다로 이어지는 언덕 위로 갑자기 올라가 보고픈 생각이 들었다.

꼭대기에 올라 그는 오솔길 길섶에 있는 테레빈 나무 그늘에 앉아 아름다운 풍경을 마음껏 바라보았다. 왼쪽에는 프레그레이의 들이 멀리 쿠마의 폐허까지 연(鉛) 빛으로 적나라하게 펼쳐 있었다. 바른쪽으로는 미세노 갑(岬)이 그 뾰죽한 돌각을 티루레니아 해(海)에 내밀고 있었다. 서쪽에는 호화스런 바이아 해안의 아름다운 곡선을 따라, 돌고래 떼가 장난치며 노는 푸른 바닷가에 형형 색색의 정원과 조상(彫像)이 들어선 별장과 회랑(廻廊)과 대리석 조망대(眺望臺)를 전개하고 있었다. 전방의 바다 저쪽, 이미 기울어진 태양빛이 황금빛으로 물들인 칸파니아 해안에는 몇 동(棟)의 신전(神殿)이 휘황히 비치고 그 멀리 포지리포니 언덕의 월계수가 관(冠)처럼 둘러쌌으며, 더 멀리 지평선 저쪽에는 베스뷔오의 산이 영롱하게 솟아 있었다.

라미아는 장의(長衣) 속에서 〈자연론〉이란 권축(卷軸)을 꺼내어 땅바닥에 누워서 읽기 시작하였다. 그런데 남자 노예가 와서 일어나 달라고 외쳤다. 그것은 포도원의 좁은 오솔길을 올라오는 가마를 지나게 하기 위함이었다. 온통 열어 젖뜨린 그 가마가 가까웠을 때, 라미아는 당당한 풍채의 노인이 쿠션에 몸을 누이고 한쪽 손으로 이마를 짚고는 좀 거만해 보이는 까만 눈으로 이쪽을 응시하고 있는 것을 보았다. 매부리코가 입술 위에 축 늘어지고, 불쑥 나온 턱과 단단해 보이는 턱뼈가 그 입술을 꾹 누르고 있었다.

첫눈에 라미아는 이 얼굴을 뚜렷히 기억해 냈다. 그는 일순간 이름 부르기를 주저하였다. 그리고 돌연 놀라움과 기쁨의 감정을 나타내면서 가마 쪽으로 뛰어가 소리쳤다.

"본디오 빌라도! 신의 덕분에 또 뵙게 되었군요!"

노인은 가마를 멈추도록 노예에게 지시하면서 자기에게 인사하는 사나이에게 주의 깊은 시선을 쏟았다.

"본디오, 옛날 댁에서 폐를 끼치던 사람입니다. 그 후 20년이나 지나 머리도 희고 볼도 야윈 이 아에리우스 라미아를 벌써 잊으셨습니까."

이 이름을 들은 본디오 빌라도는 연로의 피로와 무거운 몸가눔이 허락되는 한 힘차게 가마에서 내렸다.

그리고 두 번 아에리우스 라미아를 포옹하였다.

"여보게, 또 만나다니 반갑군. 정말 반갑네. 자네를 만나니 옛날 생각이 나네. 그 무렵 나는 시리아 주(州)에서 유대의 총독을 지냈었지. 처음 자네를 만나고는 이래저래 30년이 지났네. 그곳이 체자레였었지. 그곳으로 자네는 추방이란 서글픈 몸을 이끌고 왔었네. 어느 정도 그 서글픔을 위안시킬 수 있었던 만큼 내 신분은 괜찮았지. 그러니까 라미아, 친구의 의리로써 자네는 그 형편 없던 예루살렘으로 내 뒤를 따라와 주었지. 유대인들이 몹시도 나를 괴롭게 해서 넌덜머리가 난 그 고을에 말일세. 줄곧 10년을 자네는 내 손님이었고 또 친구였네. 서로 로마 얘기로 꽃을 피우고는, 자네는 자네대로의 불운을, 나는 나대로의 중책을 서로 위로하곤 했지.”

라미아는 다시 한 번 그를 포옹하였다.

“본디오, 그뿐만이 아니었습니다. 당신은 헤로데 안테파스 왕(마태복음 제14장, 누가복음 제23장 참조) 한테서 받은 신용을 나를 위해 이용해 주신 일도 있고 또 나를 위해서 아낌없이 주머니를 털어주신 일을 말씀하시지 않았습니다.”

“그 얘기는 그만두세. 당신은 로마로 돌아가자 곧 해방된 노예를 시켜 상당히 높은 이자로 돈을 보내 주지 않았나.”

“본디오, 나는 받은 은혜를 돈으로 갚았다고 생각지 않습니다. 그런데 묻겠습니다만 신은 당신의 소망을 충분히 들어 주셨습니까? 당신에게 어울리는 행복을 뭐든지 즐기실 수 있게 되었습니까? 댁의 식구들은 안녕하십니까? 당신의 재산은, 건강은 어떠십니까?”

“약간의 땅마지기를 갖고 있는 시칠랴에 은퇴하고 보리를 경작해서 팔아 먹지. 내 맏딸, 내 귀여운 본디아는 남편과 사별해서 나 있는 데 와서 살면서 집안일을 지시하고 있지. 신의 은혜로 내 머리는 아직 건전하고 기억력도 쇠퇴하지 않았네. 하지만 늙으막에는 병고의 긴 행렬이 뒤따르게 마련이야. 요즘 나는 통풍(痛風)으로 고생 좀 하지. 보다시피 지금 당장 프레그레이의 들을 지나서 내 병에 좋다는 약을 찾으러 가는 길일세. 타버릴 듯한 땅에서는 밤이 되면 화염을 내뿜는 셈인데, 말하자면 유황의 아지랑이가 발산해서 그것이 아픈 것을 진정시키고 또 손발의 관절은 원상대로 부드럽게 해 준다는 거야. 적어도 의사들은 그렇다고 단언하고 있거든.”

“본디오, 몸소 시험해 보실 일이겠지요. 하지만 갉아먹는 듯한 통풍의 아픔은커녕 당신은 거의 내 나이 또래로 밖에 안보입니다. 실은 열 살이나 위인 데도 말입니다. 확실히 나 같은 사람은 어림도 없을 만큼 정정하십니다. 그렇게 건강하신 당신을 다시 만나 정말 기쁘군요. 그런데 나이도 있으신데 어째서 공직에서 물러나셨어요? 왜 유대의 총독을 그만두신 후 세상을 피하시고 시칠랴의 영지에 가 계십니까? 내가 뵙지 못하게 된 후 도대체 무슨 일을 하셨는지 말씀해 주십시오. 당신은 사마리아 사람들의 폭동을 진압할 준비를 하고 계셨죠. 바로 그 즈음에 나는 카파도 치아로 떠났습니다. 그곳에 가서 말과 나귀를 길러 이익을 좀 볼 작정이었죠. 그 후 한 번도 뵙지 못했습니다. 그 토벌의 결과는 어떠했습니까? 자, 얘기해 주십시오. 당신의 얘기는 뭐든지 흥미 가 있습니다.”

본디오 빌라도는 서글픈 듯이 머리를 흔들고는 이렇게 말하 였다.

“타고 난 팔자와 또 의무감에서 나는 여러 공직을 다만 근면하 게 완수했을 뿐만 아니라 정성을 기울였네. 그러나 나는 줄곧 증 오감에 쫓겼었네. 음모와 중상의 기운이 넘치는 나의 생명을 꺾 고 익으려 하던 그 과일을 말라 버리게 했군. 사마리아 사람들의 폭동을 물었지만 아무튼 저 언덕 위에 올라가 앉세. 그리고 순서 대로 얘기하기로 하지. 난 지금도 그 사건이 마치 어제 일처럼 눈 에 선하게 떠오르네.

평민의 남자로서 구변이 좋은 놈, 시리아에는 그런 패들이 많 지만 그런 놈 하나가 사마리아 사람들을 설복시켜 가짐의 산에 무장 집결시킨 것이었네. 가짐은 그 나라에서는 성지(聖地)로 알 려져 있어. 그리고 그 사나이는 모세라고 불리우는 위대한 수호신이, 우리들의 조상으로 말하면 아에네이스나 에완들의 옛 시대에 그 산에 감춰 둔 갖가지의 제기(祭器)를 사람들에 앞서 발견해 보인다고 약속을 한 거야. 이러한 확약을 받고 사마리아 사람들은 폭동을 일으켰네. 그러나 나는 사전에 용케 그 정보를 얻어 몇몇 보병대를 보내어 산을 점령하고 또 기병대를 요소에 배치해서 그들의 내습에 대비했던 것일세.

이러한 경계 조치는 우물쭈물해서는 안 되지. 반도(叛徒)는 이미 가짐 산의 기슭에 있는 티라다바의 고을을 포위하고 있었던 거야. 나는 아무런 힘 안 들이고 그들을 쫓아버리고 폭동의 불이 오르락말락 하기 전에 짓뭉개고 말았네. 다음에 조그마한 희생으로 크게 본보기를 보이려고, 나는 한떼의 수령들을 처형하기로 한 거야. 한데 라미아, 자네도 알다시피 지방 총독인 비텔리우스가 나를 부하로서 꾹 누르고 있었네. 로마를 위한 것이 아니라 로마를 거역하고 시리아를 지배하고 있던 그는 제국의 제주(諸州)를 마치 소작이나 되는 것처럼 반후(藩侯)들의 것으로 생각하고 있었던 걸세. 사마리아 사람들 중의 주모자들이 비텔리우스의 발목에 엎드려 나를 원망하고 울면서 호소를 했네. 그들의 말인즉 로마 황제에게 활을 겨누려고는 꿈에도 생각지 않았다는 거야. 나는 선동자가 돼 버렸어. 그리고 사마리아 사람들이 티라타바의 고을을 포위한 것도 즉 나의 횡포에 저항하기 위해서였다는 거지. 비텔리우스는 그들의 호소를 받아들여, 유대의 국사를 그의 친구 마르켈루스에게 맡기고 나에게는 황제의 앞에 가서 나의 잘잘못을 여쭈라는 거야. 슬프고 분하고 가슴이 미어지는 기분으로 배를 탔네. 이탈리아의 해안에 닿았을 때 티베리우스 제(帝)는 노령과 제사에 지치시어 저쪽 저녁 안개 속에 뾰죽히 내민 미세노 갑(岬)에서 갑자기 승하하셨네. 나는 세사(世嗣)이신 임금 카이우스 제의 재단(裁斷)을 원하였는데, 그 임금님은 태어나실 때부터, 예리한 두뇌를 가지셨고 더구나 시리아의 사정을 잘 알고 계셨지. 하지만 라미아, 악착같이 나를 망치려고 드는 운명의 부정에 나와 함께 감탄해야겠네. 카이우스 제는 그때 유대인 아그리파를 측근으로써 수도에 붙들고 계셨던 거야. 아그리파는 황제와 함께 노는 상대, 어렸을 때의 친구이며, 황제는 자기의 눈보다도 더 귀엽게 생각하고 계셨어. 한데 그 아그리파가, 비텔리우스의 편이었기보다 비텔리우스는 아그리파가 미워하는 안티파스의 적이었단 말일세. 황제는 마음에 드신 아그리파의 의견에 따라, 내 해명을 듣기조차 거부하시고 말았네. 나는 그냥 부당한 노여움을 사지 않으면 안 되었네. 눈물을 삼키고 콧물을 훌쩍이면서 나는 시칠랴의 영지로 은퇴하고 말았지만, 만일 마음 착한 본디아가 이 애비를 위로하러 오지 않았던들 지금쯤 분통이 터져 죽고 말았을 걸세. 나는 보리 농사를 지어 나라 안에서도 가장 여문 이삭을 생산하네. 이 생애도 이것으로써 끝이야. 비텔리우스와 나, 어느 누가 옳고 그른가는 후세가 그것을 판정해 주겠지.”

“본디오, 당신은 바른 생각에서, 그리고 한갓 로마를 위해서 사마리아 사람들에게 그렇게 거동하신 줄은 압니다. 그러나 당신은 그때 언제나 당신을 끌고 들어가는 그 팔팔한 용기에 너무 치우치시지는 않았나요? 유대에서는 나이 적은 나라도 왈칵 성이 날 것 같은 때였지만, 자주 당신에게 인(仁)으로써 임하고 자비로써 임하십사 권한 일이 있었지요.”

“유대인을 대하는 데 ‘인’자 운운이 뭔가! 자네는 그들 사이에서 살다 왔으면서도 그들, 인류의 적을 잘 모르는군. 거만하고 야비하고 더러울 정도로 비겁한 데다가, 어떻게 손도 댈 수 없을 정도로 센 놈들한테 사랑도 미움도 도시 소용이 없네. 내 정신은 말일세 라미아, 숭고한 아우구스투스의 잠언(箴言)을 근거로 하고 있네. 내가 유대의 총독으로 임명되었을 무렵은 엄숙한 로마의 평화가 이미 온 땅에 뒤덮여 있을 땔세. 내란으로 반목(反目)하고 있을 때와는 달리 지방 총독이 제주(諸州)를 약탈해서 호주머니를 불룩하게 하는 일도 거의 없었을 때야. 나는 내 할 일을 알고 있었지. 일을 처리함에 있어서 오직 지혜와 절도로써 할 것을 나는 자신에게 훈계하고 있었던 거야. 신(神)도 다 보셨지. 나는 다만 자애를 베푸는 데만 완고했을 뿐이야. 한데 이러한 친절한 마음도 아무런 소용이 없었다고 할까. 내가 총독으로 부임하고 최초의 폭동이 일어났을 때, 내가 어떻게 했는가는 라미아 자네도 그 눈으로 보았지.

그때의 사정을 회상해 보라고 할 필요조차 있으랴. 체자리아의 수비대는 겨울 둔영(屯營) 때문에 예루살렘을 향하고 있었네. 군단병의 깃발에서 황제의 모습을 찾아볼 수 있었지. 한데 그것을 본 예루살렘 놈들은 기분이 언짢았다 이거야. 그놈들은 로마의 황제를 현인신(現人神)으로 인정하지 않았기 때문이라는 걸세. 복종하지 않으면 안 되는 이상 사람보다도 신에게 따르는 편이 명예라는 것을 도시 모르는 것이 아닌가. 그 나라의 사제들이 내 재판소에 출두해서 군기를 성도(聖都) 밖으로 갖고 가라고 은근 무례한 태도로 나한테 청원하네. 나는 로마 황제의 신성과 로마 제국의 존엄을 생각해서 그 청원을 거부하네. 그러면 평민들이 사제들과 합세해서 법정을 빙 둘러싸고 반 협박조로 탄원성을 올리지 않겠나. 나는 병사를 시켜 안토니오 탑 앞을 창으로 막고 의장 경리(儀仗警吏)같이 손에 몽둥이를 들고 무례한 군중을 해산시키라고 명령했네. 한데 유대놈들은 아무리 휘둘러 패도 웬걸, 계속 탄원을 하는 걸세. 그 중에서도 집요한 놈은 땅에 엎드려 눕고 목을 내밀고 회초리를 맞고 죽기도 했지. 내 굴욕은 라미아, 자네가 그 눈으로 본 그대로야. 비텔리우스의 명을 받고 나는 군기를 체자리아로 보내지 않으면 안 되었네. 본시 나는 그러한 치욕을 받을 것이 아니었지. 불멸의 제신 앞에서 맹세코 말하네만, 나는 정사(政事)를 하는 동안 단 한 번이라도 정의와 법률을 더럽힌 적이 없었네. 그러나 나는 늙었네. 나의 적도, 나를 밀고한 작자들도 이미 저 세상 사람이 되었네. 나는 설욕(雪辱)치 못하고 죽게 되었군. 누가 내 이름을 구원해 줄 것인가."

그는 신음소리를 내면서 침묵에 잠겼다. 라미아는 대답하였다.

"믿을 수 없는 후세 같은 것에 두려움도 안 갖고 희망도 걸지 않는 것이 현명하다고 합니다. 사람들이 우리들의 일을 어떻게 생각하든 괘념할 게 없지 않겠습니까. 증인도, 재판관도 우리들 자신 외에는 없습니다. 당신의 덕은 당신 자신의 증언에 신뢰되어야 할 것입니다. 자신의 평가와 친구들의 평가로 만족할 것이겠죠. 그리고 백성이라는 것은 오직 자애만으로는 다스리지 못합니다. 철학이 가르치는 인류애라는 것은 공인(公人)의 행동과는 그다지 관련이 없으니까요."

"그 얘기는 그만두기로 하세. 프레그레이의 들에서 피어 오르는 유황의 아지랑이는 햇볕에 따뜻해진 땅에서 나올 때가 효험이 있지. 빨리 가야 하니 이것으로 실례하네. 하지만 친한 사람을 다시 만났으니 나는 이 행운을 놓치고 싶지 않네. 아에리우스 라미아, 내일 우리집에서 저녁을 함께 하지 않겠나. 나의 집은 미세노 갑(岬) 쪽 교외의 해안에 있네. 오르페우스가 하프를 타며 주위의 호랑이와 사자들을 황홀케 하고 있는 그림이 대청(大廳)에 보이니까 곧 알 수 있지. 그럼 라미아, 내일(그는 다시 가마에 올라타면서 말하였다) 내일은 둘이서 유대의 얘기를 하세."

다음날 라미아는 저녁 무렵에 본디오 빌라도의 집으로 갔다. 들어누어 먹고 마시고 하는 침대가 둘뿐, 손님을 기다리고 있었다. 식탁은 호화롭다고는 못하지만 그런대로 잘 차렸고 늘어놓은 은접시에는 꿀을 바른 콩, 르크린의 굴, 시칠랴의 뱀장어들이 수북하였다. 본디오와 라미아는 식사를 하면서 서로 상대방의 병에 대해 묻고 각자의 증상이 이러니저러니 말하기도 하며 사람들이 권하는 여러 가지의 요법을 서로 가르쳐 주기도 하였다. 그리고 이렇게 바이아에서 만난 것을 기뻐하면서 이 해안의 풍광이 명미하다는 것과 가슴에 스며드는 태양빛이 청명하다는 것을 다투어가며 찬미하였다. 라미아는 전신을 황금으로 장식하고, 오랑캐 나라에서 수놓은 옷을 질질 끌면서 물가를 걸어가던 유녀(遊女)들의 곱던 풍정을 칭찬하였다. 그러나 늙은 총독은 쓸데도 없는 보석류와 인간의 손으로 엮은 거미줄 때문에, 로마의 은화를 이방 사람들이나 제국의 적 수중에 넘겨주게 되는 결과를 초래하는 허영의 무서움을 한탄하였다. 이윽고 두 사람은 이 지방에서 성취한 대사업에 대한 얘기를 하게 되고 칸이우스 제(帝)가 프테오레와 바이아를 연결한 거대한 다리의 얘기와 아우구스투스 제(帝)가 아뵈르노 호(湖)와 르크린 호에 바다의 물을 끌어대려고 판 수로(水路)의 얘기로 꽃을 피웠다.

"나도 큰 공익 사업을 기획하려고 했네. 불운이었네만 내가 그 유대 총독의 직을 받았을 때 나는 예루살렘에 맑은 물을 끌어들일 2백 스타디온의 수도(水道)를 계획하였지. 수준(水準)의 높이, 유수(流水)의 용량, 급수관을 끼는 청동 수반(水盤)의 경사, 나는 온갖 것을 연구했었네. 기계 제작자들의 의견을 듣고는 일체를 나 혼자서 결정한 거야. 누구 한 사람 물을 훔치지 못하도록 수류(水流)를 취체하는 법규도 준비했지. 건축 기사와 직공들에게도 지시를 하고 공사를 시작토록 명령을 내렸어. 한데 예루살렘의 놈들은 견고한 아치 위를 따라 물과 건강이 자기네들의 마을에 들어오는 이 수도의 시설을 만족해서 바라보기는커녕 마치 아우성치듯 탄성을 올리는 걸세. 떼를 지어 모여서는 이것은 모독입네, 배교(背敎)입네, 외치면서 놈들은 직공들에게 덤벼들고 토대의 석재를 흐트러 놓칠 않겠나. 라미아, 그토록 더러운 야만인들이 세상에 또 있을까. 그럼에도 비텔리우스는 그을음이 인다고 해서 나는 공사를 중지하라는 명령을 받은 거야."

"사람들의 행복이 되는 것도 (라미아는 말하였다) 모든 사람의

의지를 거역해서까지 그것을 해 줄 필요가 있는 커다란 문제겠지
요."

본디오 빌라도는 그것을 귀담아 듣지도 않고 말을 계속하였다.
"수도를 거부하다니 그런 어리석은 짓이 어디 있어! 한데, 로
마 사람한테서 오는 것은 무엇이든지 유대인에게는 기위(忌諱)하
는 것이란 말일세. 우리들은 놈들에게 부정(不淨)한 자이고, 우
리들이 모습만 나타내도 그들의 눈에는 신성 모독으로써 비치는
거야. 자네도 알다시피 놈들은 몸이 더럽혀질까 두려워 법정에
발을 들여놓지 않았고 할 수 없이 나는 노천에서 공판을 해야 했
네. 그리고 그곳 대리석의 부석 위는 자네도 자주 가보았던 곳
이야.

유대인들은 우리들을 무서워하면서도 우리들을 멸시하네. 하
지만 로마는 온 국민의 어머니이기도 하고 후견자이기도 해서 백
성이라는 백성은 어린 아이처럼 그 거룩한 가슴에 안겨 편안히
웃고 사는 게 아니겠는가. 독수리 깃발은 세계 끝까지 평화와 자
유를 가져왔네. 패배한 자를 벗으로 삼고 우리들은 정복한 국민
에게 그 풍습과 법률을 그대로 남겨 주고 또한 그것을 확보시켜
주었지. 옛날엔 많은 국왕들 때문에 지리멸렬 상태였던 저 시리
아가 태평의 영광을 입고 번영의 시대를 즐기게 된 것은 폼페이
우스 제의 은혜를 받고부터가 아니었던가. 설령 로마가 금화를
받고 은혜를 팔았다손 치더라도 야만족의 신전(神殿)에 넘치는
보물을 약탈해 간 적이 있었던가. 페시농테의 신모상(神母像)도,
모리메네나 시리시아의 천제상(天帝像)도, 예루살렘의 유대인의
신도, 뭣 하나 로마는 약탈한 일이 없었네. 안테오케도, 파르미라
도, 아파메아도 금은 재보를 손에 쥐고 들어 앉아서 이제는 사막
의 아라비아 인을 두려워할 것도 없이 로마의 수호신을 위하여,
또 황제의 광위(光威)를 위하여 여러 신전을 만들었네. 단 하나
유대인만은 우리들을 증오하고 우리들을 모멸하고 있다는 것일

세. 그놈들한테서는 공물을 바치게 해서 걷어들이지 않으면 안돼. 더구나 놈들은 병역도 완강하게 거부하고 버티고 있거든."

"유대인은 고래(古來)의 풍습에 강한 집착을 느끼고 있는 겁니다. 그들은 이렇다 할 까닭도 없이, 그렇지요 전혀 근거가 없다는 것은 인정합니다만, 당신에게 이러한 의문을 품었던가 보군요. 즉 당신은 자기네들의 법률을 폐기케 하고 자기네들의 풍속을 고치려 하는가 보다고. 이렇게 말씀드리면 언짢아하실는지 모르겠습니다만 본디오, 당신은 반드시 그들의 이런 불행한 오해를 풀어 주려는 행동을 했다고는 못하겠습니다. 당신은 그럴 작정이 아니었는데도 즐겨 그들의 불안을 불러일으킨 것입니다. 그리고 한두 번 내 눈으로 본 것이 아닌데, 당신은 그들의 신앙이나 그들의 종교적 의식에 대해 느끼는 모멸의 감정을 그들 앞에서 감추지를 못하였습니다. 군단병에게 명하여 대사제의 옷과 장식품을 안토니오 탑(塔) 속에 넣게 한 것은 특히 그들의 불평을 샀습니다. 유대인들은 우리들 같이 영묘 숭고(靈妙崇高)한 사물을 명상하는 교육을 받지 못하였으므로 숭고(崇高)의 제사를 지낸다고 하는 것을 인정해 주어야 합니다."

본디오 빌라도는 어깨를 으쓱하면서 말하였다.

"놈들은 신이 어떠한 것인지 잘 몰라. 천지 지고의 신 유피텔을 숭상하면서도 그에 이름을 붙이지도 않고 그것을 표상(表象)하려고도 않는단 말일세. 아시아의 어느 국민처럼 석상(石像)을 만들어 그것을 읍(揖)하지도 않네. 아폴로, 네프토우누스, 마르스, 프르톤 등 제신에 대해서 아무런 아는 바 없고 여신 하나 몰라.

그래도 옛날엔 웨누스를 숭상한 적이 있었던 모양이야. 왜냐하면 여자들은 아직도 제물로써 비둘기를 제단에 바치고 있으니까. 상인들이 사원의 회랑 그늘에 가게를 벌이고 신에 바칠 이 새를 팔고 있는 것은 나나 자네나 아는 터가 아닌가. 어떤 사나운 사나이가 그러한 공물을 파는 사람을 새장과 함께 넘어뜨렸다고 언젠가 나한테 와서 보고하던 사람이 있었네만, 사제들은 그것을 마치 신을 모독하는 행위로 간주하고 분개하더군. 산비둘기를 제물로 하는 이러한 습관은 아마도 여신 웨누스를 공경하려는 데서 나왔는가 보네. 왜 웃나, 라미아?"

"웃은 것은 우스운 생각이 얼핏 머리에 떠올랐기 때문입니다. 유대인의 유피텔신이 언젠가는 로마에 와서 당신을 미워한다고 생각한 것입니다. 아니 있을 수 있는 일이죠. 아시아와 아프리카는 이미 우리들의 나라에 많은 신을 갖다 줬으니까요. 로마에는 이시스의 신이라든가 짖어대는 아누비스의 신을 모신 신전이 여럿 세워졌었지요. 나귀를 탄 시리아 사람들의 유순한 여신은 곳곳의 네거리는 물론 마장(馬場)에서도 보입니다. 티베리우스제의 치세(治世) 시에는 어느 젊은 기사가 이집트인의 뿔 달린 유피텔신으로 가장하고 어떤 명문의 귀부인의 총애를 받았다고 하잖아요. 본디오, 유대인의 그 눈에 보이지 않는 유피텔신이 그 새 오스치아 항(港)에 상륙하는 날엔 그야말로 큰일입니다!"

유대에서 어떤 신이 오지 않고는 할 수 없다는 말을 들은 총독의 엄숙한 얼굴에는 퍼뜩 미소가 스쳤다. 그는 묵직한 어조로 대답하였다.

"유대인들은 놈들의 신의 계율을 다른 나라 백성에게 들이대는 것 같지도 않던데. 놈들 자신이 그 계율의 해석으로 서로 다투는 판이니까. 놈들은 20여 파로 나뉘어 반목하고 있어. 라미아, 자네도 보다시피 권축을 손에 들고 광장에서 서로 욕지거리 하며 수염을 쥐고 싸우지 않던가. 사원의 기둥이 늘어선 단상에서 잠꼬대 같은 예언을 하는 미치광이 사나이를 둘러싸고 놈들이 비탄의 나머지 때구정물이 줄줄 흐르는 옷을 박박 찢는 광경을 자네도 똑똑히 보았을 걸세. 영묘(靈妙) 불가 사의한 것은 맑은 마음으로 조용히 논하여야 하거늘 그것을 놈들은 모르는 거야. 신이란 엷은 헝겊을 걸치고 몽롱한 꼴이어서는 안 되는 법. 왜냐하면

불멸한 자의 본질이란 아직껏 우리들 인간한테는 감춰 있고 알
수가 없기 때문이야. 하지만 나는 신의 섭리를 믿는 것이 현명하
다고 생각하네. 그럼에도 불구하고 유대인들은 갖지 못해서 별의
별 의견을 갖고 있다는 것이 마땅치가 않아. 마땅치 못하다 뿐인
가, 놈들은 신에 대해서 자기가 받드는 율법과 반대되는 설을 말
하는 자는 몽땅 극형에 처해야만 한다고 생각하고 있는 거야. 그
래서 로마의 수호신이 유대인을 지배하게 된 이래, 그들의 법정
에서 선고된 사형의 판결은 로마에서 파견된 지방 총독 혹은 그
대리의 재가를 받지 않으면 집행치 못하도록 되어 있는 데서 그
들은 날 잡아잡수 하면서 로마의 법관에게 협박, 자기네들이 내
린 불길한 판결에 동의시키려 하네. 그들은 죽는 시늉으로 떠들
어 대고 재판소를 괴롭히거든. 나는 백 번도 더 당하였네만 놈들
은 떼를 지어 부자건 가난한 자이건 모두 사제를 중심으로 뭉쳐
서 우르르 몰려와 내 상아 의자를 둘러싸고 법의의 옷깃을 붙든
다는가 샌들의 가죽 끈을 쥔다든가 하고 야단이었네. 뭔고 하니
어떤 불운한 사나이를 사형케 하는 허가를 억지로 내리라는 것이
었네만 도시 그 사나이의 죄라는 것이 나로서는 이렇다 하고 인
정키 어려웠고, 죄를 비난하는 놈들이 비슷비슷한 바보라는 것
뿐이었어. 말도 말게, 헤아릴 수 없게 그런 일이 많았네. 매일같
이 밤이건 낮이건 말일세. 그래도 나는 그들의 율법을 로마의 율
법과 같이 발효하게 해야 했네. 로마로부터 나는 절대로 그들의
풍습을 파괴해서는 안 돼. 모름지기 그 옹호자일지어다, 라는 명
을 받고 부임되었으니까. 또한 나는 그들에 대해서 곤장일 수도
있고 도끼일 수도 있는 권력을 쥐었기 때문이었지.

　처음에는 그들에게 사리(事理)를 일러주려 하고 불쌍한 희생
자들은 무리한 사형에서 구출하려고 해 보았네. 한데 이러한 자
비심을 보이면 그들은 더욱더 성이 나서 마치 매처럼 내 주위에
서 깃을 펄럭이며 부리를 딱딱 벌리면서 먹이를 요구하는 판이

야. 그들의 사제놈들은 황제에게 서신을 보내어 내가 놈들의 율법을 침범한다고 호소하지를 않나. 그리고 놈들의 청원이 비텔리우스의 지지를 받게 되니 나는 준엄한 꾸지람을 받는 지경이 되었네. 몇 번이나 나는 희랍 사람들이 말하듯, 피고인을 재판관과 함께 갈까마귀 떼에게다 던져 주고 싶었는지 모르네!

내 마음속에서 로마도 평화도 무너뜨리는, 그 민족에 대해서 라미아, 내가 무력한 원한을, 늙은이의 분노를 품고 있다고는 생각지 말게. 그러나 조만간에 우리들이 그놈들 때문에 궁지에 빠지리라 하는 것은 이미 눈에 선하네. 놈들을 지배할 수 없는 이상 놈들을 멸망시키지 않으면 안 될 거야. 의심할 여지가 없지. 언제나 이쪽에서 하는 말을 듣지 않고 거역하는 마음속에서 몰래·모반을 기도하는 놈들은 언젠가는 우리들을 적으로 삼아 미쳐 날뛸 걸세. 그 처절함에 비하면 누이지아 인의 분노도, 파르치 인의 협박도 아이들 장난에 지나지 않을 거야. 그들은 어둠 속에서 괴씸한 야망을 품고 무모하게도 우리들을 멸망케 하려는 생각에 골몰하고 있네. 놈들이 어떤 신탁(神託)을 믿고 같은 피를 이은 왕자가 나타나 세계를 지배하게 되는 것을 기다리는 한, 그렇게 밖에 달리 되지 않을 것은 뻔하지 않은가. 그러한 민족은 누를 수 있는 것이 아니야. 없애 버려야 돼. 예루살렘을 뿌리째 뽑아 부서뜨려야 한다는 거야. 이미 늙기는 하였네만 혹시, 예루살렘의 성벽이 허물어지고, 집이란 집은 붉은 화염에 삼켜지고, 주민이 칼에 찔리면 사원이 있던 광장에 소금이 뿌려지는 날을 볼는지도 모르는 일일세. 그 날에야 비로소 나는 내가 옳았다고 입증되는 셈이겠지."

라미아는 얘기를 좀더 온화하게 돌리려고 애써 말하였다.

"본디오, 당신이 오랜 동안 원한을 품고 있던 마음도, 장래에 대한 불길한 예감을 갖고 계시다는 것도 이해할 수 있습니다. 확실히 유대인의 성격에 대해서 당신이 배운 것은 그들에게 유리한 것이라곤 못하겠다는 것입니다. 그러나 나는 방관자로서 예루살렘에 사는 동안 여러 사람들과 교제도 하였습니다만 그들에게도 당신의 눈에는 비치지 않은 미덕이 있음을 알았습니다. 내가 상종한 유대인들 중에는 참으로 마음씨 고운 사람들이 있어서 그 순박한 생활을 보아도 또 그 성실한 마음씨를 대해도 나는 우리나라의 시인들이 에바리아의 노인(스파르타의 입법자)에 대해 말한 것이 생각나곤 했던 것입니다. 당신으로 말하자면 본디오, 순박한 사람들이 군단병의 몽둥이를 맞고도 자기의 옳은 믿음을 위해 이름도 대지 않고 죽어가는 것을 보지 않았습니까. 그러한 사람들을 우리는 경멸해서는 안 됩니다. 이렇게 말하는 것은 무슨 일이든 간에 절도와 공평을 지키는 것이 좋기 때문입니다. 그러나 분명히 말하자면 나는 유대 남자들에 대해서는 마음으로부터의 공명이라는 것을 한 번도 느낀 일이 없습니다. 그러나 반대로 유대 여자들은 적지아니 내 마음에 들었습니다. 그무렵 나는 젊었었지요. 시리아의 여인들 한테서는 완전히 관능이 찌릿 했었어요. 그 붉은 입술, 어둠 속에서도 번쩍번쩍 빛나는 축축한 눈, 응시하는 눈초리, 그야말로 골수에 스며드는 것이었습니다. 연지분대로 짙게 화장하고 나르드의 기름과 몰약(沒藥)의 냄새를 풍기며 별의별 향료에 몸을 담근 그 여자들의 육체에는 세상에서 희한하고 말할 수 없는 풍미가 있었습니다."

본디오는 이러한 상찬의 말을 답답한 듯 듣고 있었지만 이윽고 이렇게 말하였다.

"난 유대 여인들의 함정에 빠질 사내는 아니었지. 그리고 라미아, 자네가 그러한 말을 끄집어 내었으니 말이네만 나는 자네의 그 호색을 좋게 보질 않았네. 로마에서 집정관의 아내를 유혹한 자네를 나는 괘씸하기 짝이 없는 사나이로 생각하고 있었지만, 기왕에 그것을 나무라지 않은 것은 그 무렵의 자네는 그 잘못의 대가를 모질게 받고 있었기 때문이었네. 로마의 순수한 시민에게 결혼은 신성한 거야. 로마의 기본이라 할 제도지. 상대가 노예의 여자이든, 이방의 여인이든 설령 관계를 맺었다손 치더라도 육체가 그 때문에 부끄럽게 타락하지 않는 한 그다지 심각한 결과는 안 되겠지. 이렇게 말을 하면 언짢을는지 모르나 자네는 항간(巷間)의 여신한테 너무 깊이 빠졌던 거야. 특히 자네를 좋지 않게 생각하는 것은 라미아, 자네가 법에 따라 결혼하지 않았다는 걸세. 양민이라면 누구나 하듯, 공화국에 어린이를 선사하지 않았다는 말이네."

그러나 티베리우스 제한테서 추방을 당했던 사나이는 늙은 법관의 말을 귀담아 듣지 않았다.

한동안 잠자코 있은 뒤 그는 극히 낮은 소리로 다시 얘기를 꺼냈지만 그 소리는 조금씩 높아져 갔다.

"참 시리아의 여인들은 뇌쇄시키는 춤을 추더군! 나는 예루살렘의 어떤 유대인과 가깝게 되었는데 그 여인은 어느 허술한 집에서 간들거리는 남포불에 비치면서 고리타분한 냄새 나는 멍석 위에서 심벌즈를 울리느라고 흰 팔뚝을 들어올리며 춤을 추었지요. 허리는 활처럼 휘고 머리를 벌떡 뒤로 제치면서 마치 밤색의 무거운 머리칼에 끌려가듯, 두 눈은 고깃덩이의 환희로 넘쳤고, 열렬한 그러나 수심에 잠긴 듯 요염한 몸매의 그 여인으로 말하면 클레오파트라조차 부러운 나머지 안색이 파래질 정도였습니다. 이국적인 그 춤, 약간 목이 쉬었으나 달콤한 그 노래, 향을 피우는 것 같은 그 냄새, 꿈 같은 황홀경에 사는 듯한 그 풍정이 나는 좋더군요. 그 여인이 가는 곳은 어디든 따라 갔었지요. 그 여인을 둘려 싼 병사들과 야바위꾼과 세금쟁이 같은 천한 패들과도 사귀었습니다. 어느 날 여인의 모습이 보이지 않는다는 것을 알았는데 끝내 만나지 못했습니다. 수상한 골목, 혹은 술집 안을 한참 동안 찾아도 보았지요. 늘 마시던 희랍의 포도주를 끊기보다도 그 여인과 헤어지고 만다는 것이 더욱 괴로웠던 것입니다. 그 여인을 잃은 지 몇 달 지난 뒤, 어쩌다가 알게 된 일이지만, 그 여인은 가리라야의 어떤 기적을 낳는 젊은 사나이를 따라다니는 남녀의 무리에 끼어 있다는 것이었습니다. 그 사나이는 예수라 불리우고 나사렛 사람이라는 것이었어요. 한데 무슨 죄를 지었는지는 모르나 십자가에 못박히고 말았지요. 본디오, 그 사나이를 기억하십니까?"

본디오 빌라도는 미간을 찌푸렸다. 그리고 기억을 더듬는 사람같이 한손으로 이마를 짚었다. 잠시 잠자코 있은 다음 중얼거리듯이 말하였다.

"예수? 나사렛 사람? 예수? 기억이 없는데."

〈崔錦淑　譯〉

작가 소개

A. 프랑스(Anatole France, 1844~1924) : 프랑스의 소설가, 비평가. 파리 태생. 본명은 아나톨 티보. 아버지는 세느 강가 말라케에서 서점을 경영했다. 독서에 파묻혀 소년 시절을 보냈으며, 스타니슬라스 고등학교 때엔 그리스 어와 라틴 어의 고전 문학을 공부했다. 한때 보상쥬 서점에서 점원 노릇을 한 후, 르메르 출판사에서 교정을 맡았다. 초기엔 고답파에 가담하여 첫 시집 《황금시집》을 내고, 3년 후엔 운문극 〈코린트의 결혼〉을 출판했다. 그 후 6년간 《시대》지에 〈문학생활〉이라는 평론을 발표하여 상징주의의 모호성과 자연주의의 과격한 폭로성을 비난했다. 이보다 앞서 〈실베스트르 보나르의 죄〉를 발표, 휴머니즘과 회의적 철학을 기조로 풍자소설의 세계를 개척하여 그 위치를 확고히 했다. 이런 경향은 〈페도쿠 정〉, 〈제롬 코이냐르의 의견〉에서 더욱 발전했다. 그럼에도 고대의 이교적 예지와 미를 신뢰하여, 역사소설 〈무희 타이스〉와 사랑의 심리 소설 〈붉은 백합〉 등이 있다. 드레퓌스 사건 때는 드레퓌스 파의 한 사람으로 재심을 청구하기도 했다.

줄 거 리

오랫동안 외지를 떠돌다 돌아온 로마 귀족 라미아는, 요양차 머무르던 곳에서 뜻밖에 예전의 친우 본디오 빌라도를 만난다. 빌라도는 로마의 총독으로 있으면서 그에게 들른 라미아를 환대했었던 것이다. 두 사람은 모처럼 유대에 대한 이야기를 나누며 빌라도가 계획했던 개혁, 그에 대한 유대인의 반발, 그 근저가 된 유대 민족의 종교적 태도 등에 대한 기억을 되살린다. 이야기 끝에 라미아는 문득 자신을 매혹시켰던 한 유대 여인을 기억해 내고, 그녀가 예수라는 사나이를 따라 갔었다는 사실을 떠올리며 빌라도에게 예수가 누구인지 아느냐고 묻는다. 그러나 빌라도는 생각이 나지 않는다고 머리를 가로저을 뿐이다.

작품 해설

〈유대의 총독〉의 중심인물, 본디오 빌라도는 예수를 십자가형에 처하도록 한, 당시 유대 총독으로 있던 사람이다. 작가는 그런 역사적 인물인 본디오 빌라도를 상상력의 여과를 통해 새롭게 창조해내고 있다. 이 작품에서 그려지고 있는 본디오 빌라도는 로마에 대해 충성을 다하는 사람, 로마의 이익과 다스리는 백성의 이익을 위하고자 하는 강직한 정치인이었다. 하지만 바로 그 점 때문에 유대인과는 사사 건건 대립하지 않을 수 없었던 인물이다. 그는 철저하게 현실적인 가치, 로마를 중심으로 한 가치를 지켜나가려 했고, 때문에 유대 전통의 종교적·문화적 가치를 소중하게 생각하는 유대인들과는 충돌할 수밖에 없었던 것이다. 빌라도로서는 그런 유대인은 이해할 수 없는 존재이다. 그의 눈에 비친 유대 민족은 민족적 자긍심이 대단히 강하며, 겉으로는 로마에 복종하지만 속으로는 로마를 경멸하며, 로마 문명의 혜택을 베풀

어도 감사할 줄 모르고 반감만 쌓아가는 민족 —— 그러니 교화시키려하기보
다 로마의 무력으로 짓밟아야 할 민족이다.

《신약성서》에 그려져 있는 예수의 초상 —— 이 작품에 직접 드러나 있지
는 않지만 —— 은 이러한 빌라도의 초상과 완전히 대비된다. 예수는 유대인
중 한 사람이었고, 그럼에도 유대인의 선민의식을 뛰어넘어 이방인에게로까
지 확대되는 '사랑의 종교'를 창시했으며, 현실적 가치가 아닌 정신적 가치를
강조하였고, 폭력이 아닌 사랑으로써 세계를 감싸안으려 하는 존재였다. 이
처럼 의미심장한 대비를 이루었던 예수를, 그러나 〈유대의 총독〉 속의 빌라
도는 기억하지 못한다. 자신을 매혹시켰던 여인 막달라 마리아가 예수의 추
종자가 되었음을 기억해 내고 예수가 누구인지 아느냐고 묻는 라미아에게,
빌라도는 '예수? 나사렛 사람? 예수? 기억이 없는데'라고 대답할 뿐이다.
(신약성서의 기록대로라면) 예수의 죄 없음을 알고 그의 십자가형을 막으려
고 노력했었음에도, 빌라도는 예수에 대한 기억을 모두 잊어버린 것이다. 빌
라도의 강직하지만 편협한 눈으로는 예수가 어떤 인물인가를 볼 수 없었기
때문이다. 극히 현실적인 그는 판관으로서 죄수인 예수를 보았을 뿐이며, 그
를 마주 대하면서도 그 존재의 의미심장함을 눈치채지 못했던 것이다.

문   제
1. 빌라도가 예수가 누구냐고 묻는 말에 머리를 가로젓는 까닭은 무엇인가?
2. 귀족 라미아를 매혹시키고 애수를 따라간 여인은 누구이겠는가?

해   답
1. 그가 예수를 죽게 하였음으로.
2. 예수의 발에 향유를 발라준 막달라 마리아.

목 걸 이

☞ 읽기 전에

> 1. 주인공 로와젤 부인의 성격에 초점을 두고, 이 소설의 내용을 '성격의 비극'이라는 측면에서 생각해 보자.
> 2. 이 작품은 구성에 있어 단편소설의 모범을 보여주고 있다. 구성적 특징에 관심을 기울이며 이 소설을 읽어 보도록 하자.

운명의 잘못이랄지, 간혹 하급 관리의 가정에 예쁘고 귀여운 여자 아이가 태어나는 일이 있다. 그녀는 그런 고운 처녀였다. 지참금도 없고 유산이 굴러들어올 만한 데도 없으며, 행세깨나 하는 돈 많은 남자를 만나 귀여움을 받으며 아내로 맞아질 그런 연줄도 없었다. 결국 문교부 근무의 한 하급 관리가 청혼하는 대로 결혼해 버리고 말았다.

몸치장을 하려고 해도 할 형편이 못되어, 간소하게 지냈지만 한 계단 아래의 계급으로 전락한 여자가 불행하듯 행복하지 못했다. 여자란 본래 신분이나 혈통을 떠나 그들이 지닌 아름다움과 매력이라는 것이 곧 그들의 태생과 가문의 구실을 하기 때문이었다. 그들의 타고난 기품, 우아의 본능, 재치, 그것만이 그들의 유

일한 등급이며, 하층계급의 처녀도 높은 신분의 귀부인과 나란히
설 수 있게 한다.

　온갖 좋은 것, 값진 것 때문에 자기가 태어났다고 생각하고 있
는 만큼 그녀는 매일 구차스런 살림이 고통의 연속이었다. 초라
한 집, 얼룩진 벽, 부서져 가는 의자, 누덕누덕 기운 빨랫줄에 널
린 빨래, 모두가 보기 싫고 괴로움의 씨였다. 같은 계급의 딴 여
자라면 그다지 상심치 않을 그런 모든 것이 그녀를 괴롭히고 부
아를 돋구었다. 부루타뉴 태생의 소녀가 그녀의 호젓한 가정에
오직 하나 있는 식모였지만 이 소녀를 볼 적마다 절망적인 안타
까움과 미칠 것만 같은 꿈을 불러 일으키곤 했던 것이다. 그녀가
항상 꿈에 그리고 있는 것은, 동양풍의 벽걸이가 걸려 있는 조용
한 건넛방 청동제의 높은 촉대에 비쳐서, 짧은 바지를 입은 몸집
이 큰 두 하인이 의자에 묻혀서 졸고 있는, 그것은 방 안이 무더
워 깜박 졸음이 온 듯한 그런 것이었다. 오랫적 비단을 깐 넓다란
객실도 그녀의 몽상에 떠올랐다. 더없이 귀한 골동품을 올려놓아
장식한 으리으리한 가구, 아주 가까운 친구들. 여자란 여자는 모
두가 주의를 끌고 부러워하는 유명인들 뿐, 그런 가까운 친구들
과의 오후 다섯 시의 잡담을 위해 마련한, 그윽한 향기로 가득
찬, 멋진 작은 객실도.

　저녁을 먹을 때, 사흘이나 빨지 않은 식탁보를 씌운 둥근 식탁
앞에 남편과 마주 앉는다. 남편은 수프 그릇의 뚜껑을 열며 기쁜
듯이 말에 힘을 주어,

　"야! 수프가 맛있겠는데! 이보다 맛있는 건 못 먹어 봤어……."

한다. 그럴 때면 으레 그녀는 으리으리한 만찬을 생각지 않을 수
없다. 번쩍거리는 은식기, 요정이 사는 숲의 한가운데에 이상한
새나 옛날 이야기의 인물을 벽 위에 펼쳐 보이는 벽걸이, 희한한
그릇에 담뿍 담아 내놓은 산해 진미(山海珍味), 빨간 숭어 고기나
기름진 병아리의 보드라운 날개 쪽을 입에 넣으면서 속삭이고,

듣는 것도 스핑크스의 미소를 띠우며 주고 받는, 여성의 환심을 사는 회화, 그런 것을 연상치 않고는 못배겼다.

그녀는 나들이옷도 없으려니와 장신구도 없고 뭣 하나 갖고 있는 게 없었다. 그래도 그런 것만이 그녀가 좋아하는 것이었다. 그런 것 때문에 자기는 태어났다고 그녀는 자각하고 있었다. 사람들의 마음에 드는 것, 사람들이 부러워하는 것, 사람들의 화제의 대상이 되는 것, 이것이 그녀의 간절한 소원이었다.

그녀에게는 돈 많은 친구가 하나 있었다. 수도원의 기숙사 동창인데 지금으로선 찾아갈 마음이 내키지 않았다. 그만큼 만나고 돌아올 때의 마음이 괴로웠던 것이다. 며칠이고 연거푸 울며 새우는 때도 있었다. 분하고 억울하고 절망과 비탄이 얽힌 마음에서였다.

그런데 어느 날 저녁, 남편이 손에 큰 봉투를 들고 신이 난다는 듯이 돌아왔다.

"이것봐, 이게 당신에게 주는 선물이야."

아내는 바삐 봉투를 뜯고는 인쇄한 카드를 꺼내었다. 이와 같이 써 있었다.

'문교장관 및 죠르쥬 랭뽀노 부인은 로와젤 씨와 동부인을 오는 1월 8일 월요일 밤, 관저에 오십사 초대합니다.'

그러나 남편의 기대처럼 기쁜 마음으로 어쩔줄 몰라 하기는커녕, 아내는 분한 듯이 식탁 위에 초대장을 내던지면서 중얼댔다.

"이걸 어떡하라는 거죠?"

"아니 여보, 난 당신이 기뻐할 줄 알았는데. 여간해서 외출하는 일도 없고 이건 참 좋은 기회야. 이걸 얻는 데두 무척 애를 썼지. 다들 갖고 싶어했으니까. 희망자는 많고 더구나 아랫사람들에겐 몇 장 나오질 않는 거야. 가봐요, 이름 있는 사람들만 모이거든."

아내는 약이 오른 눈초리로 남편의 얼굴을 쳐다보다가 참을 수 없다는 듯, 소리쳤다.

"뭘 입고 가라는 거에요, 그런 곳에 가는데?"

남편은 거기까지는 생각지 않았었다. 말을 더듬었다.

"하지만 극장에 갈 때 입는 옷이 있잖아. 그것 참 좋게 보이던데……내겐……."

남편은 입을 다물었다. 멍하니 아내를 살폈다. 울고 있는 것이 아닌가. 커다란 눈물 방울이 두 눈 끝에서 양쪽 입가로 스르르 떨어지는 것이었다.

"왜, 왜 그래?"

남편은 더듬 듯 말했다.

간신히 괴로움을 참은 아내는 젖은 볼을 닦으면서 조용히 말했다.

"아무것도 아녜요. 다만, 제겐 나들이옷이 없어요. 그러니까 축하하는 모임에는 가질 못해요. 나보다도 옷을 많이 가진 부인이 있는 동료가 계시다면, 어느 분에게든지 초대장을 드리세요."

남편은 어떻게 하면 좋을는지 몰라 했다.

"여보 마칠드, 얼마쯤이나 하는 거야? 그런데 입고 나가서 부끄럽지 않고 딴 때도 입을 만한, 어딘가 시원하고 수수한 것으로 말이야?"

그녀는 잠시 생각에 잠겼다. 여러 가지의 속셈을 하고 또 조금밖에 벌지 못하는 하급 관리인 남편이 깜짝 놀래어 대뜸 거절의 비명을 지르지 않을 한도 내에서 청구할 수 있는 금액이 얼마나 될까, 하며 생각하고 있었다.

마침내 주저주저하면서 그녀는 대답했다.

"정확히는 나도 말힐 수 없지만 4백 프랑만 있으년 이렇게든 될 것같이 생각돼요."

남편은 약간 창백한 얼굴을 했다. 바로 그만한 액수의 돈을 남겨 두었던 것이다. 엽총을 사서 요다음 여름에 너댓 친구들과 함께 낭떼르의 근교에 사냥을 갈 작정이었다. 그 친구들은 매 일요일마다 그 방면으로 종달새를 잡으러 간다. 그렇지만 남편은 대답했다.

"좋아. 4백 프랑은 어떻게 변통하지. 대신 고운 옷을 만들어야 해요."

축하회 날이 가까워왔다. 로와젤 부인은 생각에 잠겨 불안해하고 있는 듯이 보였다. 그러나 나들이옷의 준비는 되어 있었던 것이다. 하루는 남편이 물었다.

"어떻게 된 거요? 당신 사흘 전부터 거동이 이상한데."

아내는 대답했다.

"장신구랄 게 하나라도 있어야죠. 보석 한 개 없어요. 몸에 붙일 것이 하나도 없다니, 궁색해 보이겠죠. 그 날 밤 모임엔 숫제 안가는 편이 나을 것 같아요."

남편은 대꾸했다.

"꽃이라도 달면 되지 않아. 계절이 계절인 만큼 산뜻할 거야. 10프랑쯤 내면 아주 희한한 장미꽃 두세 송인 살 걸."

아내는 좀체로 납득하지 않았다.

"못써요…… 돈 많은 여자들 틈에 끼어 궁색한 꼴을 보이기란 창피해요."

그러자 남편은 큰 소리로 말했다.

"당신도 바보군! 당신 친구 훠레스체 부인을 찾아가서 장신구 좀 빌려 달라고 부탁해 보면 되지 않아. 퍽 친한 사이니까 그쯤은 빌려 줄거야."

아내는 환호성을 올렸다.

"참, 그래요. 어쩜 생각도 못했어요."

다음날, 그녀는 친구 집에 찾아가 자기의 처지를 이야기했다. 훠레스체 부인은 거울 달린 장농 쪽으로 가서 커다란 상자를 꺼내 가지고서는 뚜껑을 열며 로와젤 부인에게 이렇게 말했다.

“자, 좋은 걸로 골라 봐.”

로와젤 부인은 먼저 팔찌를 보고 그리고 진주 목걸이, 다음에
는 기막히게 세공한 금과 보석으로 된 베네치아제의 십자가를 살
펴보았다. 거울 앞에 서서 이것저것 달아보고, 망서리고, 그렇다
고 단념하고 돌려줄 생각은 없었다.

“딴 건 없어?”

“또 있어, 찾아 봐. 어떤 게 네 마음에 들지 난 모르니까.”

언뜻 로와젤 부인은 찾았다. 까만 비단으로 싸인 상자 속에 찬
연한 다이아 목걸이였다. 그녀의 가슴은 억제할 수 없는 욕망 때
문에 몹시 울렁이었다. 그것을 집으며 그녀의 손은 떨렸다. 목덜
미가 덮이는 옷이었지만 그래도 그 목걸이를 달아 보고 거울 속
의 제 모습을 보면서 도취되었다.

그리고 주저하며, 불안에 목메인 소리로 물었다.

“이거 빌려 줄 수 있어? 이것 하나면 좋겠는데.”

“그럼, 그럼, 괜찮아.”

로와젤 부인은 친구의 목을 껴안고 마구 입을 맞추곤 보석을
갖고 도망치듯 돌아갔다.

축하회 날이 되었다. 로와젤 부인은 대성공이었다. 어느 여자
보다도 아름다웠다. 점잖고, 우아하고, 명랑하게 웃고, 너무 기뻐
서 정신이 없었다. 남자란 남자는 모두 그녀에게 시선을 집중하
고, 그녀의 이름도 소개 받기를 원했다. 정부의 높은 사람들이 모
두 그녀와 함께 왈츠를 추고 싶어했다. 대신도 그녀의 존재에 주
목했다.

그녀는 취한 듯한 기분으로 정신없이 춤을 추었다. 쾌락에 취
한 것이었지만 딴 것은 아무것도 생각지 않았다. 그녀 미모의 승
리, 이 밤 성공의 영광, 이 모든 치사(致辭)와 찬미, 각성된 욕망,
여자의 가슴에 더할 나위 없는 달콤한 승리, 그러한 것에서 생기

는 일종의 행복의 구름, 그 속에서 일체를 잊었다.

아침 네 시 경에야 겨우 끝이 났다. 남편은 오밤중이 지나자 다른 세 사람의 신사와 함께 사람이 드문 조그마한 살롱에서 자고 있었다. 이 세 신사의 부인들도 한바탕 멋대로 즐겼던 것이다.

남편은 아내의 어깨 위에, 돌아갈 때 입으려고 갖고온 옷을 걸쳐 주었다. 평상시 입는 소박한 옷으로써 그 초라함이란 무도회 의상의 화려함과는 너무나도 어울리지 않았다. 그녀는 그것을 느끼고 달아나려 했다. 화사한 모피로 휘감은 부인에게 안 보이려 했던 것이다.

로와젤이 그것을 말렸다.

"기다려, 그대로 밖에 나갔다간 감기에 걸리기에 알맞지. 내가 마차를 불러 올테니까."

그러나 그녀는 귀담아 듣지도 않고 재빨리 계단을 내려가고 말았다. 두 사람이 거리에 나오니 거리엔 차라곤 한 대도 없었다. 멀리서 달려가는 마차꾼을 부르면서 둘은 차를 찾기로 했다.

차를 좀처럼 찾지 못하고 둘은 맥이 풀려 추위에 벌벌 떨면서 세느강 둑 쪽을 향해 내려갔다. 겨우 강가에서 한 대를 잡았다. 헐어빠진 밤에만 나타나는 꾸페로써 파리에선, 대낮에는 그 초라함을 부끄러워나 하는 듯, 해가 저물기 전에는 나타나지 못하는 것이다.

이 누더기 마차가 두 사람을 마르치르가(街)의 그들의 집 문까지 데려다 주었다. 그들은 침울한 기분으로 자기네 집으로 들어갔다. 이제는 모든 것이 끝나고 말았다. 이것이 그녀의 감개였다. 그리고 그는, 남편이 열 시에는 직장에 나가야 한다고 생각해 보았다.

그녀는 어깨를 감싼 옷을 벗어 던지고는 거울 앞에 서서 다시 한번 자기의 모습을 영광 속에서 바라보려 했다. 돌연 그녀는 앗, 하고 소리쳤다. 목걸이가 없었진 게 아닌가.

벌써 반쯤 옷을 벗고 있던 남편이 들었다.

"왜 그래?"

아내는 미칠 것같이 남편을 돌아보았다.

"그…… 글쎄…… 훠레스체 부인한테서 빌려온 목걸이가 없어졌어요."

남편도 놀래서 벌떡 일어섰다.

"뭐…… 뭐라고…… 설마!"

둘은 함께 드레스의 갈피, 망토의 구석구석, 포켓 속 등을 다 찾아보았다. 아무 데도 보이지 않았다. 남편은 몇 번이나 물었다.

"무도회에서 나올 땐 갖고 있던 게 분명하지?"

"분명해요. 관서 현관을 나올 때 손으로 만져 본 걸요."

"하지만 거리에서 없어졌다면 떨어질 때 소리가 났을게 뻔한데. 반드시 마차 속에 떨어졌음이 틀림없어."

"그래요. 그럴 것 같애요. 마차의 번호 기억하세요?"

"아니 당신은? 당신은 번호 안 보았오?"

"안 봤어요."

두 사람은 실망해서 얼굴을 마주 보았다. 결국 로와젤은 도로 옷을 입었다.

"우리들이 걷던 길을 다시 한번 걸어보지. 혹 찾을는지 모르니까."

이렇게 말하고 그는 나갔다. 그녀는 야회복을 입은 채, 잠자리에 들어갈 힘도 빠져 털석 의자에 주저앉아 불기 없는 곳에서 아무것도 생각할 기력도 없이 꼼짝 않고 있었다.

남편은 일곱 시 경에 돌아왔다. 아무것도 찾지 못했다.

경찰에도 가고 신문사에도 나가서 현상 수속을 밟았다. 마차 조압에도 가 보았다. 요컨대 조금이라도 마음 닿는 곳은 수고를 불구하고 돌아다녔다.

아내는 하루 종일 이 뒤집혀진 무서운 재난 앞에 어쩔줄 모르고 혼 나간 사람처럼 절망의 상태에서 기다렸다.

로와젤은 저녁에 창백한 얼굴로 핼쑥해서 돌아왔다. 전연 아무런 수확도 없었다.

"목걸이의 걸쇠를 망가뜨려 고치러 보냈다고 하는 뜻의 편지를 쓰는 편이 낫겠어. 그동안에 백방으로 여러 가지 방법을 강구해 봐야지."

아내는 남편이 일러주는 대로 편지를 썼다.

일 주일이 지나고 모든 희망의 줄이 끊기었다.

로와젤은 갑자기 대여섯 살 늙었다.

"다른 것을 찾도록 생각해야겠어."

다음날, 부부는 목걸이가 들어 있던 상자를 들고 상자 속에 이름이 써 있는 보석상을 찾아갔다. 보석상은 장부를 조사해 주었다.

"이 목걸이는 저희가 판 것이 아닙니다. 부인. 저희는 상자를 드렸을 뿐인데요."

두 사람은 이 보석상에서 저 보석상으로 기억을 더듬으며 또 하나의 비슷한 목걸이를 찾아 헤맸다. 둘다 심통과 불안으로 앓는 사람 같았다.

파레 로와이 야르의 어느 상점에서 두 사람은 찾고 있는 다이아의 목걸이와 똑같은 다이아를 찾아냈다. 4만 프랑이었다. 3만 6천 프랑까지는 에누리해 준다는 것이었다.

두 사람은 3일 동안 팔지 않도록 보석상에게 부탁했다. 2월 말까지 만약 먼저의 목걸이가 발견되면 이번에는 3만 4천 프랑으로 물려줄 약속도 했다.

로와젤은 부친이 남겨준 1만 8천 프랑을 갖고 있었다. 나머지는 빌릴 수밖에 없었다.

그는 돈을 꾸었다. 한 사람에게 천 프랑, 딴 사람에게 5백 프랑 하는 식으로 부탁하고 여기서 5루이, 저기서 3루이를 꾸어 적지 아니 증서를 쓰고, 목숨과 같은 증서를 잡히기도 하고, 고리대금업자와도 거래를 하고 별의별 종류의 대금업자의 신세를 졌다.

나머지 반생을 몽땅 바쳐도 갚을 힘이 있을는지조차 생각지 않고
마구 서류에 서명을 했다.

그리고는 미래의 불안에 떨며 금후 자기에게 부딪칠 절망적인
생활과 모든 물질적 부자유, 정신적 고뇌의 전망에 마음 아파 하
면서 새 다이아 목걸이를 찾으러 보석상의 계산대 위에 3만 6천
프랑이란 돈을 늘어 놓았던 것이다.

로와젤 부인이 훠레스체 부인에게 목걸이를 돌려주러 갔을 때
부인은 감정이 상한 양 쌀쌀한 말투였다.

"좀 일찍 갖다줘야 옳지 않아. 나도 언제 쓸지 모르는데……."

훠레스체 부인은 상자 뚜껑을 열어 보지도 않았다. 그것은 로
와젤 부인이 은근히 마음속에서 두려워하던 것이었다. 만약 물건
이 바뀌어진 것을 알아 차렸다면 어떻게 생각했을까? 뭐라고 말
했을까? 로와젤 부인을 도둑으로 생각지는 않았을까?

로와젤 부인은 먹느냐 굶느냐 하는 빈민들이 지내는 무서운 생
활을 체험하게 되었다. 하긴 그점에 있어서 그녀는 이미 각오한
바 있었다. 이 무서운 빚을 갚아야 하는 것이었다. 갚지 않으면
안 되기에 꼭 갚아야 했다. 그녀는 식모를 내보내고 집도 이사하
기로 했다. 다락방을 빌렸다.

살림의 고된 일, 하기 싫은 부엌일의 맛이 어떤가를 알았다. 식
기도 손수 씻었다. 장밋빛 손톱은 기름 묻은 질그릇과 냄비 바닥
을 닦는 데 닳았다. 더러워진 속내의류, 셔츠, 걸레도 자기가 빨
고 줄을 매고 널어 말렸다. 매일 아침 큰 길까지 부엌 쓰레기를
운반하고 물을 길어 올렸다. 계단마다 한 번 멈춰 숨을 돌리면서.
하층 계급 여자들 같은 차림으로 꺼리지 않고 바구니를 팔에 낀
채 과일집에도 잡화점에도 육고에도 가서, 에누리하고, 막된 말
을 들으면서도 한 푼씩 아꼈다.

매달 어음의 지불을 해야 했다. 새로 써야 하는 것도 있었다.

그래서 유예(猶豫)받지 않으면 안 되었다.

남편은 매일 밤 어떤 상점의 장부 정리 일을 했다. 밤에는 때때로 한 페이지에 5스우 하는 복사 일을 맡아 했다.

이런 생활이 십 년 계속되었다.

십 년이 지나서야 두 사람은 한 푼 남기지 않고 일체를 갚았다. 고리대금의 터무니 없는 이자, 쌓이고 쌓인 이자의 일체를 지불한 것이었다.

로와젤 부인이 지금은 할머니처럼 보였다. 강하고 우락부락하고 지독한 여자로, 가난에 젖은 단단한 여편네가 되었다. 머리도 제대로 빗질을 못하고 스커트가 모양없이 구겨져도 태연했고, 붉은 손을 하고, 굵은 목소리로 지껄이고, 물을 풍덩풍덩 쓰면서 마루를 닦았다. 그렇지만 이따금 남편이 직장에 나가고 없는 동안 창가에 앉아서 그 옛날 야회의 일, 자기가 그렇게도 아름다웠고 그렇게도 대우를 받아 여왕처럼 행세하던 무도회의 일로 생각에 잠기는 것이었다.

그 목걸이를 잃지 않았더라면 어떤 일이 일어났을까? 그 누가 알랴! 인생이란 참으로 기묘한 것, 참으로 변하기 쉬운 것이다. 사람 하나를 파멸하고 구원하는 데 어쩌면 그렇게 작은 것 하나로 충분할까!

어느 일요일, 연 일 주일을 일한 생활에서 잠시 숨을 돌리려고 샹젤리제를 산책할 때였다. 아이와 함께 산책하고 있는 여인의 모습이 보였다. 훠레스체 부인이었다. 여전히 젊고 여전히 매력적이었다.

로와젤 부인은 뭉클 가슴에 치밀어오르는 것을 느꼈다. 물론 말해 줘야지. 지금은 이미 빚은 몽땅 청산했으니까 전부 말해야지. 무엇을 꺼려 못한단 말인가?

그녀는 터벅터벅 곁으로 가까이 갔다.

“잘 있었어, 쟈느?”

상대는 로와젤 부인의 지금 모습을 알아보지 못하고 그렇게 허물없이 아낙네 차림의 여인이 부르는 데 놀래어 말을 더듬으며 말했다.

“저, 실례지만…… 저는…… 혹시 아주머니께서 잘못 생각하시지나…….”

“아아니. 나 마칠드 로와젤이야.”

“뭐!…… 마칠드! 많이 변했구나!”

“그래, 변했어. 무척 고생을 했단다. 그 전에 너를 만나고부터야. 그것도 너 때문이었어!”

“나 때문에…… 어쩜, 왜?”

“너 기억 나니, 그 다이아의 목걸이 말이야, 관저의 야회에 가는 데 내게 빌려 준 거?”

“그럼 기억해. 그게 어쨌다는 거니?”

“그게 말이야, 그걸 내가 잃어버렸어.”

“뭐라구? 하지만 돌려줬지 않아.”

“아주 비슷한 딴 걸로 갖다 줬어. 꼭 십 년이 걸렸구나, 그 돈을 갚는 데. 우리들처럼 재산도 아무것도 없는 처지로선 그리 쉽지 않은 걸 알겠지만…… 아무튼 겨우 끝장이 난 셈이야. 이제야 마음을 놓겠어.”

휘레스체 부인은 우뚝 멈추었다.

“내 것 대신 딴 다이아 목걸이를 샀단 말이지?”

“응, 그래. 너 몰랐었구나. 하긴 똑같은 목걸이었으니까.”

이렇게 말하면서 그녀는 자랑스러운 듯 순진한 웃음을 띠었다. 휘레스체 부인은 숨이 탁 막혀 친구의 양 손을 잡았다.

“어쩜! 어떻하면 좋아, 마칠드! 내건 가짜였어, 기껏해야 5백 프랑밖에 안 된 물건인데…….”

〈金玉男　譯〉

G. 모파상(Guy de Maupassant, 1850~1893) : 프랑스 자연주의의 대표적 작가 중 한 사람. 노르망디 생. 학교를 졸업한 후 보불전쟁에 종군. 패전의 참상을 체험했으며, 이어 파리에 살면서 해군성, 문교성에 10년간 근무했다. 이 동안에 제3공화정 하의 소시민 계급의 생활을 관찰하고 그 견문을 넓혔다. 시와 소설을 창작하고 1870년대 후반에는 관능적인 시를 발표하여 기소까지 되었으나, 작가로서의 결정적인 명성을 얻은 것은 신진 작가들의 단편을 모아 출판한 《메당의 저녁》에 〈비계 덩어리〉를 발표한 뒤부터였다. 그 후 〈여자의 일생〉, 〈피에르와 장〉, 〈죽음처럼 강하다〉 등의 장편과 《메종 텔리에》, 《롱들리 자매》 등의 단편집, 지중해를 주항한 여행기인 《수상》 등의 3권, 이밖에 다수의 시와 희곡을 발표했다. 그러나 다작으로 인한 피로와 청년 시절에 얻은 병으로 마침내 발광, 자살을 꾀했으나 미수에 그쳤고, 다음해 파리의 정신 병원에서 사망했다. 그의 문체는 명석하고 강인했으며, 결정론적인 인간관을 바탕으로 한 염세사상이 강하여 신의 존재를 인정하지 않았다. 어느 작품이나 정확하고 간결한 문체, 순수하고 사실적인 수법에 의해 인생을 어디까지나 자연스럽고 냉정히 그리려 했으며, 농민이나 시민 계급의 일상 생활의 단면도에 의해 인간의 어리석음과 비참함을 그린 단편 소설에 역량을 보였다.

줄 거 리

로와젤 부인은 하급 관리인 남편과 함께 평범하게 살아가면서도 항상 부유하고 화려한 삶을 꿈꾸고 있다. 어느 연회에 초청을 받은 그녀는 부유한 친구로부터 다이아몬드 목걸이까지 빌려 그 자리에 참석하는데, 그러다가 목걸이를 잃어버리고 만다. 애를 태우던 로와젤 부인과 그 남편은 똑같은 목걸이를 사서 친구에게 주기로 하고, 그를 위해 거액의 돈을 빌린 후 10년 동안을 그 뒤처리를 위해 힘들게 보낸다. 10년 후, 우연히 목걸이를 빌려주었던 친구를 만난 로와젤 부인은 목걸이를 잃어 버렸었음을 고백하고, 그 자리에서 비로소 친구의 본래 목걸이는 값싼 모조 다이아몬드였음을 알게 된다.

작품 해설

이 작품은 한 여인의 일생을 축약적으로 보여주고 있다. 평범한 집안에 태어나 평범하게 살아가지만 외모는 빼어나며, 그 빼어난 외모 때문에 허영심을 버리지 못하는 로와젤 부인의 일생은, 목걸이를 둘러싼 사건을 중심으로 하여 요령있게 제시된다. 처녀 시절과 로와젤과 결혼한 이후의 평범한 생활에 대한 묘사는 작품에서 극히 간단하게 이루어지고 있다. 이 작품이 주로 다루고 있는 것은 로와젤 부인이 친구의 다이아몬드 목걸이까지 빌려 그 목걸이를 잃어 버림으로써 곤경에 처하게 되는 사건이다. 이 사건은 로와젤 부인의 허영심에 의해 촉발되었고, 그 허영심에 의해 어이없는 결말을 맞게 된다.

애초에 친구의 목걸이를 빌린 것부터가 화려한 연회장에서 초라한 모습을 하고 있을 수는 없다는 로와젤 부인의 허영심에 말미암은 것이었으며, 목걸이를 잃어버린 후 그 주인에게는 한 마디도 하지 않고 같은 목걸이를 사 돌려준 것 역시 그녀의 허영심 때문이었다. 만일 그녀가 목걸이를 잃어 버렸음을 친구에게 고백하고 그 처리를 상의했던들, 다이아몬드 목걸이 때문에 10년 동안이나 힘겨운 생활을 해야 할 필요는 생기지 않았을 것이다. 그러나 로와젤 부인은 그 성격의 핵심적 특성이라 할 수 있는 허영심에 따라 행동함으로써 스스로 비극을 불러들인다. 〈목걸이〉의 사연은 로와젤 부인으로 보자면 분명히 아이러니컬한 비극이거니와, 이 비극은 허영심을 앞세우는 그녀의 성격에서 비롯된 것이요, 목걸이라는 계기가 없었어도 경험했을 법한 것이니, '성격의 비극'이라 부를 만하다.

목걸이 대금을 치르기 위해 로와젤 부인이 10년 동안을 견뎌온 힘든 생활이 사실은 아이러니컬한 비극의 일부를 이루는 것임은 이 작품의 말미에서 밝혀진다. 친구가 빌려준 목걸이가 진품 다이아일 것이라는 작은 오해가 로와젤 가족의 생활을 엉뚱한 방향으로 끌고 갔음이 드러나는 것이다. 작가는 이러한 극적 반전을 통해 인간의 삶이 얼마나 사소한 계기에 의해 좌우될 수 있는가, 또한 인간의 어리석은 욕망이 어떤 결과를 불러오는지와 스스로 치밀하다고 생각하는 행동이 사실은 얼마나 어리석은 것일 수 있는가를 충격적으로 보여주고 있다.

문 제

1. 로와젤 부인의 비극은 어디에서 시작된 것인가?
2. '어머나 이를 어쩌나, 그건 가짜 다이아몬든데…' 라고 놀라는 장면은 무슨 강조법인가?

해 답

1. 잃어버린 목걸이가 어떤 목걸이인지 친구에게 물어보지도 않고 가짜 목걸이를 잃고 진짜 목걸이를 사다주고는 10년을 고생하는 성격에서 온 비극이다.
2. 결말강조법이다.

황 금 충

☞ 읽기 전에

1. 이 작품은 추리소설에 속한다고 할 수 있다. 추리소설의 문학적 위치에 대한 생각을 정리하면서 읽어 보자.
2. '황금충'이라는 표제가 이 작품에서 갖는 상징적 의미는 무엇인지에 대해 생각해 보자.

어쩐 일이야, 그 놈 꼭 미친놈처럼 춤추는데!
그렇군 타란텔라(舞踏, 거미)에 물렸군 그래.
―〈모든게 틀렸다〉―

벌써 몇 해 전부터 나는 윌리엄 루그란 씨와 친교를 맺었다. 이 사나이는 유그노 파(派)의 옛 가문 출신으로 한때는 부자였으나 갖가지 불행이 겹쳐 망하고 말았다. 그리고 이러한 재난에 따르는 굴욕을 피하기 위해 조상들이 살던 도시 뉴올리언스를 떠나 남 캐롤라이나 주의 찰스톤에 가까운 살리반 섬으로 그 거주지를 옮겼던 것이다.

이 섬은 퍽 이상한 섬이다. 거의 모래로 덮여 있는데 길이는

3마일쯤, 폭은 어디를 재나 4분의 1마일을 넘지 않는다. 비오리 [水鷄]가 즐겨 모여드는 진흙 일대를 휘덮은 갈대밭 아래로 스미 듯이 흐르는 시내가 이 섬을 육지와 격리시켰다. 본시 초목이 적 고, 나더라도 오그라 들어 커다란 나무란 도시 보이지 않는다. 섬 의 서쪽 끝에는 무트리 요새가 있다. 거기에는 초라한 목조의 가 옥이 몇 채 있어서 여름에는 찰스톤의 먼지 많은, 더위를 피해 온 사람들이 살기도 했고 이 서쪽 끝 가까이는 억센 가시가 많은 종 려나무가 무성했다. 그러나 이 서쪽 끝 해안의 굳고 흰 모래사장 을 제외하고는 저 영국의 원예가들이 아끼는 향기 높은 마틀 숲 이 온 섬에 밀생하고 있다. 관목은 이 토지에서는 15~20피트의 높이로 자라기도 하여 빠져나갈 수 있을 정도의 숲이 되어 일대 의 대기를 그 높은 향기로 가득 차게 한다.

섬의 동쪽, 즉 먼 쪽의 끝에서 그다지 멀지 않은, 이 숲의 가장 깊은 곳에 루그란은 자기의 산뜻한 오막집을 세우고, 내가 처음 우연하게 가까이 갔을 무렵에 그는 거기서 살고 있었던 것이다. 우리들은 곧 친하게 되었다. 즉 이 은둔자에게 나는 퍽 흥미와 존 경을 자아내게 하는 그 무엇이 있었기 때문이었다. 이 사나이는 고등교육을 받은 흔치않은 지식의 소유자였지만 사람을 싫어하 며 기분적으로 흥분하고 우울해지는 까다로운 성격의 사람이었 다. 많은 책을 갖고 있었으나 뒤적이는 일은 여간해서 없었다.

총 쏘기, 낚시질, 아니면 모래사장이나 마틀의 숲을 돌아다니 면서 조개라든가 곤충의 표본을 찾는 것이 무엇보다도 큰 즐거움 이었다. 그 곤충의 수집으로 말하면 스와메르담(1637~1680, 네덜 란드의 박물학자) 같은 곤충 학자들도 부러워했을 것이다. 그런데 이러한 산책을 할 때는 주피터라는 늙은 흑인이 따라다녔다. 이 흑인은 벌써 루그란 가(家)가 영락하기 전에 자유의 몸이 되어 있었지만 젊은 주인 '윌 서방님'의 뒤를 따라다니는 게 당연한 권리로 알고, 위협해도, 별의별 약속을 늘어놓아도 절대로 그것을 그만두려고 하지 않았다. 혹 루그란의 친척되는 사람들이 루그란의 머리가 좀 이상하다고 생각해서, 마구 돌아다니는 사람의 감시와 호위의 목적으로 주피터에게 이렇게 완고한 태도를 가르쳐 주었는지도 모른다.

살리반 섬 근방의 위도(緯度)는 겨울에도 몹시 추운 일이 드물고 가을에 불이 그리워 못견딘다고 하는 일은 아주 드물다. 그런데 1800년 10월 중순 경 무척 추운 날이 있었다. 바로 해 떨어지기 전에 나는 상록수의 수풀을 헤쳐가며 겨우 이 친구의 오두막집에 도착하였다. 나는 몇 주일 동안 찾아오지 않았었다. 당시는 섬에서 9마일이나 떨어진 찰스톤에 살고 있었고 섬과의 왕복이 현재보다도 훨씬 불편했던 것이다. 오두막집에 닿아 여느 때처럼 문을 두드렸다. 그러나 대답이 없어 전에 알고 있던 비밀 장소에서 열쇠를 찾아 문을 열고 안으로 들어갔다. 난로에는 불꽃이 센 불이 뻘겋게 타고 있었다. 이것은 드문 일이었지만 이런 때 고맙지 않다고는 할 수 없었다. 나는 외투를 벗고 소리내어 타는 장작 곁에 안락의자를 당겨다 앉고 끈기 있게 집 주인들이 오기를 기다렸다.

날이 저물자 이어 그들이 돌아와서 마음으로부터 나를 환영해 주었다. 주피터는 찢어질 듯 커다란 입을 벌리며 벙글벙글 웃으면서 몇 마리 비오리를 저녁으로 대접한다고 바삐 서둘렀다. 루그란은 예의 열광의 발작━ 발작이라고 할 그 외에 어떻게 말할 수 없는 것이다 ━에 사로잡혀 있었다. 그는 새로운 속(屬)을 이루는, 아직 세상에 알려져 있지 않은, 조개를 발견하고 또 주피터의 도움을 받아 한 마리의 황금충을 잡은 것이었다. 이것이야말로 새로운 것이라고 그는 믿고 그에 대해서 내일 아침 나의 의견도 듣고 싶다고 했다.

"한데 왜 오늘밤엔 안 되나?"

하고 불을 쬐는 손을 부비면서 나는 물었다. 제기랄 황금충 따위가 다 뭐야, 쓰러져 버려라 하는 기분이었다.

　"아니, 자네가 올 줄 알았다면야!"

하고 루그란은 말했다.

　"하지만 자네와는 만난 지 퍽 오래돼서, 하필이면 오늘밤 찾아올 줄은 몰랐지. 마침 돌아오는 길에 요새 근무의 G 중위를 만나서 그만 그 사람한테 황금충을 빌려 주고 왔지 뭔가. 그러니까 아침이 될 때까지는 자네는 그걸 볼 수 없단 말야. 오늘 밤 여기서 묵으면 내일 아침 해뜰 무렵에 재프(주피터의 애칭)를 시켜 갖고 오도록 할게. 거 참 아름답기가 이를 데 없네."

　"뭐가 말야? 해뜨는 게 말인가?"

　"바보 같은! 그게 아냐 벌레야. 번쩍번쩍하는 금빛에다 등 한쪽 구석 가까이에 큼직한 호두알만큼 큰 시꺼먼 점이 두 개 있고 또 한쪽 구석에는 그보다도 좀 긴 점이 하나 있어. 안테나(촉각)는……."

　"그 놈에게 틴(주석) 같은 건 들어 있지 않다니까요. 윌 서방님. 전 아까부터 줄곧 그렇게 말했잖아요."

라고 여기서 주피터는 참견을 했다.

　"그 벌레가 날개는 다르지만 어디서부터 어디까지, 겉에서부터 안까지 몽땅 황금의 벌레에요. 여태껏 그런 무거운 벌레는 만져 본 일도 없었죠."

　"하지만 말야, 재프, 그렇더라도."

하고 이런 경우로는 루그란은 다소 차분하다 싶이 말했다.

　"뭐, 비오리를 새까맣게 태울 거야 없잖아. 그 빛은 말이지."

　루그란은 내 쪽을 향하며,

　"확실히 주피터가 그렇게 말하는 것도 무리는 아니라고 생각될 정도야. 그 비늘이 발하는 것보다도 더 번쩍번쩍 빛나는 금속성의 광택은 자네도 본 일이 없었을 걸세. 허나 그건 아무튼 내일이 돼 봐야지, 자네도 뭐라 말할 수는 없을 거구. 그건 그렇다 치고 그동안에 그 형태만은 어느 정도 자네에게 알려 줄 수 있겠지."
하면서 그는 작은 책상 앞에 엉덩이를 내렸지만 펜과 잉크는 놓여 있었어도 종이는 보이지 않았다. 그는 서랍 속을 찾았는데 거기에도 없었다.
"까짓 아무렴 어때, 이거로도 괜찮겠지."
하고 그는 조끼의 호주머니에서 몹시 더러워진 반 접힌 대판양지(大判洋紙) 같은 것을 꺼내어 그 위에 펜으로 크게 대충 그림을 그렸다. 그가 그리고 있는 동안 나는 추워서 불가를 떠나지 않고 있었다. 그림이 다 되자 루그란은 앉은 채로 나에게 그것을 주었다. 그것을 받고 있으려니까 크게 웅얼대는 소리가 나고 이어 문을 긁는 소리가 들렸다. 주피터가 문을 열자 루그란이 기르고 있는 커다란 뉴펀들랜드 종의 개가 달려와 내 어깨에 뛰어올라 자꾸 아양을 떨며 장난을 쳤다. 이제까지 이곳에 왔을 때 나는 이 개를 퍽 귀여워 해줬기 때문이었다. 개가 뛰고 장난치고 하는 것을 멈췄을 때 나는 아까 그 종이를 들여다보았는데 사실 정직하게 말해서 친구가 그린 것을 보고 적지아니 얼떨떨 하였다.
잠시 그것을 들여다보고 나는 말했다.
"아니, 이건 정말 기묘한 투구풍뎅이라고 아니 할 수 없군. 이건 처음인데. 이런 건 여태껏 본 일이 없네. 두개골이나 해골이라면 이야기가 다르겠지만, 아무튼 내가 본 것 중에서는 무엇보다도 해골과 비슷하군."
"해골이라구!"
루그란은 되받아 말했다.
"음, 그렇지. 아니, 종이에 그려보면 어느 정도 그렇게 보일 거야 확실히. 위쪽 두 개의 까만 점은 마치 눈같이 보이고 그 아래 긴 점은 입 같겠지. 그리고 전체의 모양이 또 타원형이니까."
"그럴는지 모르지."
라고 나는 말했다.

"하지만 루그란 군. 자넨, 그림엔 아주 점병인가 보군. 이 투구
풍뎅이가 어떤 형태의 것인지 알려면 난 진짜를 볼 때까지 기다
리지 않으면 안 되겠네."

"글쎄, 어떨는지."

루그란은 약간 언짢아하며 말했다.

"나는 꽤 그리는 편이야. 적어도 그릴 만한 솜씨지. 여러 선생
님들한테서 배웠고 또 내 자신도 완전히 엉터리라곤 생각지 않으
니까."

"하지만 자네, 그렇다면 자넨 사람을 놀리는 셈이 되는 거야."

나는 말했다.

"왜냐하면 이건 틀림없는 두개골이야. 정말 이러한 생리학적 표
본에 대해서 세상이 생각하는 식으로 말하자면 아주 훌륭한 두개
골이라고도 할 수 있겠네. 그러니까 자네의 투구풍뎅이가 만약 그
것과 비슷하다면 그 투구풍뎅이는 세상에서 기묘한 투구풍뎅이
에 틀림없네. 아니 이것이 계기가 되어 아주 재미있는 미신도 생
겨날지 모르지. 이 투구풍뎅이를 scarabaeus caput hominus
(인두 투구풍뎅이) 어쩌구 그런 이름으로 부르면 될 걸세. 박물학
에도 그런 유의 명칭이 많으니까 말야. 한데 자네가 말한 촉각은
어디 있는 거야?"

"뭐, 촉각이라고!"

루그란은 이 화제에 어리둥절한 모양으로 말했다.

"촉각은 자네에게도 보일 텐데. 그 벌레에 있는 그대로 분명히
그렸으니까 말야."

"음, 그래."

하고 나는 말했나.

"그렇다면 자넨 그렸겠지. 하지만 난 아무래도 안 보이는데."

나는 상대방의 감정을 거슬리지 않게 그 이상 아무런 말도 하
지 않고 그 종이를 루그란에게 넘겨주었다. 그러나 사태는 이상

하게 벌어졌다. 나는 상대방이 언짢아 하는 데 당황했던 것이다. 하지만 그 투구풍뎅이의 그림으로 말하면 분명히 아무 데도 촉각이 보이지 않고 전체가 꼭 보통의 해골 그림과 조금도 다름없는 것이었다.

그는 몹시 기분이 상해서 종이를 받고 불에 던지려는 듯이 그것을 둘둘 꾸기다가, 얼핏 그 그림이 눈에 띄자 갑자기 그것을 뚫어지게 보는 모양이었다. 순간, 그의 얼굴이 빨개지고 곧 또 새파래졌다. 몇 분 동안 일어나지도 않고 그 그림을 물끄러미 볼 뿐이었다. 그러자 마침내 일어서서 테이블 위의 초를 들고 방의 가장 먼 구석에 있는 선원용 고리짝이 있는 곳에 가서 앉았다. 그리고 이쪽저쪽으로 종이를 돌리면서 세심하게 그것을 살펴보는 것이었다. 그러나 전연 입을 벌리지 않았다. 그 동작이 나를 크게 놀라게 하였다. 그래도 나는, 무슨 말을 해서 점점 높아지는 상대방의 불쾌한 감정을 자극하지 않는 편이 낫다고 생각했다. 그는 웃옷 포켓에서 지갑을 꺼내서 종이를 소중히 넣고 그것을 책상 서랍 속에 넣어 잠갔다. 그의 태도는 이미 침착해져서 처음의 그 흥분은 보이지 않았다. 그러나 시무룩하다기보다는 멍청한 상태였다. 밤이 으슥해짐에 따라 그는 점점 더 생각에 잠기고 내가 아무리 재미있는 말을 해도 그에 응하는 기색이 보이지 않았다. 처음에 나는, 지금까지도 자주 있었던 일이라서, 이 집에서 하룻밤 묵고 갈 예정이었는데 주인이라는 사람의 기분이 그러니 돌아가는 편이 낫겠다고 생각했다. 그도 구태여 묵고 가라고는 안했지만 어느 때보다도 더 다정하게 악수를 청했던 것이었다.

이런 일이 있은 지 한 달쯤 지난 무렵(그동안 나는 루그란과는 전연 만나지 않았다), 하인인 주피터가 찰스톤으로 나를 찾아왔다. 사람 좋은 검둥이 노인이 이렇게 초췌한 모양을 한 적은 여태껏 본 일이 없었으므로 나는 내 친구에게 어떤 심상찮은 불행이라도 일어난 게 아닌가 하고 걱정이 되었다.

"여 재프, 오늘은 웬일이야? 주인께선 안녕하신가?"
하고 나는 물었다.

"아닙니다. 선생님, 사실을 말하자면 우리집 주인은 어쩐지 안녕치가 못합니다."

"뭐, 안녕치가 않다구! 그거 안 됐는데. 어디가 불편하시단 말인가?"

"글쎄 그게 걱정인데요. 별로 어디가 나쁘다고 할순 없지만, 그래도 역시 꽤 편찮으신가 봐요."

"꽤 편찮다구, 주피터! 왜 그걸 진작 말하지 않았나? 그래, 자리에 누었단 말인가?"

"아니, 그게 아닙니다. 자리에도 아무 데도 눕지 않았지요. 그게 야단난 건데요. 윌 서방님의 일을 생각하면 난 아주 정신이 아득해집니다."

"주피터, 자네의 얘기가 내게 납득이 되었으면 좋겠네만, 자넨 주인이 불편하시다고 했지. 그래 어디가 나쁘시다고 자네에게 말하셨던가?"

"아뇨, 선생님. 그런 걸로 미치광이처럼 되다니 당토 않은 말입니다. 윌 서방님은 말이죠. 아무렇지 않다고 말하긴 합니다만요. 그런데, 그러면 왜 이렇게 고개를 축 내려뜨리고, 어깨를 쑥 추켜 올리고 마치 유령같이 창백한 얼굴을 한 채 나돌아 다니느냐 말입니다. 그리고 또 노상 무언가 산수 같은 것을 하고."

"뭐라고, 주피터! 노상 무슨 짓을 한다고?"

"언제나 석반(石盤)에 숫자를 써 놓고 산수 같은 것만 하고 계십죠. 그게 또 제가 여태껏 본 일도 없는 아주 기묘한 숫자예요. 정말 저도 무서워질 판입니다. 서방님이 하는 일은 아주 단단히 감시하지 않음 안 돼요. 요전번도 채 해가 뜨기 전에 나 몰래 빠져 나가 결국 하루 종일 돌아오시지 않는 거예요. 돌아오시기만 하면 늘씬 두들겨 패려고 큼직한 몽둥이를 만들어 두었는데……

하지만 난 역시 바보라서 그런 짓을 할 마음이 안 생겨요. 너무 힘 없는 얼굴을 하고 왔으니 어떡합니까.”

“뭐? 뭐라구? 음, 그래! 아무튼 불쌍한 서방님을 그렇게 심하게 하지 않는 게 좋을 걸세. 주피터, 주인을 패면 못써. 그런 짓을 당하면 서방님은 아예 녹초가 될테니까. 한데 서방님이 어째서 그런 병이 들고, 그런 이상한 행동을 하는지 자네 그 까닭을 짐작할 수 없겠나? 요전에 내가 자네를 만나고 나서 그 후 뭐 재미없는 일이라도 일어났던가?”

“아뇨, 선생님. 그 뒤에 별로 재미없는 일이 일어난 게 아녜요. 난 그 전부터인 것 같아요. 선생님이 오셨던 그 날입니다.”

“어째서? 그건 또 무슨 일이야?”

“딴 게 아닙니다. 선생님, 제가 말하는 것은 벌레죠, 그거, 저……..”

“뭐라구?”

“그 벌레 말입니다. 윌 서방님은 그 황금충한테 머리 어딘가를 물렸을 겁니다.”

“하지만 주피터, 자네가 그렇게 생각하는 데는 그만한 이유가 있는 건가?”

“그야 선생님, 클로즈(발톱)도 있고 입도 있습죠. 그런 쾌씸한 벌레는 보지도 못했어요. 가까이 오는 것은 뭐든지 차고 물고 하니까요. 윌 서방님이 처음에 잡으셨을 때 이내 놓쳐야 했습죠. 아마 그때 물렸을 겁니다. 전 그때 그 벌레의 주둥이 모양이 아무래도 징그러워 내 손가락으로 집을 생각이 없었습죠, 그래서 근방에 떨어진 종이 쪼가리로 잡아 줬어요. 그 종이 쪼가리에 싸서 주둥이를 종이 쪼가리 끝으로 틀어박아 잡았습니다. 말하자면 이런 식으로 했습지요.”

“그럼 자넨, 서방님이 정말로 그 투구풍뎅이한테 물려서 그 때문에 병에 걸렸다고 생각한단 말이지?”

"뭐 생각하고 있는 게 아닙니다. 다 알고 있습죠. 그 황금충한 테 물리지 않으셨다면야 어째서 그렇게 황금 꿈만 꾸시느냐 말이에요."

"그러나 서방님이 황금 꿈만 꾼다는 걸 어떻게 알았나?"

"어떻게해서 아느냐구요? 그건 잠꼬대로 말하시니까, 그래서 나도 알죠."

"그렇군, 재프. 자네 얘기가 옳을는 지도 몰라. 한데 자네가 오늘 여기까지 일부러 온 것은 이 또한 웬 바람이 불었지?"

"뭐요, 선생님. 어쨌다는 겁니까?"

"자네, 루그란 군이 무언가 전하란 말도 없었나?"

"아뇨, 선생님. 전 편지를 갖고 왔습죠."
라고 말하면서 주피터는 나에게 다음과 같은 편지를 주었다.

전략. 왜 자넨 오래도록 찾아오지 않는가. 내 약간 어처구니 없는 짓에 화를 낼, 설마 그럴 자네가 아니라고 생각하고 싶네만. 아니 그럴 턱이 없지.

요전에 자네를 만나고부터 나에게는 굉장한 걱정거리가 생겼네. 자네에게 얘기하고 싶은 것이 있는데 어떻게 얘기하면 좋을는지 또 얘기해서 좋을는지 그것이 분명치 않네.

요 며칠 동안, 어쩐지 난 상태가 좋지 않고, 그 재프 할아범이 나를 생각해서 하는 것이겠지만 여러 가지로 귀찮게 굴어서 못 견딜 정돌세. 자네에겐 이것이 정말이라고 생각될까. 실은 며칠 전에도 할아범이, 내가 몰래 빠져 나가 육지의 산중에서 단지 혼자 하루를 지냈다는 벌로, 나를 징계한답시고 커다란 몽둥이까지 준비했다네. 내가 아픈 사람 같은 얼굴을 하고 있으니까 회초리로만 맞고 만 것일세. 정말 그랬을 거야.

요전에 만난 이래 내 표본 상자에는 새로운 게 아무것도 늘지 않았네.

아무튼 형편이 된다면 주피터와 함께 와 주지 않겠는가. 꼭 와 주게. 중요한 용건으로 오늘밤 자네와 만나고 싶네. 아주 중요한 용건일세. 총총

윌리엄 루그란

이 편지 투에는 무언지 나를 크게 불안하게 만드는 것이 있었다. 편지 전체의 글씨체도 여느 때의 루그란과는 완연히 다른 것이 있었다. 도대체 무엇을 꿈처럼 생각하고 있는 것일까. 그 흥분키 쉬운 그의 두뇌에 어떠한 괴상한 생각이 달라붙었다는 말인가. 도대체 어떠한 '정말 중요한 용건'을 처리하지 않으면 안 된다는 것인가. 주피터가 그에 관해서 말하는 것으로 미루어 아무래도 좋은 일 같지는 않았다. 겹겹으로 싸인 불행 때문에 친구의 머리가 완전히 돌아버린 것이 아닌가 하고 염려 되었다. 그래서 시간을 미루지 않고 나는 검둥이와 동행하기로 하였다.

부두에 닿으니까, 낫 하나와 호미 셋, 보건대 모두 새것이 이제부터 타려고 하는 배 밑에 놓여 있는 것을 발견했다.

"재프, 이건 어찌된 까닭이야?"

하고 나는 물었다.

"우리집 주인의 낫, 그리고 호미죠."

"옳지. 하지만 어째 또 여기 있는 거야?"

"윌 서방님이 꼭 이것을 시장에서 사오라고 야단하셔서, 이놈에게 아주 굉장한 돈을 물었지요."

"그러나 마치 구름을 붙잡는 것 같은 얘긴데, 어쨌거나 윌 서방님은 이 낫과 호미로 뭘 하겠다는 거야?"

"그건 나도 모르고, 첫째로 우리집 서방님도 틀림없이 알지 못할 겁니다. 이게 다 아무튼 그 벌레 탓이죠."

다만 벌레 탓으로만 생각하고 있는 주피터한테서 신통한 대답

이 나올 것 같지 않음을 깨닫고 나는 결국 배를 타고 출발하였다. 순풍이 세게 불어서 우리들은 곧 무트리 요새의 북방에 있는 작은 해안으로 들어갔다. 그리고 2마일쯤 걸어서 오두막집에 이르렀다.

우리들이 도착한 때는 오후 3시경이었다. 루그란은 우리들을 몹시 기다리고 있었다. 그는 흥분과 열의를 가지고 내 손을 잡는 통에 나는 섬칫, 놀래어 이미 가슴에 품고 있던 의혹이 더욱 굳어졌다. 그 안색은 해쓱할 만큼 새파랗고 깊이 쑥 들어간 눈은 이상한 빛을 띠고 있었다. 몸이 불편하지 않느냐는 안부를 잠깐 묻고는 달리 할 말이 없어서, 나는 G 중위 한테서 그 투구풍뎅이를 받았느냐고 물었다.

"물론."

그는 흥분으로 얼굴이 빨개져서 대답했다.

"그 다음날 아침에 찾았지. 어떤 일이 있어도 그 투구풍뎅이를 버릴 생각은 날 것 같지 않네. 자네, 주피터가 말한 것이 역시 틀리지 않았다는 걸 알고 있나?"

"어떻게 말인가?"

하고 나는 슬픈 예감을 느끼면서 물었다.

"그게 순금의 벌레라고 생각한 거 말일세."

루그란은 무척 진지한 표정으로 말해서 나는 할 말이 없어 멈칫했다.

"그 벌레가 나를 부자로 만들어."

하고 자못 승리에 젖은 듯이 미소를 띠면서 말을 이었다.

"다시 한 번 우리집 대대의 재산을 나에게 되찾아 주는 거야. 그러니까 내가 그놈을 소중히 한다고 해서 별로 이상할 게 없지 않느냐 말일세. 운명의 신이 그것을 나에게 주어야 한다고 생각한 바엔 나는 그것을 올바르게 이용하면 되지. 그러면 그것이 안내자가 되어 황금이 손에 들어온단 말일세. 이봐 주피터, 그 투구풍뎅이를 갖고 와."

"뭐요? 서방님, 그 벌레 말요? 그런 벌레는 만지기도 싫소. 손수 갖고 와요."

하는 말을 듣고 루그란은 의젓이 위엄을 부리며 일어나서 벌레를 넣은 유리병 속에서 그것을 꺼내 가지고 왔다. 아주 아름답게 생긴 투구풍뎅이로서 당시는 아직 박물학자에게도 알려지지 않았었다. 물론 학문적인 견지에서 말하더라도 귀중품이라고 할 수 있었다. 잔등의 한쪽 끝 가까이에 두 개의 동그란 흑점이 있고 또 한쪽 끝 가까이에는 가늘고 긴 점이 있었다. 비늘은 하나도 없고 딱딱한 게 광택이 났으며 마치 갈아낸 황금과 똑같았다.

이 곤충의 무게는 굉장하여 이것저것 종합해 본다면, 주피터가 이 벌레를 그렇게 말한 것도 무리가 아니었다고 생각되었다. 그러나 루그란까지 주피터와 똑같이 생각한다는 것은 아무래도 어떻게 해석해야 할는지 그것은 나로서도 모를 일이었다.

"자네를 오라고 사람을 보낸 것은 말야."

루그란은 내가 투구풍뎅이를 살피고 나자, 의젓한 말투로 말했다.

"자네를 오게 한 것은 이 투구풍뎅이나 운명의 신에 대해서 어떻게 생각해야 좋을는지 그것을 좀더 분명케 하는 데 자네의 충고라든가 도움을 받고자 생각했기 때문이야."

"루그란 군."

하고 나는 그의 말을 가로채어 소리를 높혀 말했다.

"자네는 확실히 몸이 좋지 않아. 그러니까 조심하는 편이 좋을걸세. 자네, 잠을 자게. 그러면 나을 때까지 2, 3일간 내 여기 있어 줄 테니까. 자넨 열이 있는 것 같고……."

"그럼, 내 맥을 짚어 보게."

나는 맥을 짚어 보았으나 솔직히 말해서 열이 있는 것 같지는 않았다.

"하지만 병에도 열이 전연 안나는 것도 있을는지 몰라. 이번 만큼은 내 하라는 대로 해주지 않겠나. 첫째, 잠을 자야할 일이야. 다음에는……."

"아니, 자넨 모르는 소리야."

그가 불쑥 말했다.

"난 이런 흥분 상태에 있는 사람으로서는 꽤 건강한 것으로 아네. 아무튼 자네가 정말 내 건강을 위해서라면 이 흥분을 가라앉게만 해주면 되는 거야."

"그렇다면 어떻게 하면 좋은가?"

"간단해. 주피터와 내가 육지 쪽의 산 속으로 탐험하러 나가려는데 이 탐험에는 우리들이 신용할 만한 사람의 도움이 필요하거든. 그런데 신용할 만한 사람은 자네뿐이야. 우리들이 성공하든 실패하든 자네가 지금 눈으로 보고 있는 내 흥분은 어떻게 되든지 간에 진정될 게 아닌가."

"나도 어떻게든 자네에게 도움이 되었으면 하네만."
하고 나는 대답했다.

"이 투구풍뎅이란 놈이 자네의 그 산에 가는 탐험인가 하는 데 뭐 상관이라도 있는건가?"

"있구 말구."

"그렇다면 루그란 군, 그런 바보 같은 일에 한몫 끼는 건 난 못하겠네."

"거, 유감인데. 아니 정말 유감이야. 그러면 우리 둘만이라도 이 일을 하지 않으면 안 되니까 말일세."

"자네들 둘이서 한다구! 이 사람 확실히 머리가 이상하군! 한데, 가만 있자! 도대체 집은 얼마 동안 비어 둘 작정인가?"

"아마 하룻밤 동안일 거야. 우린 곧 출발해서 해뜨기 전까지는 돌아올 거야."

"그럼 꼭 약속해 주겠나. 자네의 변덕이 가라앉고, 이 투구풍뎅이의 일이 자네의 생각대로 끝장이 나면 그때는 집으로 돌아와서 자네의 의사라고 생각하고 아무런 대꾸없이 내 충고에 따르겠다고."

"약속하지. 그럼 출발하기로 하세, 1초도 우물우물 할 수 없으니까."

내키지 않는 기분으로 나는 친구를 따라가기로 하였다. 우리들은 4시경에 출발했다. 루그란과 주피터와 개, 그리고 나였다. 주피터는 낫과 호미를 들었지만—— 그는 그것을 몽땅, 끝까지 자기가 들려고 하였다—— 그것은 뭐, 퍽 충실해서 그렇다든가 상냥해서 그런 것이 아니라 이러한 연장은 뭐든지 주인의 손이 닿지않는 곳에 두고 싶다는 그러한 심정에서가 아닌가 싶었다. 그의 태도는 극도로 완고해서 이따금 그의 입에서 새는 것은 '그 놈의 벌레를' 하는 말뿐이었다. 나는 한 개의 호롱불을 맡았고, 루그란은 투구풍뎅이를 갖고 그것으로써 만족하고 있었다. 그 투구풍뎅이를 그는 짤막한 끈 끝에다 동여매고 걸으면서 마치 마술사처럼 휘두르고 있었다. 친구의 머리가 돌았다는 이러한 명백한 증거를 보고 나는 눈물을 참을 수 없었다. 그러나 나는 적어도 지금으로써는 그 밖에 더 적절한 수단에 호소해서 그것으로써 성공할 만한 가능성을 찾기까지 친구의 엉뚱한 생각을 그냥 내버려 두는 게 낫다고 생각했다. 그동안 줄곧 나는, 도대체 이 사나이는 어떠한 목적을 품고 이 탐험을 기도하는지 상대방의 마음속을 살펴보려 애썼으나 그것은 정말 아무런 소득이 없었다. 일단 나를 끌고 나온 만큼 딴 시시한 화제로 입을 벌리고 싶지 않은 양 무얼 물어보아도 다만 '이제 알 거야' 하고 대답할 뿐이었다.

섬 끝의 시내를 작은 배로 건너가고 육지의 해안 언덕을 올라가자, 우리들은 인적 드문 꽤 황량한 토지를 지나 서북 방향으로 나아갔다. 루그란은 자신있는 듯이 선두에서 가고 이따금 잠깐 멈춰서는 전에 왔을 때 자기가 표시해 둔 것 같은 것을 확인하는 모양이었다.

　이와 같이 해서 우리들은 약 두 시간쯤 걷고 바로 해가 떨어질 즈음에 여태까지 보지도 못한 처량한 토지에 발을 들여놓았다. 그곳은 일종의 고원으로 되어 있어서 거의 올라갈 것 같지도 않은 산정(山頂)에 가까이 왔다. 그 산은 기슭에서 꼭대기까지 나무가 무성하고 드문드문 큰 바위가 흩어져 있었지만 그 바위는 가볍게 지면에 뒹굴어 있는 느낌을 주고 대개는 긴 나무에 받쳐서 겨우 아래 골짜기에 굴러 떨어지지 않고 있는 그런 상태였다. 어느 쪽을 보나 깊은 골짜기가 보이고 그것이 주위의 조망(眺望)을 더욱 냉엄하고 처량한 분위기로 만들었다.

　우리들이 기어올라간 이 천연의 고대(高臺)는 덤불이 꽉 들이차고, 곧 깨닫게 된 것이지만 낫을 쓰지 않는 한 그 곳을 도저히 빠져나갈 수가 없었다. 주피터는 주인의 명령으로 우리들을 위해 무척 높은 백합나무 밑둥까지 길을 트기 시작했다. 이 백합나무는 딴 8, 9그루의 참나무와 함께 같은 평지에 자라고 있었지만 잎이나 형상의 아름다움, 널리 퍼진 가지, 전체 모양의 당당함으로 보아 그 참나무나 또 내가 본 그 어떤 나무보다도 훌륭한 것이었다. 이 백합나무 가까이까지 오자 루그란은 주피터 쪽을 향해서 이 나무를 타고 올라갈 수 있겠는가 하고 물었다. 할아범은 이 물음에는 적지아니 당황한 듯 한동안 대답도 안 했다. 그러나 할 수 없이 이 커다란 나무에 다가와서 천천히 나무 둘레를 한 바퀴 돌고 세밀히 그것을 살폈다. 그리고 다만 다음과 같이 대답했다.

　"그럼요, 서방님, 재프가 지금까지 본 나무로서 올라가지 못한다는 나무란 없었죠."

　"그럼, 당장 빨리 올라가 수게. 곧 어두워져서 무엇을 하든지 앞도 안 보일 테니까."

　"서방님, 어디까지 올라갑니까?"
하고 주피터는 물었다.

"먼저 처음에는 줄기를 타고, 그러면 어디로 가면 좋은지 일러 줄테니까. 그리고 참, 잠깐만! 이 투구풍뎅이를 갖고 가는 거야."

"투구풍뎅이라구요, 윌 서방님! 그 황금충 말이요!"

검둥이는 놀래어 뒷걸음질 치며 외쳤다.

"도대체 어쩌자고 그런 투구풍뎅이를 나무 위까지 갖고 가라는 거죠? 그런 건 질색입니다."

"이봐 재프, 너같이 덩치가 큰 검둥이가, 아무렇지도 않은 이런 조그만 죽은 투구풍뎅이 잡기가 무서운가, 그렇다면 이 끈으로 매달고 가도 좋아. 하지만 이걸 안 갖고 올라간다면 난 이 삽으로 네 골통을 깨뜨려 놓을 테니까."

"서방님은 언제나 이 늙은 검둥이를 상대로 싸움을 걸려 하니 도대체 어쩌란 거요?"

재프는 놀려대는 데 화가 난 모양이었다.

"좀 농담을 했을 뿐이지요. 내가 투구풍뎅이를 무서워하다니! 투구풍뎅이 같은 게 뭐가 꺼려서요?"

이렇게 말하고 그는 조심스럽게 끈 끝을 쥐고 될수록 벌레를 몸에서 멀리하고 나무를 오르기 시작했다.

미국의 삼림수 중에서도 가장 웅대한 거목인 백합나무, 즉 리리오덴드론 튜울립 펠름은 어릴 때는 줄기가 유난히 미끈미끈하여 옆으로 가지가 갈리지 않은 채로 굉장히 많이 자라는 일도 많다. 그러나 수령(樹齡)이 많아짐에 따라 껍질에 절(節)이 많아지고 울퉁불퉁해져서 줄기에는 짧막한 가지가 많이 나타나게 된다. 이런 까닭에 지금 같은 경우, 보기에 올라가기 어렵다고 생각되는 나무도 사실은 그렇게 보일 뿐이었다. 팔과 무릎으로 커다란 원주형의 줄기를 힘껏 안고, 손으로 줄기의 나온 데를 붙잡으며 맨발로 발가락을 다른 돌출부에 걸면서 주피터는 한두 번 위험스레 떨어질 뻔 했지만 마침내 첫 번째의 커다란 가지의 갈라지는 데까지 기어 올라갔다.

그리고 그것으로써 이미 이 일은 다 끝난 것으로 생각하는 모양이었다. 올라간 사람은 벌써 지면에서 6, 7십 피트만큼의 높이에 이르렀지만 이 일의 위험한 고비는 사실 이미 넘어간 것이었다.

"윌 서방님, 이번엔 어디로 가죠?"

하고 주피터는 물었다.

"제일 큰 가지를 그대로 올라가면 되는 거야. 이쪽 가지야."

루그란이 말했다. 검둥이는 곧 그 말에 따라, 보기에 아무런 힘도 안들이며 위로위로 올라가 마침내 가지를 휩싼 잎에 가리워져 그 뚱뚱한 모습이 조금도 보이지 않았다. 이어 그의 목소리가, 멀리 부르는 듯이 들렸다.

"얼마를 더 가요?"

"자네, 얼마큼 올라갔나?"

루그란이 물었다.

"굉장히 높아요."

검둥이가 대답했다.

"아무튼 나무 끝 너머로 하늘이 보입니다."

"하늘 같은 건 아무래도 좋으니 내 말을 잘 들어. 나무 줄기를 내려보고 이쪽으로 네 밑에 가지가 몇 개인가 세어 봐. 가지를 몇 개 넘어섰어?"

"하나, 둘, 셋, 넷, 다섯. 서방님, 나는 이쪽으로 큰 가지 다섯을 넘었어요."

"그럼 위로 하나 더 올라가."

몇 분 후, 일곱 번째 가지에 드디어 올라갔다고 알리는 소리가 들렸다.

"그럼 말야 재프, 그 가지 앞으로 갈 수 있는 데까지 가 봐."

루그란은 확실히 몹시 흥분해서 외쳤다.

"그리고 뭐든 이상한 것이 눈에 띄면 알리란 말야."

이 가엾은 친구의 정신 착란에 대해서 나는 아직 다소 반신 반의의 생각을 남겨두고 있었던 것이었으나 그것조차도 이제는 아무 의심의 여지조차 없어지고 말았다. 나는 그가 돌았다고 결론지을 수밖에 없었고 어떻게 해서든지 집으로 데리고 갔으면, 하고 진심으로 바라게 되었다. 어떻게 하면 좋을까, 하고 궁리하고 있는데 또 주피터의 소리가 들렸다.

"이 가지를 쭉 타고 간다는 건 위험해요. 글쎄, 처음부터 끝까지 대개 삭정이가 아닙니까."

"주피터, 뭐 삭정이라구."

루그란은 목소리를 떨면서 외쳤다.

"암요, 서방님, 깨끗이 말랐어요. 확실히 썩었는데요. 이 세상을 하직했습니다."

"제기랄, 그럼 어떡하면 좋지?"

루그란이 무척 난처한 듯 말했다.

"아무럼 어떠냐."

하고 나는 말할 수 있는 계기가 생긴 게 기뻐 한마디했다.

"집으로 돌아가서 잠이나 자면 되지. 자, 가세! 그게 현명한 거야. 벌써 밤도 깊어가고 또 자넨, 자네가 한 약속을 어길 리는 없겠지."

"이봐, 주피터."

그는 내가 말한 것에는 통 귀도 기울이려 하지 않고 외쳤다.

"내 말이 들리나?"

"아주 똑똑히 들리고 말구요, 월 서방님."

"그러면 나이프로 나무를 잘 살펴봐, 완전히 썩었는지 어떤지 말야."

"서방님, 분명히 썩긴 했어요."

검둥이는 얼마 후에 대답했다.

"한데 그렇게 많이 썩진 않은 것 같아요. 나 혼자라면 조금 더 앞으로 갈 수 있을는지 모르죠, 그건 확실해요."

"혼자라니? 그건 무슨 소리야?"

"그건, 벌레 말입죠. 이놈은 말할 수 없이 무거운 벌레에요. 먼저 이놈을 밑으로 떨어뜨리면 검둥이 한 사람의 무게 정도로 이 가지는 부러지지 않을 겁니다."

"이 바보 같은 놈!"

루그란은 확실히 안심한 양 소리쳤다.

"어쩌자고 그런 바보 같은 소리를 하는 거냐? 그 투구풍뎅이를 떨어뜨리기만 해 봐라, 반드시 네 목을 분질러 놓을 테니까. 알았나 주피터, 내 말이 들려?"

"들리구 말구요. 서방님. 그렇게까지 이 불쌍한 검둥이한테 고함칠 게 없잖아요."

"좋아, 그럼 잘 들어! 위험치 않은 데까지 가지를 타고 앞으로 가서 그리고 투구풍뎅이를 떨어뜨리지만 않는다면, 이번에 내려오면 당장 은화 1달러를 너에게 주지."

"윌 서방님, 지금 나가고 있는 중입니다. 정말 그러는 중입죠."

흑인이 곧 대답했다.

"이제 거의 끝까지 왔어요."

"끝까지 갔다고!"

여기서 루그란은 째는 듯한 소리를 질렀다.

"가지 끝까지 갔단 말이냐?"

"서방님, 이제 곧 끝입니다. 아이쿠! 이건 뭐야! 이 나무 위에 있는 게 뭘까?"

"좋아!"

루그란은 무척 기뻐하며 외쳤다.

"그게 뭐야?"

"아니, 이건 정말 해골 아냐. 누가 자기 대가리를 이런 나무 위에다 남겨 두고 까마귀 놈들이 와서 살을 남김없이 쪼아 먹게 했는데요."

"해골이라고 했겠다. 좋아, 좋아! 한데, 그 놈이 어떤 모양으로 가지에 묶여 있나? 뭘로 가지에다 붙여 놨지?"

"참, 그렇군요. 서방님. 이놈을 한번 보지 않고는 안 되겠는데요. 앗, 이건 확실히 이상한데. 해골 속에 굉장히 큰 못이 있는데 그게 나무에 박혀 있는 셈이군요."

"음, 그래. 그것 말야, 내 말을 듣고 하라는 대로 해. 이봐, 들려?"

"들립죠, 서방님."

"그러면 잘 들어! 해골의 왼쪽 눈을 찾는 거야."

"제기랄, 아니, 까짓 것 해 보죠. 얼라, 눈은 하나도 없는데."

"이 얼빠진 놈아! 넌 오른손과 왼손 구분도 못해!"

"그야 알죠. 그런 것쯤 잘 알아요. 장작 팰 때는 왼손입죠."

"그렇지! 넌 왼손잡이렷다. 그러니까 네 왼쪽 눈은 왼손과 같은 쪽에 있어. 자, 그와 같이 해골 왼쪽 눈은 말하자면 전에 왼쪽 눈이 있던 데를 찾을 수 있지. 이봐, 아직 못 찾았어?"

한참 동안 대답이 없었으나 마침내 흑인이 물었다.

"해골 왼쪽 눈도 역시 해골 왼손과 똑같은 쪽에 있다는 거죠? 해골에 손 같은 게 있을 턱이 없으니까요. 까짓 것 아무렴 어때! 자, 왼쪽 눈을 찾았어요. 이게 왼쪽 눈이야! 한데 이걸 어떡하라는 거요?"

"그 구멍을 통해서 투구풍뎅이를 내리는 거야, 줄이 뻗는 데까지. 하지만 조심해, 절대로 줄을 놓쳐서는 안 돼."

"윌 서방님, 척척 해내고 있습니다. 이 구멍에 벌레를 꿰는 것쯤 아무것도 아닙죠. 자, 아래에서 보십쇼!"

이러한 대화가 오가는 동안 주피터의 몸은 전혀 보이지 않았다. 그러나 그가 내리는 투구풍뎅이는 줄 끝에 매달려 보이기 시작하고, 우리들이 서 있는 고대(高臺)를 아직 어렴풋이 비치고 있는 저물어가는 태양의 마지막 광선에 비쳐 닦아낸 듯한 금덩어리처럼 번쩍번쩍 빛나고 있었다. 스카라비아스(투구풍뎅이)는 어떤 가지에도 걸리지 않고 똑바로 내려와, 떨어뜨린다면 우리들 발목에 떨어졌을 것이었다. 루그란은 이내 큰 낫을 쥐고는 벌레의 바로 아래 직경 3, 4야드의 둥근 지면을 쳐내고 그것이 끝나자 주피터에게 줄을 놓고 나무에서 내려오도록 명했다.

투구풍뎅이가 떨어진 바로 그 지점에 아주 정확히 말뚝을 박자 친구는 이번에는 호주머니에서 자를 꺼냈다. 그 한쪽 끝을 말뚝에서 가장 가까운 나무 줄기에 묶고, 자를 말뚝에 닿는 데까지 연장한 다음 나무와 말뚝을 연결한 방향으로 자를 그냥 50피트의 거리까지 연장해 갔다. 주피터는 그에 따라 큰 낫으로 수풀을 쳐냈다. 이와 같이 해서 이른 지점에 제2의 말뚝을 박고 그 말뚝을 중심으로 직경 4피트 정도의 원(圓)이 그려졌다. 그러자 루그란은 손수 호미를 들고, 주피터에게도 내게도 한 자루씩 주면서 될 수 있는 대로 빨리 파 주었으면 좋겠다고 했다.

사실, 나는 어떠한 경우에도 이러한 도락에는 취미가 없고 하물며 때가 때니만큼 기꺼이 이런 일은 거절하고 싶었다. 밤도 다가오고 이미 몸도 많이 움직여서 몹시 피곤하던 터였다. 그러나 도저히 피할 도리도 없고 거절하면 이 불쌍한 친구의 마음이 교란되지나 않을까 염려되었다. 실은, 주피터의 응원을 믿을 수만 있다면 나는 아무런 주저없이 이 미친 사람을 억지로라도 집으로 끌고 갔을 것이다. 하지만 나로서는 이 나이 많은 흑인의 마음을 너무나도 잘 알기 때문에 어떤 경우에 있어서도 그의 주인과의 다툼에 내 편이 되주리라는 기대는 할 수 없었다. 나는 이 친구가, 파묻힌 황금에 대한 남부 지방의 무수한 미신에 홀려 스카라비아스(투구풍뎅이)를 발견했는지, 그렇지 않으면 필연 주피터가 어디까지나 그것을 '순금의 황금충'이라고 주장한 데 움직여 그의 망상이 더욱 굳어졌으리라고 확신하였다. 발광의 우려가 있는 인간이라는 것은 이내 이러한 암시에 속기 쉬운 법이다. 자기가 즐기는 선입관과 꼭 부합되는 경우엔 특히 그렇다. 그리고 또 나는, 투구풍뎅이가 '자기 재산에의 안내자'라고 말한 친구의 말을 상기하였다. 요컨대 나는 몹시 초조하여 어찌 할 바를 몰랐지만 그러나 실은 할 수 없이 하고 있는 일을 오히려 기꺼이 하는 체해 주자, 즉 기분 좋게 땅을 파서 이 몽상가에게 눈에 보이는 증거를 제시하여 그 품고 있는 생각의 잘못임을 빨리 납득시켜 주려고 나는 드디어 결심하였다.

호롱불에 불을 켜자 다소 이치에 들어맞는 합당한 열성으로 우리들은 모두 일에 착수하였다. 강한 불빛이 우리들의 몸과 연장을 비칠 때, 우리들 세 사람은 얼마나 사람들의 눈을 놀라게 하는 일단(一團)일까, 이 현장에 만약 누가 불쑥 나타난다면 세 사람이 하고 있는 짓이 얼마나 기괴하게 보일 것인가 하고 생각지 않을 수 없었다.

두 시간 동안 부지런히 팠다. 거의 말도 안했지만 다만 무엇보다도 곤란한 것은 우리들이 하고 있는 짓이 수상했던지 개가 캥캥 짖어대는 것이었다. 나중에는 개가 하도 시끄럽게 짖어대서, 이 근처를 헤매는 어떤 사람에게 들리지나 않을까 하고 모두 염려하게 되었다. 그보다도 오히려 루그란이 그렇게 걱정하는 눈치였다. 나로서는 어느 누가 훼방을 해 줘서 그 덕분에 방황하는 이 친구를 집으로 되돌아가게 했으면 얼마나 좋을까 싶었다. 그러나 주피터가 용케 개를 잠자코 있도록 하고 말았다. 생각다 못해 화가 치민 듯이 구멍에서 뛰어나가 그는 바지 밴드의 한쪽 끝으로 개의 입을 묶어 버리고 다시 시무룩한 표정으로, 킬킬 웃으면서 그 일을 다시 하기 시작하였다.

두 시간이 지날 즈음에 우리들은 5피트의 깊이만큼 파냈지만 아직 보물 같은 것은 전혀 나타나지 않았다. 그래서 우리는 다 함께 한숨 쉬고, 이 미친 짓도 이것으로써 끝났는가보다 하고 나는 생각하게 되었다. 한데 루그란은 분명히 난처한 모양이었지만 깊이 생각한 듯이 이마의 땀을 닦고 다시 일을 시작하였다. 이미 직경 4피트의 완전한 원을 파내려갔지만 이번에는 그 범위를 약간 넓혀서 2피트만 더 깊이 팠다. 그러나 역시 아무것도 나타나지 않았다. 나는 이 황금을 찾는 사나이를 진정으로 불쌍히 여겼다. 그는 급기야 얼굴에 실망의 표정을 가득히 띠고 구멍에서 기어 나가자 일하기 전에 벗어 놓은 웃옷을 시무룩하게 슬금슬금 입기 시작하였다. 그 사이 나는 아무런 말도 하지 않았다. 주피터는 주인의 신호로 그 연장을 거뒀다. 그것이 끝나자 개의 입에 묶은 것을 풀어 주고 일동은 침묵한 채 집으로 돌아가게 되었다.

그 방향으로 아마 십 보쯤 걸었을까 깜짝 놀랄 만큼 큰 소리로 욕설을 하면서 루그란이 주피터 쪽으로 걸어가 그의 멱살을 쥐었다. 놀란 검둥이는 눈을 동그랗게 뜨고 입을 딱 벌리며 호미를 떨어뜨리고 그냥 무릎을 꿇었다.

"이녀석아."

하고 루그란이 이를 갈면서 내뱉았다.

"이 뻔뻔스런 악당아! 자 말해. 우물쭈물 속이지 말고 당장·대답해! 어느 쪽이, 어느 쪽이 네 왼편 눈이야?"

"어, 월 서방님. 이쪽이 분명히 내 왼쪽 눈이 아닙니까."

겁에 질린 주피터는 손을 바른쪽 눈에 얹고 주인이 당장 자기의 눈알을 빼낼까 두려워하는 양 한사코 그 손을 놓지 않으면서 신음하듯 말하였다.

"그런 줄 짐작했지! 알았어! 자, 됐다."

하고 외친 루그란은 흑인을 밀어버리더니 선 채로 껑충껑충 뛰고 빙빙 돌기도 하여, 하인도 놀란 얼굴로 일어서서는 말없이 주인과 나를 번갈아 바라볼 뿐이었다.

"자, 되돌아 가는 거야."

루그란이 말하였다.

"아직 승부는 결정된 게 아냐."

그는 다시 선두에 서서 백합나무 쪽으로 돌아갔다.

그 밑둥에 왔을 때 루그란은 말했다.

"주피터, 이리로 와! 해골이 얼굴을 밖으로 향해서 가지에 못질 되었나 아니면 얼굴이 가지를 향하고 있었나?"

"얼굴은 밖을 향했습죠 서방님. 그러니까 까마귀들이 쉽게 눈깔을 쪼울 수 있었겠죠."

"그런가, 그래 네가 투구풍뎅이를 떨어뜨린 것은 이쪽 눈이냐, 혹은 저쪽이냐?"

이렇게 말하면서 루그란은 주피터의 두 눈에 각각·손을 대었다.

"서방님, 이쪽 눈이죠. 왼쪽 눈이에요. 당신이 말하는 대로 이쪽입죠."

흑인이 그렇게 말하고 손가락으로 짚은 것은 바른쪽 눈이었다.

"좋아 알았어. 그럼 다시 새로 시작하는 거야."

이제사 나는 친구의 광기에 무언가 이치에 닿는 것을 인정했다. 그보다는 인정될 만하다는 생각이 들었지만 아무튼 친구는 투구풍뎅이의 낙하점의 표시로 되어 있는 말뚝을 전의 위치에서 3인치쯤 서쪽으로 이동했다. 그런 다음, 먼저와 같이 줄기의 제일 가까운 곳에서 말뚝으로 자를 끌어 그것을 일직선으로 연장한 50피트 지점을 표시하였는데 그것은 앞서 파던 지점에서 몇 야드 떨어져 있었다.

이 새로운 위치 주위에 이번에는 전번보다 약간 넓은 원을 우리들은 또 호미로 파기 시작하였다. 나는 몹시 피곤했지만 내 생각이 어째서 이렇게 변하였는지 아무래도 석연치는 않으나 억지로 떠맡겨진 노동이 이제는 그다지 싫다고 느껴지지 않았다.

나는 어느새 까닭도 없이 흥미를 갖기 시작했다. 아니, 흥분까지 하였다. 아마도 루그란의 이 터무니없는 거동에 무언가, 무언가 예견이나 숙려(熟慮)같이 생각되는 점이 있어서 그것이 이편의 마음을 움직였을는지도 모른다. 나는 열심히 파면서 때때로 느낀 것은 친구를 발광케 한 공상의 보물은 어느 새 기대에 가까운 것으로 여겨졌다. 이러한 엉뚱한 생각이 더욱 단단히 내 마음을 사로잡아 반 시간쯤 파내고 있을 때, 우리들은 또다시 개 짖어대는 소리로 훼방 당하였다.

먼젓번에는 개가 소란케 한 것은 확실히 제 마음 내키는 대로 장난을 친 데 불과하였지만 이번에 짖는 소리는 무언가 몹시 진지한 것이 있었다. 주피터가 다시 입마개를 씌우려 하니까 개는 맹렬히 반항하고 웅덩이 속으로 뛰어들어가 그 발 끝으로 미친 듯이 푹석푹석한 흙을 파헤쳤다. 곧 개는 한 덩어리의 사람 뼈를 파 냈는데 그것은 완전한 두 개의 해골이었고, 금속제의 단추 몇 개, 썩은 모직물의 누더기 같은 것이 섞여 있었다. 호미로 한번 두번 파니까 큼직한 스페인 나이프가 나타나고 계속 더 파니까 3, 4개의 금화 은화가 흩어져 나왔다.

이것을 보고 주피터는 기뻐서 어쩔 줄을 몰라 하였으나 주인 쪽은 무척 실망한 얼굴을 보였다. 그래도 그는 우리들에게 좀더 일을 계속하라고 독촉하였지만 그 말이 채 끝나기가 무섭게 나는 흩어진 흙에 반쯤 묻힌 커다란 쇳덩어리에 장화 앞 끝이 걸려 넘어졌다.

그래서 우리들은 계속 더욱 열심히 팠다. 그토록 긴장했던 10분 간을 나는 아직 경험한 적이 없을 정도였다. 그 10분 간에 장방형의 용적이 큰 궤짝을 파냈는데 그것이 조금도 파손되지 않고 또 놀랍도록 단단한 것으로 미루어 분명히 어떤 광화작용(鑛化作用) —— 아마도 염화 제이 수은(鹽化第二水銀)의 광화작용을 받은 것 같았다. 그 큰 궤짝은 길이가 3피트 반, 폭이 3피트, 깊이가 2피트 반이었다. 연철(鍊鐵)의 테두리로 꼭 조이고 못질이 되어 있으며 겉은 전부 창살같은 세공(細工)으로 되어 있었다. 궤짝의 양 옆 위에 쇠고리가 세 개씩, 그러니까 합해서 여섯 개가 달려서 여섯 사람이 들 수 있게 되어 있었다. 모두 함께 아무리 힘을 합쳐 보아도 이 큰 궤짝의 밑은 조금밖에 움직일 수 없었다. 이런 무거운 것을 도저히 움직일 재간이 없다는 것을 알았다. 다행히 뚜껑을 잠근 것은 단 두 개의 빼고 낄 수 있는 빗장뿐이었다. 우리는 그것을 뽑았다. 불안에 몸을 떨고 숨을 할딱이면서 뽑았다. 그러자 바로, 헤아릴 수 없는 값어치의 재보가 눈 앞에 번쩍번쩍 빛났다. 호롱불이 웅덩이 안을 비치자 뒤섞여 쌓인 황금과 보석의 산더미에서 위로 향해 번쩍번쩍하는 빛이 우리들의 눈을 부시게 하였다.

내가 어떠한 기분으로 바라보았는지는 그것을 자세히 말하지 않으련다. 물론 무엇보다도 먼저 놀랍기만 하였다. 루그란은 흥분해서 완전히 기운이 빠진 양 거의 아무 말도 하지 않았다. 주피터는 몇분간 검둥이의 얼굴로서는 더 없을 정도의 창백한 안색이었다. 아주 정신이 나가 놀라 떨어진 듯이 보였다. 그러나 조금 후에 웅덩이 안에서 무릎을 꿇고, 드러낸 팔을 팔굽까지 황금 속에 넣고는 기분 좋게 목욕탕에라도 담겨져 있는 듯 마냥 팔을 꺼내려 하지 않았다. 하지만 나중에는 긴 한숨을 쉬면서 마치 혼잣말처럼 외쳤다.

"그러니까 이게 모두 그 황금충 덕분이야! 그 고운 황금충, 네가 그토록 못되게 욕했던 그놈! 검둥이, 너 그래도 자신이 부끄럽지 않느냐. 이놈, 대답을 해봐!"

마침내 나는 이 재보를 운반하는 편이 좋다고 주인과 하인에게 주의해 주었다. 이미 밤도 깊고 날이 새기 전에 몽땅 집으로 갖고 가려면 우리들은 어차피 수고를 해야 했다. 어떻게 하면 좋을까, 그것을 간단하게 말할 수는 없었다. 그래서 궁리하는 데 적지 않은 시간이 지났다. 그만큼 모두가 흐트러진 생각밖에 못했던 것이다. 결국 알맹이의 3분의 2만 꺼내어 궤짝을 가볍게 한 다음 겨우 웅덩이에서 들어낼 수 있었다. 꺼낸 물건은 덤불 속에 감추고 개를 남겨 지키도록 하였다. 주피터는 단단히 개에게 일러 우

리들이 돌아올 때까지 여하한 일이 있어도 자리를 뜨거나 짖어서
는 안 된다고 타일렀다. 그때부터 일동은 귀로에 올라 오전 1시
에 무사히 도착하였는데 도착하기까지는 무척 힘이 들었다. 너무
나 고단하여 다시 일을 계속한다는 것은 도저히 사람으로서 감당
할 수 없는 일이었다. 우리들은 2시까지 쉬고 밤참을 먹었다. 다
먹고 나자 곧 다시 산으로 출발하였는데 이번에는 집 안에 있던
튼튼한 자루 세 개를 갖고 갔다. 4시 좀 못되어 웅덩이에 닿았고
나머지 물건을 골고루 세 사람과 나누고는 웅덩이를 파묻지 않고
그대로 둔 채 다시 오두막집으로 향했다. 집에 도착하여 짐을
풀 때는 새벽 최초의 빛이 동녘 나무끝 너머로 비쳐 물들이고 있
었다.

　우리들은 완전히 녹초가 되었지만 그때의 심한 흥분이 편히 쉬
도록 두지 않았다. 3시간쯤 눈을 붙인둥만둥하다가 마치 약속이
나 한듯이 모두 일어나 재보를 조사하기 시작하였다.

　상자는 가장자리까지 가득 차 있어서 그 속을 조사하는데 그날
종일과 다음날까지 걸렸다. 체계 있게 차곡차곡 정돈된 데는 전
혀 없었다. 몽땅 엉망으로 처넣은 것이었다. 모두 차분하게 골라
내어 보니 첫번에 우리들이 상상하던 것보다도 훨씬 많은 재보를
손에 넣었다는 것을 알았다. 경화(硬貨)가 45만 달러 이상이나
있었다. 이것은 당시의 가격표에 준해서 최대한 낮게 잡은 가격
이었다. 은화는 한 장도 없었다. 모두가 오래된 금화로써 그 종류
도 다양 다종이었다. 프랑스, 스페인, 독일 것 그리고 약간의 영
국 기니 금화, 또 우리들이 전에는 보지도 못한 종류의 경화도 조
금 섞여 있었다. 완전히 닳아서 각인(刻印)도 전혀 읽어 볼 수 없
는, 아주 크고 무거운 것도 몇 개 있었다. 미국의 화폐는 하나도
없었다. 보석류의 가치는 우리들에게 있어서 그 최저 가격을 잡
기가 더욱 곤란했다.

　다이아몬드는—— 그 중에는 무척 크고 훌륭한 것이 있었지

만—— 모두 2개가 있고 작은 것은 하나도 없었다. 그리고 훌륭한 광휘를 지닌 루비가 18개, 어느 것이나 모두 굉장히 아름다운 에메랄드가 310개, 사파이어가 21개, 오팔이 1개. 이들 보석은 모두 그 대(臺)에서 떼어 상자 속에 함부로 집어넣은 것이었다. 다른 황금 속에 끼어 있는 대(臺) 자체는 분별하지 못하게 하기 위함인지 망치로 때려부순 것 같았다. 이러한 것 외에도 많은 양의 순금 장식품이 있었다. 200개 가까운 묵직한 반지와 귀걸이, 호사스런 금줄—— 내 기억이 틀리지 않는다면 이것이 30개 정도—— 퍽 크고 무거운 십자가가 83개, 굉장히 값나가는 금 향로(香爐)가 5개, 아주 큰 금 폰스 그릇이 하나, 여기에는 포도의 잎과 술에 취해 들떠 있는 사람들의 모습이 호사스런 조각으로 되어 있었다. 또한 훌륭하게 부조(浮彫)한 칼자루가 둘, 그 밖에도 기억나지 않는 너저분한 것이 많았다. 이들 귀중품의 중량은 350파운드가 넘었다. 그리고 이 내용 속에, 나는 197개의 금시계를 포함하지 않았지만 그 중에 세 개는 어느 것이고 500달러의 가치는 있었다. 그 시계의 대부분이 아주 옛날 것이어서 기계가 부식(腐蝕)하고 적지 아니 못쓰게 되어 시간을 재는 것으로써는 아무런 가치도 없었다. 그러나 모두 다 좋은 보석으로 장식되어 있었다. 그 날 밤, 우리들은 상자 안의 물건들을 150만 달러로 계산하였지만 그 후 장신구류나 보석(조금은 우리들이 쓰려고 남겨 놓았지만)을 처분하면서 이 재보를 너무 싸게 평가했다는 것을 알았다.

마침내 조사도 끝나고 그때의 심한 흥분도 어느 정도 진정되자 루그란은 내가 이 전연 불가해한 사건의 설명을 무척 듣고 싶어 하는 것을 보고 이 일건에 관하여 일체의 사정을 자세히 얘기해 주었다.

"그 날 밤, 스카라비아스(투구풍뎅이)의 엉터리 스케치를 자네에게 보여 준 기억이 나겠지. 그리고 또 잊지도 않았겠네만 내 그림이 해골과 비슷하다고 자네가 하도 그래서 내가 잔뜩 화를 내지 않았나. 처음에 자네가 그렇게 말했을 때는 나도 자네가 농담으로 말하려니 생각했었네. 하지만 나중에는 그 벌레의 잔등에 색다른 반점을 생각해 보니 자네의 말도 조금은 사실을 근거로 하고 있다고 속으로는 생각했네. 그러나 역시 그림 솜씨를 조롱받으니까 화가 치밀었어. 나로선 그림 솜씨가 제법이라고 자처하거든. 그래, 자네가 그 양피지 조각을 내게 주었을 때 나는 까딱 그것을 구기고 불에 태워 버릴 뻔 하였네."

"자네가 말하는 건 그 종이 쪼가리겠지."

하고 나는 말했다.

"그게 아냐. 그건 꼭 종이처럼 보인거야. 그러니까 처음에 나도 그렇게 생각했었지. 한데 그 위에 그림을 그려 보니까 곧 그것이 극히 엷은 양피지 조각이라는 것을 알았어. 거, 왜 아주 더럽지 않던가. 그런데 내가 그것을 구기고 있을 때 자네가 보았던 그 스케치를 얼핏 보았단 말야. 그리고 내가 투구풍뎅이를 그렸다고 생각되는 바로 그 장소에, 해골 그림이 보였을 때의 나의 놀라움이란 말할 수 없었네. 일순 나는 너무나 어이가 없어서 아무런 생각도 떠오르지 않았던거야. 나로서는 내가 그린 것이 세부에 있어서는 해골과는 아주 다르다는 것을 알지. 하긴 전체의 윤곽으로 말하면 비슷하긴 했었네만. 곧 나는 초를 들고 방 저쪽 구석에 가서 앉아 이 양피지를 자세히 살펴봤네. 그것을 뒤집어 보니까 뒷면에도 내가 그린 스케치가 그대로 있는 거야. 처음에 나는 양쪽 그림의 윤곽이 그야말로 비슷한데 다만 놀랄 뿐이었지. 나는 전혀 모르고 있었는데 양피지 뒷면에, 내가 그린 스카라비아스의 그림 바로 아래에, 두개골의 그림이 버젓이 있고 또한 그 두개골이 윤곽 뿐 아니라 크기도 꼭 내가 그린 것과 똑같다는 신기한 우연의 암합(暗合)에 놀랐던 거야. 아니 정말 이 암합의 불가사의가 한참 동안 나를 아연케 했네. 사실 누구나 이러한 암합에 부닥

치면 그렇게 되는 게 당연하지. 인간의 두뇌는 어떻게든 거기에 하나의 관련을, 원인과 결과의 관련을 시키려 하지만 그게 안 되면 한동안 마비상태에 빠지는 거야. 그러나 이 아연 자실(啞然自失)한 상태에서 깨이자 이 암합보다도 더욱 놀라게 한 것 같은 어떤 확신이 차츰 마음에 싹트기 시작하였네. 그것은 그 스카라비아스를 스케치할 때 그 양피지에는 전연 아무것도 그려져 있지 않았다는 것이 뚜렷이 생각나기 시작하였다는 것일세. 나는 이것으로 의심할 여지조차 없는 확신을 하게 되었지. 왜냐하면 제일 깨끗한 데를 찾으려고 처음에는 겉을, 다음에는 안을 뒤집어 본 것이 생각났기 때문이었네. 만약 그때 두개골이 거기에 그려 있었더라면 보지 않았을 리가 없었지. 이 점에 사실, 나로서는 설명 불가능의 수수께끼가 있었네. 하지만 그때서야 내 두뇌의 가장 깊숙한 한 구석에서 전날 밤의 탐험에 의해서 엄연히 증명된 그 사실, 마치 반딧불처럼 어렴풋이 반짝 스쳐간 느낌이 들었네. 나는 곧 일어서서 양피지를 잘 넣어두고 완전히 나 혼자 있을 때까지는 그 이상 아무것도 생각지 않기로 하였네.

자네가 되돌아 가고 주피터가 깊이 잠든 다음, 나는 더욱 이로정연(理路整然)하게 이 문제의 연구에 달라붙었지. 첫째로 내가 이 양피지를 어떻게 손에 넣었는가 하는 것을 생각했네. 스카라비아스를 발견한 장소는 육지의 해안 섬에서 1마일쯤 동쪽 만조선(滿潮線)에서 얼마 멀지 않은 곳이었어. 벌레를 잡은 순간 나를 꽉 물어뜯어 나는 그것을 놓쳤지. 주피터는 항시의 조심성에서 자기 쪽으로 날아오는 벌레를 잡기 전에 나뭇잎이나 그런 것으로 벌레를 잡으려고 주위를 살핀 거야. 주피터의 눈과 내 눈이 양피지에 멈춘 것은 이 순간이었는데 나는 그때 그것을 한낱 종이 쪼가리로 생각했지. 그것은 모래 속에 파묻혀 한쪽만 삐져나와 있었어. 그것을 발견한 장소 근방에서 범선인 큰 보트 같은 선체의 잔해를 나는 보았네. 그 보트의 잔해는 퍽 오랜동안 거기에 있었던 모양이야. 아무튼 보트의 용재(用材) 같은 것이 겨우 식별될 상태였으니까.

주피터가 양피지를 집어 투구풍뎅이를 거기에 싸서 나에게 주었네. 그리고는 우리들은 곧 귀로에 올랐었는데 그 도중 G 중위를 만난 거야. 벌레를 보여주니 중위는 그것을 요새에 갖고 가게 해 달래. 그러라고 하자 중위는 벌레 싼 양피지를 내게 주고 조끼의 포켓에다 집어 넣었어. 중위가 벌레를 관찰하는 동안 나는 양피지를 줄곧 손에 쥐고 있었지. 아마 중위는 내 마음이 변할까 두려워 물건을 당장 넣어두는 게 제일 현명한 걸로 생각했나 봐. 여하튼 이 사나이로 말하면 적어도 박물학에 관해서는 무엇이든지 우수하니까 말야. 그와 동시에 나도 아무런 생각없이 양피지를 내 호주머니 속으로 넣은 것 같애.

자네도 기억하겠네만 투구풍뎅이를 스케치하려고 내가 테이블 쪽으로 갔을 때 언제나 있던 곳에 종이가 없지 않았겠나. 서랍 속을 들여다보았는데 거기에도 종이는 전혀 보이지 않는 거야. 그래 옛날 편지라도 있을까 하고 호주머니를 뒤졌더니 그때 손이 양피지에 닿았거든. 그 양피지가 어떻게 해서 내 손 안으로 들어왔는가 이렇게 자세히 얘기하는 것도 그 사정이 묘하게 내 마음을 강하게 움직였기 때문일세. 자네는 반드시 나를 공상가라고 생각할 테지만 그러나 말하자면 나는 일종의 사건의 연관성이라는 것을 뚜렷이 해 뒀던 거지. 하나의 커다란 쇠고리 두 개를 연결한 것이 되는 거야. 즉 해안에 보트가 있었다. 그리고 그 보트에서 얼마 멀지 않은 곳에 두개골을 그린 종이 아닌 양피지가 있었다. 물론 자네는 말하겠지, '그게 무슨 연결이 있느냐'고. 그럼 대답해 주지. 두개골, 즉 해골이라는 것은 누구나 알고 있듯이 해적의 표시야. 해적이 일을 할 때는 언제나 해골의 깃발을 내건다는 거야.

그 종이 쪼가리가 실은 양피지 종이는 아니라고 내가 말했지.

양피지는 오래 가는 것, 거의 썩는 일이 없는 것이지. 아무래도 좋다는 것은 좀체로 양피지 같은 데 쓰여지지는 않는 법일세. 왜냐하면 보통 그림이나 글씨를 쓰기 위해서라면 종이만큼 적당한 게 없기 때문이야. 이렇게 생각해 가니까 그 해골에 무언가 의미가 있을 듯이 생각돼. 무언가 이치가 닿을 것 같다는 거야. 그리고 또 양피지의 그 모양도 나는 놓치지 않았지. 네 귀퉁이의 하나가 어쩌다 떨어지긴 했지만 원래의 모양은 장방형이라는 것을 알 수 있었어. 실제로 이것은 무언가 비망록(備忘錄)으로써 적어도 오래 기억해서 소중히 보존해야 할 것을 기록하기 위해 썼을 것 같은 조각이란 말야."

"하지만 말야."

하고 나는 한마디 하였다.

"자네가 투구풍뎅이를 그렸을 때는 양피지에 두개골 그림이 분명히 없었다고 자넨 말했네. 그러면 보트와 두개골 사이에 연관성이 있다고 어떻게 말할 수 있나? 두개골 그림은 자네도 인정하는 것과 같이 자네가 스카라비아스를 스케치한 뒤에(누가 어떻게 그렸는지 그것은 모른다 하더라도) 그려진 게 틀림이 없으니까 말일세."

"바로 그걸세, 거기에 이 일건의 수수께끼가 있는 거야. 단 이 점에서는 비밀을 푸는 데 별로 큰 애를 쓰지는 않았지. 내가 하는 방법이 틀림 없고 그 결과는 오직 하나밖에 없었던 거야. 이런 식으로 추리해 갔어.

내가 스카라비아스의 그림을 그릴 때는 양피지에 두개골이 보이지 않았다. 그리고 난 다음 자네에게 넘겨주고 자네가 되돌려줄 때까지 자네는 자세히 보았다. 그러니까 설마 자네가 두개골을 그렸을 리도 없고 더구나 따로 그것을 그릴 만한 사람도 있지 않았다. 그렇다면 사람의 손으로 그려진 것은 아니다. 그러나 역시 그려진 것은 그려져 있는 것이다.

　여기까지 생각하고 문제로 삼았을 때를 전후해서 일어난 모든 사건을 충분히 명료하게 생각해 내려 하고 또 사실에 있어서 생각해 내었네. 날씨가 차디찼지(아니, 여간해서 없던 일이 묘하게도 일어난 거야!). 그래, 난로에는 불이 뻘겋게 타고 있었지. 나는 운동을 했었으니까 몸이 후끈해서 테이블 곁에 가 앉았네. 그러나 자네는 난로 바로 옆에 의자를 당겨놓고 있었네. 내가 양피지를 넘겨주고 자네가 그것을 바라보는 도중, 뉴펀들랜드의 개 울프가 뛰어들어 자네의 어깨에 뛰어올랐어. 자네는 왼손으로 개를 쓸어주고 쫓고 하면서 양피지를 쥔 바른손 무릎 사이에 더구나 불 옆에 척 늘어뜨리고 있었어. 한때는 그것에 불이 붙을 것 같아 자네에게 주의하려 했지만 내가 말하기 전에 자네는 그것을 잡아당겨 자세히 살폈네. 이런 자잘한 점을 모두 종합해서 생각해 보니, 내가 본 그 두개골의 그림이 양피지 위에 드러나게 된 것은 즉 열 때문이라고밖에 생각되지 않는다는 것일세. 자네도 알다시피 그것을 써서 종이나 피지(皮紙) 위에다 쓰면 불에 달구었을 때만이 문자를 나타나게 하는 화학 약품이 훨씬 옛날부터 있었고 지금도 있잖아. 불순산화(不純酸化) 코발트를 왕수(王水)로 녹여 그것을 4배 무게의 물에 탄 것을 쓰기도 하지. 그때는 녹색으로 나타나 코발트를 알콜에 넣은 초석에 녹힌 것이면 적색으로 나오고. 이러한 색소는 글을 써 넣은 물질이 식으면 늦든 빠르든 지워지지만 열을 가하면 다시 나타난단 말야.

　그래서 나는 그 해골 그림을 세세히 조사해 봤어. 그 바깥쪽 끝께 —— 즉 양피지 가장자리에 가장 가까운 그림 끝께 —— 는 딴 데보다도 훨씬 선명해. 불의 작용이 불완전했다든가 아니면 얼룩이 있었던 게 분명하단 말야. 나는 당장 불을 피워 불에 대어 봤네. 처음에는 두개골의 희미한 선이 뚜렷해질 뿐이야. 한데 끈기 있게 실험을 계속하니까 바로 해골이 그려져 있는 곳과 반대되는 구석에 처음에는 아무래도 염소같이 생각되는 게 보이는 거야.

더욱 자세히 보니 그것은 어쩐지 키드(염소 새끼)를 그린 것으로
납득이 되더군."

"하, 하, 하."

하고 나는 웃었다.

"아니, 정말 나는 자네를 비웃을 권리는 없네. 150만 달러의
돈을 웃어 버리고 말기에는 너무 중대하니까 말야. 하지만 설마
자네도, 자네의 소위 그 쇠사슬에 제3의 고리를 만들 작정은 아
니겠지. 자네가 말하는 해적과 염소는 각별히 이렇다 할 관련을
찾을 게 없을 거야. 왜냐하면 해적과 염소와는 무관계가 아니냐
말야. 염소라면 농사꾼의 영분(領分)이지."

"그러나 그 그림은 확실히 염소는 아니었다고 지금 말하지 않
았나."

"음, 그러면 키드라고 하세. 아무튼 어느 쪽이라도 대체로 같
은 거야."

"그야 대체로는 그렇지. 하지만 아주 똑같은 것은 아냐."

라고 루그란은 말했다.

"자네도 캡틴 키드라는 사나이의 얘기는 다분히 들은 일이 있
을 걸세. 나는 곧 이 동물의 그림을 일종의 말재치의 서명이나 상
형문자의 서명이라고 생각했네. 서명이라고 한 것은 양피지에 그
려져 있는 그 위치가 그러한 생각을 유발시켰던 거야. 같은 이유
로써 그 맞은편 구석에 있는 해골은 인장(印章)같이 생각되었지.
그런데 그의 것 —— 이 정식문서 같은 것의 본문 —— 전후가 연결
될 만한 문장이 일체 아무것도 보이지 않는 데는 나도 퍽 당혹했
네."

"그럼 자네는 인장과 서명 사이에 편지의 문장이 있을 거라고
생각했단 말이지."

"그렇지, 그런 따위야. 한데 실은, 나에게는 무언가 턱없는 행
운이 찾아올 것만 같은 예감이 들어 못 배겼네. 왜 그렇게 느꼈는

가, 그건 모르지. 하지만 결국 실제로 그렇게 믿었다기보다는 그랬으면 싶다고 바랐기 때문이었을 거야. 그러나 저러나 주피터가 그 벌레가 순금으로 되어 있다는 따위의 바보 같은 소리를 한 것이 내 공상을 터무니없이 자극했다는 걸 자네는 아나? 그리고 또 여러 가지 우연과 암합(暗合)이 여러 번 겹쳤다는 사실이야. 그것은 어떻게 보든 예사가 아니거든, 아니 그날에 한한 일인지는 모르지만, 1년 내내 단 하루 불이 필요할 정도로 추웠던 그날에 이러한 사건이 여러 가지로 일어나고, 만약 불을 피우지 않았더라면, 아니 혹은 마침 그때에 개가 뛰어들지 않았더라면 나도 해골 그림을 알지도 못하고 따라서 보물산을 손에 넣지도 못했을 터이지만 이것도 그야말로 우연에 지나지 않는다고 자네는 생각지 않나?"

"아무튼 얘기나 하세. 궁금해 못 견디겠으니까."

"암 좋아. 물론 자네도 세상에 전해 오는 여러 가지 얘기를 들었겠지. 캡틴 키드와 한패들이 대서양 연안 어디다 돈을 파묻었다고 하는, 걷잡을 수 없는 별의별 떠도는 얘기 말야. 이런 소문은 사실에 있어서 무언가 틀림없는 근거가 있는 거야. 이런 소문이 이렇게 오랫동안 계속해서 떠돌고 있다는 것은, 그 파묻힌 보물이 지금도 파묻힌 채로 있기 때문이라고 나는 생각했네. 만일 키드가 그 약탈물을 잠시 감추어 두었다가 나중에 그것을 되찾아 갔다면 소문이 지금처럼 조금도 변함이 없이 그냥 우리들에게 전해지지는 않았을 걸세. 전해 오는 소문이 모두 돈을 찾는 사람들의 얘기뿐이고, 돈을 발견한 사람이 아니라는 것은 자네도 알테지. 해적이 그 돈을 찾아간다면 그것으로써 이 일건은 만사 휴의 었을기야. 나는 이렇게 생각했는네, 어떠한 사고 —— 가령 보물이 있는 곳을 알려 주는 비망록이 없어졌다고 하는 따위 —— 그러한 사고 때문에 키드는 그것을 찾을 수 없게 되고, 이 사고가 그의 부하에 알려진거야. 그런 일이 없었더라면 부하들은 보물이 감춰

져 있다는 것조차 듣지도 못하였을는지 모르지만. 그래서 그 부하들이 어떻게든 그 보물을 찾으려고 애를 썼으나 여하튼 근거가 없으니까 모두 헛수고로 그치고 그들은 지금으로서는 누구나가 알고 있는 소문의 씨를 뿌려서 마침내 그것이 널리 세상에 전해지게 되었다는 거지. 자넨 이 대서양 연안에서 무엇인가 중요한 보물이 발굴되었다는 얘기를 들은 일이 있나?”

“아니, 없는데.”

“하지만 키드가 모은 보물이 막대한 것이라는 것은 잘 알려져 있잖아. 그러니 그것은 아직 흙 속에 남아 있는 채로 있다고 간주하였네. 이렇게 되니까 그거 이상한데, 발견하게 된 양피지는 혹 보물을 감춰 둔 곳에 대한 잃어버린 기록이 적혀 있는 것이나 아닐까, 아니 확실히 그것임에 틀림없다…… 하고, 아무튼 이런 식으로 자네에게 얘기해 봤자, 자네도 이미 별로 놀라지는 않을 걸세.”

“그건 그렇네만, 그 다음 자네는 도대체 어떻게 한건가?”

“나는 불을 더 세게 해서 양피지를 달구어 봤네만 아무것도 나타나지를 않았네. 나는 흙이 양피지의 표면에 묻어 있는 게 실패와 어떤 관련이 있지나 않을까 하고 생각했지. 그래서 더운 물로 양피지를 잘 씻은 다음 두개골의 그림 쪽을 밑으로 해서 주석 냄비에 놓고 석탄불의 부뚜막에 냄비를 걸었네. 몇 분 후 냄비가 뜨겁게 되자 양피지를 떼어 보았는데 뭐라 말할 수 없이 기쁘게 여기저기에 즐비하게 숫자 같은 것이 점점이 나타나 있지 않겠는가. 다시 나는 양피지를 냄비에 놓고 1분 간 더 그대로 둬 두었네. 그리고는 집어보니까 전체가 바로 자네가 지금 보는 그대로 되어 있었어.”

이렇게 말한 루그란은 다시 양피지를 달구어서 그것을 나에게 자세히 보게 하였다. 해골과 염소의 그림 사이에 있는 적색으로 다음과 같은 문자를 대충 읽을 수 있었다.

53‡‡+305))6*;4826)4‡.)4‡);806*;48+8†¶60))85;1‡(;:‡
8+83(88)5+;46(88*96*?;8)*‡(;485);5*+2:‡(;4956*2(5*−4)
8¶8*;4069285);)6+8)+‡‡;1(‡9;48081;8:8‡1;48†85;4)485+
528806*81(‡9;48;(88;4(‡?34;48)4‡;161;188;‡?;

　“그런데 말야.”
하고 양피지를 루그란에게 도로 주면서 나는 말했다.

　“여전히 난 뭐가 뭔지 모르겠는데. 이 수수께끼를 풀면 골콘다
(인도, 하이데라바드의 서북 7마일에 있는 도시) 다이아몬드의 산출
지로써 알려진 고도(古都)의 보석이 그대로 전부 내 것이 된대도
난 틀림없이 그것을 손에 넣을 수 없었을 거네.”

　“하지만 말야.”
하고 루그란은 말했다.

　“처음 얼핏 이 문자를 훑어보고 그것으로써 상상하는 것보다
는 이 해결은 어렵지 않네. 누구든지 알겠지만 이들 문자는 암호
로 되어 있지. 이것은 무언가 어떤 뜻을 전하고 있는 거야. 그것
은 그렇지만 키드에 대해 알려져 있는 것으로 미루어 그에게 그
렇게 난해한 암호문을 꾸밀 만한 능력이 있다고는 생각되지 않았
네.

　나는 곧 이 암호는 단순한 종류의 것으로써, 그러나 배 타는
사람들의 조잡한 머리로는 열쇠가 없으면 절대로 풀지 못한다고
생각될 만한 것이다, 라고 정해 버렸네.”

　“그래, 자네는 정말 그게 풀리던가?”

　“암, 어렵지 않았지. 나는 이것보다 1만 배나 어려운 딴 암호
도 푼 일이 있었네. 환경과 일종의 버릇 탓으로 나는 이러한 수수
께끼에 흥미를 품게 되어 있었던 거야. 그리고 인간의 지혜가 그
만한 노력을 지불하고 풀리지 않는 그러한 수수께끼를, 인간의
지혜로써 꾸며 놓을 수 있을는지 어떤지 크게 의심하는 바네. 사

실 연결이 되어 있는 판독할 만한 문자를 일단 확실하게만 해 두면 그 의미를 밝히는 수고로 나는 거의 골머리를 앓지 않았네.

이 경우, 아니 비밀문이라면 어느 경우이든 우선 첫째로 문제되는 것은 암호가 어느 나라 말인가 하는 거야. 왜냐하면 해독의 원리는 특히 비교적 단순한 암호에 관한 한 특정 국어의 성격에 좌우되는 것이고, 그에 따라 변하는 법이야. 일반적으로 말해서 틀림없는 해결에 도달하기까지는 수수께끼를 풀려고 하는 사람들이 알고 있는 모든 국어를(개연성에 따라) 실험해 볼 수밖에 없지. 그러나 목하 우리들의 암호에 있어서는 서명 덕분으로 모든 곤란이 제거되는 거야. '키드'라는 말은 영어 이외의 국어로는 알 수 없는 것이지. 이러한 사정이 없었더라면 나는 스페인 어 아니면 불어부터 손대지 않으면 안 되었을 걸세. 카리브 해의 해적이 이와 같은 비밀문을 쓰기로 말하면 당연 그러한 국어를 썼을테니까. 한데 이상과 같은 사정에서 나는 이 암호를 영어에 의한 것이라고 상상했네.

자네도 느꼈겠지만 말과 말 사이에 끊어지는 데가 하나도 없지. 끊는 데가 있다면 이 일은 상상외로 쉬워지네. 그런 경우에는 보다 짧은 말을 맞추어 보고 분석하는 데서 나는 시작했어야 했겠지. 그리고 흔히 있는 일이지만(예를 들자면 a라든가 I와 같이) 한 자의 말이 나오면 해결은 이미 보증된 것으로 생각해도 좋았어. 그러나 끊어진 데가 전연 없으니까 내가 우선 제일 먼저 해야 할 것은 가장 많이 나오는 말과 가장 드물게 나오는 말은 무엇인가 확인할 일이었네. 전체를 세워보고 나는 다음과 같은 표를 만들었지."

8	이라는 기호는	33
;	이라는 기호는	26
4	이라는 기호는	19

‡ 이라는 기호는   16
* 이라는 기호는   13
5 이라는 기호는   12
6 이라는 기호는   11
0 이라는 기호는   6
92 이라는 기호는   5
:3 이라는 기호는   4
? 이라는 기호는   3
¶ 이라는 기호는   2
– 이라는 기호는   1

　"그런데 영어에서는, 가장 빈번하게 나오는 문자가 'e'야. 그 다음은 'a, o, i, d, h, n, r, s, t, u, y, c, f, g, l, m, w, b, k, p, q, x, z'의 순으로 계속돼. 그러나 'e'는 매우 특출한 것이라서 어떠한 길이의 문장에도 'e'라는 문자가 제일 많이 나오지 않는 것은 여간해서 볼 수 없다고 하지.

　자, 이것을 첫 시도로써 한낱 추측 이상의 것에 대한 기초가 생긴 셈이야. 표라는 것은 어떠한 경우에도 이용할 수 있다는 것은 말하지 않아도 잘 알려져 있는 것이지. 하지만 이 암호의 경우에 있어서는, 우리들은 극히 부분적으로밖에 그 도움을 필요로 하지 않았네.

　가장 빈번하게 나오는 기호는 '8'이니까 처음에 이것을 보통 알파벳의 'e'라고 가정하세. 이 가정을 확인키 위해 '8'이 두 개로 묶여 자주 나오는가 어떤가 봄세. 왜냐하면 영어에서는 아주 빈번이 'e'가 두 개로 연결되어 쓰이니까. 예를 들면 'meet', 'fleet', 'speed', 'seen', 'been', 'agree'라는 따위의 단어지. 그런데 지금의 경우는 이 암호문 그 자체는 짧은데 그것이 다섯 번씩이나 중복되어 나와.

그러니까 '8'을 'e'로 하기로 하는 거야. 다음 영어의 모든 단어 중에서 제일 잘 나오는 것이 'the'야. 따라서 마지막 자가 '8'이고 같은 순서로 계속되는 세 자가 연거푸 나오는가 안나오는가 살펴보기로 하세. 이런 순서로 배열된 문자가 되풀이 된다면 그것은 10중 8, 9까지 'the'라는 단어를 나타내고 있는 것으로 돼. 그리고 조사해 보니 ';48'이라는 기호로 그러한 배열이 일곱 개까지 발견되었네. 여기서 ;(세미콜론)은 't'를 나타내고 '4'는 'h'를 나타내며 '8'은 'e'를 나타내는 것으로 되었어. 이 마지막의 것은 이제 충분히 확인한 셈이야. 이래서 벌써 해결에의 커다란 일보를 내디딘 것으로 되었네.

그런데 한 단어가 결정되면 우리들은 아주 중요한 점을 뚜렷이 할 수 있어. 즉 딴 단어의 처음과 끝을 얼마만큼은 알게 된다는 거야. 예를 들면 ';48'이라는 결합이 나타난 마지막에서 두 번째를 보기로 하세. 암호문 끝에서 얼마 멀지 않은 곳이야. 그러면 그 바로 뒤에 오는 ';'이 한 단어의 시작이라는 것을 알겠고 또 이 'the'에 계속된 여섯 개의 기호 중 우리들은 다섯 개까지는 알고 있지. 그러니까 모르는 것은 우선 공백으로 해 두기로 하고 이들 기호를 알고 있는 문자로 바꿔 놓아 보세.

    t e e t h

여기서 이 'th'는 't'로 시작되는 단어의 일부분이 아닌 것으로 내버릴 수 있지. 왜냐하면 이 공백에 들어 맞는 문자로써 알파벳의 문자를 전부 넣어 봐도 이 'th'가 일부분이 될 만한 단어는 있을 수 없다는 것은 알 수 있기 때문이야. 이런 이유에서 우리는,

    t e e

로 범위를 좁힐 수 있고 필요하다면 먼젓번 같이 알파벳을 전부 넣어 봐서, 가능한 유일의 단어 'tree'에 도달하게 되네. 이래서 우리는 '('라는 기호로 표시된 것이 'r'이라는 것을 알게 되고 'the tree'라는 단어가 나란히 있다는 것을 알게 되었네.

이러한 단어를 지나서 좀 앞으로 보아 가면 우리들은 또 ‘ ; 48’
의 묶임이 눈에 띄는데 이것을 그 바로 앞에 있는 단어의 끊기에
이용하는 거야. 그러면 다음과 같은 배열이 얻어져.

　　the tree ; 4(‡ ? 34 the

이것을 알고 있는 대로 보통의 문자로 바꿔 놓으면 다음과 같
이 되네.

　　the tree thr ‡ ? 3 h the

한데, 모르는 기호 대신에 공백을 남기든가 점으로 바꿔치면
다음과 같이 되지.

　　the tree thr … h the

이러니 곧 ‘through’라는 단어가 뚜렷해지지 않나. 이 발견에
서 3개의 새로운 문자를 알게 되었네. 즉 각각 ‘‡’, ‘?’, ‘3’의 기
호로 나타낸 ‘o’, ‘u’, ‘g’의 세 문자야.

자, 이 암호문을 자세히 살펴서 이미 알고 있는 기호의 꾸밈을
찾아 보면 처음 가까이에 이런 배열이 발견되지.

　　83 (88 즉, egree

이것은 분명히 ‘degree’라는 단어의 연결로 되어 있으니까 여
기서 ‘ † ’라는 기호로 나타나고 있는 ‘d’라는 문자를 또 하나 알
게 됐네.

이 ‘degree’라는 단어에서 넉 자 앞에 다음과 같은 묶임이 보
이지.

　　;46 (;88*

아는 기호를 번역하고 알지 못하는 것은 먼젓번과 같이 점으로
나타내면 다음과 같이 되네.

　　th · rtee,

이 배열은 곧 ‘thirteen’이라는 단어를 연상케 하고 여기서 또
‘6’과 ‘*’라는 기호로써 나타내는 두 개의 새로운 문자 ‘i’와 ‘n’
을 알게 되었네.

그럼 이번에는 암호문의 처음을 보면,

　　53‡‡+

이라는 묶임이 보이지. 먼저처럼 번역해 보면,

　　· good

라고 되는데 이것은 최초의 문자가 'a'이고, 최초의 두 단어가 'a good'라는 것을 우리들에게 확신케 하네.

혼란을 피하기 위해 이제 아는 데까지의 키를 표 형식으로 정리하는 편이 좋겠지. 그렇게 하면 다음과 같이 되네.

　　5는　　　a를 나타낸다
　　+는　　　d를 나타낸다
　　8은　　　e를 나타낸다
　　3은　　　g를 나타낸다
　　4는　　　h를 나타낸다
　　6은　　　i 를 나타낸다
　　*은　　　n을 나타낸다
　　‡은　　　o를 나타낸다
　　(는　　　r을 나타낸다
　　;은　　　t 를 나타낸다
　　?는　　　u를 나타낸다

이래서 우리들은 가장 중요한 문자 열 개까지는 알게된 것이고, 이 이상 수수께끼 풀이를 일일이 상세히 얘기할 것도 없겠지. 이런 종류의 암호는 간단하게 풀리는 것이라는 것을 자네에게 납득시키고 그 해명의 원리를 어느 정도 자네에게 알리기 위해 나는 이미 충분히 말한 셈이네. 확실히 암호로써는 가장 단순한 종류에 속하는 거야. 자, 이것으로써 그 뒤는 양피지에 쓰여 있는 기호를 전부 완전하게 번역해 보면 되네. 그것은 이렇게 되는 거야.

A good glass in the bishop's hostel in the devil's seat
twenty-one degrees and thirteen minutes northeast and by
north main branch seventh limb east side shoot from the left
eye of the death's-head a bee-line from the tree through the
shot fifty feet out.

　(좋은 안경 주교(主敎)의 여관 악마의 의자에서 21도 13분 북동
미북(微北) 중심의 줄기 제7의 가지(枝) 동쪽 해골의 왼쪽 눈에서
쏘는 비 라인 나무에서 탄환을 지나 50피트 밖으로)

　"하지만……."
하고 나는 말하였다.
　"수수께끼는 변함없이 뭐가 뭔지 알지 못하지 않느냐 말야.
'주교의 여관'이라든가, '악마의 의자'라든가, '해골'이라든가,
이러한 모든 잠꼬대 같은 것에서 도대체 어떠한 의미를 끄집어낼
수 있다는 거야?"
　"그야 물론."
이라고 루그란은 대답하였다.
　"얼핏 본 것으론 아직도 터무니없이 보이겠지. 그러니까 나는
먼저 이 문장을, 암호를 쓴 사람이 생각한 것 같은 보통의 구절로
나누어 보기로 하였네."
　"말하자면 문장에 구두점을 붙인다는 건가?"
　"그런 셈이지."
　"하지만 어떻게 하면 되는 거야?"
　"생각해 보았는데, 해독을 한층 어렵게 하기 위해 앞뒤 없이
말을 쭉 늘어 놓은 것이 필자의 노리는 점이었던가 보네. 한데 그
다지 머리가 예리하지 못한 사람이란 그런 것을 하려는 것이 그

만 지나치게 되는 수가 많지. 문장을 만드는 동안에 당연 멈추는 데나 점이 필요될 만한 문장의 끊는 데 가서, 보통 이상으로 마구 기호를 까다롭게 모아 버리는 거야.

　이 경우, 만약 자네가 이 기록을 보면 몹시 혼돈된 곳을 다섯 군데 발견할 걸세. 이러한 힌트에 근거를 두고 나는 문장을 다음과 같이 끊어 보았네.”

　　A good glass in the Bishop's hostel in the devil's seat—twenty-one degrees and thirteen minutes—northeast and by north—main branch seventh limb east side—shoot from the left eye of the death's-head—a bee-line from the tree through the shot fifty feet out.

　(주교의 여관 악마의 의자에서 좋은 안경——21도 13분——북동 미북——중심의 줄기 제7의 가지 동쪽——해골의 왼쪽 눈에서 쏘는——나무에서 탄환이 지나 50피트 밖으로 비 라인)

　“그런 구절로 나누어 보아도 난 역시 뭐가 뭔지 모르겠는 걸.” 하고 나는 말했다.

　“나 역시 며칠 동안은 몰랐네.”
　루그란이 대답했다.

　“그동안 ‘주교의 호텔’——물론 나는 호스텔(여인숙) 같은 옛말은 그만두기로 했지——이라는 이름으로 통하는 건물이 없을까 하고 사리반 섬 근방을 열심히 찾아 돌아다녔네. 하지만 이것에 대해서 아무런 단서도 잡을 수 없어서 나는 수색의 범위를 넓혀 더 이론 정연한 방법으로 재출발하려던 참인데, 어느 날 아주 갑자기 이런 일이 생각났어. 그것은 ‘비숍(주교)의 여인숙’이라는 것은 섬의 북쪽으로 4마일쯤 되는 곳에 언제부턴지 모르는, 옛적부터 낡은 집을 갖고 있는 베소프라는 이름의 구가(舊家)를 말하는 것이 아닐까 하고 말야. 그래 나는 그 농장으로 가서 그곳 나이 많은 흑인들에게 여러 가지를 물어 본 거야. 마침내 제일 나이 많은 한 여자가 '베소프의 성(城)'이라는 곳을 들은 일이 있다는 것이고 거기라면 안내할 수 있을 것으로 생각되나 그곳은 성도, 여인숙도 아니고 높은 바위라고 하지 않겠나.

수고비는 충분히 내겠다니까 좀 마땅찮은 양 하더니 이 여인은 나와 함께 그곳으로 가주기로 승낙했네. 그다지 힘 안 들이고 그 장소를 조사하기 시작했지. '성'이라고 하는 것은 낭떠러지와 바위가 모여 있는 것이야. 그리고 그 바위 중 하나가 딴 것과 떨어져 있고 어딘지 사람의 손으로 만든 것 같은 모양을 했는데, 그게 꽤 높고 유달리 눈에 띄더군. 나는 그 꼭대기에 올라갔는데, 자 그 다음은 어떻게 하면 좋을는지 아주 막막하기만 했네.

한참 생각에 잠겨 있으려니까 내가 서 있는 꼭대기에서 1야드 쯤 아래로 바위의 동쪽 편이 좁게 불쑥 나온 돌출부가 얼핏 눈에 띄는 거야. 이 돌출부는 18인치쯤 튀어 나오고 폭이 1피트를 넘지 못해. 그리고 그 바로 위의 낭떠러지에 오목 패인 데가 있어서, 우리 조상들이 쓴 등이 오목 패인 의자와 어딘지 비슷한 데가 있단 말야. 이거로군, 그 양피지에 기록되어 있는 '악마의 의자'라는 것이 바로 이것이로군, 하고 나는 확신했네. 이제 이것으로써 그 수수께끼의 비밀은 몽땅 잡은 것 같은 생각이 드는 거야.

'좋은 안경'이라는 것은 망원경이라고 알고 있었지. 왜냐하면 안경이라는 말은 뱃사람들에게는 그 외의 의미로는 좀체로 쓰지 않는 거야.

한데, 내가 곧 안 것은 이곳이야말로 망원경을 쓸 장소로써, 망원경을 써야 할 어떤 변경도 허용치 않는 시점(視點)이야. 그리고 또 '21도 13분'이나 '북동 미북'이라는 것은 망원경의 조준을 정하는 방향을 가리키는 것이다, 라고 나는 주저없이 믿었단 말일세. 이러한 발견으로써 크게 흥분해서 나는 빨리 집으로 돌아가 망원경을 입수하여 다시 바위 있는 데로 돌아갔지.

　바위의 돌출부에 내려가 보니까 어떤 특별한 위치를 정하지 않으면 그 위에 앉을 수 없다는 것을 깨달았네. 이 사실이 내가 미리부터 생각하고 있던 것을 한층 더 확신케 했지. 나는 망원경을 써 보기로 했네. 물론 ‘21도 13분’이라는 것은 지평선 위의 고도(高度)를 말하고 있는 게 틀림없어. 지평선상의 방각(方角)은 ‘북동 미북’이라는 말로 명백하게 나타냈으니까 말일세. 이 ‘북동 미북’이라는 방각은 포키트 자석(磁石)으로 곧 정했지. 그리고는 망원경으로 대충 추량(推量)해서 ‘21도’의 앙각(仰角)을 향해 주의 깊게 상하로 움직여 보니까 저 멀리 주위의 나무들보다 유달리 치솟은 큰 나무의 무성한 잎 사이에 둥그런 공간이 보였네. 그 공간 바로 한가운데에 무언가 하얀 점이 보이는데 그것이 무언지 식별할 수 없었어. 망원경의 초점을 맞추어 다시 한 번 들여다보고 겨우 그것이 사람의 두개골이라는 걸 알았지.

　이 발견으로 나는 완전히 낙관적으로 되어 수수께끼는 이미 풀린 것으로 생각한 거야. ‘중심의 줄기, 제7의 가지, 동쪽’이라는 말은 나무 위에 있는 두개골의 위치를 말한다고밖에 딴 무엇이 없고, ‘해골의 왼쪽 눈에서 쏜’이라는 것은 이 지하의 보물 찾기에 대해서, 말하자면 다만 하나의 해석밖에 내릴 수가 없으니까 말야. 두개골의 왼쪽 눈에서 탄환을 떨어뜨린다는 연구를 한 것이며, 비 라인(벌집에 돌아가는 벌의 진로 같은 직선), 즉 일직선이 줄기의 가장 가까운 점에서 ‘탄환(즉 탄환의 낙하점)’을 지나 그은 그것이 50피트의 거리까지 연장되면 어느 일점이 표시된다. 그리고 그 점 아래에 귀중한 매장물이 감추어 있다는 것은 적어도 있을 수 있는 일이다, 라고 나는 생각한 것일세.”

　“자네의 얘기는 모두가 아주 분명하군.”
하고 나는 말했다.
　“아주 그럴 듯하게 생각되네만, 의외로 간단 명료하네. 그래 자네는 '주교의 여관'을 떠나 그 다음은 어떡했나?"

"그 나무의 방위(方位)를 잘 봐두고는 집으로 돌아가려 했지. 한데 그 '악마의 의자'에서 자리를 뜨자 이내 둥글게 보이던 그 공간이 전혀 보이지 않아. 그리고 아무리 방향을 바꿔 봐도 그 공간은 조금도 보이지 않는 거야. 이 일건(一件) 전체 중에서 무엇보다도 영리하게 생각했다고 나로서 생각되는 것은, 지금 얘기한 둥근 공간이 바위 전면의 좁은 돌출부 이외의 어느 시점에서도 보이지 않는다는 사실(몇 번이건 확인해 보고, 확실히 사실이라고 나는 믿게 된 것이지만)이라는 거야.

이 '주교의 여관'의 탐험에 주피터가 따라갔지. 주피터는 이 수주일 동안 내 얼빠진 것 같은 거동을 물론 눈치채고 나를 혼자 있지 않도록 하려고 각별히 마음 썼던 걸세. 하지만 그 다음날 아침, 나는 아주 일찍 일어나, 용케 주피터의 눈을 속여 빠져 나가서는 그 나무를 찾으러 산으로 떠났네. 무척 고생한 끝에 찾아 냈지. 밤이 되어 집으로 돌아오니까 그 하인이 나를 혼내 주려 하지 않았겠나. 그 후의 모험에 대해서는 자넨 나만큼이나 잘 아는 터지."

"참, 자네가 처음에 봤을 때 말야."
하며 나는 말했다.

"그 바보 같은 주피터가 두개골의 왼쪽 눈이 아니라 오른쪽 눈에서 투구풍뎅이를 떨어뜨렸기 때문에, 장소를 잘못 잡았지."

"그렇지. 이 잘못이 '탄환'의 장소에, 즉 나무에 가장 가까운 말뚝의 위치에서 2인치 반가량 차이를 냈어. 그리고 만약 보물이 '탄환'의 직하(直下)에 있었다고 한다면 그 잘못은 그다지 문제가 안 되었을 테지. 그러나 '탄환'과 나무에서 가장 가까운 점과는 다만 방향의 선을 정하기 위한 두 점에 지나지 않았던 거야. 물론 이 잘못은, 처음에 아무리 사소했던 것이라도, 선을 연장함에 따라 커지고 50피트쯤에 이르러선 완전히 우리들의 예상과는

어긋나게 되는 거야. 보물이 어딘가 이 근방에 정말 파묻혀 있으
리라고 하는, 내 끈덕진 신념이 없었던들 우리들의 수고는 몽땅
수포로 돌아갔을는지도 몰라.”

　“두개골을 쓴다고 하는 따위의 착상, 그 눈에서 탄환을 떨어뜨
린다고 하는 따위의 착상은 키드가 아마도 해적의 깃발에서 생각
해 냈을 거야. 이 불길한 기치(旗幟)에 의해서 자기의 돈을 찾는
다고 하는 것은 키드로서는 반드시 무언가 시적(詩的)으로 척 들
어오듯이 느꼈는가 보지.”

　“아마 그럴 거야. 그러나 난 역시 시적으로 척 들어오는 것 같
은 것이 아니라 상식을 갖고 연구했으리라고 생각하네. ‘악마의
의자’에서 보이기 위해서는 아무리 작더라도 역시 흰 것이 아니
면 안 되었던 거야. 별의별 천후에 시달려도 언제나 하애야 하고
더욱더 희게 되려면 두개골만큼 안성맞춤은 없을 걸세.”

　“한데, 자네의 그 으쓱대는 말투라든가, 투구풍뎅이를 빙빙 내
돌린 거동이라든가, 그것은 퍽 우습던데! 자네가 미쳤다고 밖에
생각되지 않았었네. 그리고 또 두개골에서 탄환을 떨어뜨리는 대
신에 왜 그 벌레를 떨어뜨리려 했던가?”

　“뭐, 솔직하게 말하면, 자네가 나를 미쳤다고 생각하는 바람에
나는 약간 화가 치밀었던 거야. 그래서 약간 까다롭지만 신비하
게끔 내 딴에는 자네를 골려 주려고 한 거야. 그런 까닭에 나는
투구풍뎅이를 휘두르고, 그 벌레를 나무에서 떨어뜨린 걸세. 벌
레를 나무에서 떨어뜨린 것은 그것이 몹시 무겁다고 한 자네의
말에서 생각한 거야.”

　“그렇군, 알았네. 이것으로써 이제 한 가지 석연치 않은 것만
남았어. 그 구덩이 속에서 발견한 해골은, 그건 도대체 어떻게 생
각하면 좋은가?”

　“그건 자네와 같이 나도 풀 수 없는 문제야. 하지만 우물쭈물
그럴듯한 설명을 하는 방법이 하나쯤 있을 듯하네만, 그러나 내

가 말하는 것 같은 잔학한 행위가 실제로 있었다고 생각한다는 건 정말 무서운 일이야. 키드가—— 나는 그게 틀림없으리라 생각하지만, 아무튼 키드가 이 보물을 감추었다 해 두고 말야—— 그것을 파묻을 때 누군가를 거들게 한 것만은 확실할 거야. 그러나 일하는 데 제일 어려운 일을 끝내고 나자, 자기의 비밀을 알고 있는 자는 모두 처치해 버리는 것이 후일을 위해 좋다고 생각했을는지 모르지. 거드는 사람들이 열심히 구덩이 속에서 일하는 동안 한두 번 곡괭이로 들이치기만 하면 그것으로써 일은 끝났을 거야. 그렇지 않으면 열 대쯤 들이쳐야 했을까. 거기까지는 아무도 모르지만 말야."

〈成贊慶　譯〉

E.A. 포우(Edgar Allan Poe, 1809~1849) : 미국의 시인, 소설가. 보스턴 생. 아버지는 방랑 극단의 배우였다. 어릴 때 고아가 되어 리치먼드의 상인 존 앨런 가에서 양육되었다. 일가와 함께 영국에 갔다가 11세 때 귀국. 어린 나이로 친구의 젊은 어머니를 열애하였는데, 그것이 뒤의 유명한 서정시 〈헬렌에게〉의 계기가 되었다. 버지니아 대학에 입학했으나 연인 로이스터와의 약혼이 깨어지고 양부의 송금이 끊어져, 학자금을 마련하기 위해 도박을 일삼았으며 이로 말미암아 큰 빚을 지게 되고, 마침내 퇴학당했다. 양부와 크게 다툰 끝에 보스턴으로 갔으며 그곳에서 처녀 시집《티무르, 기타》를 익명으로 자비 출판. 제2시집인《알 아라프, 티무르》와 제3시집《시집》을 출간했으나 별 반응을 얻지 못하다가, 단편소설〈병 속의 수기〉가 현상공모에 당선되어 유명해졌다. 13세밖에 안 된 사촌동생 클렘과 결혼. 이 직후 창작에서 가장 왕성한 활동을 보여〈리지아〉, 〈어셔 가의 몰락〉 등의 수작을 포함한 최초의 단편집《그로테스크하고 아라베스크한 이야기》를 출판했다. 또〈모르그 가의 살인사건〉, 〈황금충〉을 쓰고, 〈검은 고양이〉 등을 포함한 소설집《이야기》를 출판하였다. 대표적인 시인〈까마귀〉도 이때 발표했다. 그러나 아내의 죽음과 아편 복용 등으로 간강이 나빠진 상태에서 절창의 시〈종〉, 〈애너벨 리〉 등을 쓴 후, 여행 도중 거리에서 사망했다. 그는 문학의 목적이 도덕, 교훈 등의 공리성에 있지 않고 미의 창조에 있으며 그 미는 단일적인 주제로 창조되어야 한다고 보아, 단시와 단편 형식을 주장했다.

줄 거 리

살리반 섬에 살고 있는 '나'의 친구 루그란은, 마치 순금으로 만들어진 듯한 회귀한 곤충을 발견한 후부터 괴상한 계산에 몰두하는가 하면 해적의 보물을 찾겠다고 말하는 등 이상한 행동을 보인다. 그러나 어느 날 그가 이끄는데로 보물이 있다는 곳으로 함께 간 '나'는 뜻밖에도, 루그란의 말대로 엄청난 것을 발견한다. 루그란의 설명으로는 황금충을 싸기 위해 주웠던 종이쪽지가 보물을 숨겨놓은 장소를 가리키는 암호문이었다는 것이며, 논리적으로 그 암호를 해독해내 해적의 보물을 찾아내기에 이르렀다는 것이었다.

작품 해설

E.A. 포우는〈모르그 가의 살인사건〉, 〈검은 고양이〉 등 추리소설이나 괴기소설의 창작에도 상당한 재능을 보인 작가이다. 여기 실린〈황금충〉 역시 추리소설의 계보에 속한다. 그러나〈모르그 가의 살인사건〉이 추리소설이면서도 괴기·음울·불안의 기묘한 분위기를 풍기고 있는 것과는 달리, 〈황금충〉은 말 그대로 '사물의 이치를 추론'하는 추리(推理) 소설로서의 특징을 두드러지게 보여주는 작품이다.

이 소설에서 핵을 이루는 것은 암호의 해독과정이다. 해적선장 키드의 보

물이 숨겨져 있는 장소를 가리키는 암호문은 알파벳을 대치하는 다양한 부호
들의 조합으로 이루어져 있으며, 그것을 풀면 다시 보물을 찾는 방법에 대한
비유적인 설명이 나온다. 〈황금충〉의 중심인물인 루그란은 이 암호를 차근차
근 풀어나간다. 괴팍한 성격이지만 치밀한 두뇌의 소유자인 루그란에게 있어
서는 '암호'란 논리적으로 생각하면 풀 수 있는 어떤 것이다. 모든 사태에 있
어서, 가능한 합리적인 해답은 하나밖에 없는 것이다. 이런 사고야말로 추리
소설의 기반을 이루는 사고이거니와, 포우는 〈모르그 가의 살인사건〉에서 사
소한 동작의 연결을 관찰함으로써 사고의 추이를 짐작하는 탐정의 상(像)까
지 보여준 일이 있다. 이렇듯 추리소설은, 흔히 대중적이고 다소 과장된 방식
으로, 논리적 이성에 대한 강한 믿음을 표시한다. 때문에 추리소설이라는 장
르는 세계에 대한 합리적 인식이 강조된 근대 이후에 와서야 비로소 생겨났
던 것이다(〈모르그 가의 살인사건〉은 일반적으로 최초의 추리소설이라고 평
가된다). 포우의 추리소설에서도 이런 특징은 두드러지게 드러나고 있다.
　다시 〈황금충〉으로 돌아가 생각해 보자. '보물 찾기'라는 형식을 띠고 있
기는 하지만, 이 소설의 중심이 되고 있는 것은 보물을 찾는 과정에서의 모험
이 아니다. 예컨대 R. 스티븐슨의 〈보물섬〉에서는 박진감 넘치는 사건들의
연속으로 묘사된 '보물 찾기 과정'이, 〈황금충〉에서는 책상머리에서 암호풀
이에 골몰하는 과정으로 바뀐다. 논리적 사고에 의한 암호풀이는 이 작품에
서 가장 중요한 위치를 차지하고 있으며, 이에 비한다면 보물의 막대한 가치
조차 부수적인 것에 불과하다. 해적의 막대한 보물은 암호문을 발견하는 계
기를 만들어 준 '황금충'으로 상징되는 데 그치고 있다가, '보물 찾기' 과정의
마지막에서야 언뜻 모습을 드러낸다. 루그란이 착란적으로 보이는 행태까지
한 것이 보물 때문이었음을 화자가 알게 된 것은 보물을 발견한 후의 일이며,
그 이전까지 작품을 지배하는 것은 황금충의 이미지이다. 온몸이 황금으로
이루어진 듯 빛나고, 무게 또한 묵직한 이 곤충은 암호문이 적힌 종이를 발견
하게 해준 계기이고(루그란은 황금충을 집을 종이를 찾다가 암호문이 적힌
종이를 줍는다), 그 종이에 암호문이 있음을 알려준 계기이며(루그란은 화자
에게 황금충의 모양을 그려 설명하려다가 불에 쬐면 나타나는 암호문을 발견
하게 된다), 보물을 찾기 위한 작업에 동원된 도구이기도 하고(루그란은 보
물이 묻혀있는 위치를 알아내기 위한 추로 황금충을 쓴다), 무엇보다 보물의
막대한 가치를 상징한다. 이처럼 황금충은 우연의 중첩으로 이루어져 있는
'보물 찾기'의 과정에 통일적인 이미지를 부여한다. 루그란의 행동의 의미를
화자가 이해하지 못했던 전반부의 내용은 이렇게 황금충의 이미지 속에 융해
되어 버리고 만다. 즉 보물에 대한 욕심, 보물을 찾아 헤매는 과정에서 겪은
사건들은 '황금충'의 이미지로 표상되고 마는 것이다. 그런가 하면 보물을 찾
은 후의 회상기인 후반부는 암호해독 과정에 대한 설명으로만 일관되고 있으
므로, 결국 이 작품은 '황금충'과 '암호풀이'라는 두 축을 버팀대로 하고 있
다고 말할 수 있겠다. 작품의 통일된 인상을 형성하는 제재와 논리적 인성

에 대한 믿음이라는 두 가지 요소가 작품의 기둥이 되고 있는 것이다.

문 제
1. 이 소설에서 '황금충'이라는 표제가 어떤 의미를 가지고 있는가?
2. 추리소설의 특징은 무엇이고, 소설에서 우연이 갖는 의미는 무엇인가?

해 답
1. 황금으로 만든 벌레와 같이 인간의 무한한 욕구를 암시하고 있다.
2. 숨기고 보여주면서 문제의 초점을 해결하는 소설. 소설에서의 우연은 전혀 무관한 것이 아니고 그만한 동기가 부여되어 나타날 수 있는 현상. 황금충을 집었던 종이가 귀중한 암호문이라는 것도 우연이 나타내는 현상이다.

마크하임

☞ 읽기 전에

> 1. 인간의 내부에 존재하는 '선／악'의 양면성에 대한 이해를 가지고 이 소
>   설을 읽어 보자.
> 2. 같은 작가의 〈지킬 박사와 하이드 씨〉를 읽고, 이 작품과의 공통점과 차
>   이점에 대해 생각해 보자.
> 3. 이 작품은 크리스마스 날 벌어진 사건을 그 내용으로 하고 있다. 여기서
>   '크리스마스 날'이라는 시간적 배경이 가지는 상징적 의미는 무엇인지
>   생각해 보자.

"예……."

상인은 말하였다.

"저희들의 예기치 않은 벌이로는 여러 가지가 있습니다. 어떤
손님은 골동품에 대해서 아무것도 모릅니다. 그런 때는 지금까
지 모아 둔 여러 가지 지식으로 벌구요. 어느 분은 정직하지 못합
니다."

상인은 잠시 말을 멈추고 촛불을 들었으므로 그 빛은 방문객을
강하게 비쳤다.

"그런 경우는……."

상인은 말을 이었다.

"당당하게 벌어들이죠."

마크하임은 햇빛이 밝은 밖에서 막 들어온 참이라, 밝음과 어둠이 뒤섞인 상점 안을 잘 분간할 수 없었다. 그리고 이와 같은 신랄한 말을 들으면서 촛불 바로 곁에 있던 그는 괴로운 듯이 눈을 깜박대며 시선을 돌렸다.

상인은 싱글싱글 웃었다.

"당신이 오신 오늘은 크리스마스입니다. 오늘은 내가 집에 혼자 있어서 가게는 닫고 장사는 거절하는 줄 당신도 아실 겁니다. 그러니까 그 돈을 받겠습니다. 장부 결산을 하는 데 빼앗기는 시간도 돈으로 받아야겠어요. 그리고 또 오늘 좀 이상한 것이 확실한데 그 돈도 받겠습니다. 나는 사려 분별(思慮分別)의 덩어리 같은 사람이니까 실례되는 것은 묻지 않겠습니다만, 손님께서 제 얼굴을 보시지 못하게 될 때에는 그 돈도 받아야겠습니다."

상인은 재차 싱글싱글 웃었으나 곧 여느 때의 사무적인 말투로 돌아갔다.

"어떻게 해서 그 물건을 손에 넣으셨는지 요전같이 얘기해 줄 수 없으신지."

그는 말을 계속하였다.

"이번에도 숙부님의 진열장에서인가요. 정말 숙부님은 굉장한 수집가이시군요."

이 몸집이 작고 안색이 좋지 않은, 밋밋한 어깨의 상인은 거의 뒤꿈치를 들고 서 있다고 하여도 과언이 아니었다. 그는 멋진 금테 안경 너머로 마크하임을 보면서 어쩐지 신용할 수 없다는 듯이 끄떡거리는 것이었다. 마크하임도 상인을 뚫어지게 보았다. 알 수 없는 연민과 일말의 공포를 느끼면서.

"이번만은……."

그는 말하였다.

"당신은 잘못 생각했습니다. 오늘은 팔러온 것이 아니라 사러 왔습니다. 이젠 팔아먹을 골동품은 하나도 없으니까요. 숙부의 진열장은 이미 비었습니다. 하지만 지금 원상태대로 골동품이 있다고 하더라도 나는 증권 거래소에서 벌었으니까 진열장의 골동품을 늘였으면 늘였지 줄게 하지는 않지요. 그건 그렇고, 오늘 용건은 지극히 간단한 것입니다. 어느 여성에게 보내는 크리스마스 선물을 찾고 있습니다."

그는 이미 준비해 온 애기를 끌어들임에 따라 전보다는 웅변이 되었다.

"사실, 이런 사소한 것으로 당신을 괴롭혀 미안합니다. 어제 준비 했어야 하는데 게을러서요. 오늘 정찬 때는 조그마한 선물이라도 보내지 않으면 안 되겠어요. 잘아시겠지만 부자와의 결혼인데 그대로 내버려 둘 수 없잖아요."

한동안 침묵이 흘렀다. 그 사이에 상인은 의심스러운 듯이 그의 애기를 반추(反芻)하고 있는 것 같았다. 상점의 잡동사니 골동품 속에 끼여 있는 숱한 시계의 재깍재깍하는 소리와 가까운 거리를 달리는 마차의 소리가 그 침묵의 시간을 메꾸는 것이었다.

"그래요?"

상인은 말하였다.

"좋은 말씀이시군. 아무튼 당신은 내 오래된 단골이시지. 당신 말대로 훌륭한 결혼을 하실 기회라면 방해해서야 되겠습니까. 여기, 여자 분들이 좋아할 만한 것이 있습니다."

그는 말을 계속하였다.

"이 손거울입니다. 15세기 것으로써 보증이 붙은 아주 희한한 컬렉션 속에 들어 있는 거죠. 그 손님을 위해 이름은 말씀드리지 못하겠습니다만. 그 분도 당신같이 굉장한 수집가의 조카님인데 외아들이랍니다."

상인은 무뚝뚝하고 신랄한 말투로 거리낌없이 지껄이면서 손거울을 집으려 몸을 굽혔다. 그것을 본 마크하임은 차디찬 것이 온몸에 침투되는 것 같은 것을 느꼈다. 갑자기 얼키고 설키는 별의별 생각이 얼굴에 떠올랐다. 그것은 엄습해 올 때와 마찬가지로 재빨리 지나가 버렸다. 그리고 지금 거울을 받아 쥔 손이 약간 떨리는 외에 아무런 자취도 남기지 않았다.

"거울."

그는 목쉰 소리로 말하였다. 그렇게 말하고는 약간 말이 띄엄띄엄 끊겼으나 다시 더 분명하게 되풀이하였다.

"거울이라고요? 크리스마스를 위한? 당치 않지."

"왜 안 되죠?"

상인의 언성이 컸다.

"왜 거울이 안 되나요."

마크하임은 뭐라고 말할 수 없는 표정으로 상인을 응시하였다.

"왜 안 되느냐 이 말씀이군요."

그는 말하였다.

"이건 이건……. 그럼, 거울 속을 들여다보세요. 거울 속에 비친 당신의 모습을. 당신은 그것이 보고 싶으신가요. 보고 싶지 않으시죠. 나 역시. 누구라도 보고 싶은 사람은 없습니다."

작은 몸집의 사나이는 돌연 마크하임이 거울을 눈앞에 들이대는 통에 뒤로 물러섰다. 그러나 보아하니 그 이상의 나쁜 일은 일어날 것 같지 않아 곧 싱글싱글 웃었다.

"당신의 미래 아내는 그다지 예쁘지 않으신 모양이군."

그는 말하였다.

"난."

마크하임이 말하였다.

"크리스마스 선물을 주십사 말했오. 한데 당신은 이런 것을 내놓다니. 옛날 일을, 범죄와 방탕을 회상케 하는 이런 저주스런 것을 내놓았구려. 이런 양심의 손거울이 될 것을! 고의로 했지요?

무슨 수작을 꾸미는 거요? 말해 보시오. 말하는 게 좋을 거요. 어서 당신의 속마음을 말해 주시오. 당신은 실은 깊은 연민의 마음을 가진 사람이 아닙니까, 그렇지요."

상인은 말똥말똥 상대방을 보았다. 그것은 참으로 우스운 것이었다. 마크하임의 얼굴에는 웃는 빛이 없는 것 같았다. 그 얼굴은 강렬한 희망이 비쳤지만 즐거운 표정은 아니었다.

"당신은 어쩌자는 겁니까?"

상인이 물었다.

"당신은 연민의 마음이 없습니까?"

마크하임의 답변은 음울한 것이었다.

"연민의 마음도 없고, 경건함도 없고, 진심도 없으며, 사람을 사랑하지도 않으려니와 사람으로부터 사랑 받지도 않습니까. 돈을 받는 손, 돈을 넣어 두는 금고, 다만 그뿐인가요. 아아, 그뿐인가요."

"아무튼 말 좀 들으시오."

약간 날카로운 말씨로 상인은 말하였으나, 갑자기 말을 끊고 다시 킥킥 웃기 시작하였다.

"하지만 당신으로 말하면, 연애 결혼이라는 것이겠군요. 그리고 당신은 그 여자의 건강을 위해 축배를 들고 왔군요."

"그래요!"

마크하임은 기묘한 호기심을 보이면서 소리를 질렀다.

"그러시군요. 연애를 한 적이 있으세요? 그 얘기를 좀 하시죠."

"내가."

상인이 말하였다.

"내가 연애를 했다니! 그런 시시한 짓을 할 시간이 어딨어요. 이전에도 없었고 지금도 없지요. 그런데 이 거울 갖고 가시겠습니까?"

"그리 바삐 서둘 건 없습니다."

마크하임이 대답하였다.

"여기 서서 얘기하는 게 즐겁군요. 인생이란 짧고 불안정한 것이니까 즐거움을 빨리 끝내고 싶지 않습니다. 정말 이런 조그마한 즐거움이라도요. 절벽에 매달린 사람처럼 손에 잡히는 것은 아무리 작은 것이라도 꽉 쥐고 있어야만 되지요. 만일 당신이 그런 것을 생각한다면 1초 1초가 절벽으로 생각될 겁니다. 높이가 1마일이나 되는 절벽, 만일 떨어지기라도 하면 콩가루같이 되어 사람의 흔적조차 찾지 못할 높이입니다. 그러니까 즐겁게 얘기하고 있는 것이 가장 좋습니다. 자, 얘기나 합시다. 우리는 왜 이런 가면을 쓰고 있지요? 탁, 터 놓고 얘기합시다. 우리들도 친구가 될 수 있을지 모르죠."

"당신한테 한 말씀만 드리죠."

상인이 말하였다.

"사실 것인가, 아니면 나가 주실텐가."

"옳은 말씀입니다."

마크하임은 말하였다.

"쓸데없는 잔소릴 했군요. 그럼 장사 얘깁니다만 딴 것은 볼 수 없습니까."

상인은 다시 몸을 굽혔다. 이번에는 선반 위에 손거울을 제자리에 갖다 놓는 것이었다. 그의 엷은 금발은 눈 위에 늘어져 있었다. 외투 주머니에 한 손을 넣고 마크하임은 약간 가까이 갔다. 그는 몸을 젖히면서 깊이 숨을 들이마셨다. 그 때 한꺼번에 여러 감정이 그의 얼굴에 나타났다. 공포, 전율, 결의, 황홀, 육체적 반발, 그리고 초조, 꼭 다문 그의 윗입술에서 이가 드러났다.

"아마, 이거라면 마음에 드실 겁니다."

상인이 말하였다. 이렇게 말하면서 다시 몸을 일으켜 세우려 할때 마크하임은 등 뒤에서 급습하였다. 긴 대꼬치 같은 단도가 번쩍이며 아래로 떨어졌다. 상인은 선반에 관자놀이를 부딪치고 암탉처럼 꿈틀거리다가 이어 마루 위에 풀썩 쓰러지고 말았다.

그 때, 스무 개 가량의 시계가 가게 안에 있었다. 어떤 것은 노령에 어울리는 위엄을 지닌 육중한 소리를 내고, 어떤 것은 바삐 지저귀는 것 같은 소리를 내었다. 이들 소리는 각각 재깍재깍 시간을 제끼고 있었지만, 그것은 마치 여러 가지 재깍재깍하는 소리가 뒤섞인 합창 같았다. 그 때, 도로 위를 후다닥 뛰어오는 한 젊은이의 발자국 소리가 돌연 이 작은 소리 속에 들려와서 마크하임은 섬칫하고 비로소 주위의 정황에 정신을 차렸다. 그는 공포에 휩싸여 주위를 둘러보았다. 초가 계산대 위에 있고 불빛이 샛바람에 하늘하늘 흔들리고 있었다. 이 하찮은 불빛의 흔들림으로 인해 방 전체가 소리없는 고요로 꽉 차고 바다같이 연신 흔들렸다. 키가 큰 그림자는 흔들리며, 큰 얼룩 같은 검은 그림자는 마치 숨이라도 쉬듯이 불룩 커졌다가 오므라 들었다. 초상화의 얼굴, 도기(陶器)로 된 제신(諸神) 상(像)이 물에 비친 그림자와 같이 모양을 바꾸면서 동요하였다. 안쪽 문이 반쯤 열려, 방향을 가리키는 손가락처럼 가늘게 뻗은 햇빛과 함께 그늘에 싸인 방 안을 들여다 보고 있었다.

이같이 공포에 싸여 흔들리고 있는 속에서 그는 자기가 죽인 사나이의 시체에 눈을 돌렸다. 그 시체는 허리를 구부리고 보기 흉하게 손발을 뻗은 채 쓰러져 있었지만 그렇게 작게 보일 수가 없고 살았을 때와 비교해서 너무나 초라하였다. 초라한 옷을 입고 이렇게 흉한 꼴로 뻗은 상인은 마치 나무토막 같았다. 그는 그것을 보기가 무서웠다. 그러나 어떤가, 그것은 아무것도 아니었다.

이 시체는 여기에 누워 있지 않으면 안 된다. 교묘하게 만들어진 경첩이라고 할 수 있는 관절을 움직인다거나 몸을 움직인다고 하는 놀라운 짓은 조금도 못할 것이다. 이것은 발견될 때까지 여기에 누워있지 않으면 안 된다. 발견된다! 그렇겠지. 그리고 그 다음은, 그것은 온 영국을 울릴 만한 소리를 지르고 그 소문은 자꾸자꾸 퍼져 가겠지. 그렇다, 죽었든 살았든 이것은 역시 적이다. '옛날에는 뇌장(腦漿)이 흘러나오면 사람은 죽고 모든 것은 끝났는데' 그는 생각하였다. 그러자 그 때 최초의 말이 다시 그의 머리에 떠올랐다. 때[時], 이미 일은 끝난 것이다. 때, 피해자로서는 끝나 버리고 만 때가 살해자에 대해서는 절박하고 중대한 것으로 되었다.

이러한 생각이 아직 그의 마음속에 있을 때 연이어 갖가지 보조(步調)와 소리 —— 어떤 것은 대성당의 조그마한 탑에서 울리는 종소리같이 장중하고, 어떤 것은 최고음인 왈츠의 전주곡 같았다 —— 에 섞여 시계가 오후 3시를 치기 시작하였다.

이 조용한 방 안에서 그토록 많은 것이 갑자기 소리를 냈으므로 그의 마음은 동요하였다. 그러나 그는 요동하는 그림자에 둘러싸인 채 초를 들고 용기를 내어 여기저기 걷기 시작하였다. 그리고 이따금 그림자를 보고는 간이 콩알만해지는 것을 의식하였다.

많은 값진 거울 —— 어느 것은 영국 제(製), 어느 것은 베니스, 어느 것은 암스테르담 제였지만 —— 속에 마치 간첩의 한 무리같이 숱하게 비친 자기의 얼굴을 보았다. 그의 눈은 거울 속에 비친 자기 자신의 눈과 마주치고 거울 속에서 자신을 보았다. 그는 발자국 소리를 죽이면서 걷고 있었으나 그의 발자국 소리는 주위의 정적을 깨뜨리고 있었다. 그리고 자기 주머니 속에 가득 집어 넣으면서 그 계획의 무수한 결함을 되풀이하며 괴로워하고 자책하고 있었다. 더 조용한 시간을 택했어야 했다. 알리바이를 준비했어야 했다. 단도를 쓸 일이 아니었다. 더 용의주도하게 해서 상인을 묶은 다음 입마개를 채우고 죽였더라면 좋았다. 더 대담하게 행동하고 하인도 죽였어야 했다. 처음서부터 끝까지 이렇게 할 것이 아니었다. 심한 회한이 그를 엄습했다. 이미 바꿀 수 없는 일을 바꾸고, 이제는 아무런 소용도 없을 계획을 세우며 되돌아갈 수 없는 과거를 쌓으려고 끊임없이 진력나는 심로(心勞)를 되풀이하는 것이었다. 한편 이러한 마음의 움직임 이면에는, 인기척 없는 지붕을 뛰어 돌아다니는 쥐같이, 광포한 공포가 그의 뇌리를 소란스레 꽉 차고 있었다. 경찰의 손이 그의 등덜미에 덥썩 엎히겠지. 그의 신경은 낚시에 걸린 고기같이 경련할 것이다. 그는 또 피고석, 감옥, 교수대, 검은 보를 씌운 관, 그러한 것이 열을 지어 지나가는 것을 보았다.

공포에 휩싸인 통행인들의 모습이 포위하려는 군대처럼 그의 마음에 나타났다. 이 격투의 소란이 사람들에게 전달되고 그들의 호기심을 끌지 않을 리가 없다고 그는 생각하였다. 지금 근방의 집집에서 사람들은 귀를 기울이고 잠자코 앉아 있을 것이다. 한갓 과거를 회상하며 크리스마스를 지낼 운명을 가진 고독한 사람들, 그리고 그 그리운 회상에서 얼핏 제 정신으로 돌아온 사람들, 어머니는 아직 손가락을 든 채 놀라서 갑자기 식탁 둘레에서 입을 다물어 버린 행복한 가족의 모임. 온갖 계급, 온갖 연령, 온갖 성질의 사람들은 난롯가에 앉아 속을 꿰뚫을 눈초리로 보고, 귀를 기울이면서 그의 목을 맬 줄을 꼬고 있는 것이다.

때로는 그가 아무리 조용히 걸어도 소리가 나는 것 같았다. 보헤미아 제의 높은 대(臺)가 달린 잔[杯]이 종처럼 커다란 소리를 내었다. 그는 또 시계의 재깍재깍하는 소리가 큰 데 놀라 시계를 멈추게 할까 하는 생각도 하였다. 그러나 그의 공포는 다시 재빨리 바뀌어 가게 안에 잠긴 침묵조차 위험을 불러일으킬 근원이며 거리를 지나가는 사람의 주의를 끌어 간을 서늘케 하지나 않을까 하는 생각이 들었다. 그는 더 대담하게 걷고 가게 안에 있는 물건 사이를 큰 소리를 질러 떠들며 돌아다니고 허세를 부려 자기 집 안에서 바쁘게 일하는 체 할까 하는 생각도 하였다.

그러나 그는 별의별 놀라움에 혼비 백산하였으므로, 마음 한구석에서는 아직도 치밀하게 교활했음에도 불구하고, 나머지 부분은 공포에 휩쓸려 미칠 지경이었다. 그 중에도 특히 하나의 망상이, 망상을 받아들이기 쉬운 그의 마음에 짓궂게 붙어 떨어질 줄을 몰랐다. 시퍼런 얼굴을 하고 창 옆에서 귀를 기울이고 있는 근방의 사람들, 무서운 추측에서 발을 멈추는 거리의 통행인, 이들은 최악의 경우에는 의심을 품을 것이다. 하지만 알 수는 없다. 벽돌 벽과 덧문을 내린 창을 지날 수 있는 것은 다만 소리뿐이다. 한데 이 집 안에 있는 것은 그 혼자일까. 그는 자기 혼자만이라는 것을 알고 있었다. 초라한 나들이 옷을 입고, 리본에도 미소에도 크리스마스로 여가가 생겼다고 하는 기쁨을 엿보이면서 하인이 연인을 만나러 나간 것을 그는 목격했던 것이다. 그렇다. 말할 나위 없이 이 집에는 그 혼자였다. 그런데 웬일일까, 그는 그를 뒤덮은 휑뎅그렁하니 거대한 집 안에서 확실히 가느다란 발자국 소리가 들리는 것이었다. 그는 분명히 뭐가 있다는 것을 알았다. 이유는 설명할 수 없었지만. 그의 상상은 이 집의 방에서 방으로 구석에서 구석으로 쫓는 것이었다. 그것은 얼굴이 없었다. 그러나 사물을 보는 눈을 갖고 있었다. 그런가 하면 그것은 자신의 그림자였다. 그러자 다시 교활함과 증오를 품은 상인의 모습이 눈에 떠올랐다.

때때로 비상한 노력으로 아직 그의 눈을 돌리지 못하게 하는 열린 문에 힐끔 시선을 돌렸다. 집은 높고 창문은 작고 더러웠다. 그리고 바깥은 안개로 인해 어두웠다. 아래층으로 새어 오는 빛은 극히 희미하고 가게 입구를 뿌옇게 비칠 뿐이었다. 한데 그 희미한 빛의 가느다란 줄기 속에 하나의 그림자가 흔들리면서 걸려 있지 않은가.

돌연, 바깥 거리에서 매우 경쾌한 신사 하나가 지팡이로 가게의 문을 두드리기 시작하였다. 연이어 흔히 이름을 부르면서 사람을 찾아올 때와 같이, 외치는 소리와 조소하는 소리가 계속해서 일어났다.

　마크하임은 갑자기 오싹해지면서 죽은 사나이의 몸을 힐끔 쳐다보았다. 그러나 아무런 일도 없었다. 그 시체는 조금도 움직이지 않고 누워 있는 그대로였다.

　그 시체는 문을 두드리는 소리도, 외치는 소리도 들리지 않을 먼 곳에 가 버린 것이다. 그것은 침묵의 바다 밑으로 가라앉았다. 전에는 폭풍의 부르짖음 이상으로 그의 주의를 끈 이 사나이의 이름도 이제는 무의미한 울림을 가질 뿐이었다. 이윽고 경쾌한 신사도 문 두드리는 것을 그만두고 가 버렸다.

　하지 않으면 안 될 나머지 일을 급히 하고, 자기를 비난하는 것 같이 생각되는 이 지역에서 물러나, 런던의 군중이라는 목욕탕 속으로 뛰어들어, 저녁에는 안전하고 겉으로 보아 결백하게 보이는 안식처, 즉 자기의 잠자리에 돌아가야 한다. 그러한 뚜렷한 암시를 그는 지금 느낀 것이었다. 방금 한 사람의 손님이 있었다. 언제 어느 때 딴 손님이 나타나서 방금 온 손님보다도 더 오래 가지 않을는지 모른다. 살인이라는 행위를 하고도 쥘 돈은 아직 쥐지 못했다는 것은 가장 시시껄렁한 실패였다. 돈, 그것이 지금 마크하임의 관심사였다.

　그는 어깨 너머로 열린 문을 보았다. 그곳에는 아직도 예의 그림자가 흔들리며 서 있었다. 별로 의식적으로 혐오를 느끼지는 않았으나 그는 피해자의 시체에 가까이 갔을 때 뱃속이 떨리는 것을 느꼈다. 산 사람의 특징은 하나도 남아 있지 않았다. 반쯤 속을 넣어 입힌 한 벌의 양복처럼 손발이 바닥에 척 늘어져 있고 동체(胴體)는 둘로 꺾여 있었다. 그러나 그 시체는 그를 가까이 오지 못하게 하였다. 다만 보고 있는 것으로는 몹시 불결하고 하찮은 것 같았지만 만져보면 더욱 중대한 것으로 될는지 모르는 두려움이 있었다.

　그는 시체의 어깨를 쥐고 천장을 향하게 움직였다. 그것은 묘하게 가볍고 부드러웠다. 그리고 부러져 있는 것같이 보이는 손발이 기묘한 모양으로 보였다.

얼굴은 모든 표정을 잃고 있었다. 납처럼 새파랗고 한쪽 관자놀이는 피로 몹시 더럽혀져 있었다. 그것은 마크하임으로서는 불유쾌한 것이었다. 어느 어촌(漁村)의 장날을 생각케 하였기 때문이었다. 날씨가 흐린 날이었다. 바람이 불고, 거리에는 사람들이 들끓고, 취주악기(吹奏樂器)소리가 울리고 북소리가 나며 노랫가락이 코멘 소리로 들렸다. 한 소년이 군중 틈에 끼어 흥미와 두려움에 뒤섞인 마음으로 여기저기 돌아다니고 있었다. 마침내 사람이 제일 많이 모인 곳으로 갔다. 그는 날림집과 알록달록한 색으로 음산한 의장(意匠)의 그림이 그려져 있는 커다란 막을 보았다. 부하를 거느린 브라운리그, 죽여 버린 손님과 함께 있는 마닝 그 부부, 사텔에게 목을 졸려 죽어 가는 위아, 그 숱하게 유명한 범죄가 그려져 있었다. 그것은 환영(幻影)과 같이 선명한 것이었다. 그는 다시 그 어린 소년으로 되돌아 갔다. 그는 다시 똑같은 생리적 반발을 느끼면서 그 메스꺼운 그림을 본 것이었다. 지금도 그 둥둥치는 북소리가 그의 귀에 들리는 것 같았다. 그날 음악의 한 구절이 그의 기억에 되살아났다. 그 때 처음으로 구역질이 났다. 입에서는 구역질이 나고 관절에서는 갑자기 힘이 빠졌다. 그러나 그는 곧 그에 저항하고 극복하지 않으면 안 되었다.

그는 이러한 생각에서 도피하느니보다 그에 맞서는 편이 현명하다고 생각하였다. 그래서 전보다도 더 대담하게 죽은 사나이의 얼굴을 들여다보고 자기가 범한 범죄의 성질과 그 크기를 애써 실감하려 하였다.

얼마 전까지만 해도 그 얼굴은 하나하나의 감정의 변화에 따라 움직이고, 그 창백한 입이 말을 하던, 몸은 자재(自在)로운 힘으로 불타고 있었던 것이다. 그러나 지금은, 시계상(時計商)이 느닷없이 손가락으로 시계를 멈추게 하듯이 하나의 생명을 그의 행위로 멈춰 버렸다. 이치를 따져도 소용 없었다. 더 이상 깊이 후

회할 수도 없었다. 기왕에 채색된 범죄의 그림 앞에서 두려움에
떨고 있던 그 똑같은 마음이 엄연히 눈 앞의 범죄를 바라보고 있
는 것이다. 세상을 매혹의 화원으로 할 능력을 조금도 갖지 못했
던 사나이, 지금까지 보람 있는 생활을 했다고는 못할, 지금 완전
히 죽어 버린 사나이에 대해서 그는 한가닥 연민을 느끼는 것이
고작이었다. 그리고 후회하는 생각은 조금도 없었다.

그는 이러한 모든 생각을 떨쳐버리고 열쇠를 찾아서는 열린 가
게의 문 쪽으로 나아갔다. 밖은 비가 몹시 퍼붓기 시작하였다. 그
리고 지붕을 때리는 소낙비 소리가 근방의 침묵을 내쫓는 것이었
다. 빗방울이 떨어지는 동굴같이 이 집의 방은 끊임없이 반향(反
響)이 울렸다. 그것은 그곳에 있는 사람의 귀청을 때리고 재깍재
깍하는 시계 소리와 뒤섞였다. 그런데 문께로 가까이 가니 그의
조심해서 걷는 발자국 소리에 맞추어 계단 위로 후퇴하는 다른
발자국 소리가 들린 것같이 생각되었다. 그리고 예의 그림자는
아직 입구에서 가누지 못하고 흔들리고 있었다. 그는 단호한 결
심으로 근육에 힘을 주고 문을 뒤로 밀었다.

희미한 안개 낀 햇빛이 아무것도 깔지 않은 마루와 계단, 또 홀
에 놓여 있는, 손에 창을 쥔 갑옷과 검은 나무의 조각, 노랑빛 벽
판자에 걸려 있는 그림을 희미하게 비치고 있었다. 그러나 빗방
울 소리가 집 전체에 너무 크게 울려 마크하임의 귀에는 그것이
여러 가지의 소리로 분류되어 들렸다. 발자국 소리와 한숨, 멀리
서 행진하는 군대의 발자국 소리, 계산대에서 돈 세는 소리, 조금
열려 있는 문의 가느다란 삐걱대는 소리, 그러한 소리가 둥근 지
붕에 마구 떨어지는 빗방울 소리와 추녀받이 속을 콸콸 흐르는
물 소리와 한데 섞인 것 같았다. 이곳에 있는 것은 자기만이 아니
라는 느낌이 더욱더 심해지고 거의 그를 미치게 할 지경이었다.
어디를 향하나 그는 무엇이 있는 것만 같은 생각에 사로잡혀 버
렸다.

무엇인지 위층에서 움직이는 소리가 그의 귀에 들렸다. 가게 쪽에서는 죽은 사람이 일어서는 소리가 들렸다. 비상한 노력 끝에 계단을 오르기 시작하니 숱한 발이 소리도 없이 그 앞에서 사라지고 살살 뒤를 밟는 것이었다. 만약 소리가 들리지 않는다면 얼마나 조용한 마음으로 있을 수 있을까, 그렇게 그는 생각하였다. 그리고 다시 끊임없이 새로운 주의에 귀를 기울이면서 그의 생명을 지키는 전초(前哨)가 되고 신뢰할 만한 보초로서 그 쉼없이 움직이는 감각이 있다는 것에 감사하는 것이었다. 그는 고개를 목 위에서 간단없이 돌렸다. 당장 튀어나올 것 같은 그의 눈은 사방 팔방을 정찰하고 있었다. 그러나 어디를 보아도 사라져 가는 그 무어라 할 수 없는 것이 얼핏 보일 뿐 아무런 소용이 없었다. 2층으로 올라가는 스물네 개의 계단은 곧 스물넷의 고뇌 외에 아무것도 아니었다.

2층에는 3개의 문이 있고 모두 반쯤 열려 마치 복병(伏兵)같이 보였으며 대포(大砲)의 포신(砲身)처럼 그의 신경을 뒤흔드는 것이었다. 그는 이미 완전하게 숨어 수색하는 듯한 사람의 눈을 피해 몸을 보호할 수는 없다고 느꼈다. 그의 간절한 소원은 자기의 집에서 이불을 뒤집어쓰고 신 이외의 누구의 눈에도 띄지 않는 것이었다. 그러나 다른 살인범들의 얘기라든가 그들이 하늘의 복수자에 대해 품은 공포를 생각하고 지금의 자기 생각에 다소 의문을 품었다. 적어도 그는 신을 두려워하지는 않을 것이다. 하지만 그는 자연의 법칙이 무서웠다. 그것이 무정한 영구 불변의 방법으로 그의 범죄에 대한 확실한 증거를 갖고 있는 것이 무서웠다. 그는 생각지도 않은 것이 일어나고, 자연이 고의로 일으키는 불법의 행위에 비굴하고 미신적인 공포로 더욱 두려웠다. 그는 법칙을 믿고 원칙에서 결과를 쪼개내어 교묘를 필요로 하는 도박을 한 것이다. 하지만 패배한 폭군이 장기판을 뒤집어 놓듯 만일 자연이 여태까지 지속시키던 법칙을 돌연 변경시키면 어떻게 될 것인가. 겨울이 그 출현 시기를 바꾸었을 때, 그와 비슷한 일이 나폴레옹에게 일어났던 것이다(이건 저술가들이 많이 쓰지만). 그와 똑같은 일이 마크하임에게도 일어날는지 모른다. 그의 주위에 두터운 벽이 투명해져서 유리의 벌집 속에 있는 꿀벌처럼 그가 한 짓이 밖에서도 보일는지도 모른다. 단단한 마룻바닥이 그의 발 아래에서 흐르는 모래같이 패여 그 오목 패인 곳에 그를 붙잡아 놓을는지도 모른다. 혹은 현실에 있을 수 있는 뜻밖의 일이 일어나 그를 멸망시킬는지도 모른다. 가령 이 집이 무너져 그가 죽인 사나이의 시체 곁에 그를 가두어 둔다면, 혹은 이웃집에 불이 나 소방대가 사방 팔방에서 그가 있는 데로 침입해 온다면 어떻게 될까. 그가 두려워한 것은 이러한 것이었다. 하긴 어떤 의미로는 이러한 것도 죄에 대해 뻗친 신의 손길이라고 할 수 있을 것이다. 하지만 신 그 자체에 대해서는 마음이 안심되었다. 아무튼 그의 행위는 말할 나위 없이 예외적인 것이었고 그 이유도 또 예외적인 것이었다. 그것은 신이 아는 바였다. 그가 정당한 벌을 받으리라고 확신한 것은 신의 세계이지 인간의 세계는 아니었던 것이다.

무사하게 객실에 들어가서 문을 닫았을 때 그는 푹 한숨을 돌렸다. 그 방은 부속품이 제거되고 양탄자도 없었다. 그리고 짐꾸리는 데 쓰는 상자와 조화되지 않은 가구가 흩어져 있었다. 여러 개의 커다란 거울 속에는 무대 위의 배우처럼 여러 각도로 자기 자신의 모습이 보였다. 적지 않은 그림이 어떤 것은 액자 속에 끼어 있고, 어떤 것은 액자에 넣지 않고 벽에 세워져 있었다. 또 훌륭한 셰라튼의 찬장과 나무 세공의 장식 선반과 누빈 덧이불이 씌워 있는 커다란 구식 침대 등이 있었었다. 창은 열려 있었다. 하지만 다행히도 덧문의 아랫부분은 닫혀 있어서 근방 사람의 눈에 그의 모습이 눈에 띄지는 않았다. 마크하임은 포장용 상자 하나를 장식 선반 앞에 끌어다 놓고 열쇠를 찾기 시작하였다. 열쇠의 수가 많아서 그것은 퍽 시간이 걸리는 일이었다. 더구나 까다로운 일이기도 하였다. 결국 장식 선반 안에는 아무것도 없을는지 몰랐다. 그리고 시간은 날듯이 지나갔다. 그러나 일하는 데 요하는 면밀한 주의가 그를 침착케 하였다. 그는 곁눈으로 문을 보았다. 때로는 수비의 상태가 좋은가 확인하고 만족하는, 포위 당한 지휘관처럼 똑바로 문 쪽을 바라보기도 하였다. 그러나 실은 그의 마음은 편안하였다. 거리에 퍼붓는 비는 여느 때와 다름없이 즐거운 소리를 내고 있었다. 이윽고 저쪽에서 피아노 소리가 나고 찬미가가 시작되었다. 그리고 많은 아이들이 장단에 맞추어 노래를 부르기 시작하였다. 참으로 엄숙하고, 참으로 사람의 마음을 진정시키는 선율이었다. 젊음의 소리, 생기에 가득 찬 것이었다. 마크하임은 열쇠를 고르면서 미소를 띠고 귀를 기울였다. 교회에 가는 아이들, 높은 오르간의 울림, 들에서 뛰노는 아이들, 가시덤불이 많은 공유지(公有地)를 거니는 아이들, 바람이 세고 구름이 떠 있는 하늘에 연을 날리는 아이들, 그의 마음에는 그에 관련된 생각과 이미지가 차례차례로 떠올랐다. 찬미가의 장단이 바뀌자 그의 마음은 다시 교회로 돌아가고, 졸리운 여름의 일요일, 목사의 의젓한 높은 목소리(그는 그것을 생각하고 싱긋이 웃었다)와 제임스 1세 시대의 색칠한 묘(墓) 안 벽에 새긴 다 지워져 가는 십계(十戒)의 문자를 회상하였다.

이렇게 멀건이 차례차례로 여러 가지 상념에 잠기고 앉아 있을 때 그는 섬뜩해 일어섰다. 그는 일순 얼음에 맞고 불에 쏘이고 피가 몹시 분출하듯한 기분으로 움칫하였다. 심한 전율을 느꼈다. 발자국 소리가 천천히 침착한 보조로 계단을 올라오는 것이었다. 그러나 곧 하나의 손이 손잡이를 쥐고 자물쇠가 철컥, 하면서 문이 열렸다.

두려운 나머지 마크하임은 몸을 움츠렸다. 그는 무엇을 애기했으면 좋을는지 몰랐다. 그 죽은 사나이가 걷는 것일까. 인간 사회의 정의를 다스리는 관리들이 오는 것일가. 혹은 우연하게 목격한 사나이가 그를 교수대로 넘겨주기 위해 뛰어든 것일까, 그는 알 수 없었다. 한데 어떤 얼굴이 틈 사이로 들이밀며 방 안을 둘러보고는 그에게 마치 친한 벗이나 만난 것처럼 고개를 끄떡이고 미소를 짓는 것이었다. 다음에 목을 빼고 문을 닫았다. 그는 공포를 억제치 못하고 목쉰 소리를 냈다. 이 소리를 듣고 방문객은 되돌아왔다.

"나를 부르셨나요."

그는 거리낌없이 물으면서 방 안으로 들어서며 문을 닫았다.

마크하임은 선 채 물끄러미 그 사나이를 보았다. 아마도 그의 눈에는 안개가 끼었는지도 모른다. 그 새로운 윤곽은 가게 안에서 촛불 빛에 하늘거리던 우상(偶像)과 같이 흔들리면서 자꾸 바뀌는 것 같았다. 그는 그 사나이를 본 기억이 있는 듯이 생각되었지만 그 사나이가 자기 자신과 비슷한 것같이도 생각되었다. 그러나 자꾸 이 사나이는 이 세상 사람도 아니고 신의 세계의 것도 아니라는 확신이 공포의 덩어리처럼 그의 가슴에 자리잡고 있었다.

그러나 미소를 띠우며 마크하임 쪽을 보며 서 있을 때 이 사나이는 기묘하게도 보통 인간의 모습을 지니고 있었다. 그리고 그 사나이가,

"당신은 돈을 찾고 있는 것이 아닙니까."

라고 말했을 때, 그 말투는 조금도 어색하지 않은 은근한 것이었다.

마크하임은 대답하지 않았다.

"나는 당신에게 경고해 둡니다만."

그 사나이는 말을 이었다.

"하녀는 연인과 여느 때보다도 일찍 헤어졌으니까 곧 여기로 올 겁니다. 만일 마크하임 씨가 이 집에 있는 것을 들킨다면 그 결과는 당신한테 얘기할 필요도 없겠지요."

"당신은 나를 알고 있습니까."

살인자는 큰 소리를 질렀다.

방문객은 웃음지었다.

"당신은 오랜 동안 내 마음에 들었었지요."

그는 말하였다.

"오랜 동안 나는 당신을 봐 왔지요. 그리고 몇 번 도와 드리려
했었어요."

"당신은 무엇입니까?"

마크하임이 외쳤다.

"악마인가요?"

"내가 누구이든."

상대방은 대답하였다.

"그것이 당신을 도와 드리려는 생각에는 아무런 영향이 없습
니다."

"그럴리가 없지."

마크하임이 외쳤다.

"영향이 있다. 당신의 도움을 받는다구요? 어리석게. 당신의
도움 따위를 어떻게 받습니까. 당신은 아직 나를 몰라. 고맙게도
당신은 아직 나를 모릅니다."

"알고 있지요."

인정이 있는 준엄성이라기보다는 오히려 단호한 태도로 방문
객은 대답하였다.

"당신의 일이라면 마음속까지 압니다."

"나를 안다구요."

마크하임은 외쳤다.

"어느 누가 그런 걸 알 수 있어요. 내 생활이란 참으로 우스운
흉내이며 거짓 모습에 지나지 않는데. 난 내 천성을 속이고 살아
왔어요. 모든 인간이 하는 짓, 아니 모든 인간도 성장해서 사람을

질식시키는 이 가면보다는 낫습니다. 사람은 누구나 악한에게 붙들려 외투 속에 끌려들어갈 사람과 같이 생활에 의해 끌려갑니다. 만일 사람이 자기 자신을 제어할 수 있다면, 그리고 당신이 그의 얼굴을 볼 수 있다면 그들은 아주 딴 인간이 되고 영웅이나 성인으로서 빛날 것입니다. 나는 대부분의 사람들보다도 나쁩니다. 나의 본성은 보통 사람 이상으로 덮어씌워져 있어요. 내 행위의 이유는 나와 신 외는 모릅니다. 하지만 만약 시간만 있다면 나의 본성을 보여 줄 수도 있습니다만."

"나에게 보여 준다는 겁니까."

방문객은 물었다.

"우선 첫째로 당신에게."

살인자는 대답하였다.

"당신은 잘 이해해 줄만한 사람 같군요. 당신이 나타나고부터 당신은 사람의 마음을 짐작하는 사람이려니 생각했었지요. 그런데 당신은 나를 행위로써 판단하려고 생각하는가 봅니다. 그것을 잘 생각해 보십시오. 내가 해온 짓. 나는 거인의 나라에서 태어나 거인의 나라에서 생활해 왔습니다. 그리고 내가 어머니로부터 태어난 이래 거인이 내 손목을 잡고 끌고 왔어요. 환경이라는 거인이. 그런데도 당신은 나의 행위에 의해서 나를 판단하려고 해요. 당신은 마음속을 들여다 볼 수 없습니까. 내가 악을 혐오하는 줄 당신은 모릅니까. 내 마음속에, 여태까지는 여러 번 무시당하여 왔지만 고의의 궤변술에 의해서는 결코 흐려지지 않았다는 깨끗한 양심의 문자를 당신은 볼 수 없습니까. 당신은 나를 인간으로서 보통의 것, 즉 본의가 아니면서 죄를 범하는 자를 볼 수는 없습니까."

"지금 당신이 말하고 있는 것은 감정이 많이 스며 있습니다."

그 사나이는 대답하였다.

"그러나 그런 것은 나와는 무관계. 이와 같이 기분이 일치하는 것은 내 담당 이외의 것입니다. 그리고 당신이 올바른 방향으로 인도되어 간다면 당신이 어떻게 무리로 끌려간들 나는 조금도 걱정하지 않습니다. 그러나 시간은 날듯이 흘러갑니다. 하녀는 행인(行人)의 얼굴을 들여다보며 또 광고 게시판의 그림을 보면서 꾸물거리고 있지만 그래도 점점 가까이 오고 있습니다. 그리고 잊어서는 안 됩니다. 그것은 교수대라는 것이 당신 쪽으로 걸어오는 것 같습니다. 도와 드릴까요. 뭐든지 알고 있는 이 사람이 돈이 어디 있는지 가르쳐 드릴까요."

"보수로는 어떤 것을 원하죠?"

마크하임이 물었다.

"크리스마스의 선물로써 당신을 도와 드립니다."

상대방은 대답하였다.

마크하임은 일종의 쓰디쓴 승리를 느껴 미소짓지 않을 수 없었다.

"아니, 당신의 손으로는 아무것도 받고 싶지 않아요. 만약 내가 목이 말라 죽을 지경이라도 내 입술이 닿은 물주전자가 당신의 손에 쥐인 것이라면 나로서는 그것을 거절할 용기가 있습니다. 덕 있는 생활을 가볍게 믿는 것처럼 보일는지 모르지만, 나는 이제 앞으로 악에 몸을 맡길 짓은 일체 하지 않을 작정입니다."

"임종시에 참회하는 것을 이러쿵저러쿵하지 않는 법입니다."

방문객은 말하였다.

"그것은 당신이 그러한 것의 효력을 믿지 않기 때문이야."

마크하임이 외쳤다.

"그렇기 때문은 아니죠."

상대방은 대답하였다.

"그러나 나는 그러한 것을 다른 방면에서 봅니다. 사람의 일생이 끝나버리면 나의 흥미도 시들어집니다. 인간은 나를 받들기 위해 살아왔습니다. 종교에 핑계 삼아 어두운 얼굴을 한다든가,

당신처럼 힘없이 욕망을 따라서 밀 밭에 독맥(毒麥)을 뿌려 왔습
니다. 얼마 후에 구원되려 할 때 사람은 단 하나 도움이 되는 행
위를 할 수 있습니다. 즉 뉘우치고 웃으면서 죽어가는 것, 그래서
살아 남은, 더 겁 많은 내 수종자(隨從者)들에게 자신과 희망을
쌓아 줄 수가 있습니다. 나는 그다지 잔혹한 임자는 아닙니다. 나
를 시험해 보십시오. 내 도움을 받아 보십시오. 지금까지 당신이
해 오던 것 같이 인생을 즐기십시오. 더 실컷 즐겨 보십시오. 식
탁에서 더 즐겨도 좋습니다. 그리고 늙어서 죽음이 가까이 왔을
때 당신에게 커다란 위안을 주기 위해 내 말해 드리리라. 양심과
타협해서 싸움을 해결하고 머리를 숙여 신과 화해하는 편이 오히
려 쉬운 것이라는 것을 당신도 알게 되리라는 것을. 나는 방금 그
러한 죽음의 자리에서 왔습니다. 그 죽어가고 있던 사람의 방은
마음으로부터 슬픔에 잠겨 있는 사람으로 가득 찼습니다. 그리고
그 사나이의 마지막 말에 귀를 기울이고 있었습니다. 연민에 대
해서 꿋꿋이 마음을 닫고 있는 사나이의 얼굴을 들여다보니 그의
얼굴은 희망에 차서 웃는 것이었어요.”
　“그럼, 당신은 나를 그런 사나이라고 생각합니까.”
　마크하임이 물었다.
　“숱하게 죄를 연거푸 범하고도 마지막에는 슬쩍 천국으로 도
망치려는 치사스런 희망밖에 없는 것으로 생각합니까. 그런 것은
생각만 해도 메스꺼워요. 그것이 당신이 인간에 대한 경험입니
까. 아니면 그런 더러운 것을 구태여 말하는 것은 내손이 피로 물
들어 있는 것을 보았기 때문입니까. 이 살인은 정말 선(善)의 샘
을 말라 버리게 할 만큼 악한 것입니까.”
　“살인은 나에게 그다지 특수한 것이 아닙니다.”
　상대방은 대답하였다.
　“모든 죄는 살인이니까요. 마치 모든 인생이 싸움이듯이. 나는
당신네 인간이 뗏목 위에서 굶고 있는 수부(水夫)와 같이 굶주림

의 손에서 빵 껍질을 서로 뺏고 서로의 생명을 잡아먹고 사는 것을 보고 있습니다. 나는 죄를 저지른 뒤에도 그 뒤를 쫓아갑니다. 그리고 어떠한 경우에도 그 결과는 죽음으로써 끝나는 것을 보게 됩니다. 무도회에서는 그토록 얌전한 태도로 부모에게 행동하는 사랑스런 소녀도 내 눈에는 당신과 같은 살인자와 똑같이 분명히 사람의 피를 흘리게 하는 것이 비칩니다. 나는 죄의 뒤를 쫓아간다고 말했습니다만 또 선덕(善德)의 뒤도 밟습니다. 선덕이든 죄악이든 간에 불과 종이 한 장 두께의 차에 지나지 않아요. 그것은 다 함께 죽음이라고 하는 걷어들이는 천사가 쓰는 큰 낫입니다. 나는 악 때문에 살고 있습니다만 그 악은 행위 속에 있는 것이 아니라 성격 속에 있는 것입니다. 내가 사랑하는 것은 악인이지 악의 행위는 아닙니다. 그 결과는, 만일 우리들이 그것을 따라 굉장하게 소리내어 낙하하는 시대라고 하는 폭포의 가장 깊은 곳까지 내려간다고 한다면 가장 희한한 덕의 결과보다도 더 축복할 수 있는 것을 알 수 있을는지 모릅니다. 그러니까 내가 당신의 도피를 도와 주려고 생각하는 것은 당신이 상인을 죽인 것 때문이 아니라 당신이 마크하임이라는 사나이이기 때문이죠."

"내 마음 그대로를 당신에게 보여 드리죠."

마크하임은 대답하였다.

"당신한테 들킨 이 범죄는 내 마지막 범죄입니다. 예까지 오는 도중 나는 많은 교훈을 배웠지요. 이 범죄 자체도 중요한 교훈입니다. 지금까지는 좋아하지 않는 것에 대한 반항심에서 행동했습니다. 나는 쫓기고 매맞는 빈곤의 노예였던 것입니다. 이러한 유혹에 견디는 씩씩한 힘도 있겠지요. 그러나 나는 견딜 수 없었어요. 나는 쾌락에 굶주렸던 겁니다. 그러나 나는 이 행위에서 훈계와 재보(財寶), 즉 자기 자신이 되려고 하는 힘과 새로운 결의를 빼 버렸습니다. 나는 모든 점에 있어서 이 세상의 자유로운 배우가 된 것입니다. 내 자신이 아주 달라지고 이 손이 선의 대리인이 되면 마음이 편안해지는 것을 알기 시작했어요. 지난날의 그 무엇이 내 마음에 찾아왔습니다. 안식일의 저녁, 교회의 오르간 소리를 들으며 꿈 꾸던 것, 좋은 책을 읽고 눈물을 흘린 천진했던 어린 시절, 어머니와 얘기했을 때 예측하고 있던 그 무엇이 내 마음에 찾아온 겁니다. 이것이 진짜 내 모습입니다. 나는 몇 년 동안 정처없이 헤맸습니다. 하지만 지금 다시 나는 내가 갈 마을이 보이게 되었어요.”

“당신은 이 돈을 증권 거래에 쓸 작정이었지요.”

방문객은 말하였다.

“혹 내가 틀리지 않는다면 당신은 벌써 기천이라는 돈을 잃었을 것입니다.”

“아아.”

마크하임은 말하였다.

“하지만 이번만은 확실해요.”

“이번에도 또 돈을 잃어버리고 말 겁니다.”

방문객은 조용하게 대답하였다.

“아아, 그러나 반쯤은 남겨 둘 작정이죠.”

마크하임이 외쳤다.

“그 반도 또 잃어버리고 말게 될 걸요.”

상대방이 말하였다.

땀이 마크하임의 이마에서 솟아났다.

“한데 그게 어쨌다는 거요.”

그는 소리쳤다.

“설령 그것이 없어진대도, 설령 빈궁의 제자리로 돌아간대도, 내 일부분, 나쁜 부분이 최후까지 좋은 부분을 계속 유린할 수 있을까요. 선과 악이 내 안에서 움직여 나를 양쪽에서 끌어당기거든요. 나는 하나만을 사랑할 수는 없습니다. 나는 모든 것을 사랑합니다. 나는 위대한 행위, 자제, 헌신을 마음에 품을 수 있습니다. 또 나는 살인 같은 범죄를 저질렀지만 연민이라는 것도 내 마음은 잘 알고 있어요. 나는 가난한 사람들을 불쌍하게 생각합니다. 나 이외의 누가 그들의 고생을 잘 알고 있을까요? 나는 그들을 불쌍히 생각하고 그들을 돕습니다. 나는 애정을 귀히 여기고 정직한 웃음을 사랑합니다. 이 세상에 있는 좋은 것, 진실한 것으로써 내가 진정으로 사랑하지 않는 게 있을까요. 악덕만이 내 인생을 이끌고, 나의 선덕은 마음속에 있는 아무런 일도 못하는 쓰레기같이 아무런 소용도 없이 누워 있어야만 하나요. 그럴 리는 없어요. 선도 또한 행위의 원천입니다."

방문자는 그의 손을 들었다.

"변화가 많은 운명과 갖가지 기분 속에서 당신이 살아 온 36년 간 나는 줄곧 당신이 타락해 가는 것을 지켜 보고 있었지요. 15년 전의 당신은 절도를 보고는 놀랬습니다. 3년 전에는 살인범의 이름만 들어도 무서워 했습니다. 그러나 아직도 당신이 꽁무니를 뺄 범죄가 있을까요. 잔혹함과 비열함이 있을까요. 앞으로 5년 뒤에는 당신을 현행범으로써 볼 수 있을 것입니다. 아래로 아래로 당신은 자꾸 떨어져 갑니다. 죽음 이외에 당신을 멈추게 할 것이 없을 겁니다."

"그건 사실입니다."

목쉰 소리로 마크하임은 말하였다.

"나는 어느 정도까지 악을 따랐습니다. 그러나 어떠한 사람도 모두 그렇죠. 성인이라고 불리우는 사람조차 그 실생활에 있어서는 우아하고 아름다운 데가 점점 없어져 환경에 물들고 맙니다."

"간단한 질문을 하나만 하겠습니다."

상대방이 말하였다.

"당신의 대답 여하에 따라 당신 마음의 선악에 관한 성점(토占)을 해 봅시다. 당신은 여러 가지로 타락하고 있습니다. 다분히 그렇게 된 것이 당연하겠지요. 그것은 여하튼 간에 누구의 경우라도 같습니다. 그러나 그거야 어떻든 당신은 아무리 하찮은 짓을 하더라도 왠지 당신이 하고 있는 것에 전보다도 만족하기가 곤란합니까. 혹은 무엇이든지 전보다는 고삐를 늦추어서 해 나가려고 합니까?”

“어떤 특별한?”

생각에 번민하면서 마크하임은 되풀이하여 말하였다.

“아뇨.”

그는 절망적이었다.

“특별한 경우 같은 건 하나도 없어요. 나는 모든 점에서 타락했어요.”

“그러면.”

방문객은 말하였다.

“현재의 당신에 만족하고 있으면 그만이죠. 왜냐하면 당신은 결코 변하지 않을 테니까. 인생이라는 이 무대에서 당신이 지껄이는 대사는 취소할 수 없게끔 분명히 적히고 있지요.”

한동안 마크하임은 한마디도 하지 않고 서 있었다. 결국 그 침묵을 방문객이 깨뜨렸다.

“그러니까.”

그는 말하였다.

“돈 있는 데를 가르쳐 드릴까요?”

“그리고 성총(聖寵)이 있는 곳도?”

마크하임이 외쳤다.

“당신은 성총을 얻고자 힘쓴 일이 없었나요. 2, 3년 전에는 신앙 부활 운동의 회합에서. 단 위에 당신이 섰지 않았습니까. 또 그때 노래한 찬미가의 소리 중에서 당신의 목소리가 가장 높았잖아요.”

“당신 말대롭니다.”

마크하임은 말하였다.

"지금 나는 의무로써 나에게 남은 것을 똑똑히 압니다. 여러 가지로 가르쳐 주신 데 대해 진심으로 감사하고 있습니다. 내 눈이 뜨이고 마침내 현재의 내 모습을 보게 되었어요."

이때 현관의 벨이 요란스럽게 온 집 안에 울렸다. 그러자 방문객은 마치 이것이 미리 정해 놓은 신호이고 지금까지 그것을 기다리기라도 하였던 것같이 홀연히 그 태도를 바꿨다.

"하녀!"

그는 외쳤다.

"앞서 말한 대로 하녀가 돌아왔습니다. 지금 당신 앞에는 또 하나의 골치 아픈 일이 생긴 겁니다. 주인이 앓고 계시다고 당신은 말하지 않으면 안 됩니다. 왜냐하면 당신은 확신에 찬 약간 진지한 표정으로 하녀를 안에 들어오게 해야 하니까요. 웃어도 안 되고 과장해도 안 됩니다. 그러나 지금 말한 것을 지키면 성공합니다. 하녀를 안에 들이고 문을 닫고 나면 얼마 전에 상인을 처치한 것과 똑같이 민첩하게, 당신의 가는 길에 가로놓인 마지막 위험을 제거하십시오. 그 후는 당시의 시간입니다. —— 필요하면 밤새도록이라도 —— 그리고 당신은 이 집에 있는 재산을 샅샅이 뒤져 당신 자신을 아주 안전하게 할 수 있습니다. 이것이 위험이라는 가면을 쓰고 당신 앞에 나타난 원조지요. 자!"

그는 외쳤다.

"자, 당신의 생명은 저울 위에 떨면서 매달려 있습니다. 자 한번 해 보시오!"

마크하임은 물끄러미 권고자의 얼굴을 바라보았다.

"설령 나쁜 짓을 하기로 정해진 몸이라도."

그는 말하였다.

"열려 있는 자유로운 하나의 문이 있다. 나는 지금부터 하려고 하는 나쁜 짓을 그만둘 수도 있다. 또 만일 내 생명이 좋지 않은 것이라면 그것을 버릴 수도 있다. 설령 내가 당신이 말하듯 온갖 작은 유혹에 응한다고 하더라도 결단적인 몸부림 하나로 아무도 손 닿지 못할 곳에 나 자신을 둘 수도 있다. 나의 선(善)을 사랑하는 마음은 마르고 말랐다. 그럴지도 모른다. 그렇다면 그래도 좋다. 그러나 나에게는 지금도 악을 미워하는 마음이 있다. 당신은 답답하게 생각하고 실망하겠지만 거기서 나는 힘과 용기를 끌어낼 수 있다.”

순간 방문객의 얼굴에는 놀랍게도 아름다운 변화가 일었다. 그것은 애정이 깃든 승리감으로 밝고 온화한 빛을 띠는 것이었다. 그리고 밝아지면서 차츰 빛이 사라지며 없어져 버렸다. 그러나 그 변화를 지켜보며 이해하려고 하는 행위를 그만두려고 하지는 않았다. 그는 문을 열고 깊이 생각하면서 무척 느린 걸음걸이로 아래로 내려갔다. 그의 과거는 무겁게 눈앞을 지나갔다. 그의 적나라한 과거 모습을 보는 것이었다. 꿈같이 추하고 치열한 고투(苦鬪) 투성이었던, 과실(過失) 살인같이 엉망이었던 과거를, 목전에 전개된 패배의 광경을. 인생, 그것은 그가 이렇게 회상할 때 그를 유혹하려 하지 않았다. 그리고 먼 피안으로 그는 자기의 배를 정박시킬 조용한 항구가 있는 것을 깨달은 것이었다. 그는 복도에서 멈춰 서서 가게 안을 들여다보았다. 그 시체 옆에 아직도 초가 타고 있었다. 기묘한 침묵이 일대에 떠돌고 있었다. 이렇게 서서 바라보고 있으려니까 그의 마음에는 상인에 대한 갖가지 생각이 떠올랐다. 이때 재차 벨 소리가 갑자기 울렸다.

그는 미소 같은 것을 얼굴에 띠고 문께서 하녀와 얼굴을 마주 댔다.

“당신은 경찰에 가는 게 좋아.”

그는 말하였다.

“내가 당신의 주인을 죽였어.”

〈尹相根 譯〉

작가 소개

　R.L. 스티븐슨(Robert Louis Stevenson, 1850~1894) : 영국의 소설가,
수필가. 에든버러 생. 출생지의 대학에서 공학을 배웠으나, 법률로 전향하여
변호사의 자격을 얻었다. 어릴 때 병약하여 요양을 위해 프랑스, 벨기에 등지
를 여행한 것은 유명한데, 후에 이것을 바탕으로 기행문 〈내륙 여행〉, 〈나귀
기행〉 등을 썼다. 미국으로 건너갔으며 그 곳에서 결혼했다. 귀국 후 《신 아
라비아 야화》 등을 간행하고 모험 소설 〈보물섬〉을 내어 문명(文名)을 떨쳤
다. 이어 선악 이중 인격의 주인공 이야기 〈지킬 박사와 하이드 씨〉, 〈유괴〉
등을 발표했다. 다시 여행을 떠나 남양으로 항해, 사모아 섬에 이르러 그 곳
에서 거주했으며, 그 곳에서 지병인 결핵에서도 한때 회복되었으나 뇌출혈로
사망했다. 사후에 미완성의 걸작인 〈허미스톤의 위어〉가 간행되었고, 서간집
두 권이 출판되었다. 그의 소설은 환상적이며 우의적인 경향을 보이고, 가끔
상징을 사용하는 일도 있다.

줄 거 리

　마크하임은 조금씩 범죄의 세계에 발을 들여놓아, 마침내 살인을 계획하기
에 이른 사나이다. 장물을 내다 팔곤 하던 골동품상의 주인을 죽인 직후, 그
는 누구인지 알 수 없는 사람을 만난다. 그는 '악 때문에 존재하는 사람'으로
마크하임에 대한 모든 것을 알고 있다고 말한 후, 마크하임이 살아온 생애에
대해 함께 이야기를 나누고, 골동품상의 하녀가 돌아오고 있으니 그녀도 살
해해야 한다고 경고한다. 그러나 자기 내부에는 악을 미워하는 마음이 있으
며 자신은 단지 환경 때문에 점차 범죄에 물들게 된 것이라고 주장하는 마크
하임은, 아직 열려있는 문이 있다고 말하고, 하녀에게 자신이 주인을 죽였다
고 고백한다.

작품 해설

　〈마크하임〉은 같은 작가의 대표작인 〈지킬 박사와 하이드 씨〉를 연상하게
하는 작품이다. 그러나 〈지킬 박사와 하이드 씨〉가 내면에 잠재해 있던 악 때
문에 파멸에 이르는 주인공을 그리고 있음에 반해, 〈마크하임〉에서 묘사되고
있는 주인공은 선에의 의지로 악을 극복하고 구원의 길에 이르는 인물이다.
　이 작품의 주인공인 마크하임은 조금씩 조금씩 범죄에 발을 들여놓다가,
마침내 살인을 하는 데까지 이르게 된다. 처음에는 절도라는 말을 듣기만 해
도 놀라던 그가 도둑질로 생활을 하게 되고, 마침내는 장물을 팔아넘겨 오던
골동품상의 주인을 죽이게 된 것이다. 마크하임 자신은 이것이 환경의 영향
때문이라고 주장한다. 그의 내부에는 선을 향한 의지가 생생하게 살아 있지
만 환경이 자신을 범죄의 세계로 밀어 넣었다는 것이다. 마크하임은 내면에
서 벌어지고 있는 선과 악 사이의 갈등, 자신의 내면과 행동의 괴리를 뚜렷하
게 인식하고 있다. 그렇기 때문에 그는 자기 모습을 비춰주는 거울을 보는 것

을 두려워한다. 마크하임의 말에 따르면, 누구라도 거울 속에 비친 자기 모습을 보고 싶어하는 사람은 없다는 것이다.

그러나 살인을 저지른 마크하임이 뒤처리에 골몰하고 있을 때 '거울에 비추어진 그 자신'이 살인현장에 나타난다. 마크하임은 그가 바로 자기 자신임을 분명히 눈치채지는 못하지만, '이 세상의 것이 아니려니와 신의 세계의 것도 아닌' 그 존재는 마크하임에 대한 모든 것을 알고 있으면서 그의 범죄를 도와주겠다고 한다. 자신의 말에 따르면 그 존재는 '악에 의해 존재하는 사람', 즉 인간의 내면에 잠재하고 있는 악이다. 마크하임은 이 존재와 이야기를 나누면서 자기에게는 선에의 의지가 남아 있음을 강변한다. 그러는 사이에 하녀는 집으로 돌아온다. 마크하임에게는 두 가지 선택이 주어진다. 하나는 그 존재가 권하는 대로 하녀를 죽여 범죄를 은폐하는 것이고, 다른 하나는 하녀에게 자신이 주인을 살해했음을 고백하는 것이다. 자기에게 선에의 의지가 남아 있음을 강변하던 마크하임은 두 번째 길을 선택함으로써, 그의 말이 진실한 것이었음을 증명한다. 그는,

"내가 온갖 작은 유혹에 응한다고 하더라도 결단적인 몸부림 하나로 아무도 손 닿지 못할 곳에 나 자신을 둘 수도 있다. 선을 사랑하는 마음은 마르고 말랐다. 그러나 나에게는 지금도 악을 미워하는 마음이 있다."
고 말한다. 이 말을 들은 다른 존재는 마크하임의 재생을 축복하는 것 같은 온화한 빛에 싸여 사라져 버리고 만다. 마크하임은 최후의 결단으로써 악의 연쇄에서 벗어난 것이며, 예수가 태어난 크리스마스 날에 재생의 문턱을 넘어선 것이다.

문 제
1. 바늘도둑이 소도둑이 된다는 격언과 알맞는 마크하임의 행동을 말하라.
2. 결말강조의 묘미의 구사로 된 작품 중 모파상의 작품 하나를 써라.

해 답
1. 범죄에 발을 딛여 놓고 드디어 살인까지 하게 되는 것.
2. 모파상의 〈목걸이〉.

독본 이야기

1. 문체의 특징에 주목하면서 이 작품을 읽어 보자.
2. 특히 결말부분에 주의하여, 인류의 현대사에 대한 이 작가의 의식은 어
   떤 것인가를 정리해 보자.

"모두들 재봉틀과 라디오·아이스 박스·전화를 가지고 있다.
그러니 우리는 이제 무엇을 만들지?"
하고 공장주는 물었다.
"폭탄을."
하고 발명가는 말했다.
"전쟁을."
하고 장군은 말했다.
"다른 일이 전연 안 된다면 그렇게 하지."
하고 공장주는 말했다.

하얀 가운을 입은 사람이 종이에 숫자를 썼다. 거기다 아주 작
고 얌전한 글자들을 더 써넣었다.

그리고는 하얀 가운을 벗고 창가에 있는 꽃을 한 시간 동안 가꾸었다. 꽃 한 송이가 시든 것을 보자 그는 울었다.

종이에는 숫자가 쓰여 있었다. 이 숫자에 의해 사람들을, 반 그램으로 두 시간 동안에 2천 명을 죽일 수 있었다.

햇빛이 그 꽃을 비추고 있었다.

그리고 종이도 비추고 있었다.

남자들 둘이서 이야기를 하고 있었다.

"견적을 내 볼까요?"

"타일을 써서 말이요?"

"물론 파란 타일을 써서 말씀이죠."

"4천 마르크입니다."

"4천 마르크요? 좋소. 그런데 여보, 내가 알맞는 시기에 초콜릿 생산을 하는 대신 화약 생산으로 전환하지 않았었다면 이 4천 마르크를 지불하지 못했을 거요."

"그러면 저도 이런 욕실을 지어 드리지 않았을 걸요."

"파란 타일을 쓰시오."

"파란 타일로 하지요."

이 두 남자들은 작별했다.

공장주와 토목업자였다.

전쟁 중이었다.

구주희장(九柱戲場). 남자들 둘이서 이야기를 하고 있었다.

"저런, 선생님. 검은 옷을 입으셨군요. 장례식이라도 있었소?"

"아니야, 아니야. 축제가 있었지. 젊은이들이 일선으로 가니까 연설을 좀 했소. 스파르타를 회상했고, 크라우세비쯔(Clausewitz)를 인용했고, 조국이니 명예니 하는 개념을 주입했고, 횔더린(Hölderlin)을 읽으라고 했고, 랑겐마르크(Langenmarck)를 회상했지. 감동적인 축하연이었지. 정말 감동적이었어. 젊은이들은 '무쇠를 자라나게 하신 하느님'이란 노래를 했고, 눈들이 빛났어. 감격적이었어, 정말 감격적이었단 말이야."

"제발, 선생님 그만 하세요. 무섭군요."

선생은 놀라서 상대방을 노려봤다. 그는 이야기를 하는 동안 수없이 조그만 십자가들을 종이에 그리고 있었던 것이다. 수없이 작은 십자가들을. 그는 일어서서 웃었다. 그리고는 다시 구주회용 공을 들고는 판에다 굴렸다. 나직히 천둥 같은 소리가 났다. 그러자 뒤쪽에서 구주(九柱)가 쓰러졌다. 그것들은 모두 조그만 남자들처럼 보였다.

남자들 둘이서 이야기를 하고 있었다.
"그런데 어떻게 지내오?"
"그저 형편 없습니다."
"몇이나 여분이 있오?"
"잘 되면 4천이나 될까?"
"나에게 몇이나 줄 수 있소?"
"최고로 8백은 드리죠."
서로 흥정을 했다.
"천으로 해 드리죠."
"고맙소."
두 사람은 작별했다.
그들은 사람들 이야기를 하고 있었던 것이다.
장군들이었다.
전쟁 중이었다.

남자들 둘이서 이야기를 하고 있었다.
"지원병이요?"

“물론이지.”
“몇 살이요?”
“열여덟, 당신은?”
“나두.”
둘은 작별했다.
둘은 군인이었다.
그 중 하나가 쓰러졌다. 그는 죽었다.
전쟁이다.

전쟁이 끝났을 때 군인들은 집으로 돌아왔다. 그러나 빵이 없
었다. 그때 그는 빵을 가진 사람을 보았다. 그래서 그 사람을 때
려 죽였다.
“너는 사람을 죽여서는 안 된다.”
하고 판사가 말했다.
“왜 안 돼요?”
하고 군인은 물었다.
평화회의가 끝났을 때 장관들이 시가를 지나갔다.
이때 그들은 사격장을 지나가게 되었다.
“쏴 보시지 않겠어요. 선생님들”
하고 입술이 빨간 처녀들이 외쳤다. 이때 장관들은 모두 하나씩
총을 들고 인형으로 만든 남자들을 향해 쏘았다.
한참 쏘고 있을 때 늙은 부인 하나가 와서 이들의 총을 모두 뺏
었다. 장관들 중의 하나가 다시 총을 가지려고 하자 부인은 그의
따귀를 한 대 갈겼다.
어머니였다.

옛날에 남자 둘이 살았었다. 두 살이 되었을 때 이들은 서로 주
먹질을 했다.

열두 살이 되었을 때 그들은 서로 몽둥이질을 했고, 돌멩이를 던졌다.

22세가 되었을 때 전후해서 이들은 총을 쐈다.

42세가 되었을 때 서로 폭탄을 던졌다.

그리고 62세가 되었을 때 서로 세균을 들고 나섰다.

82세가 되었을 때 이들은 죽었고 나란히 묻혀졌다.

백 년이 지난 후 지렁이 한 마리가 이 곳을 파고 지나갔을 때는 여기에 서로 다른 두 사람이 묻혀있다는 것을 전연 모르고 있었다. 똑같은 흙이었다. 모두가 똑같은 흙이었다.

기원 5천 년에 두더지 한 마리 땅에서 대가리를 내밀었을 때 안심하고 확인한 것은,

나무는 여전히 나무였고,

까마귀는 매양 까악까악 울고,

개는 여전히 네 발을 가졌다는 것이었다.

방어(魴魚)며, 별,

이끼와 바다.

이들은 모두 여전했고

그리고 가끔

가끔, 인간을 만날 수 있었다.

〈李東昇　譯〉

**작가 소개

W. 보르헤르트(Wolfgang Borchert, 1921~1947) : 함부르크 출생. 교원의 아들, 서점원, 배우를 지망. 1941년 2차 대전에 참가, 동부전선에서 부상을 입었으며 완쾌 후 다시 전선에 나갔다가 1945년 미군 포로가 되어 석방. 도보로 고향으로 돌아와서 함부르크 극장에서 연출 조수. 그 후 생활 조건이 좋은 서서로 가려고 했는데 유일한 희곡의 초연도 보지 못하고 요절. 그의 생전에 출판된 시집《가로등과 밤과 별》(1948년), 단편집《민들레》(1947년) 그리고 그의 문명을 떨치게 한 희곡〈문 밖에서〉(1947년)이다. 1949년에는 그의 작품집이 나왔다. 그의 걸작 희곡〈문 밖에서〉는 동부전선에서 부상을 입고 귀환한 복원군인을 원재로 하여, 고향에 돌아왔으나 가정도 일터도 상실한 젊은이의 비참한 모습, 그리고 허위와 허식, 냉혹으로 가득 찬 세상 인심을 묘사하여 전후 독일의 정신 상황을 여실히 나타내고 있다. 이 작품은 서독 극장에서 일대 센세이션을 일으키고 독점적 인기를 획득한 바 있다.

줄 거 리

더 이상 팔아먹을 상품이 없는 자본가와 호전적인 장군들은 전쟁을 일으킨다. 자본가와 정치인과 군인들은 이익을 누렸지만, 젊은이들은 전쟁터에서 숱하게 죽어갔다. 사람들이 어떻게 싸움을 벌이건 자연은 항상 그대로의 자연이고, 사람들 역시 결국은 하나인데 말이다.

작품 해설

일종의 우화이며 문명비판 소설인 이 작품에는, 구체적인 인물이나 사건이 전연 등장하지 않는다. 수식이 없다시피한 간결한 문장으로 제시되는 내용은 그저 전쟁의 발발, 전쟁에서 이득을 취하는 자본가·정치가·군인들의 모습, 전쟁으로 몸과 마음이 모두 황폐해져가는 사람들의 삶 정도이다. 이때의 전쟁은 어떤 특정한 전쟁이 아닌 전쟁 일반이며, 더 나아가서는 인간들 사이에 벌어지는 파괴와 대결의 모든 형태를 가리킨다. 작가는 여기 있어서 특기할 만한 몇 가지 인간형을 제시한다. 전쟁을 이용해 상품시장을 확대하거나 정치적 입지를 강화하는 자본가·정치가·군인 등의 지배층, 죄없이 죽어가는 젊은이들, 전쟁으로 정신이 황폐화되어 사람을 죽여서는 안 된다는 기본율에 대해서도 혼란을 느끼는 사람들 —— 이들의 모습은 결국 인류가 점차 종말을 향해 치닫고 있음을 보여준다. 시든 꽃 한 송이를 보고 우는 여린 감성의 소유자이지만 숱한 사람을 죽이는 화학약품을 개발하는 데는 별 가책을 느끼지 않는 '하얀 가운을 입은 사람'의 모습에서 드러나듯이, 인간은 가까운 이들에게는 그렇지 않으면서도 알지 못하는 다수의 사람, 즉 추상적인 인간에 대해서는 파괴적이고도 잔혹하다.

작가가 작품 끝머리에 두고 있는 우화(알레고리)는 이러한 인간의 파괴성·잔혹성이 점증되어온 역사를 보여주는 것이다. 처음에는 주먹질로 시작한 싸움이 총을, 폭탄을, 결국은 세균까지 동원하는 싸움이 된다. 그러나 이렇게 싸우던 두 사람은 죽은 후 '똑같은 흙'으로 변한다. 그런데 무엇 때문에 전쟁을 벌이고 파괴를 일삼느냐는 작가의 물음은, 곧 인류사에 대한 비극적 인식을 불러온다. 기원 5천년, 자연의 다른 것들은 여전하지만 인간은 '가끔' 밖에 만날 수 없게 되었다는 서술은, 파괴와 잔혹행위를 중지하지 않는다면 인류는 스스로 자멸할 것이라는 작가의 진단을 보여주는 것이다. 작가는 이러한 암울한 인식, 문명에 대한 비판적 의식을 감정이 섞이지 않은 간결한 문체로 제시함으로써 독특한 효과를 거두고 있다.

문 제
1. 동화적이면서 어딘가 문명비평적인 시각이 깔려 있는 까닭은 무엇인가?
2. 끝 머리에 있는 우화는 어떤 의미를 갖는가?

해 답
1. 동화적인 것은 순진한 시각을 말하고, 암울한 시대에 대한 진단 의식에서 온다.
2. 인간의 파괴성과 잔혹성이 점철되어 온 역사를 보여 주고 있다.

경관과 찬송가

☞ 읽기 전에

> 1. 오 헨리 단편의 특성은 결말 처리의 독특함에 있다. 이 작품에서 나타
>   나는 오 헨리 단편의 결말처리방식이 무엇인가를 생각해 보고 그것이
>   독자에게 주고자 하는 것이 무엇인가를 생각해 보자.
> 2. 작가가 소피의 에피소드를 통해서 나타내려고 하는 것은 무엇인가? 법
>   과 질서 등의 문제와 결부시켜서 생각해 보자.

매디슨 공원의 벤치에 앉아 소피는 초조하게 몸을 움직이고 있
었다. 기러기가 밤 하늘에서 높이 울고, 물개 모피의 외투를 갖지
않은 아낙네들이 남편에게 한결 부드러워지며, 소피가 공원 벤치
에서 초조하게 몸을 간들거리게 되면 여러분은 이제 겨울이 눈
앞에 다가왔다는 것을 알게 된다.

마른 나뭇잎 하나가 소피의 무릎 위에 떨어졌다. 그것은 서리
[霜] 아저씨의 명함이다. 서리 아저씨는 매디슨 공원을 정규적인
보금자리로 삼는 주민들에게 퍽 친절해서 해마다 떳떳이 경고를
해 놓고 찾아온다. 네거리의 모퉁이에서 서리 아저씨는 하늘을
지붕 삼는 모든 족속들의 저택 문지기인 북풍(北風) 씨에게 명함

을 주면서, 그곳 거주자들에게 미리 준비를 할 수 있게 해 주기도 한다.

소피의 마음속에서는 닥쳐올 엄동 설한에 대비하여 자기 혼자만의 예산 세입 위원회가 되어야 할 시기가 왔다는 사실을 깨닫고 있었다. 그래서 그 벤치에 앉아 초조히 몸을 움직이고 있었던 것이다.

겨울을 피하고 싶은 소피의 욕망이래야 뭐 대단한 것도 아니었다. 지중해를 두루 돌아보고 싶다든가, 노곤한 남쪽 하늘 밑으로 떠나고 싶다든가, 또는 베스비어스 만에 배를 띄워보고 싶다든가 하는 따위의 생각은 꿈에도 없었다. 그가 마음속으로 간절히 바라고 있는 것은 섬에 가서 석 달만 살고 오는 것이었다. 밥과 잠자리와 마음 맞는 동무가 보장되고, 북풍과 경관의 걱정이 없는 석 달은, 소피에게는 그 이상 바랄 것 없는 가장 희한한 일처럼 느껴졌다.

여태까지 여러 해 동안 그 대우 좋은 블랙웰 섬은, 그가 겨울 동안 몸 담는 숙소가 되어 왔다. 같은 뉴욕에 살면서도 좀더 재수 좋은 친구들은 겨울마다 팜비이치나 리비에라로 가는 표를 끊곤 했지만, 그와 마찬가지로 소피도 해마다 섬으로 달아나는 조촐한 채비를 해 왔다. 간 밤에 그는 이 해묵은 공원의 분숫가에 있는 벤치 위에서 일요 신문 석 장을 등 밑에도 깔고 발목에도 두르고 무릎도 덮고 잤지만, 이것으로 추위를 물리칠 수는 없었다. 그래서 그 섬 생각이 제 때를 만난 양 소피의 마음속에 커다랗게 부풀어 오른 것이다. 그는 이 도시의 식객들을 위해 자선이란 이름으로 마련해 놓은 시설을 경멸했다. 소피의 의견으로는 법률이 자선사업보다 더 자비로웠다.

시에서 경영하거나 자선사업이 마련한 시설은 얼마든지 있어서, 그 곳에 찾아가면 간소한 생활에 알맞는 숙박과 식사를 얻을 수는 있었다. 그러나 소피 같은 긍지 높은 인간에게 있어서는 자선의 보시(布施)란 빚을 지는 일이었다. 박애의 손에서 얻는 모든 은혜에 대하여 비록 돈으로 지불하지는 않는다 하더라도, 정신의 굴욕으로 그 대가를 지불하지 않으면 안 된다.

시저에 브루투스가 있었듯이 자선의 침대에서 잠을 자려면 반드시 굴욕이라는 세금을 지불하지 않으면 안 되고, 한 조각의 빵을 얻어먹을 때마다 사사로운 개인 사정에 대한 심문을 받는 따위의 보상을 지불해야 했다. 그래서 법률의 신세를 지는 편이 낫다는 것이다. 법률은 비록 규칙에 따라 운영되기는 하나, 신사의 개인 사정에 대해서 부당한 간섭을 하지는 않는다.

섬으로 갈 결심을 한 소피는 당장 소원 성취를 위해 일에 착수했다. 이것을 하는 데는 여러 가지 손쉬운 방법이 있었다. 가장 유쾌한 방법은 어디 고급 식당에 들어가서 진탕 먹은 다음 돈이 없어 값을 치르지 못한다고 선언하고는 조용히 얌전하게 경관에게 인계되는 일이다. 나머지는 친절한 판사님이 처리해 준다.

소피는 벤치에서 일어나 공원을 어슬렁어슬렁 걸어나와서 수면처럼 평평한 아스팔트 길을 가로질렀다. 거기는 브로드웨이와 5번가가 합류하는 곳이었다. 그는 브로드웨이 쪽으로 발길을 돌려, 어느 번드르르한 카페 앞에서 발을 멈추었다. 밤마다 최고급의 포도주와 가장 값진 비단옷과 내노라 하는 인간들이 모여드는 곳이다.

소피는 조끼 제일 아랫단추에서부터 위쪽 차림은 자신이 있었다. 면도도 했고 윗도리도 별로 흉하지 않았으며 매어 둔 그대로 쓸 수 있는 말쑥한 넥타이는 감사절에 전도부인한테서 선사받은 것이었다. 아무런 의심도 받지 않고 이 식당의 테이블에 앉을 수만 있다면 성공은 틀림없다. 테이블 위에 나온 상반신을 보아서는 웨이터도 하등 의심을 품지 않을 것이다. 통째로 구운 청둥 오리 한 마리쯤 먹을만 하겠지 하고, 소피는 생각했다. 그리고 '샤블린' 백포도주 한 병, 흑맥주, 치즈, 블랙커피 한 잔, 게다가 여송연 한 개, 여송연이래야 1달러밖에 더 하겠는가. 식사대를 전부 다 쳐봐야 카페의 회계원이 더할 나위 없는 앙갚음을 하고 싶을 만큼 그리 대단한 액수도 아니리라. 더욱이 먹은 고기는 속을 가득 채워 주어서 기분 좋게 겨울의 피난처로 길을 떠나게 해 주리라.

그런데 소피가 식당문 안으로 한 발을 들여놓았을 때 웨이터 주임의 눈이, 그의 헤어진 바지와 쭈그러진 구두 위에 떨어졌다. 억센 손이 재빨리 그를 돌려세우더니 빠른 걸음으로 말 없이 보도까지 끌고 나가, 하마터면 봉변을 당할 뻔했던 청둥 오리의 불명예스러운 운명을 사전에 막아 버렸다.

소피는 브로드웨이에서 다른 길로 빠졌다. 그리운 섬으로 가는 길은 맛있는 음식을 먹고 가는 길이 못 되는 모양이었다. 달리 형무소로 들어가는 방도를 생각하지 않으면 안 되었다.

6번가 모퉁이에 판유리 너머로 전등빛 아래 교활하게 진열한 상품으로 쇼윈도를 한결 눈에 띄게 해 놓은 상점이 있었다. 소피는 돌멩이를 한 개 주워 유리를 향해 힘껏 내던졌다. 경관을 앞세우고 군중들이 모퉁이에서 달려왔다. 소피는 두 손을 호주머니에 꽂은 채 가만히 서서 경관의 모습을 보고 빙그레 웃었다.

"이런 짓 한 놈 어디 갔어?"
하고 경관은 흥분해서 물었다.

"내가 이것과 관계가 있다고 생각하시지는 않나요?"
하고 소피는 야유하는 말투가 전혀 없지는 않았으나, 마치 행운을 향해 인사하듯 다정하게 말했다.

경관은 소피의 말을 하나의 단서로조차 받아들이지 않았다. 유리창을 때려부술 만한 인간이라면 법률의 앞잡이와 이야기하려고 현장에 남아 있지는 않는다. 걸음아 날 살려라, 하고 달아나는 법이다. 경관은 반 블럭쯤 저편에 한 사나이가 전차를 잡으려고 달려가는 것을 보았다. 그는 곤봉을 빼들고 군중들과 더불어 그 뒤를 쫓았다. 두 번이나 실패한 소피는 시무룩한 기분으로 휘청 거리며 걷기 시작했다.

한길 건너편에 그다지 훌륭하지 않은 식당이 있었다. 식욕은 왕성하되 호주머니가 쓸쓸한 사람들에게 음식을 파는 곳이었다. 분위기와 음식 그릇은 두꺼웠지만 스프와 식탁보는 얇았다. 소피 는 아무런 눈총도 받음이 없이 그 꺼림칙한 구두와 감출 재간 없 는 바지를 이끌고 식당 안으로 들어갔다. 그는 식탁 하나를 차지 하여 비프스테이크와 플랩잭, 빵, 케이크와 도넛과 파이를 먹어 치웠다. 그리고는 웨이터에게 자기는 일 전 한 푼, 돈과는 인연이 먼 인간이라는 사실을 밝혔다.

"자, 얼른 순경을 불러 와요."
하고 소피는 말했다.

"신사를 오래 기다리게 해선 못써요."
"네까짓놈한테 순경이 무슨 필요가 있어!"
하고 웨이터는 버터케이크 같은 억눌린 목소리와 맨해튼 칵테일 속의 버찌 같은 눈으로 말했다.

"야 콘, 이리 좀 와!"
두 사람의 웨이터는 소피를 들어 왼쪽 귀를 아래로 해서 딴딴 한 보도 위에 보기 좋게 내동댕이쳤다. 그는 마치 목수가 접은 자 를 펴듯 관절을 하나 하나 펴면서 일어나 옷에 묻은 먼지를 털었 다. 경관에게 붙잡힌다는 것은 한갓 장밋빛 꿈에 지나지 않는 듯 한 생각이 들었다. 섬은 아주 먼 곳에 있는 듯했다. 두 집 건너, 드러그스토어 앞에 서 있던 경관은 웃으면서 길 저쪽으로 걸어 갔다.

시가를 다섯 블럭쯤 걸어갔을 때 소피는 다시 체포되고 싶은 용기가 되살아났다. 이번에는 그가 어리석게도 '이건 문제 없다' 고 생각되는 일을 할 기회가 찾아온 것이다. 얌전하고 산뜻하게 차려 입은 젊은 여자 한 사람이 쇼윈도 앞에 서서 면도용 비눗그릇, 잉크스탠드같은 진열품을 정신없이 들여다보고 있고, 그 진열장에서 2야드 떨어진 곳에 허우대가 큰 경관이 엄숙한 태도로 소화전(消火栓)에 기대어 서 있었다.

천하고 고약한 난봉꾼의 연기를 하자는 것이 소피의 계획이었다. 자기가 노리는 고기밥의, 세련되고 우아한 맵시와 근엄한 경관이 바로 가까이에 있다는 것 때문에 힘을 얻은 그는, 아담하고 알찬 조그마한 섬에서의 월동의 보금자리를 보장해 줄, 기분 좋은 경관의 손이 멀지 않아 자기 팔을 잡는 것을 깨닫게 되리라 믿었다.

소피는 전도부인에게 얻은 기성품 넥타이를 바로 고치고 쭈그러든 와이셔츠 소매를 밖으로 끌어내고는 모자를 멋있게 비뚜로 쓴 채 젊은 여자 쪽으로 옆걸음질쳐 갔다. 그리고 여자에게 추파를 던지는 한편 공연한 마른 기침과 '으흠' 소리를 연발하고는 빙글빙글 능글능글 빙긋거리면서 천하고 능글맞은 난봉꾼의 상투적인 말투를 뻔뻔스럽게 뇌까렸다. 소피는 곁눈으로 경관이 자기를 똑바로 지켜보고 있는 것을 확인했다. 젊은 여자는 두어 걸음 비켜 서서 다시 면도용 비눗그릇에 넋을 잃은 듯 주의를 기울였다. 소피는 따라가서 대담하게 옆에 다가 가서는 모자를 벗고 말했다.

"아, 이거, 버텔리어 아냐! 나하고 놀러 안 가겠어?"

경관은 아직 보고 있었다. 성가셔 하는 이 젊은 여자가 손가락으로 신호를 하기만 하면 소피는 섬의 안식처로 가는 도중에 있는 것이 된다. 벌써 그는 경찰서의 아늑한 다사로움을 느끼는 듯한 기분이 들었다. 젊은 여자는 소피 쪽으로 얼굴을 돌려 한 손을 내밀어 그의 소매를 잡았다.

"그래 가요, 마이크."

하고 여자는 기쁜 듯이 말했다.

"맥주 한잔 사 주면 말이야. 진작 말을 걸고 싶었지만 저 순경이 지켜보고 있어서 어쩔 수가 없었어요."

완전히 기분을 잡친 소피는 오크 나무에 말려 붙는 덩굴과 같은 젊은 여자를 데리고 경관 옆을 지나갔다. 그는 자유를 벗어나지 못할 운명 아래 태어난 듯이 보였다.

다음 모퉁이에서 소피는 따라오는 여자를 뿌리치고 뛰었다. 그는 밤이면 휘황한 거리와 사랑과 맹세와 달콤한 말들이 자취를 드러내는 구역에서 발을 멈추었다. 모피를 두른 여자들과 외투를 걸친 남자들이 겨울의 찬 공기 속을 들떠서 오가고 있었다. 그 어떤 무서운 마력이 자기를 체포하지 못하게 하고 있나 하는 불안이 느닷없이 소피를 감쌌다. 그렇게 생각하자 약간 무서워졌다. 그래서 휘황찬란한 극장 앞을 떡 버티고 서성거리는 또 한 사람의 경관과 마주쳤을 때, 눈에 띄는 지푸라기에 매달리듯, 그는 즉각 '안녕 질서 방해 행위'를 착수했던 것이다.

보도 위에서 소피는 거친 목소리로 술주정꾼 같은 헛소리를 고래고래 지르기 시작했다. 그는 춤을 추다가 소리지르고 그러다가 외치고 그 밖에 별의별 짓을 다하면서 수선을 떨었다.

경관은 곤봉을 빙글빙글 돌리면서 돌아서더니 한 시민에게 말했다.

"예일대학 학생인데 스탠퍼드대학을 연패시킨 축하를 하느라고 저런답니다. 시끄럽지만 위험은 없습니다. 내버려 두라는 명령을 받고 있지요."

우울해진 소피는 그 보람 없는 법석을 중지했다.

무슨 일이 있어도 경관은 나를 잡아가지 않겠단 말인가? 그의 환상 속에서 그 섬이 마치 도달할 수 없는 무릉 도원 같은 느낌이 들었다. 그는 차가운 바람을 받으면서 얇은 윗도리의 단추를 끼었다.

담배 가게에서 근사하게 차려 입은 남자 하나가 매달린 라이터로 여송연에 불을 붙이고 있는 것이 눈에 띄었다. 그 사나이가 들어가면서 세워 놓은 비단 우산이 문턱에 보였다. 소피는 안으로 들어가서 우산을 집어 들고 유유히 걸어가기 시작했다. 여송연에 불을 붙이고 있던 사나이가 부랴부랴 쫓아왔다.

"내 우산이야."

하고 사나이는 의젓하게 말했다.

"아, 그런가요?"

소피는 가벼운 도둑질을 해놓고도 모욕까지 곁들여서 비웃었다.

"그럼 왜 순경을 부르지 않나요? 내가 훔쳤소. 당신 우산을 말이요! 왜 순경을 부르지 않소? 저 모퉁이에 한 사람 서 있는데."

우산 임자는 걸음을 늦추었다. 소피는 또다시 행운이 자기에게서 달아날 것 같은 예감을 느끼며 따라서 걸음을 늦추었다. 경관이 의아한 눈초리로 두 사람을 바라보았다.

"물론."

하고 우산 임자는 말했다.

"말하자면—— 저—— 이런 착오는 흔히 있을 수 있는 일이라서—— 나는—— 만일—— 그것이 선생의 우산이라면 용서해 주셔야겠습니다. 실은—— 오늘 아침 어느 식당에서 주웠는데—— 선생 것이 확실하다면, 그야—— 제발……."

"물론 내 거요."

하고 소피는 퉁명스럽게 말했다.

우산의 전 주인은 물러갔다. 경관은 두 구획 저편을 달려오는 전차 앞에서 길을 건너려 하고 있는, 야회용 외투를 입은 한 금발의 부인을 도와 주려고 얼른 그쪽으로 갔다.

소피는 도로 공사로 파헤쳐진 길을 동쪽으로 걸어갔다. 울화가 치밀어서 우산을 구덩이 속에 집어 던졌다. 헬멧을 쓰고 곤봉을 찬 사나이들을 향해 마구 투덜거렸다. 이쪽에서 잡아주기를 바라고 있었기 때문에 오히려 그들은 그를, 나쁜 짓 할 것 같지 않은 임금처럼 생각하는 모양이었다.

마침내 소피는 찬란한 불빛도, 어수선한 시끄러움도 희미하게 멀어진 동쪽 큰 길로 나왔다. 거기서 매디슨 공원 쪽으로 방향을 돌렸다. 비록 공원의 벤치 위가 집이지만 집에 돌아간다는 본능은 그대로 작용하기 때문이다.

그러나 이상하게 적적한 길 모퉁이에서 소피는 우뚝 발을 멈추었다. 그 곳에는 높고 낮은 지붕을 가진 해묵은 교회가 흥취 있게 서 있었다. 보랏빛 유리창 너머로 부드러운 불빛이 비치고 그 안에서는 분명 오르간을 치는 사람이, 다가오는 안식일의 찬송가를 능숙하게 치기 위해 건반 위를 더듬고 있음이 틀림없었다. 왜냐하면, 그곳에서 소피의 귓전에 감미로운 음악이 흘러나와서 소용돌이 모양의 철책 옆에다 꼼짝도 못하게 그를 묶어 버렸기 때문이다.

교교한 맑은 달이 하늘에 떠 있었다. 차량도, 행인도 이젠 거의 보이지 않았다. 참새가 처마밑에서 졸린 듯 재잘거리고 있었다. 잠시 동안 주위의 풍경은 마치 시골 교회의 구내에 서 있는 것과 같았다. 그리고 오르간에서 흘러나오는 찬송가는 소피를 철책에서 떨어지지 못하게 했다. 그의 생활에도, 어머니며 장미꽃이며 희망, 그리고 친구며, 더러움을 모르는 생각이며 칼라 같은 것이 있었던 시대에, 그는 이 노래를 잘 알고 있었기 때문이다.

소피의 마음이 순순히 무엇을 받아들일 수 있는 상태가 되었다는 것과 이 예스러운 교회 주위에 감도는 감화력이 함께 엉켜 그의 영혼에 갑자기 놀라운 변화를 가져왔다. 그는 자기가 굴러떨어져 있는 구렁텅이며, 그의 생활을 구성하고 있는 타락한 나날, 야비한 욕망, 사라진 희망, 망가진 재능, 천한 동기 같은 것을 섬뜩한 마음으로 재빨리 돌이켜보았다.

그러자 다음 순간 그의 마음은 다시 이 새로운 기분에 감격적으로 호응했다. 즉각적이고 강렬한 충동이 자기의 절망적인 운명과 싸우겠다는 감동을 그에게 불러일으켰다. 시궁창에서 빠져 나와야겠다, 다시 한 번 참된 인간이 되어 보자, 점령당한 악과 싸워 이겨야 한다, 시간은 늦지 않았다, 아직도 비교적 젊다, 지난 날의 열렬했던 포부를 되살려 굽히지 않고 꾸준히 추구해 나가자, 라고 이 엄숙하고 아름다운 오르간의 가락이 마음속에 혁명을 일으켜 놓았다. 내일은 분주한 상가로 나가서 직업을 구하자. 어느 모피 수입상인이 언제가 운전수로 채용해 주겠다고 말한 적이 있다. 내일은 그 사람을 찾아가서 그 일자리를 달라고 해야지. 나도 이 세상에서 이렇다 할 만한 인간이 되어 보자. 나는……

소피는 자기 팔에 닿는 누군가의 손을 느꼈다. 얼른 돌아보니 틀림없는 경관의 얼굴이 눈에 들어왔다.

“여기서 뭘 하고 있나?”

하고 경관이 물었다.

“뭐 별로.”

하고 소피는 말했다.

“그럼 따라와”

하고 경관이 말했다.

‘섬에서 복역 3개월’ 하고, 이튿날 아침 즉결 재판소의 치안 판사가 선언했다.

〈吳正煥　譯〉

작가 소개

오 헨리(O Henry. 본명 William Sidney Porter, 1862~1910) : 미국의
소설가. 노스캐롤라이나 주에서 출생. 텍사스에서 방랑생활을 하다가 공금횡
령죄로 기소되어서 투옥되었는데 옥중에서 단편을 쓰기 시작함. 그의 소설은
모파상의 영향을 받아, 풍자와 기지가 넘치면서도 애수가 감도는 것이 특징
적이다. 교묘한 구성방식과 절묘한 화법으로 큰 인기를 누렸다. 대표작으로
는 〈크리스마스 선물〉와 〈마지막 잎새〉 등이 있는데 이들 작품은 뜻밖의 결
말을 통해서 서민의 애환을 부각시키고 있다.

줄 거 리

매디슨 공원의 벤치에 앉아 소피는 다가오는 겨울을 어디서 어떻게 보낼
것인가를 생각한다. 그의 바람은 밥과 잠자리와 동무가 보장되는, 그리고 북
풍과 경관 걱정이 없는 섬에 가서 석 달만 사는 것이었다. 물론 자선사업 하
는 곳이 없는 것은 아니나 정신의 굴욕을 그 대가로 지불해야 하기 때문에 소
피는 그 곳을 택하지 않는다. 섬으로 갈 것을 결심한 소피는 경관이 가까이
있는 곳에서 쇼윈도의 유리를 깨기도 하고 무전 걸식을 하기도 하지만 잡히
지 않는다. 난봉꾼 노릇도 해보고 우산도 훔쳐보지만 경관들은 코앞에서도
그를 체포하지 않는다. 실망한 소피는 다시 매디슨 공원으로 발길을 돌린다.
그 때 문득 해묵은 교회에서 찬송가가 흘러나오고 소피는 자신의 타락한 나
날을 반성하며 어떻게든 성실하게 살 것을 다짐한다. 그 때 소피는 누군가가
자신의 팔을 잡는 것을 느끼게 된다. 경관이다. 결국 소피는 섬에서의 복역
3개월을 선고받게 된다.

작가 해설

이 작품은 서민의 애환을 그리면서 서민들이 가지고 있는 따뜻하고 훈훈한
인정, 그리고 인간미 등을 강조하는 그의 작품경향과 맥을 같이 하면서도 다
른 작품들에 비해서 날카로운 비판의식이 돋보이는 작품이다. 〈크리스마스
선물〉, 〈인생유전〉 등이 서민들의 따뜻함에 초점을 맞추고 있다면 이 작품은
서민들의 삶의 한 단면을 형상화함으로써 사회가 가지고 있는 부조리한 측면
을 풍자하고 있는 것이다.

먼저 극빈한 상태에 처해 있는 부랑자인 소피의 모습을 생각해보자. 그는
겨울을 제외한 나머지 계절을 공원에서 기거한다. 거기에는 소피 말고도 많
은 부랑인이 존재한다. 겨울이 가까워지자 더 이상 공원에 머물 수 없는 소피
가 생각해낸 곳은 감옥이 있는 섬이다. 물론 자선단체에서 제공해 주는 잠자
리가 없는 것은 아니지만 그것은 정신의 굴욕을 대가로 하기 때문에 소피는
그 곳을 고려하지 않는다. 소피의 이러한 생각은 작가 자신이 자선사업에 대
해서 가지고 있는 비판적인 의식을 드러낸다. 명시적으로 나타내고 있지는
않지만 오 헨리가 생각하는 올바른 의미의 자선이란 그 혜택을 받는 사람이

굴욕감이나 모욕감을 느끼지 않고 인간적인 삶을 살 수 있도록 물심 양면으로 배려해주는 것이었으리라고 추측할 수 있다. 자선사업에 대한 비판의식은 이 소설이 전개됨에 따라서 경관으로 대표되는 법률과 제도에 대한 비판으로 나아간다.

섬에 끌려가기를 원하는 소피는 경미한 범죄를 저지름으로써 3개월 정도의 징역을 살게 되기를 바란다. 그러나 소피가 하는 범죄구성적인 행동은 경관의 바로 코 앞에서 이루어졌음에도 불구하고 소피는 붙들리지 않는다. 물론 이러한 모티브의 반복이 인생의 아이러니를 보여주고 있음은 사실이다. 그러나 작가는 거기에서 머무르지 않는다. 결말에서 이제 마음을 고쳐먹고 지난날을 반성하며 인간답게, 성실하게 살아보려고 마음 먹는 순간, 소피는 경관에게 붙잡히고 마는 것이다. 법률과 제도는 그것으로부터 자유로워져야 할 순간에 시민을 구속할 수도 있다는 것을 보여주고 있는 것이다.

오 헨리의 단편들이 위트와 유머를 동반한 풍자적인 성격을 갖추고 있다고 평가된다. 이 작품은 그러한 풍자적인 성격의 소설 중 대표격이다. 이 작품은 전혀 결말에 대한 복선이나 암시 없이 전개되다가 뜻밖의 결말을 유도함으로써 독자의 느낌을 강렬하게 하고 사회와 제도에 대한 풍자를 좀 더 효과적으로 드러내고 있다. 뜻밖의 결말을 보여줌으로써 독자를 아연하게 하고 작가가 나타내려고 한 주제의식을 효과적으로 나타낸 소설로써 대표적인 것은 모파상의 〈목걸이〉가 있다. 〈목걸이〉 역시 서민들의 삶의 애환과 인생의 아이러니를 보여주는 작품이다. 이런 점에서 오 헨리의 소설적 경향과 모파상의 소설적 경향의 유사성을 발견할 수 있다.

이 작품에 대해서 마지막으로 지적할 것은 소피가 부랑자적인 삶을 벗어나서 인간답게 살아보자고 생각하는 것이 교회 앞에서 거기에서 들려나오는 찬송가를 듣게 되면서였는데, 바로 그 교회 앞에서 소피는 경관에게 붙들렸다는 점이다. 이 소설의 제목이기도 한 '경관과 찬송가'의 만남, 이 부조리한 만남이 바로 인생의 아이러니를 말해주고 있다.

문 제
1. 이 작품을 통해서 작가는 비판의식과 풍자정신을 보여주고 있다. 그 비판과 풍자가 작품 속에서 무엇을 향하고 있는지, 그것이 의미하는 바는 무엇인지를 써라.
2. 이 작품과 모파상의 〈목걸이〉가 가지고 있는 형식상의 유사성은 무엇인가?

해 답
1. 경관——사회와 제도.
2. 뜻밖의 결말처리(결말의 의외성).

마테오 팔코네

포르트 벡쿄의 읍내에서 서북쪽을 향하여 섬 안쪽으로 들어가
면, 땅이 급한 경사를 이루며 높아진다. 거기에서 커다란 바위 덩
어리에 막혀 있기도 하고 구덩이져서 가끔 끊어져 버리기도 한,
꾸불꾸불한 오솔길을 세 시간쯤 걸어가면, 광대한 마키[雜木林]
의 주변에 다다른다. 마키는 코르시카의 양치는 목동이나, 경찰
에게 주목을 받는 패들의 고향인 것이다. 알아두지 않으면 안 되
는 것은, 코르시카 농민은 밭에 거름 주는 노고를 아껴 숲의 일정
한 넓이만큼에다 불을 지른다. 불이 필요 이상으로 퍼지면 할 수
없다. 될대로 되라고 내버려 둘 뿐이다. 울창했던 나무의 재로 비
옥하게 된 땅에 씨를 뿌리면 수확이 좋을 것은 확실하다. 보리
이삭을 뽑은 후—— 왜냐하면 보릿짚을 베기란 시간이 걸리므

로—— 내버려두는 데, 땅 속의 타다 남은 뿌리에서는 다음해 봄에, 잔뜩 퍼진 새 가지가 나와서 몇 년 지나면 7, 8척의 높이로 자란다. 마키란 이러한 종류의 우거진 잡목 숲인 것이다. 별의별 나무와 관목이 함부로 뒤섞여 이 숲을 이루고 있다. 이 숲에 통로를 내려면 도끼로 잘라내지 않으면 안 된다. 들의 양들까지도 지나갈 수 없을 만큼 울창하고 빽빽하게 밀생(密生)한 마키도 몇 군데 있다.

만일 여러분이 살인이라도 하거든, 포르트 벡쿄의 마키로 가는 것이 좋을 것이다. 그 곳이라면 좋은 총과 화약과 탄알만 있다면 안전하게 살 수 있다. 두건이 달린 갈색 외투를 잊어서는 안 된다. 이불과 요 대신으로 써야 하기 때문이다. 양치는 목동들은 여러분에게 양젖과 치즈와 밤을 팔아 준다. 그리고 탄약을 사러 동네로 내려가야 할 때는 별도이지만, 경찰이나 죽은 자의 피붙이들을 두려워할 필요는 조금도 없다.

18××년 내가 코르시카에 머무르고 있었을 당시, 마테오 팔코네는 이 마키에서 2킬로쯤 떨어진 곳에 집을 가지고 있었다. 이 지방에서는 상당히 부유하였으며 귀족모양, 즉 아무 일도 하지 않고 가축의 수입으로 살고 있었다. 목동들이 이 가축을 산 위로 이리저리 유목민처럼, 풀을 먹여 가며 데리고 다닌다. 내가 이 사나이와 만난 것은 이제부터 이야기하려는 사건이 일어난 지 2년 후의 일이었지만, 기껏해야 50 정도의 나이로 보였다. 몸집은 작았으나 튼튼하게 꽉 째인 모습의 사나이였으며, 새까만 곱슬머리, 매부리같은 코, 엷은 입술, 크고 날카로운 눈, 구두 뒤창과 같은 피부 빛깔—— 이러한 한 사나이를 상상해 주기 바란다. 뛰어난 사수(射手)가 이 지방엔 많았지만 그의 사격의 묘는 월등하게 뛰어났다는 정평이 있었다. 예를 들면 마테오는 산양을 쏘는데 있어서는, 사슴을 잡는 큰 산탄(散彈)을 사용하는 일은 없다. 뿐만 아니라 120보나 떨어진 곳에서도 머리든 어깨든, 자기

가 쏘고 싶은 곳을 겨누어 한 방으로 맞추어 버린다. 밤중에도 낮이나 다름없을 정도로 그는 총을 잘 쏘았다.

그의 총 쏘는 솜씨가 뛰어났다는 한 예로서 다음과 같은 이야기가 있는데, 이것은 코르시카를 여행해 본 일이 없는 사람들에게는 아마 터무니없는 엉터리라고 여겨질지도 모른다. 80보의 거리에 접시 만한 크기의 종이를 세워 놓고 그 뒤에 불을 켠 촛불을 놓는다.

마테오는 거기에 겨냥을 한다. 그리고는 딴 사람이 그 불을 끈다. 그리고 1분 후에, 캄캄한 어둠 속에서 방아쇠를 잡아당긴다. 4발 중 3발은 그 세워 놓은 종이를 뚫는다는 것이다. 이 진기한 솜씨로 인하여 마테오 팔코네는 대단히 평판이 높았다. 벗으로서는 믿음직한 존재이나 적이 되면은 위험한 인물이라고 사람들은 말하고 있었다. 뿐만 아니라 남의 일을 잘 돌보아 주기도 하고 자선도 하며 포르트 벡쿄 지방에서 일반 세상과의 평화적인 교섭을 하며 살고 있었다. 그런데 코르트의 읍내에 있을 무렵——이 코르트에서 그는 아내를 얻었지만——그는 극히 용감하게 그 경쟁자를 해치워 버렸다는 이야기가 전해졌었다. 그 상대자라는 사나이도 그러한 정사(情事)에 있어서나, 결투에 있어서도 그에 못지 않게 무서운 적수였다는 평판이 있었다는 것이다. 여하튼 그 사나이가 창가에 조그마한 거울을 걸어 놓고 면도를 하고 있었는데, 그때 총알이 한 방 어디에서 날아와 그만 쓰러지고 말았다는 것인데, 그 총은 아마 마테오가 발포했을 것이라는 소문이었다. 사건에 대한 소문이 식어갈 무렵에 마테오는 결혼했다. 아내인 쥬제파는 내리 세 명의 딸을 낳았다(그는 이것에 대해 크게 화를 내고 있었다). 그러다가 마침내 한 명의 사내 아이를 낳았다. 폴츄나트라는 이름을 붙였다. 그는 그 집의 대(代)를 이을 아이이며 일가의 희망의 대상이었다. 딸들은 모두 훌륭하게 시집을 갔으므로 부친은 일사 유사시에는 그 사위들의 단도(短刀)나 소총을 기대할 수가 있었다. 아들은 겨우 열 살밖에는 안 되었지만, 벌써부터 훌륭한 경향이 엿보였다.

어느 가을날, 마테오는 마키의 공지에 놓아 먹이는 가축을 돌아보기 위해 아내를 동반하고 아침 일찍부터 외출했다. 어린 폴츄나트도 함께 따라가겠다고 졸랐으나 먼 곳이기도 할 뿐만 아니라, 누구든 집을 지킬 사람이 남아 있지 않으면 안 되었으므로 부친은 그 청을 들어주지 않았다. 그가 이 일을 후회할 필요가 없었는지 어떤지는 나중에 가서 알게 될 것이다.

양친이 외출한 후 네댓 시간이 지났다. 어린 폴츄나트는 햇볕이 잘 쪼이는 곳에 조용히 누워서, 푸르게 연이어진 산들을 바라보면서 다음 일요일에는 읍내의 카포라르의 백부 댁에 가서 맛있는 점심을 먹는다는 것을 생각하고 있었다.

그런데 갑자기 그의 명상을 깨뜨리는 한 발의 총성이 울렸다. 어린이는 벌떡 일어나 그 총소리가 난 들 쪽을 바라보았다. 계속해서 불규칙한 간격을 두고 2, 3발의 총성이 울렸다. 뿐만 아니라 총성은 점점 다가오고 있는 듯했다. 이윽고 들 쪽으로부터 마테오의 집으로 통하고 있는 오솔길에 한 사나이의 모습이 나타났다. 바라보니 그 사나이는 산 속에서 사는 사람들이 쓰고 다니는 예의 뾰죽한 모자를 쓰고 수염 투성이의 얼굴에, 헤어진 남루한 옷을 걸치고 총을 지팡이 삼아 간신히 질질 다리를 끌고 오고 있었다. 바로 조금 전에 허벅다리를 한 방 맞았던 것이다.

이 사나이는 예의 '산 속으로 도망쳐 들어간 범죄자'이며 밤을 타서 읍내로 화약을 사러 나왔다가 잠복하고 있던 코르시카의 선발병(選拔兵)에게 들켰던 것이다. 완강한 저항을 시도한 연후에 간신히 한쪽 혈로를 뚫고 나왔으나 격심한 추격을 받아 바위에서 바위로 몸을 숨기면서 때때로 응전(應戰)하며 여기까지 빠져 나올 수가 있었던 것이다. 그러나 그는 군인들보다 아주 조금밖엔 앞서지 못했으며 체포되기 전에 마키에 당도하기란, 특히 부상을 입은 몸으로서는 불가능했다.

사나이는 폴츄나트에게 다가와서 말했다.

"너는 마테오 팔코네의 아들이지?"

"그래요."

"난 말이다, 쟈네트 상피에르라는 사람이다. 노란 깃(黃襟＝당
시의 선발병의 제복은 카키 복에 노란 깃을 달고 있었다)을 단 놈들
이 뒤에서 쫓아오고 있다. 날 좀 숨겨다오. 난 이젠 걸을 수가 없
어."

"아버지게 물어 보지도 않고 아저씰 숨겨 주면, 아버지가 뭐라
고 하실까?"

"틀림없이 참 좋은 일을 했다고 칭찬할 게다."

"글쎄?"

"야, 빨리 숨겨다오. 빨리! 놈들이 온다."

"아버지가 올 때까지 기다려요."

"뭐 기다리라구? 바보같은 소리 말아! 놈들은 5분도 되기 전
에 여기로 온다. 자, 빨리 숨겨 달라면 숨겨줘! 안 그러면 죽일
테다."

폴츄나트는 눈썹 하나 까딱하지 않고 대답했다.

"아저씨 총은 탄알이 없는 빈 총이 아냐? 그리고 아저씨의 띠
(탄약집도 되고 지갑도 되는 가죽 띠)에도 탄알이 없지 않아?"

"단도가 있다."

"그렇지만 나처럼 빨리 뛸 수 있어요?"

아이는 훌딱 뛰어 손이 닿지 않는 곳에 가 섰다.

"넌 마테오 팔코네의 아들이 아니구나! 네 집 앞에서 내가 잡
히게 내버려 둘 작정이냐?"

아이는 마음이 흔들린 모양이었다.

"아저씨를 숨겨 주면 무얼 줄테야?"
하고 아이는 다가오면서 말했다.

범죄자는 허리에 차고 있던 가죽 주머니를 뒤져, 화약을 사려고 아껴 두었을 것임에 틀림없는 5프랑 은전 한 닢을 꺼냈다. 폴 츄나트는 은전을 보더니 빙긋이 웃었다. 그것을 낚아채서 가지고는 쟈네트에게 말했다.

"걱정 말아요, 아저씨."

아이는 곧 집 옆에 놓여진 마른 풀더미에 커다란 구멍을 냈다. 쟈네트가 그 안에 쭈그리고 앉으니까, 아이는 숨쉬기에 좋을 만큼 약간 공기가 통하게 하고는, 더구나 이 풀더미에 사람 하나 숨겨 놓았다고는 생각지도 못하게 구멍을 틀어막았다. 거기다가 또 상당히 교묘한 미개인(未開人)다운 생각을 해냈다. 암코양이와 그 새끼들을 데려다가, 풀더미가 아까부터 움직이지 않은 것처럼 여기게끔 하려고, 그 위에 올려 놓았다. 그리고는 집 근처의 길에 핏자국이 있는 것을 보고 조심성 있게 흙을 덮고는 그것이 끝나자 아주 시치미를 뚝 떼고 다시 양지 쪽에 드러누웠다.

몇 분이 지나자 노란 깃에다가 갈색 군복을 입은 6명의 사나이가, 한 특무상사의 지휘를 받으며 마테오의 집 어귀까지 왔다. 이 특무상사와 팔코네와는 약간 먼 친척이 되는 사이였다(주지하는 바와 같이 코르시카에서는 다른 지방보다 훨씬 먼 일가 친척까지도 다 따진다). 이 사나이는 치오도르 감바라고 했다. 수완이 있는 사나이로, 범인들이 몹시 무서워하고 있었다.

"야, 잘 있었나? 많이 컸구나! 지금 막 사람이 하나 지나가는 걸 봤지?"
하고 그는 폴츄나트에게 다가오면서 말했다.

"뭘! 난 아직 아저씨만큼 크지 못해."
하고 아이는 멍청하게 말했다.

"이제 곧 그렇게 되지. 그런데 사람이 하나 지나가는 걸 보지 못했니?"

"사람이 하나 지나가는 걸 봤느냐고요?"

"응, 검은 빌로드의 뾰죽한 모자를 쓰고 빨강과 노란 무늬가 있는 윗도리를 입은 사나이인데?"

"검은 빌로드의 뾰죽 모자를 쓰고 빨강과 노란 무늬가 있는 윗도리를 입은 사나이?"

"응, 그래. 빨리 말해라. 내 말을 되풀이하지 말고."

"오늘 아침 신부님이 말을 타고 우리집 앞을 지나갔어. 아버지는 잘 계시냐고 하길래, 난 그 신부님에게 말해 주었어……."

"에이, 건방진 녀석이군. 시치미를 떼고 있어! 쟈네트는 어느 쪽으로 갔나 빨리 말하란 말이야. 우린 그 놈을 찾고 있는 거야. 그 놈이 이 길을 지나간 것을 나는 다 알고 있단 말이야."

"알기는 뭘 알아?"

"뭘 아느냐고? 난 네가 그 놈을 본 것도 알고 있단 말이야."

"자고 있어도 지나가는 사람이 보이나?"

"넌 자고 있지 않았단 말이야. 이 고약한 녀석아! 총소리에 깨어 있었단 말이야."

"그럼, 아저씨의 총이 그렇게 큰 소리를 낸다고 생각하고 있어? 우리 아버지 나팔 총은 더 큰 소리를 낸단 말이야."

"할 수 없는 녀석이군. 요 나쁜 새끼! 네가 쟈네트를 본 건 확실해. 그뿐 아니라 아마 네가 숨겼을 거다. 자아, 너희들 이 집에 들어가서 그 놈이 있나 없나 뒤져봐라. 그 놈은 이미 한 쪽 다리밖에 쓰지 못하거든. 더구나 그 놈은 절룩거리며 마키에 가려고 버둥거리기에는 약간 약아 빠진 놈이란 말이야. 더구나 핏자국도 여기서 그치고 있다."

"그렇지만 아버지가 뭐라고 할까? 아버지가 없는 틈에 집 안을 사람들이 뒤졌다면 뭐라고 할까 몰라."

하고 폴츄나트는 냉소하면서 말했다.

"이 건방진 놈아!"

하고 감바 특무상사는 아이의 귀를 잡아당기며 말했다.

"이봐, 내가 하려고만 하면 너에게 자백을 받아낼 수도 있지. 칼등으로 한 스무 번쯤 때리면 너도 나중엔 자백할 거다."

그런데 폴츄나트는 여전히 냉소하고 있었다.

"우리 아버지는 마테오 팔코네란 말이야!"

하고 그는 힘을 주어 말했다.

"이봐, 이 꼬마 녀석아. 난 너를 코르트나 바프챠에도 끌고 갈 테다. 발에 쇠고랑을 채워서 감옥의 짚 위에 넘어뜨릴 테다. 쟈네트 상피에르가 어디 있는가 말하지 않으면 기요틴(斷頭臺)에 올려 놓겠단 말이야."

아이는 이 바보같은 위협에 웃음을 터뜨렸다. 그리고 이렇게 되풀이했다.

"우리 아버지는 마테오 팔코네란 말이야."

"특무상사님, 마테오하고 맞서는 짓은 하지 맙시다."

하고 선발병의 하나가 속삭였다.

감바는 분명히 난처한 모양이었다. 그는 사병들과 낮은 소리로 의논하였다. 그들은 이미 온 집 안을 다 뒤져 본 뒤였다. 그렇게 시간이 걸리는 일은 아니었던 것이다. 코르시카 인의 집은 사각형의 방 하나뿐인 것이다. 가구라고는 테이블과 걸상, 궤짝과 사냥 도구, 부엌 도구가 다였다. 그동안에 조그만 폴츄나트는 암코양이를 쓰다듬으며 선발병과 감바의 난처함을 심술궂게 즐기고 있는 것 같았다.

한 사병이 마른 풀더미로 다가갔다. 암코양이를 보더니, 자기가 다짐하는 것이 우습다고 여기기라도 하는 듯, 어깨를 움츠리고 아무렇게나 건초더미를 총검으로 찔렀다. 아무것도 움직이지 않았다. 그리고 아이 얼굴에는 털끝 만큼도 동요의 빛이 보이지 않았다.

특무상사와 그 부하는 거의 절망하고 있었다. 이미 그들은 오던 길로 되돌아가려고 생각이나 하는 듯이 정말로 들 쪽을 바라보고 있었다. 그때, 지휘자는 팔코네의 아들에게는 협박 같은 건 해 보았자 아무 효력도 없다는 것을 알았다. 최후의 노력을 해 보는데 회유와 뇌물의 힘으로 한 번 시험해 보려고 했다.

"야, 너는 정말로 빈틈없는 아이로구나! 넌 머지않아 훌륭한 아이가 될 거야. 그러나 나를 놀리면 못쓴다. 만일 내가 마테오 형님께 걱정을 끼쳐도 상관없다고만 생각한다면 물론이지! 너를 잡아 간단 말이야!"

"흥!"

"그럼, 형님이 돌아오면 그 이유를 설명해 준단 말이야. 그러면 너는 거짓말을 한 죄로 피가 나도록 회초리로 얻어맞을 거다."

"어떻게 그걸 알아요?"

"임마, 두고 봐……야, 그러나 말이다……정직하게 말해 봐. 그러면 네게 선물을 줄 테니 말이다."

"난 말입니다. 아저씨에게 하나 충고하겠는데요. 다름이 아니라, 이 이상 더 머뭇거리고 있다가는, 그 쟈네트는 마키로 들어가 버릴 거에요. 그렇게 되면 아저씨네 같은, 건장한 사람이 몇 사람씩이나 잡으려 가야 하지 않아요?"

특무상사는 호주머니에서 실로 10에큐 정도는 나가는 시계를 꺼냈다. 그리고 폴츄나트의 눈이 그 은시계를 보고 번뜩이는 것을 간파하자, 강철 시계줄의 한쪽 끝에 시계를 늘어뜨리고 흔들면서 이렇게 말했다.

"야, 임마! 이런 시계를 목에 걸어 보고 싶지 않냐? 그리고 포르트 벡쾨의 거리를 공작새처럼 버티고 산보해 보지 않을래? 그러면 모든 사람이 너에게 묻는단 말이야. '지금 몇 시에요?' 하고 말이다. 그러면 너는 그 녀석들에게 이렇게 말한단 말이다. '내 시계를 보라' 하고."

"내가 크면 후제 카포라르의 아저씨가 시계를 준단 말이야."

"암 그렇지. 그러나 아저씨의 아들은 벌써 시계를 가지고 있는 걸…… 하기야 이것만큼 근사한 것은 아니지만 말이다. 그러나 그 아이는 너보다도 더 어리단 말이야.”

어린아이는 한숨을 쉬었다.

“어떠냐, 이 시계 갖고 싶지 않나?”

정말로 갖고 싶은 듯이 시계를 바라보고 있는 폴츄나트의 모습은, 병아리를 통째로 눈앞에 바라보고 있는 고양이와도 같았다. 자기가 놀림을 받고 있다는 것을 알기 때문에, 고양이는 감히 발톱을 대지는 않고, 때때로 유혹에 빠지는 일이 없도록 하기 위해 눈길을 돌린다. 그러나 연방 혀를 날름거리면서 주인을 향하여 이렇게 말하는 듯한 모습을 한다.

‘당신의 농담은 정말 가혹하군요……’ 라고.

그러나 감바 특무상사는 자기의 시계를 내주는 것을 진심으로 하는 모양이었다. 폴츄나트는 손을 내밀지 않았지만, 쓰디쓴 웃음을 띠우면서 이렇게 말했다.

“왜 나를 놀리는 거야?”

“천만에! 놀리기는. 쟈네트가 어디에 있는가 그것만 가르쳐 주면 이 시계는 네 것이 된다.”

폴츄나트는 의심스럽다는 듯이 웃음을 보였다. 그리고 특무상사의 눈을 자기의 검은 눈으로 뚫어지게 쳐다보면서 상대방의 말을 어디까지 믿어야 할 것인가를 알아내려고 애쓰고 있었다.

“만일 그런 연후에 이 시계를 너에게 안 준다면, 네가 내 견장을 잡아뜯어도 좋아.”

하고 특무상사는 외쳤다.

“이 내 부하들이 증인이다. 나는 약속을 저버릴 수가 없지 않겠니?”

이렇게 말하면서 그는 시계를 차츰 어린이에게로 가까이 가져다 마침내 어린이의 뺨에 거의 닿게 했다.

어린이는 시계를 갖고 싶은 마음과 숨겨준 자에 대한 의리가

서로 싸우는 갈등을 역력히 그 표정에 나타냈다. 그 벌어진 앞가
슴은 심하게 뛰었고 마치 숨이라도 막혀 오는 듯했다.

그러는 동안에도 시계는 여전히 좌우로 흔들리면서 빙빙 돌기
도 하고 때때로 어린이의 코 끝에 닿기도 했다. 마침내 그의 오른
손은 조금씩 조금씩 시계를 향해 뻗어갔다. 손끝이 시계에 닿았
다. 그리고 특무상사는 시계줄을 놓지 않은 채로 있었지만, 시계
의 무게는 완전히 어린이의 손에 있었다. 그 문자판은 하늘색이
었다. 테두리는 윤이 났다. 햇볕을 받아 마치 그 곳이 불에 타는
듯이 보였다. 유혹은 너무나도 강했다.

폴츄나트는 왼손을 들었다. 그리고 엄지를 어깨 너머로 넘기면
서, 자기가 기대고 있는 마른 풀더미를 가리켰다. 특무상사는 이
내 알아차렸다. 그는 시계줄을 놓았다.

폴츄나트는 시계가 자기의 것이 되었다는 것을 느꼈다. 사슴처
럼 몸도 가볍게 벌떡 일어섰다. 그리고 마른 풀더미에서 열 발자
국쯤 떨어져 나갔다.

선발병들은 즉시 마른 풀더미를 허물기 시작했다.

이윽고 마른 풀더미가 움직이기 시작했다. 그리고 피투성이가
된 한 사나이가 단도를 손에 들고 거기서 나왔다. 그는 일어서려
고 했는데, 상처 때문에 이미 서 있을 수 없을 지경이었던 것이
다. 그는 쓰러졌다. 특무상사는 달려들어 단도를 빼앗았다. 반항
은 하였으나 이내 그는 꽁꽁 묶이고 말았다.

장작단처럼 묶여서 땅에 나둥그러진 쟈네트는 다가오는 폴츄
나트 쪽으로 얼굴을 돌렸다.

"그래도 마테오의……!"
하고 그는 분노보다도 모멸(侮蔑)에 찬 어조로 말했다.

아이는 가질 자격이 없어졌다고 느꼈는지, 그가 준 은전을 내
던졌다. 그러나 범인은 이 동작을 마음에 두는 기색도 없었다. 그
는 특무상사에게 무척 냉담하게 말했다.

"미안하지만 감바, 난 걷지 못한다. 동네까지 둘러메고 가 주
어야 되겠네."

"이놈 봐라. 바로 아까는 새끼 사슴보다도 더 빨리 뛰지 않았
나."

하고 잔인한 승리자는 말을 받았다.

"그렇지만 안심하라. 너를 잡아서 기분이 좋으니까 10리쯤 업
고 가도 상관 없다. 어쨌든 말이야. 나뭇가지와 네 외투로 탈 것
을 만들어 주지. 그레스포리의 농가에 가서 말을 구해 주겠다."

"좋다."

하고 범인은 말했다.

"그리고 탈것에는 짚을 좀 깔아서 편하게 해 주게나."

선발병들이, 한편에서는 밤나무 가지로 일종의 들것을 만들고
한편에서는 쟈네트의 상처에 붕대를 감아주며 일하고 있을 때,
별안간 마테오 팔코네와 그 아내가, 마키로 통하는 오솔길의 모
퉁이에 나타났다. 아내는 밤이 든 커다란 자루를 메고, 무거워서
괴로운 듯이 등을 구부리고 이리로 온다. 그녀의 남편은 손에 한
자루의 총밖에 들지 않았으며 다른 한 자루의 총은 어깨에 메고
유유히 걸어오고 있다. 무기 이외의 무거운 짐을 진다는 것은, 남
자에게는 불명예스러운 일인 것이다.

사병들을 보자 마테오는 대뜸 그들이 자기를 잡으러 온 것이
아닌가 하고 생각했다. 그러나 어째서 이런 생각을 했을까? 도대
체 마테오는 관헌과 무슨 시비라도 저질렀던가? 아니다. 그는 평
판이 좋은 사나이이다. 소위 '명성 있는 인물'이다. 그러나 그는
코르시카 인이며 산에 사는 주민이다. 그리고 산에 사는 코르시
카 인으로 기억을 잘 더듬어 보면, 총으로 쏘았다든가 단도로 찔
렀다든가, 그 밖의 사소한 죄라고 할 수 있는 조그마한 과실이 없
는 자는 거의 없었다. 마테오는 다른 패들보다는 결백하다고 여
기고 있었다. 10년 이상이나 남에게 총을 쏜 일이 없다. 그러나

그는 신중했다. 만일의 경우에는 당당히 대항할 수 있는 태세를 갖추었다.

"여보, 자루를 내려놓고 준비하오."
하고 그는 쥬제파에게 말했다.

아내는 즉시 그대로 했다. 그는 둘러메고 있던, 방해가 될지도 모르는 총을 아내에게 내주었다. 손에 들고 있던 총의 공이치기를 올리고, 길가의 가로수를 따라 서서히 집 쪽으로 전진해 갔다. 이렇게 하여 상대방이 조금이라도 공격해 오는 기색이 보이면, 제일 굵은 나무 뒤로 뛰어들어 그곳에서 안전하게 쏠 수 있게끔 하였다. 아내는 다른 또 하나의 총과 탄약 그릇을 가지고 이내 뒤를 따랐다. 전투시의 아내의 일은, 남편의 총에 탄환을 재는 일인 것이다.

한편 특무상사는, 마테오가 총을 겨누며 방아쇠에 손을 대고 이렇게 서서히 전진해 오는 것을 보고 크게 당황했다.

'만일 마테오가 쟈네트의 친척이든가 친구일 것 같으면, 그리고 그 놈을 두둔하겠다고 생각한 거라면 그의 두 자루의 총의 탄환은 우편의 편지와 마찬가지로 영락없이 우리들 두 사람에게 명중할 것이다. 그가 나와 친척인 데도 불구하고 나를 겨눈다면!'
하고 그는 생각했다.

당황한 끝에 그는 대단히 용감한 결심을 했는데, 그것은 아는 처지로서 사건을 설명하기 위해서 홀로 마테오 쪽으로 나아가는 것이었다. 그러나 그와 마테오와의 짧은 거리가 무섭게 긴 것처럼 여겨졌다.

"오오! 형님."
하고 그는 외쳤다.

"안녕하시오? 납니다. 사촌인 감바에요."
마테오는 한 마디도 없이 걸음을 멈추었다. 그리고 상대방이 지껄임에 따라 차차 총구를 올리고, 특무상사가 그에게 다달았을 때에는 총구는 완전히 하늘을 향하고 있었다.

"안녕하십니까? 꽤 오래간만인데요."

"오래간만이군."

"지나는 길에 형님과 형수에게 인사하려고 들렀어요. 오늘 우린 상당히 걸었지만 피로했다고 투덜거릴 것도 없지요. 굉장한 놈을 잡았으니까요. 우리는 지금 막 쟈네트 상피에르를 체포했거든요."

"아이 고마워라!"

하고 쥬제파는 외쳤다.

"그녀석이 지난주에 우리집 젖 산양을 한 마릴 훔쳐 갔어."

이 말을 듣고 감바는 기분이 좋아졌다.

"가엾게도 배가 고파서 그랬던 거야."

하고 마테오는 말했다.

"그새끼, 사자처럼 반항했지 뭐에요."

하고 특무상사는 약간 약이 올라 말을 이었다.

"그새끼, 내 부하인 선발병을 하나 죽이고 더구나 그것만으로도 부족해서 샤르튼 하사의 팔을 부러뜨렸지 않아요. 하기야 별일은 아니었지만, 기껏해야 불란서인이었으니까……. 그리고 그새끼, 아주 교묘하게 숨어 버려서 도저히 찾을 수 없을 뻔했어요. 폴츄나트가 아니었더라면 못 찾을 뻔했어요."

"폴츄나트라구!"

하고 마테오는 외쳤다.

"폴츄나트라고요!"

하고 쥬제파도 반복했다.

"그래요. 쟈네트는 저 마른 풀더미 속에 숨어 있었단 말이에요. 그런데 그 애가 내게 가르쳐 줬거든요. 그래서 가포랄의 아저씨에게, 상으로 훌륭한 선물을 그 애에게 보내도록 얘기할 작정입니다. 그 애와 형님 이름을 담당 검사님한테 보내는 보고서에

써 두겠습니다."
　"저 바보같은 놈이!"
하고 마테오는 낮은 소리로 말했다.
　세 사람은 분대(分隊)가 있는 곳까지 왔다. 쟈네트는 이미 들
것에 의해 출발하려던 참이었다. 그는 감바와 같이 오는 마테오
를 보자 야릇한 미소를 띠었다. 그리고는 집의 문 쪽을 향해, 이
렇게 말하면서 문턱에다 침을 탁 뱉았다.
　"배반자의 집이다!"
　배반자라는 말을 팔코네에다 대고 감히 하는 자는 죽음을 각오
한 사나이만이 할 수 있는 것이었다. 두 번 다시 휘두를 필요도
없는 일격의 단도가 즉시 이 모욕에 보답했을 것이리라. 그런데
마테오는 짓밟힌 사나이처럼 이마에 손을 얹었을 뿐 아무 짓도
하지 않았다.
　폴츄나트는 부친이 돌아오는 것을 보자 집 안으로 들어갔다.
즉시 우유를 한 잔 가지고 다시 나오더니 눈을 내리깔고 쟈네트
에게 내밀었다.
　"저리 가지 못해!"
하고 범인은 벼락같이 소리를 질렀다.
　그리고 선발병의 한 사람을 보고,
　"형, 물 좀 주게."
하고 말했다.
　사병은 그의 손에 수통을 쥐어 주고, 범인은 조금 아까까지 맞
대고 총질을 한 이 사나이가 주는 물을 마셨다. 그리고 나서 그는
두 손을 등에다 묶지 말고 가슴 위에 묶어 주도록 부탁했다.
　"나는 편하게 눕고 싶단 말이야."
하고 그는 말했다.
　사람들은 얼른 해달라는 대로 해주었다. 그리고 특무상사는 출
발의 신호를 하고 마테오에게 작별을 한 후 —— 마테오는 대답하

지 않았다 —— 빠른 걸음으로 들판으로 내려갔다.

마테오가 입을 벌린 것은 10분 가까이 지나서였다.

아이는 불안한 표정으로 모친을 쳐다보기도 하고 부친을 쳐다보기도 하고 있었는데, 부친은 총을 지팡이로 짚고 서서 분노에 찬 표정으로 아이를 노려보고 있었다.

"처음으로 한 일 치고는 훌륭하기 짝이 없는데!"

하고 마테오는 마침내 조용한, 그러나 그를 잘 아는 자에게는 정말 무서운 목소리로 말했다.

"아버지!"

하고 아이는 눈에 눈물을 글썽거리면서 아버지의 무릎에 매달리려는 듯이 앞으로 나오면서 외쳤다.

그러나 마테오는 소리를 버럭 질렀다.

"옆에 오지 마라!"

그러자 아이는 부친에게서 몇 발짝 떨어진 곳에서 걸음을 멈추고 꼼짝도 하지 않고 서서 흐느껴 울었다.

쥬제파가 다가왔다. 그녀는 폴츄나트의 셔츠에 시계줄이 한 가닥 나와 있는 것을 보았다.

"이 시계는 누가 줬니?"

하고 그녀는 준열한 어조로 물었다.

"특무상사 아저씨."

팔코네는 시계를 끄집어내어 돌에다 내던져 박살을 내버렸다.

"여보, 이 새끼가 내 자식이야?"

쥬제파의 거무스름한 뺨은 벽돌처럼 새빨개졌다.

"뭐라구요? 마테오, 누구를 보고 하는 말이에요?"

"그렇다면 이 자식은 내 핏줄기를 탄 것 중에서는 최초의 배반자야."

폴츄나트가 흐느껴 우는 소리는 더 강해졌다. 팔코네는 여전히 살쾡이와도 같은 눈으로 아이를 주시하고 있었다. 드디어 총개머

리로 땅을 툭툭 치더니 총을 어깨에 메고 폴츄나트더러 따라오
라고 소리지르며 마키로 가는 길로 걷기 시작했다. 아이는 따라
갔다.

쥬제파는 마테오를 쫓아가서 그 팔을 잡았다.

"그 애는 당신 자식이에요."

하고, 그녀는 남편이 마음속에 무엇을 생각하고 있는지 알려는
듯이, 검은 눈으로 남편의 눈을 응시하고 목소리를 떨며 말했다.

"상관 마라, 나는 이 놈의 애비야."

하고 마테오는 대답했다.

쥬제파는 아이에게 키스하고 울면서 집으로 들어갔다. 그녀는
마리아상 앞에 무릎을 꿇고, 정신없이 기도했다. 그동안에 마테
오는 오솔길을 거의 2백 보쯤 전진하여, 조그마한 분지(盆地)에
이르자 비로소 걸음을 멈추고 그리로 내려갔다. 총개머리로 땅을
두들겨 보니 땅이 물러서 구덩이를 파기 쉽다는 것을 알았다.

자기 생각에는 이 장소가 안성 맞춤인 것같이 여겨졌다.

"폴츄나트, 저 돌 옆으로 가라."

아이는 그 말대로 하고 그리고는 무릎을 꿇었다.

"기도를 해."

"아버지, 아버지 죽이지 말아요."

"기도를 하란 말이야!"

하고 마테오는 무서운 목소리로 되풀이했다.

아이는 흐느껴 울면서 입 속에서 중얼중얼, 파텔(카톨릭에서의
천주경) 주기도문의 첫 구절과 그레도(역시 카톨릭에서의 종도신경
(宗徒信經)의 첫구절이며 그 신경의 이름)를 외웠다. 부친은 하나
하나 기도의 구절이 끝날 때마다 아멘, 하고 굵은 목소리로 함께
외웠다.

"네가 아는 기도문은 그것뿐이냐?"

"아버지, 또 아베 마리아(카톨릭에서의 성모경(聖母經))의 첫

구절과 아주머니한테 배운 도문(禱文, 이것도 카톨릭에서 외는 경문의 하나로서, 선창자가 계를 염(念)하면 다른 사람들이 응을 염한다)을 알고 있어요.”

“그건 좀 길다. 그러나 좋다 해라.”

아이는 기어들어가는 목소리로 도문을 다 외웠다.

“그것으로 끝이냐?”

“아버지, 제발 한 번만 용서해 주세요! 이제 다시는 안그럴께요! 카포랄의 아저씨에게 쟈네트를 용서해 주라고 내가 가서 열심히 사정할께요!”

아들의 말이 채 끝나기도 전에 마테오는 총의 방아쇠에 손을 대고 겨냥하면서 말했다.

“하느님께 용서를 빌어라!”

아들은 일어나 아버지의 무릎을 얼싸안으려고 절망적인 노력을 시도했다. 그러나 이미 때는 늦었다. 마테오는 방아쇠를 잡아당겼다. 폴츄나트는 픽 쓰러지자 이내 숨지고 말았다.

마테오는 그 시체는 보지도 않고 집을 향하여 걷기 시작했다. 아들을 파묻기 위해 삽을 가지러 가는 것이다. 대여섯 발짝도 가기 전에 그는 총소리를 듣고 깜짝 놀라 달려오는 쥬제파와 마주쳤다.

“대체 무슨 짓을 했어요! 아이는…….”

하고 아내는 외쳤다.

“판결을 내렸소.”

“그, 그 애는 어디……?”

“저 분지에 있오. 지금 파묻으려 하오. 그 놈은 신자로서 죽었소. 미사를 드려 줍시다. 사위 치오도르 비양키에게 함께 와서 살자고 전하시오.”

〈朴姓信 譯〉

 P. 메리메(Prosper Mérimée, 1803~1870) : 프랑스의 소설가, 극작가, 역사가. 22세 때 처녀작 〈클라라 가줄의 극〉을 발표하여 문단에 데뷔했다. 이후 많은 작품을 발표하여 문명(文名)을 높혔으며, 역사·고고학·언어학 등의 연구로도 널리 알려져, 문단에 대해서는 오히려 국외자의 태도를 취했다. 사적 감독관이 되었고, 또 제2제정 시대에는 상원의원이 되어 궁중에 중용되었고 나폴레옹 3세의 저서 〈케사르전〉 저술에도 협력했다. 작가로서의 메리메는 낭만주의 시기에 출발했으나, 결국에는 근대 리얼리즘의 선구자 중 한 사람이 되었다. 그의 스승 스탕달의 영향을 받아 리얼리즘의 수법과 태도를 지키고, 이지적·회의적 인생관에 의하여 여러 시대와 풍토 속의 인간상을 기지 있게, 단정하고도 냉엄한 문체로 표현했다. 장편소설 《콜롬바》, 《샤를르 9세의 연대기》, 《카르멘》 등 외에도 다수의 우수한 단편을 남겼다.

줄 거 리

 마테오 팔코네는 뛰어난 사수(射手)로, 코르시카 지방에서는 명망이 높은 사람이었다. 어느 날 그가 아내와 함께 가축을 돌아보기 위해 나간 사이에, 군인들에게 쫓긴 도망꾼이 그의 집으로 찾아든다. 쟈네트라는 이름의 그는 마테오의 어린 아들 폴츄나트에게 숨겨 달라고 부탁하고, 쟈네트가 내민 은화에 마음이 동한 폴츄나트는 그 부탁을 들어주기로 한다. 곧 이어 군인들이 들이닥친다. 폴츄나트가 쟈네트를 숨겼으리라 짐작한 지휘관은 은시계를 주겠다는 약속으로 폴츄나트를 달래, 쟈네트가 숨은 곳을 알아내고 그를 체포한다. 체포된 쟈네트는 폴츄나트에게 경멸의 시선을 던지고, 마침 집으로 돌아오는 마테오를 향해 '이건 배신자의 집이다!'라고 외친다. 분격한 마테오는 아들을 숲속으로 데리고 가 자기 손으로 쏘아 죽인다.

 작품 해설

 〈마테오 팔코네〉는 코르시카 인의 문화와 정서에 대한 이해를 요구하는 작품이다. 도망자를 숨겨 주기로 하고는 추적자가 약속하는 은시계에 홀려 거꾸로 도망자를 넘겨 준 아들, 나이로 따지자면 10세밖에 되지 않은 아들을 '배신자'라는 이유로 쏘아 죽인다는 이 소설의 내용은, 오늘날 우리의 통상적인 감각으로는 이해하기 힘들다. 경쟁자를 쏘아 죽임으로써 아내를 맞아 들였다는 마테오 팔코네의 전력(前歷)도 이해하기 어렵기는 마찬가지이다. 코르시카에서도 범죄자와 기타의 거친 사람들이 모여 산다는 마키(잡목림)의 생리를 전제해야만 비로소 〈마테오 팔코네〉는 진실성을 담고 있는 작품으로 인정될 수 있을 것이다.

 P. 메리메는 자아를 드러내는 것을 극도로 싫어한 작가로 유명하다. 따라서 그는 낭만주의가 전성하고 있는 문단에서는 특이한 존재였으며, '감격 무용(無用)'이라는 그의 주의는 절제된 필치와 조화되어 독특한 분위기를 만들

어 냈다. 〈마테오 팔코네〉에서도 그런 특성을 찾아볼 수 있다. 이 작품에서 인물들의 내면은 거의 드러나지 않는다. 특히 마테오 팔코네의 경우 어린 아들, 그것도 외아들을 쏘아 죽이게 되기까지 내면의 복잡한 갈등은 분명히 있었을 것으로 생각됨에도, 작가는 그에 대해 어떤 설명도 하지 않는다. 배신이란 죽음보다 더한 치욕이라는 분명한 의식, 아들에 대한 애정, 배신자라는 오명을 쓴 아들에 대한 분노, 이런 심리를 독자는 다만 상상해 볼 수 있을 뿐이다. 마테오 팔코네는 오로지 행동과 대사를 통해 묘사되고 있기 때문에, 그가 주는 단호함의 인상은 더욱 깊게 각인된다. 그는 아무런 갈등 없이 배신자는 용납할 수 없다는 마키의 윤리에 따르고 있는 것으로 보이며, 그 윤리에 따름으로써 아들의 죄도 정화될 수 있다고 믿는 것으로 보인다. 드러난 대로라면 마테오 팔코네는 젊었을 때부터 마키의 법칙을 체화시키고 그것에 따라 살아왔으며, 그에 대해 일체의 회의를 갖지 않은 인물이다. 그의 내면은 조명되지 않으며, 따라서 그가 겪었을는지도 모르는 갈등은 가능성으로써 상상해 볼 수 있을 뿐이다. 그는 코르시카의 유명한 사수(射手), 코르시카의 정신을 상징하는 인물이며, 작가는 바로 그 점을 보여주려 하고 있는 것이다.

문 제

1. 마테오 팔코네가 자기 아들을 쏘아 죽인 까닭은 무엇인가?
2. 은시계를 준다는 말에 배신한 아들은 결국 무엇을 잃어 아버지의 총에 쓰러지는가?

해 답

1. 아들이 배신자가 되어 있었으므로.
2. 신의를 저버려 배신자가 된 까닭에.

개 척 자

☞ 읽기 전에

> 1. 이 작품에서 칼 티프린과 그의 장인이 대륙 횡단을 바라보는 관점의 차
>   이를 비교해 보자.
> 2. 이 작품에서 대륙 횡단 이야기가 의미하는 바는 무엇인가? 그것이 현대
>   에 대한 비판에 해당된다면, 현대의 어떠한 측면을 비판하는 것인가?

　　토요일 오후, 목장 노동자인 빌리 백은 작년에 말려둔 마른풀
더미도 이제는 얼마 남지 않게 된, 그 마지막 남은 풀을 긁어 모
으고 있었다. 그리고는 아마 이 마른풀이 먹고 싶은 생각이 드는
지 물끄러미 이쪽을 바라보고 있는 두세 마리의 소에게 갈퀴로
긁어모은 마른풀을 울타리 너머로 조금씩 던져 주고 있었다. 하
늘 높이, 대포 연기와 같은 조그마한 구름이 3월의 바람을 타고
동쪽으로 떠내려가고 있다. 동산 마루의 숲의 우거진 사이를 바
람이 불고 지나가는 소리가 들려온다. 그러나 그 바람도 이 분지
(盆地)의 목장 안까지는 전혀 불어오지 않았다.
　　조디 소년은 두껍게 썰은 빵에 버터 바른 것을 먹으면서 집 안
채로부터 나타났다. 빌리가 마른풀의 나머지를 치우고 있는 것이

보인다. 그는, 그런 걸음걸이를 하다가는 그 좋은 가죽이 망그러져 버리고 만다고, 누차 말듣고 있음에도 불구하고 구두를 질질 끌면서 빌리가 있는 곳으로 걸어갔다.

새까만 사이프러스의 옆을 지나가려니까, 한 떼의 흰 비둘기가 일제히 푸드덕, 날아오르더니 그 나무를 한 바퀴 휘 돌고는 또다시 사이프러스 나무 위에 앉았다. 새끼와 큰놈과의 중치쯤 되는 큰 얼룩고양이가 빌리네 오두막집 베란다에서 뛰어내려 뒤뚱거리며 길을 가로질러 건너갔다가 홱, 방향을 바꾸어 다시 아까 있었던 자리로 뛰어올라가기 시작했다. 조디는 마음속으로 '옳지 네 놀잇감을 만들어 주마' 하고는 돌을 하나 집어 들었다. 그러나 이미 늦었다. 아직 돌을 집어 던지기 전에 고양이는 베란다 밑으로 들어가 버리고 말았다. 그는 그 돌을 사이프러스 나무 속으로 던졌다. 흰 비둘기 떼들은 또다시 푸드덕, 날아올라 사이프러스 나무의 주위를 한 바퀴 날았다.

조디는, 제 용도(用途)가 끝나고 이제는 찌꺼기가 된 마른풀이 있는 곳까지 이르자 울타리에 몸을 기댔다.

"쓸 만한 건 이제 하나도 남지 않았어요?"

하고 그는 물었다.

중년이 된 이 목장 노동자는 주의깊게 갈퀴를 사용하고 있었으나 그 손을 멈추고는 갈퀴를 땅 위에 세워 놓고, 쓰고 있던 검은 모자를 벗어 들고, 한 손으로 헝클어진 머리칼을 쓸어 넘겼다.

"남아 있는 건 모두 땅의 습기를 빨아 먹어 버려서, 이제 못 쓰게 됐어."

그는 다시 모자를 쓰고는, 그 가죽같이 딱딱하고 메마른 두 손을 마주 비볐다.

"틀림없이 생쥐가 잔뜩 있을 거야."

조디는 지나가는 말처럼 말했다.

"있구말구. 그야말로 징그러울 정도로 있단 말이야."

"흐응 그럼 나 말이야, 빌리가 일을 마치면 개를 불러다가 쥐 사냥을 하면 안 될까?"

"물론 좋겠지."

빌리 백은 땅바닥에 붙어 있는, 흠뻑 물을 먹은 아래쪽의 마른풀을 갈퀴로 긁어모으고는 그것을 공중에다 내던졌다. 그 순간, 쥐 세 마리가 뛰쳐나와 황급히 다시 마른풀더미 밑으로 파고 들어갔다.

조디는 만족스러운 듯이 한숨을 내쉬었다. 윤기가 흐르고 통통하게 살찐 건방지기 짝이 없는 쥐란 놈들 이제 네 놈들의 목숨은 없다, 없어요. 8개월 동안이나 놈들은 이 마른풀더미 밑에서 살아오면서 무수한 새끼를 친 것이다. 그동안 고양이에 대한 근심도 없었으며 쥐덫에 대한 걱정도 없고 쥐약에 대한 공포도 면한 채 조디의 눈까지도 면해 왔던 것이다.

아무런 위험도 없기 때문에 아주 제 세상인 양 무럭무럭 살만 찐 이 오만 불손한 꼴은 정말 밉살스럽기 짝이 없었다. 그러나 마침내 재난의 때는 온 것이다. 놈들의 목숨은 이제 앞으로 하루도 못 가리라.

빌리는 고개를 들어, 사방에서 목장을 둘러싸고 있는 구릉의 봉우리 쪽으로 눈을 주었다.

"쥐사냥을 하려면, 아버지한테 한다는 말을 여쭈고 하는 게 좋을 거야."

그는 이렇게 조디에게 권했다.

"응, 근데 아빠는 어디에 있어? 지금 곧 가서 말하고 올게."

"점심밥을 잡수시고 산봉우리 쪽에 있는 목장으로 가셨다. 그러나 곧 돌아오실 거야."

조디는 울타리 기둥에다 축 늘어지게 몸을 기댔다.

"안 된다고 말씀하시지 않으리라고 생각하는데, 난……."

빌리는 다시 일을 시작하면서 기분 나쁜 소리를 했다.

"그래도 여하튼 미리 말을 해 놓는 게 좋을 거야. 너도 알다시
피 너의 아버지는 그런 사람이니까 말이야."

확실히 그러했다. 조디의 아버지 칼 티프린은 이 목장에서 무
슨 일을 할 때에는 그것이 중요한 일이건 아니건 간에 반드시 사
전에 자기의 허락을 받고 하도록 늘 말해 왔던 것이다. 조디는 울
타리 기둥에 기댄 채 몸을 점점 아래로 내려가게 하여 마침내 땅
바닥에 앉아 하늘을 바라보면서, 조그만한 연기와도 같은 구름이
바람에 날려 흘러가는 것을 쳐다보았다.

"여봐 빌리, 비가 올까?"

"글쎄 어떨까, 바람이 부는 것으로 봐서는 비가 올 것도 같지
만 뭐 그리 센 바람이 아니니까."

"난 말이야, 오지 않았으면 좋겠어. 저 쥐새끼들을 모조리 죽
여 버릴 때까지는 말이야."

그렇게 말하고는, 그 새끼라는 등 아이들이 사용해선 안 될 야
비한 말을, 지금 자기가 입 밖에 낸 것을 빌리가 눈치를 챘는지
어떤지 어깨 너머로 뒤돌아보았다. 빌리는 아무 일도 없었다는
듯이 한 마디도 말하지 않고 일을 계속하였다.

조디는 다시 고개를 돌려 저 바깥 세계로 통하는 언덕길이 뻗
어 있는 동산의 사면(斜面)을 바라보았다. 때마침 산의 한 쪽 면
은 3월의 약한 햇빛을 받아 연하게 빛나고 있었다. 쑥[蓬]이 돋
아난 사이사이에 삽주[蘇]와, 푸른 꽃 루피나스, 그리고 약간의
양귀비가 꽃을 피우고 있었다. 산 중턱에서, 검정 개 타블트리 매
트가 다람쥐의 구멍을 파고 있는 것이 보였다. 앞발로 잠시 동안
구멍을 파다가 그리고는 파는 것을 중지하고 뒷발 사이로 파낸
흙을 차 내버린다. 그런가 하면 다시 구멍을 파는 것이었다. 그러
나 다람쥐는 아무리 구멍을 파 본대도 절대로 잡히는 짐승이 아
니라는 것은 의당 알고 있을 텐데도, 저렇게 열중하여 파 들어가
는 것을 보니, 아마 그 사실을 잊어버린 모양이었다.

계속해서 그 모양을 바라보노라니까, 갑자기 검정개는 전신을 긴장시키더니 뒷걸음질하여 구멍 속에서 나오더니, 바깥 세계로 통하고 있는 산허리의 잘라진 쪽을 올려다보았다. 조디도 따라서 얼굴을 들어 그쪽을 보았다. 일순, 말을 탄 칼 티프린의 모습이 푸른 하늘을 배경으로 뚜렷이 윤곽을 나타냈으나 다음 순간, 벌써 안채를 향해 동산을 내려오고 있었다. 한 쪽 손에는 무엇인지 흰 것을 들고 있었다.

소년은 앗! 하고 생각하면서 일어섰다.

"편지다!"

하고 조디는 외치기가 무섭게 안채를 향하여 종종걸음으로 달려가기 시작했다.

필경 편지는 소리를 내어 낭독될 것이다. 그렇다면 자기도 그 자리에 끼어야겠다고 생각했기 때문이다. 그는 아버지보다 먼저 안채로 가서 집 안으로 뛰어들어갔다. 아버지가 안장을 삐걱거리면서 말에서 내리고 말 옆구리를 손바닥으로 가볍게 두드려주는 소리가 들렸다. 이것을 신호로 말은 저 혼자서 마구간으로 들어가는 것인데, 마구간으로 가면 빌리가 안장을 풀어내리고는 목장으로 나가도록 놓아주는 것이 상례로 되어 있었다.

조디는 부엌으로 뛰어 들어갔다.

"편지 왔어."

하고 그는 외쳤다.

어머니는 냄비에 든 콩에서 눈을 떼고 고개를 들었다.

"어디?"

"아버지가 가져와요. 손에 들고 있는 걸 내가 봤어."

그때 칼이 쑥 들어왔다. 티프린 부인은 물었다.

"여보, 편지는 어디서 왔어요?"

칼은 이내 언짢은 표정을 지었다.

"편지가 온 걸 당신은 어떻게 알았소?"

티프린 부인은 소년 쪽을 보면서 고개를 끄덕해 보였다.

"수다쟁이 조디가 가르쳐 주었지 뭐예요."

조디는 당황했다.

아버지는 멸시하는 듯이 그를 쏘아보았다.

"정말 이 자식은 요즈음 아주 수다를 떨게 되었단 말이야. 제일은 손톱만큼도 안 하는 주제에 남의 일에만 신경을 쓰고 무슨 일이든지 나선단 말이야."

어머니는 조디가 좀 불쌍해졌다.

"뭐, 그렇게까진 말 않으셔도……. 편히 먹고 놀게 해주니까, 그래서 그럴 거예요. 그래, 편지는 누구한테서 온 거예요?"

칼은 그래도 여전히 조디를 쏘아보고 있었다.

"좀 정신 차려라. 그렇잖으면 그야말로 눈코 뜰 새 없이 해줄테다."

그는 아직 개봉하지 않은 편지를 아내에게 내주었다.

"당신 아버지한테서 온 것 같소."

티프린 부인은 머리에서 머리핀을 하나 빼서는 봉투를 뜯었다. 입이 분별있게 오므라들었다.

조디는 어머니의 시선이 편지의 글자를 따라가며 오른쪽으로 갔다 왼쪽으로 갔다 하면서 재빨리 움직이는 것을 보았다.

"이 편지에는요."

하고 그녀는 편지의 내용을 간추려서 전했다.

"토요일 여기 오셔서 얼마 동안 여기서 지내시겠대요. 어머, 오늘이 토요일 아니에요? 이 편지가 퍽 늦게 도착했군요."

그녀는 소인(消印)을 조사했다.

"낸 것이 그저께인데, 그렇다면 어제쯤 도착해 있어야 하는데…… 그렇잖아요?"

그녀는 고개를 들어 이상하다는 듯이 남편을 바라보았으나, 그 얼굴은 이내 노여움으로 뒤덮였다.

"여보, 무엇 때문에 그런 얼굴을 하는 거에요? 아버지가 여기
에 오신다는 것은 늘 있는 일이 아니잖아요."

칼은 화를 내고 있는 아내로부터 시선을 피했다. 여느 때는 대
개의 경우, 엄격한 태도로 모든 것을 자기 주장대로 처리해 나갈
수 있었지만 어쩌다가 한 번씩, 아내가 신경질을 부리면 그는 그
것에 대항할 수가 없었다.

"도대체 어쨌다는 거예요? 여보."

그녀는 재차 질문했다.

"아니 뭐, 딴 게 아니라, 장인의 그 잔소리가 말이야……."

칼은 더듬거리면서 말했다.

"하여튼 말이 많거든."

그의 변명은 마치 조디가 할 듯한 정도의 구실 비슷한 데가 있
었다.

"그래서 그게 어떻단 말이에요? 당신도 말을 꽤 많이 하시면서
뭘 그래요."

"응, 물론 나도 말을 많이 하기야 하지. 허나 장인의 얘긴 말이
야, 언제나 정해놓고 똑 같은 것이니까 말이야."

"인디언!"

조디는 흥분하여 옆에서 말 참견을 했다.

"인디언과 대륙 횡단 얘기야!"

칼은 무서운 얼굴로 조디를 노려보았다.

"썩 나가지 못해, 이 수다스런 자식! 자, 빨리 나갓!"

조디는 풀이 죽어 뒤쪽 문으로 해서 밖으로 나갔다. 특히 조심
스레 덧문을 살그머니 닫았다. 창피를 당해 의기 소침한 그가, 부
엌 창문 밑에 섰을 때 문득 이상하게 생긴 돌을 하나 발견했다.
괴상한 돌이었다. 그는 허리를 굽혀 그 돌을 주워 가지고는 두 손
으로 싸는 듯이 하여 뒤집어 보았다. 방 안에서의 목소리는 열려
있는 부엌문을 통하여 똑똑히 들려왔다.

"정말 조디가 말한 대로야."

아버지가 말하는 것이 들렸다.

"인디언과 대륙 횡단, 얘기라면 언제나 그것뿐이야. 인디언에게 말을 도둑 맞은 이야기를 나는 이제까지 몇 번이나 들었는지 몰라. 정말 장인은 말이야, 이쪽에서 귀찮게 생각하는지 어떤지는 조금도 개의치 않고 혼자 신바람이 나서 얘기를 계속하거든. 더구나 그 얘기가 말이야, 몇 번을 들어도 언제나 똑같고 한 마디도 틀리지 않거든."

티프린 부인은 그에 대해 대답했으나, 그 말투는 먼저와는 전혀 달라져 있었으므로, 창 밖에 서 있던 조디는 손에 쥐고 있던 돌을 조사하는 것을 그만두고 고개를 쳐들었다.

그녀의 말소리는 상냥스러워졌으며, 일의 실마리를 설명해 주려는 투로 변해 있었다. 그 목소리에 어울리게 얼굴 표정도 또한 변해져 있을 것임에 틀림없다는 것을 조디는 상상할 수 있었다.

티프린 부인은 조용하게 말했다.

"여보, 이렇게 생각해 주시면 어때요? 그건 아버지의 평생을 통해서 오직 하나만인 근사한 일이었어요. 포장마차 부대의 맨 선두에 서서 대평원을 건너 태평양 해변까지 인도해 갔었어요. 그것을 끝마치는 것과 동시에 아버지의 일생은 끝났어요. 근사한 일이었어요. 그러나 그건 그렇게 오래 계속되는 일이 아니었어요. 그렇지 않아요? 네, 여보."

그녀는 말을 계속했다.

"아버지는 마치 그 일을 하기 위해 태어난 분과도 같아요. 그래서 그 일을 끝마치자, 홀로 추억에 잠기거나, 사람들에게 그 얘기를 들려주거나 하는 일 이외에는 할 일이라고는 없는 사람이 돼 버렸어요. 좀더 서쪽으로 갈 장소가 있었더라면 틀림없이 더 갔었을 거에요. 아버지 자신도 그렇게 했었을 거라고 제게 말한 적이 있었거든요. 그런데 마침내 태평양이 나타나고 말았답니다.

그래서 그보다 더 앞으로는 못 나가게 되어 해변가에서 살게 된 거지 뭐예요."

티프린 부인은 어느새 완전히 칼을 손아귀에 넣고 있었다. 그는 그녀의 그 상냥스런 목소리에 사로잡혀 이제는 거역할 수가 없게 되어 버리고 말았다.

"건 나도 봐서 알고 있어."

칼은 온순하게 아내의 말에 동의했다.

"해변가로 내려가서 바다를 향하여, 저 멀리 서쪽을 바라만 보고 있다."

그의 목소리는 약간 날카로워졌다.

"그리고는 페시픽 그로브(캘리포니아 주, 중앙부에 있는 해수욕장)의 호스슈 클라브에 나가서 거기에 있는 패들에게 자기들의 말이 인디언에게 도둑맞았다는 예의 그 얘기를 추근추근하게 들려 준다……."

티프린 부인은 다시금 그의 마음을 사로잡으려 했다.

"그래도 그 사람에게는 그것이 더할 나위 없는 일이니까요. 좀 참고 얘기를 듣고 있는 시늉을 해주실 수 없어요?"

칼은 신경질적인 태도로 외면했다.

"그리고 더 이상 참을 수 없게 되면 언제든지 저기 저 오막집으로 도망해서, 빌리를 상대하면 된단 말이지."

화가 나는 듯 그렇게 내뱉고는 그대로 부엌에서 앞문으로 빠져 다시 밖으로 나갔다. 앞문이 거칠게 탕, 하고 닫혔다.

조디는 정해진 여느 때와 같은 일을 얼른 하기 시작했다. 닭에게 모이를 던져주었다. 그때에 한 마리라도 몰아세우는 따위 일은 하지 않았다. 둥우리에 낳아 놓은 달걀을 주워 모았다. 두 팔로 장작을 안아 가지고 종종걸음으로 집 안으로 달려들어가 장작 두는 곳을 채웠다. 그런데 일부러 힘을 기울여 장작개비를 서로 교차시켜서 쌓아 올렸기 때문에 겨우 두 차례를 날랐는데도 넘칠 듯이 꽉 차 버리고 말았다.

그때 어머니는 벌써 콩 요리를 마치고 불을 긁어모으고는 요리용 스토브의 뚜껑을 칠면조의 깃[羽]으로 소제하고 있었다.

조디는 아직도 자기에게 조금이라도 화를 내고 있지나 않나 하고, 조심스럽게 어머니의 기색을 살폈다.

"할아버지 오늘 오셔요?"

그는 물었다.

"편지엔 그렇게 적혀 있더구나."

"나, 저 큰길까지 마중 나갈까?"

티프린 부인은 스토브의 뚜껑을 덜컥, 소리를 내면서 닫았다.

"그래라, 마중 나가면 할아버지께서 퍽 기뻐하실 게다."

"그럼, 나 갔다 올래."

조디는 밖으로 나오자, 날카롭게 휘파람을 불어 개를 불렀다.

"자, 동산으로 가자."

그는 개에게 명령했다. 두 마리의 개는 꼬리를 흔들면서 앞장서서 달려가기 시작했다.

길가의 쑥은 보드라운 새싹이 돋아나 있었다. 조디는 그 새싹을 몇 개 뜯어서 그것을 두 손으로 비볐다. 주위의 공기는 코를 찌르는 들판의 향기로 가득 찼다. 갑자기 두 마리의 개는 길에서 벗어나 달리기 시작하면서 멍멍, 짖어댔다. 토끼를 발견하고 그 뒤를 쫓아가며 쑥이 우거진 속으로 뛰어들어갔다. 조디가 개의 모습을 본 것은 그것이 마지막이었다. 토끼를 놓쳐 버린 개들은 그대로 집으로 돌아가 버렸기 때문이었다.

조디는 천천히 걸어가서 동산 마루를 향해 올라갔다. 바깥 세계로부터 길이 통해져 있는 조그마한 동산 마루턱에 이르자, 오후의 바람이 불어와 머리칼을 불어 일으키고 입고 있는 와이셔츠를 펄럭였다.

그는 지금은 자기 발밑에 노랗게 된 조그마한 동산과 그 봉우

리를 내려다보았다. 그리고는 저 멀리 넓게 펼쳐져 있는 새리너
스 골짝의 푸른 평야를 내다보았다. 평야의 먼 저편에는 새리너
스의 하얀 읍내(캘리포니아 주의 중앙부에 있는 조그마한 도시, 스타
인벡은 여기서 태어났다)가 보인다. 집집의 창문들이 서쪽으로 기
울어진 오후의 햇빛을 받아 번쩍번쩍 빛나고 있다.

바로 발밑에 있는 한 그루의 떡갈나무에 까마귀가 무수히 떼를
지어 모여 있다. 새까맣게 될 정도로 그 나무를 덮어버린 까마귀
들은 모두가 함께 까옥까옥, 울고 있다.

조디는 다시 자기가 지금 서 있는 동산 봉우리에서 밑으로 뻗
어 내려간 마찻길을 따라서 시선을 저 앞쪽으로 달리게 했다. 길
은 다음 산모퉁이 뒤쪽으로 들어가 보이지 않았다가 다시 산 저
쪽으로 그 모습을 보이고 있었다. 멀리 저편 쪽에서 한 마리의 밤
색 털의 말이 끄는 이륜마차가 천천히 움직이고 있는 것이 눈에
띄었다. 보고 있는 동안에 마차는 동산 뒤쪽으로 숨어버려 보이
지 않았다.

조디는 땅바닥에 주저앉아, 마차가 다시 나타날 이쪽 길을 바
라보았다. 바람은 동산 봉우리를 세차게 불고 있었으며, 하늘에
는 민들레의 관모(冠毛)와도 같은 구름이 동쪽으로 동쪽으로 흘
러가고 있다.

이윽고 마차는 또다시 그 모습을 나타냈다. 그러나 갑자기 우
뚝 멈추고 말았다. 새까만 옷차림의 한 사나이가 마부석에서 뛰
어내려, 말의 머리 쪽으로 걸어갔다. 상당히 먼 거리였지만 말이
머리를 푹 숙인 것으로 미루어 조디는 말이 멍에에서 풀려났다는
것을 알았다.

말은 또 걷기 시작했다. 그 사나이는 말 옆에 서서 천천히 동산
을 올라왔다. 조디는 기쁨에 사무친 소리로 외치면서, 마차를 마
중하러 언덕길을 뛰어내려갔다. 길 위에 있던 몇 마린가의 다람
쥐가 깜짝 놀라 달아나고, 한 마리의 길라잡이(미국의 서부에 있

는 뻐꾸기와 비슷한 새)가 기운차게 꼬리를 흔들면서 땅위를 조금 걷다가는 미끄러지듯이 산모퉁이를 떠나 하늘로 날아 올랐다. 마치 글라이더 같았다.

조디는 한 발짝 한 발짝마다 제 그림자의 한군데를 밟듯이 하면서 뛰었다. 한 번 돌뿌리에 걸려서 나가떨어졌다. 조그마한 모퉁이를 재빨리 돌아서자, 바로 조금 앞쪽에 외할아버지와 마차가 보였다. 즉시 뛰는 것을 중지하고, 이제까지의 보기 흉한 걸음걸이와는 달리, 위엄을 갖춘 당당한 태도로 다가갔다.

말은 당장 쓰러질 듯한 걸음걸이로 산을 한 걸음 한 걸음 올라왔다. 노인은 부축이라도 하듯 그 옆에서 걷고 있었다. 점점 기울어져 가는 햇빛에, 노인과 말의 굉장히 큰 그림자가 저 뒤쪽에서 어른어른 꺼멓게 흔들렸다.

노인은 새까만 양복을 입고 있었으며, 낮고 딱딱한 칼라에 새까만 넥타이를 매었으며, 발의 일부분엔 고무를 댄 키드의 구두를 신고 있었다. 한쪽 손에는 앞 챙이 축 늘어진, 이것 역시 새까만 소프트 모자를 들고 있었다. 새하얀 턱수염은 짤막하게 손질되어 있었으며, 새하얀 눈썹은 입을 덮은 콧수염처럼 눈 위로 덮여 내리고 있었다. 그 푸른 눈은 엄격한 속에서도 밝고 명랑한 빛이 엿보이고 있었다. 얼굴 모습이든, 몸맵시로 말하든, 그 전체가 어떠한 힘에도 움직이지 않는 돌과도 같은 딱딱함이 있어 손을 움직이고 발을 움직이는 그 동작의 하나 하나가 전혀 있을 수 없는 일같이 여겨질 정도였다. 한 번 운동을 정지하면 그만 노인은 돌로 화(化)해 버려 두 번 다시 움직이는 일이 없을 것같이 여겨졌다. 그 발걸음은 느릿하고 착실했다. 한 발짝 전진하면 절대로 후퇴하는 일이 없으며, 한 번 방향을 정하면 걸음을 빨리 하는 일도 없고 늦추는 일도 없이, 언제나 똑같은 보조로 어디까지나 곧장 그 길로만 걸어가는 것이다.

조디가 모퉁이에서 모습을 나타내자, 외할아버지는 천천히 모자를 흔들면서 그를 맞이하며 기뻐 외쳤다.

"야아, 조디! 일부러 마중나와 주었구나!"

조디는 외할아버지 옆에까지 다가와서는, 훌쩍 방향을 바꾸어 노인과 보조를 맞추면서 몸을 좀 굳게 하고 발을 약간 끄는 듯하면서 걷기 시작했다.

"할아버지 편지, 지금 막 도착한 길이에요."

"어제 도착했을 텐데. 그런데 모두들 무고하냐?"

"네, 다들 잘 있어요."

하고 약간 주저하다가 슬쩍 말했다.

"저, 내일 쥐사냥을 할 텐데, 할아버지도 함께 가보시지 않겠어요?"

"뭐, 쥐사냥이라구? 조디."

외할아버지는 킥킥 웃었다.

"정말 요새 놈들은 같은 사냥이라도 쥐사냥을 할 정도로 타락했단 말이냐? 과연 약해져 버리긴 했구나, 요새 젊은 놈들은 말이다. 그런데 그렇다 하더라도 쥐를 상대로 사냥을 하리라고는 난 생각도 못했다."

"아니에요. 그렇잖아요. 그저 장난이에요. 마른풀의 처리가 다 끝나서 쥐를 쫓아내고 개를 시켜 잡게 해보려는 거에요. 할아버지는 옆에서 구경이나 하시든지 뭣하시면 마른풀을 좀 두들겨 주시거나 해주시면 돼요."

외할아버지는 엄격하나 명랑하기도 한 그 눈을 조디에게로 돌렸다.

"응, 그래. 그러면 잡아서 먹는다는 건 아니구나. 설마 거기까지 타락하지는 않았단 말이지?"

조디는 까닭을 이야기했다.

"개가 먹는단 말이에요. 그렇지만 쥐사냥이란 인디언 사냥하고는 아주 다르겠지요?"

"응, 다르지. 하긴 시대가 떨어져서 군대놈들이 인디언 사냥을 시작하여 아이들을 쏘아 죽이거나 텐트 오막집을 불사르거나 하게 되었을 때에는 네가 하는 쥐사냥과 별 차이가 없었지만서두."

두 사람은 언덕 길을 다 올라가서 분지의 목장을 향해 동산을 내려가기 시작했다. 이미 햇빛은 두 사람의 어깨에 비치지 않았다.

"너 그새 상당히 컸구나, 그럭저럭 1인치는 자랐나 보다."

"더 많이 컸어요."

하고 조디는 우쭐해서 말했다.

"집에서 기둥에 표를 하고 있는데 그걸 보면 감사절날부터 벌써 1인치 이상이나 자라고 있단 말이에요."

외할아버지가 목쉰 굵은 목소리로 말했다.

"너 키만 콩나물 자라듯 크는 것이 아니냐? 괜히 물기만 잔뜩 있고 변변히 열매도 맺지 않는 옥수수처럼 말이다. 그러나 여하튼 네가 이삭을 맺을 때까지 기다려 보기로 할까. 그때가 되면 똑똑히 알 수가 있을 테니까."

조디는 기분이 나빠졌다는 기색을 보이면 안 되나하고 외할아버지의 얼굴을 얼른, 들여다보았다. 그러나 그 날카로운 파란 눈에는 이쪽의 기분을 상하게 하려는 뜻도, 징계(懲戒)하려는 빛도, 이 우쭐해진 녀석아, 하는 따위의 기색도 전연 보이지 않았다.

"할아버지와 함께 돼지를 죽여도 좋은데."

하고 조디는 외할아버지의 마음을 끌어 보았다.

"어림도 없는 소리 말아. 네게 그런 짓을 시킬 줄 아느냐. 너는 내 마음에 들려고 그런 말을 하고 있는 거다. 그러나 지금은 돼지를 죽일 때가 아니다. 너도 그것은 알고 있지 않느냐?"

"할아버지, 라이리라는 큰 수퇘지를 기억하고 계시죠?"

"응, 잘 알지."

"그 라이리란 놈이 말이에요. 마른풀을 쌓아 놓은 것을 사뭇 먹어서 구멍을 뚫었거든요. 그래서 위에서 마른풀더미가 무너져서 숨을 쉬지 못하고 죽어 버렸단 말이에요.”

“돼지란 놈은 때로는 그런 바보 같은 짓을 한단 말이야.”

“수돼지로서 라이리는 참 좋은 놈이었어요. 나는 가끔 등에 올라타 봤는데, 순순히 태워 주었으니까요.”

저 아래쪽 안채에서 문이 탕, 하고 열렸다.

두 사람은 조디의 어머니가 문 앞에 서서 환영의 표시로 앞치마를 흔들고 있는 것을 보았다. 칼 티프린이 외할아버지를 맞으려고 말 외양간에서 안채 쪽으로 걸어오는 모습도 보였다.

태양은 이미 언덕 너머로 사라져 보이지 않게 되어 있었다. 안채의 굴뚝에서 쏟아지는 파란 연기가, 차차 보랏빛으로 짙어 가는 분지의 목장 전체에 평평한 몇 개인가의 층을 이루며 퍼지고는 민들레의 꽃털과도 비슷한 구름은 자기 시작한 바람의 버림을 받고 하늘 높이 귀찮은 듯이 떠 있다.

빌리 백이 오막집에서 나와서 세숫대야의 비눗물을 땅에다 뿌렸다. 토요일인데 얼굴에 면도를 하고 있었던 것이다. 그 까닭은 외할아버지를 진심으로 존경하고 있었기 때문인데, 외할아버지는 외할아버지대로 요즘 젊은이들은 다 쓸개 빠진 놈들이 되어 버리고 말았는데 빌리는 그렇지 않은 몇몇 사나이 중의 하나라고 말하고 있었다. 빌리는 이미 중년에 달하고 있었지만 외할아버지는 그를 여전히 어린애처럼 생각하고 있었다. 그 빌리도 역시 지금 안채를 향해 급히 걸어간다.

조디와 외할아버지가 언덕을 내려왔을 때, 세 사람은 마당 문의 정면에 나와서 기다리고 있었다.

“어서 오십시오. 기다리고 있었습니다.”
하고 칼이 말했다.

티프린 부인은 외할아버지의 턱수염 근처에 키스를 하고 외할아버지가 그 커다란 한쪽 손으로 어깨를 어루만지고 있을 동안 가만히 움직이지 않고 서 있었다. 빌리는 보릿짚 빛의 턱수염으로 덮인 입을 벙글거리며 아주 진지하게 악수를 교환했다.

"말은 제가 돌보겠어요."

빌리는 그렇게 말하고 채찍으로 말을 외양간 쪽으로 끌고 갔다.

외할아버지는 한참 빌리를 바라보고 서 있다가는 이윽고 세 사람 쪽으로 몸을 돌리고, 그때까지 몇 번이고 말한 것을 다시금 되풀이하여 말하는 것이었다.

"저녀석은 좋은 놈이야. 나는 저녀석의 애비인 뮬틸(노새의 꼬리라는 뜻) 백 영감과 아는 사이였지. 어째서 그 영감에게 노새의 꼬리라는 별명을 붙였는지 나는 끝내 모르고 말았지. 하긴 노새로 짐 운반을 하고 있긴 했지만."

티프린 부인은 안채 쪽으로 방향을 돌려 일동의 앞장을 서서 외할아버지를 집 안으로 안내하였다.

"아버지, 언제까지 여기 계셔 주시겠어요? 편지에는 아무 말도 쓰여 있지 않았는데요."

"글쎄, 언제까지로 할까. 두 주일쯤 신세를 지려고 나오기는 했다마는 언제나 처음 생각하고 있을 때보다 더 오래 머물은 적은 없으니까 말이다."

한참만에 일동은 흰 오일 클로드를 덮은 테이블을 둘러싸고 저녁 식사를 하기 시작했다. 양철 반사 삿갓이 붙은 램프를 테이블 위에 달아매어 놓았다. 식당 창 밖에 커다란 나비가 두세 마리 유리창에 몸을 부딪치며 부드러운 소리를 내고 있었다.

외할아버지는 접시의 비프스테이크를 잘게 몇 조각으로 잘라 천천히 씹었다.

"아아, 배고프다."

하고 그는 말했다.

"먼 길을 왔더니 무척 배가 고픈걸. 마치 대륙을 횡단했던 그때처럼 말이야. 참 그러고 보니 그때에는 우리는 모두 매일밤 배가 고파 고기가 구워지는 것을 미처 못 기다릴 지경이었지. 이렇게 말하는 나는 매일 밤 들소의 고기를 5파운드쯤 먹지 않고서는 참을 수가 없었으니까 말이야."

"정말 돌아다니면 배가 고파요."

하고 빌리는 말했다.

"우리 아버지는 상부의 일로 짐을 운반하고 있어서, 저도 어렸을 때 그 심부름을 했었는데요. 아버지와 저는 단 둘이서 사슴의 허벅지살 한 마리 분을 순식간에 먹어 치웠으니까요."

"응, 나는 너의 아버지를 알고 있단 말이야."

하고 외할아버지는 말했다.

"아주 훌륭한 사나이였지. 뮬틸 백이라는 이름으로 통하고 있었지만, 왜 그런 별명을 듣게 되었는지 나는 도무지 모르겠어. 하긴 노새로 짐을 운반하고 있기는 했지만."

"그것 때문에 그런 겁니다."

하고 빌리는 맞장구를 쳤다.

"노새로 짐을 나르고 있었기 때문입니다."

외할아버지는 나이프와 포크를 밑에 놓고는 한자리에 앉은 사람들을 둘러보았다.

"고기에 대한 얘기로 생각나는 것이 있는데, 우리들은 어느 때 아주 고기가 똑 떨어진 때가 있었다."

그는 목소리를 낮추고, 억양이 없는 기묘하고 나지막한 말투로 말하기 시작했다. 그것은 되풀이해서 같은 이야기를 하고 있는 동안에 어느 틈엔가 몸에 밴 일정한 어조였다.

"들소도 보이지 않고 노루도 찾지 못했지. 토끼마저 잡을 수가 없었다. 짐승을 찾아 헤맸으나, 코요테 한 마리 잡지 못한 형편이었다. 그러한 때야 말로 지도자는 조금이라도 방심을 해선 안 되는 법이다. 그때 난 지도자였지. 그래서 나는 마음을 가다듬고 경계를 게을리 하지 않았었다. 왜 그렇게 했었는지 아느냐? 그건 말이다. 배가 고파 참을 수가 없게 되면, 일행들은 즉시 마차를 끌어 주고 있는 소를 잡아먹기 때문이다. 거짓말이라고 여겨질지 모르나 정말로 그랬었다. 이 중요한 소를 한 마리도 남기지 않고 잡아먹은 패들이 여럿이 있었다는 것을 나는 얘길 들어서 알고 있다. 한가운데에서부터 시작하여 앞쪽으로, 그리고 뒤쪽으로 차례 차례로 잡아먹어 버린다. 그러는 동안에, 선두에 가까운 두 마리까지 잡아먹고 그리고 마침내는 마차에 제일 가까이 있는 마지막 두 마리까지 잡아먹어 버리는 것이다. 그러므로 인솔자는 일행들이 그러한 짓을 하지 않도록 충분히 조심하지 않으면 안 된다.”

커다란 나방이 한 마리, 어디에선가 방 안으로 들어와, 달아매어 놓은 석유 램프 주위를 빙빙 돌고 있다. 빌리가 일어나 두 손으로 잡으려 했다. 칼은 한 쪽 손을 오목하게 오므려서 그걸 때려 잡아서는 짓이겨 죽여 창가로 가서 밖으로 내버렸다.

“지금도 말한 바와 같이.”

외할아버지가 이야기를 계속하려고 했다. 그러나 칼은 그것을 막으며 말했다.

“좀더 고기를 잡수시는 게 어떠세요? 다른 사람들은 벌써 푸딩을 먹으려는 참인데요.”

조디는 어머니의 눈이 노여움으로 번쩍 빛난 것을 보았다. 외할아버지는 다시금 나이프와 포크를 집어들었다.

“응, 정말 나는 몹시 배가 고프다. 이야기는 그럼 나중에 다시 하기로 하지.”

저녁 식사가 끝나고 온 집안 사람이, 빌리 백도 함께 별실 난로 앞에서 쉬고 있을 때, 조디는 이제 시작될까 이제 시작될까 하고 외할아버지의 태도를 주의깊게 살폈다. 이윽고 그가 잘 아는 표시가 나타났다. 턱수염을 기른 얼굴이 앞으로 숙여지고 눈은 여느 때의 엄격함을 잃고, 이상한 듯이 불을 가만히 들여다보며, 두

손의 뼈와 가죽만 남은 건강한 손가락은 깍지를 끼고 검은 즈봉
의 무릎 위에 놓여졌다.

"어떤가?"

하고 외할아버지는 입을 열었다.

"손버릇이 나쁜 파이우트 인디언(네바다 주나 캘리포니아 주 등
의 지방에 살고 있던 인디언) 놈이 우리 말을 35필이나 훔쳐 간 얘
기를 들려준 일이 있었던가?"

"있었죠, 아마."

하고 칼은 말을 막았다.

"장인이 바야흐로 타호 지방(네바다 주 서남부에서 캘리포니아
주 동북부에 걸쳐 있는 산악지대)의 산 속으로 들어가려던 그 바로
직전 일이 아니었던가요?"

외할아버지는 얼굴을 휙, 사위에게로 돌렸다.

"그래, 그렇지. 그럼 이 얘기는 벌써 들려준 모양이군."

"네, 몇 번이고 들었습니다."

하고 칼은 사정없이 말했다. 그는 아내의 시선을 피하고 눈이 마
주치지 않도록 했지만, 노여움으로 불타는 눈길이 자기에게 쏠리
고 있는 것을 느꼈다. 그는 말했다.

"아니 물론, 몇 번이라도 즐거이 듣겠습니다."

외할아버지는 시선을 난롯불로 돌렸다. 깍지를 낀 손이 풀렸다
가 다시 깍지를 끼었다. 조디는 외할아버지가 지금 어떠한 심정
인지, 긴장도 의지도 없어지고 아주 텅 빈 것처럼 되어 있다는 것
을 잘 알 수 있었다. 조디 자신도 오늘 오후, 너무 수다스럽다고
아버지에게 창피를 당하지 않았던가. 그는 용기를 내어, 다시 한
번 수다스러운 녀석이라는 꾸중을 각오하고 조용히 말했다.

"인디언 이야기를 들려주세요."

외할아버지의 눈은 다시 엄해졌다.

"아이들은 으레 인디언 얘기를 듣고 싶어 한단 말이야. 인디언

이라면, 이것은 이미 어른들의 일이었지. 그런데 아이들은 그 얘기를 듣고 싶어하거든. 어, 어쨌던가, 마차 한 대에 긴 철판을 한 장씩 마련하고 가면 좋다고 내가 주장한 얘기는 벌써 들려주었던가?”

조디를 제외하고 다른 세 사람은 침묵을 지키고 대답하지 않았다. 홀로 조디만이 대답하였다.

“아니에요. 아직 못 들었어요.”

“그럼 한 번 얘기하기로 할까. 우리는 인디언에게 습격을 당하면 언제나 마차를 한군데 모아 원진(圓陣)을 만들고 말이야, 마차를 방패삼아 그 사이사이에서 응전을 했었지. 그래서 나는 생각했어. 마차 한 대마다 총구멍을 뚫은 긴 철판을 한 장씩 준비해 가지고 간다. 그리고 마차의 원진이 다 되면, 각기 마차 바깥 쪽에 그 철판을 세워둔단 말이야. 훌륭한 방패가 된단 말이지. 그렇게 하면 헛되이 목숨을 잃을 일도 없어지는 셈이며, 짐이 되는 철판을 일부러 가지고 가는 수고도 그걸로 훌륭히 보답된다, 이렇게 나는 생각했거든. 그런데 우리 일행은 물론 내 말을 들으려 하지 않았단 말이야. 그때까지는 그런 짓을 한 사람은 하나도 없었기 때문에 쓸데없이 돈을 써서 철판을 준비할 필요가 어디 있느냐, 그런 생각이었지. 그래서 우리 일행들도 다른 패들과 마찬가지로 혼이 단단히 났는데, 후회해도 소용이 없었지.”

조디는 어머니를 보았다. 그 얼굴의 표정으로 보아 이야기를 전연 듣고 있지 않음이 분명하다. 칼은 엄지손가락에 생긴 못을 건드리고 있었으며, 빌리 백은 거미가 한 마리 벽을 타고 올라가는 것을 가만히 바라보고 있었다.

계속하여 외할아버지의 이야기는 여느 때처럼 일정한 투를 잡기 시작했다. 어떤 말이 그 입에서 나올지 조디는 미리 다 알고 있었다. 이야기는 잠시 동안 답답한 어조로 계속되고, 인디언 습격의 이야기에 이르러 템포가 빨라지더니, 다친 사람들을 이야기할 때는 슬픔을 띠우고, 넓은 벌판에 죽은 자를 장사지내는 장면에서는 장송곡(葬送曲)의 곡조를 읊조렸다. 조디는 조용히 외할아버지를 주시하고 있었다. 그 엄한 파란 눈은 마음의 움직임을 나타내는 빛은 조금도 보이지 않으며, 말을 계속하는 외할아버지의 모양은 자기 자신도 이 이야기에 별로 흥미를 느끼지 않은 것처럼 보였다.

이야기가 끝난 후에도 한동안 침묵을 지켜, 이야기의 여운에 정중한 경의를 표한 후, 빌리 백은 일어나서 하품을 하며 바지를 추켜올렸다.

"자, 그럼 자기로 할까."

그리고는 외할아버지를 보고 말하는 것이었다.

"저는 저쪽 오막집에 뿔로 만든 낡은 화약 상자와 오래 전의 물건인 피스톨을 가지고 있는데, 벌써 보여드렸는지요?"

조부는 천천히 고개를 끄덕였다.

"응, 본 일이 있지 아마. 그래 피스톨이라면 생각나는 일이 있어. 내가 리더로 일행을 데리고 대륙을 횡단했을 때, 나는 한 자루의 피스톨을 가지고 있었는데……."

빌리는 그 짧은 추억담이 끝날 때까지 예의 바르게 서 있다가 이야기가 끝나자,

"그럼, 안녕히 주무세요."

하고 밖으로 나갔다.

칼 티프린은 거기서 이야길 딴 데로 옮기려고 입을 열었다.

"여기하고 몬트레와의 사이는 어떻습니까? 가뭄이 계속되어 야단났다고 하던데요?"

"굉장하지."

하고 외할아버지는 대답했다.

"세카 호(湖)는 다 말라서 물 한방울도 없어. 그러나 1887년의 가뭄에 비하면 아무것도 아니지. 그때는 어디고 먼지와 쓰레기

뿐이었으니까. 그리고 1861년의 가뭄에는 고요테가 한 마리도
남지 않고 다 굶어 죽었지. 그 때에 비하면 올해는 그래도 15인
치나 비가 왔으니까 말이야."

"오기는 왔습니다만, 시기가 너무 빨랐지요. 비가 좀 와 주었
으면 좋겠는데요."

칼은 문득 조디에게 눈을 돌려 이렇게 말했다.

"조디, 그만 자는 게 어떠냐?"

조디는 순순히 일어났다.

"아버지, 저 쓰다 남은 마른풀 속에 있는 쥐 말이에요. 다 죽여
도 괜찮아요?"

"쥐? 아아, 좋구 말구. 전부 죽여 버려라. 남아 있는 마른풀은
이젠 쓸모가 없다고 빌리가 말했으니까."

조디는 만족한 듯이 외할아버지에게 살그머니 눈짓을 하고 고
개를 끄덕였다.

"그럼, 나 내일 모조리 다 죽여 버리겠어요."
하고 그는 굳게 맹세했다.

조디는 잠자리에 들어가서도 인디언과 들소가 살고 있던 저 꿈
같은 세계, 이미 과거의 것이 되어 영원히 두 번 다시 돌아오지
않는 세계에 관해 생각하였다. 그런 용감한 시대에 태어났더라면
하고 생각은 했으나, 제 소질에는 용감한 데가 조금도 없다는 것
을 그는 잘 알고 있었다. 지금 있는 사람 중에는 아마 빌리 백만
을 제외하고, 그런 일을 해치우기에 적당한 자격을 가진 자는 한
사람도 없는 것이다. 그 무렵에는 거인의 종족이 지상에 있었다.
무서움을 모르는 사람들, 오늘날에는 상상도 못할 꿋꿋한 사람들
이 있었던 것이다. 조디는 끝없는 대평원, 그 위를 구비구비 줄지
어 계속되는 포장마차의 떼들이 지네처럼 꿈틀거리며 건너가는
모습을 마음속에 그렸다. 그리고 거대한 백마(白馬)에 올라타고
사람들의 선두에 서서 앞으로 나아가는 외할아버지의 모습을 상

상했다. 그의 마음의 표면을 스치고 위대한 환상이 행진하고 있었으나, 이윽고 그때 그들은 지상(地上)을 떠나 사라져 보이지 않게 되고 말았다.

잠시 후 조디의 의식은 일순간 자기가 현재 살고 있는 목장으로 되돌아왔다. 그는 공간과 침묵이 발하는 무시무시한 소리를 들었다. 개가 한 마리 바깥 개집 속에서 벼룩을 털고 있었는데 벼룩을 털 때마다 발꿈치를 판자에 부딪는 소리가 들렸다. 그 후 이윽고 다시 바람이 불기 시작했으며, 새까만 사이프러스가 윙윙 우는 소리를 냈다. 조디는 꿈나라로 빠져 들어갔다.

조디는 아침 식사를 알리는 사각으로 된 신호쇠가 울리기 30분 전에 잠자리를 떠났다. 부엌을 지나려니까, 불을 피우려고 스토브를 덜그럭거리고 있던 어머니가 말을 걸었다.

"어머, 넌 오늘 굉장히 빨리 일어났구나. 어디 가니?"

"튼튼한 막대기를 찾으러 가. 우리들은 말이야, 오늘 쥐사냥을 하거든."

"우리들이라니, 누구를 말하는 거냐?"

"물론 할아버지와 나지."

"기어이 할아버지를 끌어 넣었구나. 넌 언제나 무슨 일을 하려면 반드시 사람을 끌어 넣더구나. 나중에 꾸중을 들을 때는 그 반몫만 들으면 되니까 말이다."

"곧 돌아올게, 엄마."

조디는 말했다.

"식사가 끝나면 곧 쓸 수 있도록 튼튼한 몽둥이를 찾아 가지고 오면 돼요."

그는 덧문을 뒷손질로 닫고는, 푸르른 아침의 차가운 공기 속에 나섰다. 새들이 시끄럽게 아침 하늘 아래서 재잘대고 있다.

목장의 고양이가, 머리가 뭉툭한 뱀 같은 모습을 하고 동산에서 내려왔다. 밤 사이에 들쥐를 잡아먹고 네 마리가 모두 배가 꽉 찼는데도 뒷문 쪽에 반원으로 둘러앉아, 야 — 옹, — 야 — 옹 하고 가련한 목소리로 우유를 조르고 있다.

더불트리 매트와 스마셔는 냄새를 맡아가며 쑥밭 가를 따라걸으며, 그 임무를 수행하고 있었으나 조디가 휘파람을 불자 머리를 번쩍 들더니 꼬리를 치면서 화살같이 동산을 뛰어내려 주인에게로 달려와서 몸뚱이 전체를 뒤틀면서 하품을 했다. 조디는 두 마리의 머리를 정색을 하고 쓰다듬어 주고는, 비바람에 퇴색한 쓰레기가 산더미처럼 쌓여 있는 쓰레기 버리는 곳으로 갔다. 그 쓰레기더미 속에서, 전에 버린 헌 비닐 자루와 1인치 정도의 굵고 짤막한 작대기를 찾아내서는, 호주머니 속에서 구두끈을 꺼내어 그걸로 두 개의 작대기의 끝을 느슨하게 묶어 도리깨를 만들었다. 그는 이 새로 만든 무기를 윙윙 소리가 나도록 공중에서 휘둘러보고 땅바닥을 때려 시험해 보았다. 개는 깜짝 놀라 물러서며 불안스런 듯이 짖었다.

조디는 방향을 바꾸어 살육의 현장을 한번 보아 두려는 생각에서 안채를 지나 마른풀의 찌꺼기가 쌓여 있는 쪽으로 걸어가기 시작했다. 그러자 식사를 기다리기 위해서 참을성있게 뒷문의 계단에 그대로 앉아 있던 빌리 백이 말을 걸었다.

"가지 말고 돌아와. 이제 2, 3분만 있으면 아침밥이야."

조디는 또다시 방향을 바꾸어, 안채를 향해 되돌아왔다. 그리고 손수 자기가 만든 도리깨를 계단에다 비스듬히 기대어 놓았다.

"이걸로 쥐를 쫓아낸단 말이야. 놈들은 굉장히 살이 쪘을 거란 말이야. 자식들 오늘 이제부터 어떤 일을 당할지 전혀 모르고 있을 게 아냐?"

"그건 그럴 거야. 모르는 것은 너나 나나, 또 누구나 마찬가지야."

빌리는 깨달은 사람처럼 말했다.

조디는 그 말을 듣고 자기도 모르는 사이에 정신이 퍼뜩 들었다. 확실히 그렇다. 그의 생각은 쥐사냥에서 떠나 딴 곳으로 달렸다. 그러나 그때 어머니가 뒷문에 나와 신호쇠를 울렸기 때문에 온갖 생각들이 일시에 사라져 버리고 말았다.

일동이 식탁에 앉았을 때 외할아버지는 아직 모습을 나타내지 않았다. 빌리는 빈 의자를 턱으로 가리키면서 말했다.

"괜찮으신가요? 설마 어디 몸이 불편하신 건 아니겠죠?"

"몸단장하시는데 굉장히 시간이 걸린단다."

티프린 부인은 말했다.

"구레나룻을 빗으로 빗는다, 구두를 닦는다, 옷에 솔질을 한다, 야단이시니까 말이야."

칼은 매슈에 설탕을 뿌리면서 말했다.

"포장마차의 일행을 거느리고 대평원을 횡단한 지도자이신 분은 몸단장을 그렇게 공들여 하지 않으면 안 된다는 거지."

티프린 부인은 강한 표정으로 남편을 향했다.

"여보, 그런 말을 하지 마세요. 제발 부탁이에요. 좀 그만두세요."

그녀의 목소리로 미루어 보아, 간청한다기보다는 오히려 위협하는 투로 들렸다. 그 위협하는 투가 칼의 비위에 거슬렸다.

"대체 언제까지나 그 철판과 35필의 말에 대한 애기를 점잖게 듣고 있어야 하는 거요? 그런 시대도 물론 있었지. 그러나 지금은 벌써 옛날 애기예요. 당신 아버지는 어째서 과거로 흘러가 버린 시대의 일을 잊으려 하지 않는 거요?"

칼은 그렇게 말하고 있는 동안에 점점 격해서 언성이 높아졌다.

"대체 몇 번이나 되풀이해서 말해야 직성이 풀린다는 거요? 대평원을 횡단했다, 그야 확실히 횡단했지. 그러나 벌써 끝난 일이야. 누가 그런 애기를 되풀이해서 자꾸 듣고 싶겠느냐 말이야."

부엌으로 통하는 문이 조용히 닫혔다. 식탁에 앉은 네 사람은 얼어붙는 듯한 느낌이었다. 칼은 매슈용의 스푼을 식탁 위에 놓고 손가락을 아래턱에 댔다.

이윽고 부엌문이 열리고 외조부가 들어왔다. 입가에 어색한 미소를 띠고, 눈을 딴 데로 보낸 채 정면을 보려 하지 않았다.

"모두들 잘 잤나?"

그는 식탁에 앉아 접시에 담은 매슈에 눈을 떨구었다.

칼은 사태를 이대로 내버려둘 수가 없었다.

"지금 제가 말씀한 걸, 저——들으셨습니까?"

노인은 가볍게 끄덕이며 수긍했다.

"어째서 그런 말을 하고 싶어졌는지 저도 모르겠습니다. 진정으로 한 말이 아닙니다. 농담으로 말한 겁니다."

조디는 부끄러운 마음이 들어 어머니를 흘끔 쳐다보았다. 어머니는 숨을 몰아쉬고 남편을 쳐다보고 있다. 칼이 말한 것은 얼토당토 않은 말이었다. 그런 투의 변명을 한다는 것은 자기가 자기 손으로 제 몸을 갈기갈기 찢어 버리는 것과 마찬가지였다. 단 한마디 말이라도 자기가 말한 것을 취소한다는 것은 그에게 있어서는 무서운 일이었었는데, 부끄러움으로 인하여 자기 말을 취소하려고 하는 것은 사태를 더욱더 악화시키는 결과가 될 뿐이 아니겠는가?

노인은 곁눈질로 칼을 바라보았다.

"나는 지금 깊이 좀 생각해 보려 하고 있다."

그는 조용히 말했다.

"뭐, 별로 화 같은 건 나지도 않아. 자네가 말한 걸 마음에 두고 있지 않으니까 말이야. 그런데 어쩌면 자네가 말한 대로일지도 모른다. 그렇다고 한다면 나는 좀더 생각해 보지 않으면 안 된다."

"아닙니다. 제가 말한 건 모두 거짓말입니다."

하고 칼은 말했다.

"오늘 아침엔 어쩐지 기분이 나빴어요. 그런 소리를 들으시게 해드려서 정말 죄송합니다."

"사과할 것까진 없어. 나이를 먹으면 사물을 올바르게 보지 못하는 수가 때로는 있는 법이니까 말이야. 혹은 자네가 말한 대로일지도 모르지. 대륙 횡단은 이미 옛날 얘기다. 지나가 버린 이상 잊어버리는 것이 옳은 일이지."

칼은 일어나 식탁을 떠났다.

"이제 배가 부르다. 일을 시작해 볼까. 빌리, 너는 천천히 먹고 나오도록 해."

그렇게 말하고는 빠른 걸음으로 식당을 나갔다. 빌리는 먹던 음식을 급히 통째로 삼키다시피 하고는 이내 칼의 뒤를 따라나갔다. 그러나 조디는 자리를 떠날 수가 없었다.

"딴 얘기를 더 해주세요."

하고 조디는 졸랐다.

"오냐, 얼마든지 들려 주마. 그러나 모든 사람이 진정으로 듣고 싶어하지 않으면 나는 안 하겠다."

"전 정말 듣고 싶은 걸요."

"물론 넌 그럴 게다. 그러나 넌 아직 어리다. 대륙 횡단은 어른들의 일이었다. 그러나 그 얘기를 듣고 싶어하는 것은 지금에 와서는 이미 어린이들 뿐이란 말이다."

조디는 식탁에서 일어났다.

"밖에서 기다리고 있을게요, 할아버지. 난 쥐란 놈을 잡는데 꼭 알맞는 작대기를 준비해 놨거든요."

그가 뜰 앞의 문가에서 기다리고 있노라니까, 이윽고 노인은 현관에 모습을 나타냈다.

"자, 가서 쥐란 놈을 퇴치해 버리자."

조디는 외쳤다.

"난 햇볕이나 쪼이려고 생각한다. 너나 혼자서 쥐잡이를 하여

라.”

“할아버지, 뭣하면 제 작대기를 사용하셔도 좋아요.”

“오냐, 좋다. 난 잠시 동안 여기에 앉아 있고 싶구나.”

조디는 힘없이 문가를 떠나 마른풀 찌꺼기가 쌓여 있는 곳으로 걸음을 옮기기 시작했다. 그는 통통하게 살찐 기름기 많은 쥐를 생각하면서 기운을 복돋우려 했다. 도리깨로 땅바닥을 두드려도 보았다. 두 마리의 개들은, 주인의 기분을 맞추기라도 하려는 듯이 컹컹거리면서 뛰어다니며 그를 꾀었다. 그러나 아무리 해도 발이 앞으로 나가지가 않았다. 돌아보니 외할아버지는 현관에 그대로 앉아 있었다. 그 모습은 조그마하고 깡말라 새까맣게 보였다.

조디는 쥐사냥을 단념하고 되돌아와 노인의 발 밑 계단에 주저앉았다.

“벌써 돌아오냐? 쥐사냥은 그새 끝났니?”

“아니에요. 언젠가 또 다른 날에 하기로 하겠어요.”

아침 파리가 땅바닥 가까이를 나지막하게 붕붕 날고 있으며, 계단 앞을 개미가 바쁜 듯이 쏘다니고 있었다. 강한 쑥 냄새가 산 위에서 풍겨 온다. 계단의 널판자는 아침 햇볕을 받아 점점 따스해졌다.

문득 정신을 차리니까 외할아버지는 이야기를 시작하고 있었다.

“이런 감정이 된 이상, 여기에 머물러 있어서는 안 된다.”

그는 억센, 늙은 손을 유심히 바라보았다.

“대륙 횡단의 일 따위는, 마치 아무런 할 가치도 없었던 일이었던 것처럼 여겨지는구나.”

그의 눈은 동산의 사면(斜面)을 밑으로부터 위로 훑다가는, 한 마리의 매[鷹]가 마른 나무 가지에 꼼짝도 않고 앉아 있는 곳까지 와서는 뚝 멈추었다.

“나는 여러 가지 옛날 이야기를 한다. 그러나 내가 얘기하고 싶은 것은 단순한 옛날 이야기는 아니다. 모든 사람으로 하여금 느끼게 하고 싶은 것이 무엇인가를, 옛날 이야기를 해봄으로써 비로소 똑똑히 알게 되는 거다.

중요한 일은 인디언이 아니었다. 모험도 아니며 여기까지 횡단해 온 일도 아니다. 한 패의 사람들이 말하자면, 기어다니는 커다란 한 마리의 짐승이 되었다는 것, 그것이 중요한 것이다. 나는 그 우두머리였다. 그 짐승은 서쪽으로 서쪽으로 계속해서 나아갔다. 한 사람 한 사람에 대해서 본다면, 각 사람이 희망하는 바는 제각기 달랐었다. 그러나 모두를 한데 묶은 커다란 짐승이 희망한 것은 오직 하나 서쪽으로 가는 일이었다. 나는 그 리더였다. 그러나 내가 없었다 하더라도 누군가 딴 사람이 그 우두머리가 되었을 것이다. 그 짐승은 우두머리가 없어서는 안 되었기 때문이다.

대낮의 뜨거운 햇볕 아래에 있는 조그마한 나무 그늘은 색이 짙어 새까맣게 보였다. 겨우 로키 산맥을 발견했을 때 우리들은 울었다. 한 사람도 빠짐없이 울었다. 그러나 중요한 것은 여기까지 온 일은 아니었다. 서쪽을 향하여 계속해서 나아간다는 그것이 중요한 일인 것이다.

우리들은 마치 개미가 그 알을 운반하듯이 생명을 운반해 왔다. 그리고 그것을 여기에 놓았다. 바로 내가 그 리더였었다. 서부를 향하여 나아간 일은 신(神)의 일과도 같이 위대한 일이었다. 서쪽을 향해 나아간 한 발짝 한 발짝은 결코 빠른 것은 아니었다. 그러나 그 한 발짝 한 발짝이 모여서 마침내 대륙의 횡단이 이루어진 것이다.

이윽고 우리들은 바다에 나섰다. 그것으로써 모든 것은 끝났다."

외할아버지는 말을 그치고 눈을 닦았다. 파란 눈가가 빨갛게 되어 있었다.

"옛날 이야기로서가 아니라, 이러한 것을 나는 들려주어야만

했던 것이다."

"나도 할 수만 있다면 언젠가 리더가 되어 모든 사람을 어디론 가 데리고 갔으면."

그 말에 외조부는 퍼뜩 정신이 들어 조디를 내려다보았다. 그리고 미소를 지으면서 말했다.

"이제 갈 곳이라고는 한 군데도 없단다. 바다가 있어서 거기에서 앞으로는 갈 수가 없는 것이다. 해변에 가보면 자기들의 방해를 했다고 해서 바다를 미워하고 있는 노인들이, 여기저기에 몇 사람이나 있단다."

"배를 타고 가면 되잖아요?"

"조디, 이제는 갈 장소라곤 하나도 없다. 어느 장소에도 사람들이 벌써 들어가 있단다. 그러나 그건 그렇게 곤란한 일은 아니다. 그렇다. 그렇게 곤란한 일이 아니다. 나쁜 것은 서부로 나가겠다는 정신이 모든 사람의 마음속에서 사라져 버렸다는 그것이다. 서부로 나아간다는 것은 이제는 그리 치열한 욕망이 되지 않게 됐다. 모든 것이 사라져 버리고 만 것이다. 네 애비가 말한 대로다. 모든 것은 옛날 이야기가 돼 버렸다."

그는 두 손을 깍지 끼어 한쪽 무릎 위에 놓고는 그것을 물끄러미 바라보았다.

조디는 슬퍼서 견딜 수가 없었다.

"할아버지, 레모네이드를 잡수시고 싶으시면 제가 만들어 오겠어요."

외할아버지는 거절하려 했다. 그러나 조디의 얼굴을 보고는 마음을 달리 했다.

"거 참 고맙구나."

하고 그는 말했다.

"레모네이드라, 고맙구나."

조디는 부엌으로 뛰어갔다. 어머니는 아침에 사용했던 접시의 마지막 것을 씻고 있었다.

"할아버지께 레모네이드를 만들어 드리게 레몬을 하나 주지 않겠어요?"

어머니는 조디의 말을 흉내내면서 말했다.

"그리고 나도 마실 테니 레몬을 하나만 더 주세요."

"아냐, 엄마. 난 먹고 싶지 않단 말이야."

"어머, 조디야, 너 배탈이라도 난 게 아니냐?"

다음 순간, 갑자기 그녀는 농담을 중지하고 다정스럽게 말했다.

"냉장고에서 레몬을 꺼내렴. 레몬 짜개는, 그건 엄마가 꺼내 주마."

〈金菊子　譯〉

J. 스타인벡(John Steinbeck, 1902~1968) : 미국의 작가. 캘리포니아 주 몬트레이 출생. 스탠퍼드대학 중퇴. 〈미지의 신에게〉에서 인간과 땅과의 관계를 신비주의적으로 표현했고 몬트레이의 페이자노 종족의 소박한 생활을 표현한 〈토틸러 플래트〉를 통해서 주목받기 시작했다. 1930년대의 경제공황 때에 캘리포니아의 농원에서 일어난 노동과 자본을 둘러싼 갈등을 사실적으로 표현한 〈승산없는 싸움〉, 서정과 현실을 교차시키면서 희곡적인 구성방식을 사용하고 있는 〈생쥐와 인간〉으로 문단에서 지위를 굳히게 되었다. 캘리포니아로 이주하는 난민의 가족의 이야기를 다룬 〈분노의 포도〉로 풀리처상을 수상하고 〈불만의 겨울〉로 노벨문학상을 수상했다. 대표작으로 장편《에덴의 동쪽》, 단편 〈진주〉 등이 있다.

줄 거 리

캘리포니아 중앙부에 있는 자그마한 목장에 소년 조디와 그의 아버지 칼 티프린, 티프린 부인, 그리고 목장에서 일하는 빌리 백이 살고 있었다. 조디가 목장에서의 쥐사냥을 아버지에게 허락받으려고 하던 중, 조디의 외할아버지로부터 편지가 온다. 할아버지가 이 목장에 와서 얼마 동안 머물겠다는 내용이었다. 티프린은 다른 사람들을 고려하지 않고 인디언과의 싸움과 대륙 횡단의 내용을 담은 개척시대의 이야기만을 하는 장인의 방문을 달가워 하지 않는다. 그러자 티프린 부인은 포장마차의 부대의 맨 선두에 서서 대평원을 건너 대륙 횡단을 했던 것이 아버지에게는 평생 유일한 자랑거리라고 하면서 남편에게 이해해줄 것을 부탁한다. 목장에 도착한 외할아버지는 그 날 저녁 빌리 백의 아버지에 대한 이야기며 예의 대륙 횡단 시절에 있었던 에피소드들, 그리고 인디언의 이야기들을 지리하게 반복한다. 티프린은 짜증을 내지만 조디는 외할아버지에게 계속 이야기를 해달라고 한다. 그 날 밤 잠자리에서 조디는 인디언과 들소가 살고 있는데도 두려움과 무서움을 모르는 사람들이 씩씩하게 살았던 개척시대를 상상하다가 잠이 든다.

다음날 아침 식탁에서 티프린은 흘러간 과거의 일에 집착하는 장인에 대해 불만을 터뜨리는데 우연히 외할아버지가 그 이야기를 듣게 된다. 외할아버지는 조디에게 자신의 대륙 횡단 이야기는 과거의 이야기가 아니라고 말한다. 그리고 그 이야기는 서부라는 목표를 향해 나아가던 치열한 정신이 지금은 사라져 버렸음을 말하는 것이라고 나지막히 말한다.

작품 해설

미국 역사에 있어서 서부개척시대가 가지는 의미는 자못 크다. 미국인들이 그 시대에 대해서 가지는 향수 또한 큰 것이 사실이다. 많은 서부영화들이 지금 이 시간에도 방영되고 있으며, 텔레비전의 가족드라마도 서부개척시대를 배경으로 한 것이 많다. 이 작품은 그렇게 미국인들에게 향수를 가져다 주는 서부 개척, 대륙 횡단의 현재적인 의미가 무엇인가를 묻고 있다. 그것이 현대인들에게도 의미를 줄 수 있다면 그것은 무엇인가? 작가는 조디의 외할아버지, 조디의 아버지 티프린, 그리고 조디라는 3대의 등장인물들의 모습을 통해서 그 물음의 답변을 준비하고 있다.

조디의 외할아버지는 개척시대의 인물이다. 그는 포장마차 부대의 선두에 서서 대평원을 건너간 장본인이며 미국의 대륙이 캘리포니아에서 끝나고 태평양이 펼쳐져서 더 이상의 서부 개척이 가능하지 않게 된 것을 아쉬워하는 인물이다. 그 아쉬움 때문에 그는 캘리포니아의 해변가에서 살고 있다. 서부에 해당하는 태평양을 바라보면서. 조디의 아버지 티프린은 그 다음 세대로서 자신의 아버지 세대가 개척해 놓은 대륙에 정착해서 안정된 삶을 누리는 인물이다. 그에게는 서부개척시대의 이야기란 지나간 과거의 흔적에 불과하며 중요한 것은 현재일 뿐이다. 그러나 그의 아들인 조디는 다르다. 그는 아직 안정된 삶에 안주하기에는 너무 어리다. 조디는 할아버지에게 들은 서부개척시대의 이야기를 상상하곤 한다. 작가는 조디를 통해서 서부개척시대의 정신이 다시 이어지기를 기대하고 있는 것이다.

그렇다면 조디의 외할아버지가 대륙 횡단의 에피소드들을 지리하게 반복하는 것은 어떤 이유에서인가? 그의 말을 통해서도 알 수 있듯이 그는 개척정신을 말하고자 하는 것이다. 그는 현실에 안주해서 편안히 살아가는 것에 만족하는 당시의 인간들을 비판하면서 서부개척시대에 가졌던 치열한 추구의 정신, 희망을 추구해 나가는 모험정신이 지금 현재에도 필요함을 역설하고 있다. 그리고 그의 손자인 조디가 그 의미를 계승할 것임을 믿고 있다.

문　제

1. 작가는 서부 개척, 대륙 횡단이 현재에 가져다 주는 의미를 무엇으로 보고 있는가?

해　답

1. 치열한 개척정신, 모험정신.

청   춘

☞ 읽기 전에

1. 이 작품과 우리 나라 소설인 황순원의 〈소나기〉를 비교하면서 읽어 보자.
2. 작가는 청춘을 어떠한 시각에서 바라보고 있는지를 생각해 보자.

그때는 바로 1890년대의 절반이 지났을 무렵이었다. 당시 나는 고향의 작고 보잘것 없는 공장에서 견습 직공 노릇을 하고 있었으나, 그 해 나는 영원히 그 고향의 마을을 떠나 버렸다. 나는 18세 때에 매일 청춘을 즐기며 마치 참새가 공기를 느끼다시피 자기의 주위에 그것을 느끼고 있었으나, 자기의 청춘이 얼마나 아름다운 것인가에 대해서는 아무것도 모르고 있었다. 지나간 세월의 일을 한 가지 한 가지 기억하고 있지 않는 그러한 늙은 사람들에게는 내가 이야기하고자 하는 해, 우리들의 지방이 선풍 곧 폭풍에 휩쓸려 그것이 우리들 나라에서는 전무 후무한 일이었다는 것을 돌이켜 생각해주면 좋겠다. 바로 그 해의 일이었다. 2, 3일 전 나는 강철로 만든 자귀에 왼쪽 손을 다쳤다. 그 상처는 구멍이 생기고 부풀어올라 나는 그 손을 붕대로 목에 걸고 다니지 않으면 안 되었기 때문에 공장에는 갈 수가 없었다.

　나는 아직 기억하고 있지만 그 여름 내내 우리들 마을의 좁은 골짜기는 여태까지 없었던 침울한 날씨가 계속되었고 여러 번, 여러 날을 두고 폭풍우가 계속되었던 것이다. 그것은 물론 내가 엉뚱했던 탓으로 나도 모르는 사이에 접촉되지 않던 자연의 격렬한 불안이었으나, 그러나 그 작은 일까지도 나의 추억 가운데 떠오른다. 가령 내가 낚시질을 나간 황혼 무렵, 바람을 탄 공기에 고기가 이상하게 서성대고 있는 것을 발견하였다. 그것들은 무턱대고 서로 다투며 여러 번 미지근한 물 속에서 퉁겨 올라와서는 마구 낚시에 걸렸다. 이윽고 조금이라도 시원하고 조용해지면 바람도 드물게 불어오고 이른 아침이면 벌써 어딘가 가을다운 기색이 흐르고 있었다.

　어느 날 아침, 나는 집을 나서며 호주머니 속에 한 권의 책과 한 조각의 빵을 넣고 마음내키는 대로 걸어갔다. 어릴 때의 습관에 따라서 나는 아직 그늘져 있는 집 뒤쪽의 정원으로 먼저 달려갔다. 나의 아버지가 심었고, 나 자신도 지극히 작고 그루가 가늘었던 것으로 알고 있던 느티나무가, 높고 굳건히 서 있으며 그 나무 그늘에는 밝은 갈색의 침엽이 떨어져 있었으나 그 곳은 이 몇 해 이후로는 안래홍(雁來紅) 외에는 어떠한 화초도 자라나지 않을 것같이 생각되었다. 그러나 그 부근에 만들어진 기다란 화단에는 어머니가 심은 꽃나무들이 빛깔을 다투며 즐겁게 무럭무럭 자라나서 일요일마다 거기서 커다란 꽃다발이 만들어졌다. 그 화단에는 불타는 사랑을 뜻하는 주홍빛의 다발로 된 작은 꽃이 피어 있는 한 그루의 식물이 있었고, 또 한 그루의 홀쭉한 줄기에는 붉고 흰 하트 형의 많은 꽃을 가느다란 가지에 붙이고 있었는데, 그것은 여자의 심장이라고 불리우고 또한 한 그루의 나무는 콧대가 센 오만이라고 불리웠다. 그 바로 옆에 줄기가 긴 오랑캐 국화가 피어 있었는데 그것은 아직 채 꽃이 피지는 않았으며 그 사이의 땅 위에는 굵은 석련화(石蓮花)와 우스꽝스러운 돌뱀이꽃이 보드라운 가시를 내밀고 땅 위로 뻗어가고 있었다. 이 기다란 화단은 우리들의 귀여운 장소이며 꿈의 꽃밭이었다. 그것은 두 가지의 둥근 모양으로 만들어진 장미보다 더욱 귀하고 사랑스러운 이상한 꽃이 서로 무성히 피어 있었기 때문이었다. 여기에 해가 비치어 등 덩굴 위에 빛나기 시작하면 어느 꽃나무든 순전히 그만의 독특한 모습과 아름다움을 보이고, 글라디올러스는 짙고 번지르르한 색을 자랑하고, 헤리오트로핀은 잿빛으로 피어나 있었으나, 마술에 걸린 자기의 괴로운 향기 속에 잠겨 줄기는 축 늘어져 있었다. 방울꽃 나무는 곤두서서 그 네 겹으로 되어 있는 괴종과 같은 꽃들을 흔들고 있었다. 가을의 기린초(麒麟草)와 푸른 초래죽(草來竹), 복숭아 나무에는 꿀벌이 요란스럽게 떼를 짓고 무성한 상춘등(常春藤)의 덩굴 위에는 작은 갈색의 거미가 분주히 돌아다니고 있었다. 뱀덩굴 위에는 사람들이 참새모기라든가 가을제비라고 부르는 굵다란 몸집에 투명한 날개를 가진, 저 빠르고도 시끄럽게 소리치는 모기가 공중에서 떨고 있었다.

휴일의 허전한 감을 품은 채 나의 발길은 차례차례로 그것들을 보고 다니며 이곳 저곳에서 향기가 있는 산형 화서(繖形花序)의 냄새를 맡고 조심성있게 손끝으로 꽃 덮개를 열고 들여다보며 비밀에 싸여 있는 창백한 밑바닥의 색깔과 엽맥(葉脈)과 화심이며 부드러운 머리칼 같은 섬유며 투명하고 길죽하고 가느다란 줄기의 조용한 조직을 관찰하였다. 그 사이에 수증기와 양털같이 포근포근한 구름들이 이상하게 얽혀서 혼동된 흐린 아침 하늘을 쳐다보았다. 오늘은 반드시 또 거센 바람이 불어오리라고 생각되었기 때문에 오후에는 두세 시쯤 낚시질을 가려고 나는 생각하였다. 지렁이를 찾으려고 길가에서 두세 개의 응회석(凝灰石)을 열심히 뒤적거렸으나 회색의 메마른 다족충(多足虫)의 무리가 기어나와 이리저리로 흩어져 갔을 뿐이다.

무엇을 시작해야 좋을까, 하고 생각했으나 당장에는 뭐라 할 일을 생각해 낼 수가 없었다. 1년 전 마지막 휴가를 갔었을 때 나는 아직 어린아이에 지나지 않았다. 그 무렵 내가 가장 즐겨했던, 개암나무의 열매를 화살에 꽂아 표적에 쏘아 붙이거나 종이연을 띄우거나 돌바닥의 쥐구멍에 화약을 폭발시켰던 그 모든 일은 내 영혼의 일부가 지쳐 버린 것같이 이미 옛날의 매력과 빛남을 가지고 있지 않았다. 또한 일찍이 그렇게 마음 끌리고 기쁨을 느꼈던 소리에조차 응할 수 없었다.

의아해 하며 남몰래 마음 아픔을 느끼면서 나는 나의 어릴 때의 환희에 넘친, 무엇이든지 잘 알 수 있는 주변을 휘둘러보았다. 자그마한 마당이며 풀잎들로 꾸며진 발코니며 초록빛 이끼가 낀 포석(鋪石)이 있는 습기찬, 햇빛이 쪼이지 않는 안마당이 나의 눈에 띄었으나 그것은 옛날과는 판이한 모습을 하고 있어서, 꽃마저 메마를 리 없는 그 매력의 얼마쯤을 잃어버리고 있었다. 마당의 한구석에는 낡은 물통이 쓸쓸하게 보잘것 없이 놓여져 있었다. 지난날 나는 여기서 반나절을 물을 흘려 보내면서 목제의 물방아 바퀴를 달아 아버지를 괴롭혔던 일이 있다. 그때 난데없이 방축을 쌓은 운하에 거센 홍수가 일어난 일까지도 있었다. 그 풍우에 한결 버려진 물통은 나의 변함없는 귀염을 받았던 오락물이었으며 내가 그것을 바라보고 있으니까 그 아이의 기쁨인 목혼(木魂)마저 나의 마음에 되살아 났으나, 그것은 슬픈 색깔에 물들어서 이미 샘도 아니고 흐름도 아니고 더욱이나 나이아가라 폭포는 아니었다.

생각에 잠겨 울타리를 뛰어넘자 하늘빛 줄번지꽃이 나의 얼굴을 쓰다듬었기 때문에 나는 그것을 따서 입에 물었다. 나는 산보를 하고 산에서 우리들의 마을을 바라보려고 했었다. 산보한다는 따위는 어릴 때의 나로서는 도저히 생각도 하지 못할 얼마간은 즐거운 생각이기도 하였다. 아이들은 산보 같은 것은 하지 않는

다. 그들은 도둑이 되고 기사가 되고 또 인디언이 되어 숲으로 가
고 떼를 다루는 사공이 되고 어부가 되고, 또 물방아 제조자가 되
어 강으로 가고 나비며 도마뱀을 쫓아서 숲 속으로 달렸다. 그 때
문에 내게 있어서 산보라는 것은 무엇을 시작해야 할지 정말 모
를 어른들의 의젓해 보이는, 얼마쯤은 지루한 행동으로 생각되
었다.

　나의 하늘빛 줄번지꽃은 곧 시들어 버렸기 때문에 내버리고 이
번에는 꺾어 든 노랑 버들의 작은 가지를 깨물자 그것은 쓰면서
도 향기로운 맛이 났다. 큼직한 양치(羊齒)가 자라 있던 선로(線
路)의 둑 있는 곳에서 한 마리의 초록빛 도마뱀이 나의 발목을
지나갔으나 그때 다시금 어린 마음이 내게 싹터서 나는 쉴 사이
도 없이 달음질쳐서 숨을 죽이고 그를 살피며 마지막에는 겨우
그 겁먹은 동물을 살짝 나의 손아귀에 잡아 쥐었다. 나는 그 하얗
게 빛나고 작은 보석 같은 눈을 바라보며 옛날에 뒤쫓아다니던
무렵의 즐거운 생각을 하며, 매끄럽고 활발한 몸집과 굳어진 다
리가 나의 손가락 새에서 비비꼬이며 버티는 것을 느꼈다. 그러
나 곧 흥미는 사라지고 이 손에 잡은 동물을 어떻게 하면 좋을 것
인가 알 수 없게 되었다. 어떻게 할래야 할 수도 없고 이미 그 곳
에는 행복도 없었다. 허리를 굽히고 손바닥을 펴니 잠시 동안 이
상히 여기던 도마뱀은 뱃가죽으로 몹시 거센 호흡을 하면서 가만
히 있다가 재빨리 숲 속으로 달아나 버렸다. 기차가, 번쩍이고 있
는 선로 위를 달려와서 나의 옆을 지나가고 내가 그것을 보내던
순간, 여기에서 진실한 기쁨은 이 이상 꽃을 피우지는 못하리라
고 느끼고 이 기차와 함께 떠나서 세계를 돌아다니고 싶다고 열
심히 생각하였다.

　선로지기가 가까이 있는지 없는지 주변을 돌아보았으나 보이
는 것도 들리는 것도 뭐 하나 없었기 때문에 재빨리 나는 선로를
뛰어넘어서 맞은편의 높은 자갈바위에 기어올라갔다. 그 곳에는

아직 여기저기에 철도공사의 폭약 장진 구멍이 검게 남아 있는
것이 보였다. 위쪽으로 빠져나가는 길을 나는 알고 있었기 때문
에 질긴, 이미 꽃이 떨어진 바위고사리를 단단히 쥐었다. 붉은 바
위에는 메마른 태양의 더위가 타고 있어서 뜨거운 모래는 기어오
를 때마다 나의 소매 안에 흘러들었다. 위를 바라보니 깎은 듯한
암벽 위에 놀라우리 만큼 가깝고 따사롭게 빛나는 하늘이 펼쳐
있었다. 힘들이지 않고 나는 봉우리 위에 올라서서 바위 모퉁이
에 몸을 의지하고 무릎을 안으로 뻗고는 가는 침이 있는 아카시
아나무 그루를 부축하고 있을 수가 있었다. 그리고 곧 험난한 비
탈을 이루고 있는 얼마 안 되는 풀밭으로 나왔다. 아래쪽의 비탈
진 지름길을 통하여 기차가 달리고 있는 이 조용한 작은 황무지
는 옛날의 내게는 즐거운 피난처였다. 한 번도 베인 적이 없는 무
성한 강인한 잡초들 외에 여기에는 작고 곱다란 가시가 있는 장
미나무와 바람에 불리며 자라난 비틀어진 두세 그루의 아카시아
나무가 엷고 투명한 잎사귀에 햇볕을 받고 있었다. 위쪽의 붉은
암벽으로 구분된 이 잡초의 섬에서 그 옛날 나는 로빈슨이 되어
산 때가 있으나, 이 쓸쓸한 장소는 수직면의 등반으로 하여금 그
것을 정복하려는 용기와 모험심을 가지고 있는 사람 이외에는 어
느 누구의 소유도 아니라고 생각하였다. 나는 열두 살 때 이곳 바
위에 나의 이름을 새기고 여기에서 나는 로자 폰 단넨불크를
읽고 몰락하는 인디언 족의 용감한 추장을 제재(題材)로 한 소년
다운 희곡을 만들었다.

　태양에 탄 풀은 검푸르고 흰 머리카락과 같이 험한 벼랑에서
휘날리고, 타서 이지러진 바위고사리의 잎은 바람이 없는 따사로
움 가운데 강하게 젊은 향기를 뿜고 있었다. 나는 메마른 황무지
에 드러누워서, 뼈저릴 정도로 아름답게 정리된 곱다란 아카시아
의 잎이 반들반들 태양을 쪼이며 짙은 곤색빛 하늘에 머물고 있
는 것을 바라보며 생각에 잠겼다. 이제야말로 나의 생활과 나의

미래가 눈앞에 펼쳐지기 위한 진실한 시간인 것같이 생각되었다.

그러나 나는 아무런 새로운 것도 발견하지 못하였다. 어떻든 나를 위협하고 있는 빈곤과 정복당한 기쁨이나 습성을 띤 사상이 보기 싫게 퇴색하여 가는 것을 알아볼 뿐이었다. 싫어하면서도 내가 몸을 맡기지 않으면 안 되었던 일이며 아주 잃어버린 어린 날의 행복에 대하여, 나의 직업은 내게 하등의 보상도 안 되고 나는 그다지 그것을 좋아하지도 않고 또 오랫동안 충실하지도 못하였다. 그것은 내게서 본다면 의심할 바 없이 어딘가 새로운 만족이 찾아질는지도 모르는 세계로 가는 유일한 길 이외의 것이라고는 생각할 수 없었다. 이 만족이란 대체 어떠한 종류의 것이었을까?

세상에 발을 내디디서 돈을 벌 수도 있을 것이고 무엇을 하고 또 계획하기 전에 아버지나 어머니에게 조금도 주의할 필요가 없으며 일요일에는 구주희(九柱戲)놀이도 하고 맥주를 마실 수도 있다. 그러나 이러한 모든 일은 단순한 여흥에 불과하며 결코 나를 기다리고 있는 신생활의 본의는 아니라는 것을 나는 충분히 알고 있었다. 미래의 의의는 다른 데 있으며 보다 깊은, 보다 아름다운, 보다 남모르는 곳에 있어서 그것은 여자라든가 사랑이라든가 하는 것과 상관이 있는 것으로 나는 느끼고 있었다. 그곳에 깊은 환희와 만족이 숨겨져 있음에 틀림없고 만약 그렇지 않다면 어린 것의 기쁨을 희생으로 한 것이 의미가 없는 일이 되었을 것이다.

사랑에 대해서 나는 잘 알고 있으며 몇 쌍의 연인들을 보고는 이상하게 마음이 취하는 사랑의 시를 읽은 때가 있었다. 나 자신도 여태까지 몇 번인가 사랑에 빠져서 남자가 생명을 건 행위와 죽음처럼 쓴 마음의 한 부분을 꿈 속에서 느낀 일이 있다. 이미 지금은 처녀들과 함께 걸어가고 있는 학교 동무들이 내게도 있으며 또 공장에서의 일요일 무도회의 일이며 밤마다 방의 창을 뛰어넘는 일을 예사로 이야기할 수 있는 동료가 있었다. 그러나 나 자신에 있어서는, 사랑은 아직 잠겨 있는 화원이며 그 문 앞에서 나는 겁에 짓눌린 동경을 품고 기다리고 있었다.

지난주 초, 바로 손을 다치기 조금 전에, 뚜렷한 최초의 말소리가 나를 부르는 것을 듣고 그리고 나는 이별을 고하는 자의 이 침착하지 못한 이상한 상태에 빠져서 여태까지의 생활은 과거로 사라지고 미래의 뜻이 뚜렷해졌다. 어느 날 저녁, 공장의 이등 견습생이 나의 곁에 와서 나를 끌고 집으로 돌아가면서 나에게 꼭 알맞은 아름다운 처녀를 알고 있는데 아직 그 처녀를 좋아하는 사람이 생기지 않았으며 나 이외의 어떠한 사람도 좋아하지 않고 내게 보내주려고 비단의 돈지갑을 짜고 있다는 것을 알려주었다. 그는 그 처녀의 이름을 말하려고 하지 않았다. 나는 캐어묻다가 마지막에는 퉁명스런 태도조차 보였을 때에 그는 멈춰 서서── 마침 우리들은 물방앗간이 있는 다리목에 다다르고 있었다── 목소리를 낮추고 말하였다.

"우리들 바로 뒤에서 오고 있어."

절반은 기대에 가득 차고 절반은 그 모든 말이 어리석은 장난에 불과할지 모른다고 두려워하면서 당황하여 나는 돌아보았다. 그런데 방직공장에서 나온 젊은 처녀가 우리들 뒤에서 다리의 계단을 올라왔다. 그 처녀는 내가 견진성사(堅振聖事)의 수업 때부터 알고 있던 벨타 페트린이었다. 그녀는 멈춰 서서 나를 보더니 웃음을 띠고 점점 얼굴을 붉히더니 급기야 그의 얼굴 전체가 빨갛게 타올랐다. 나는 황급히 달려서 집으로 돌아와 버렸다.

그 후 그 처녀는 길에서 두 번 나와 마주쳤다. 한 번은 우리들이 일하고 있는 방직공장에서, 또 한 번은 저녁때 집으로 돌아오는 길에서. 그녀는 인사를 하면서,

"이제 나오세요?"

라고 말하였을 뿐이었다. 그것은 이야기를 계속하고 싶은 마음을

암시하고 있었으나 나는 고개를 끄덕이며 으응, 하고 대답했을 뿐 당황히 사라져 갔다.

이리하여 이 사건에 나는 깊이 이끌렸으나 그것을 어떻게 해야 잊을 수 있을지 몰랐다. 어여쁜 여자를 사랑하는 일에 관하여 여태까지 나는 여러 번 깊은 욕망을 품고 있었다. 그런데 지금 나보다 약간 크고 아름다운 금발의 여자가 나타났으며 그녀는 내게서 키스를 받고 싶어하고 나의 팔에서 쉴 것을 희구하고 있는 것이다. 그녀는 키가 크고 힘차게 자라고 있어서 살결은 희고 얼굴은 불그스레 아름다우며 목덜미엔 곱슬머리가 드리워지고 눈은 기대와 사랑에 넘치고 있었다. 그러나 나는 한 번도 그녀에 관해서 생각한 적도 없고 한 번도 그녀를 사랑한 적도 없었다. 한 번도 부러운 꿈을 안고 그녀의 뒤를 따른 적이 없고 한 번도 떨면서 그녀의 이름을 나의 베개에 속삭인 일도 없었다. 원했더라면 나는 그녀를 애무하고 나의 것으로 할 수 있었음에 틀림없으나, 그러나 나는 그녀의 앞에 무릎을 꿇고 기도할 수가 없었다. 여기에서 도대체 무엇이 생겨날 수 있단 말인가?

불쾌해져서 나는 숲 속에서 일어났다. 아아, 그러나 때가 좋지 못하다. 나의 공장의 연한이 내일이라도 끝마쳐 진다면 여기에서 멀리 길을 떠나서 새로이 시작하고 모든 것을 잊어버렸으면, 하고 나는 생각하였다.

다만 어떻게 해서라도 내가 살고 있다는 것을 느끼기 위하여 아무리 고되더라도 나는 완전히 산에 올라가 버릴 것을 결심하였다. 그 봉우리는 마을 뒤에 높이 솟아 있어서 먼 곳까지 바라볼 수 있었다. 나는 미친 듯 봉우리의 바위가 있는 곳까지 뛰어올라가서 바윗돌 사이를 기어오르며 잣나무 숲과 무너지기 쉬운 바위로 뒤덮인 산들이 잇닿은, 보다 높은 곳으로 기를 써서 올라갔다. 땀을 흘리고 숨을 헐떡이며 올라가서 햇빛이 쪼이는 봉우리의 산들산들한 바람을 맘껏 호흡하였다. 꽃이 다 져버린 장미는 덩굴에 걸려 있고 내가 손을 대며 지나가니 빛 바랜 잎이 떨어졌다. 초록색 잎의 작은 노랑 딸기는 햇빛을 받는 쪽만이 금속성의 갈색을 띤 약한 미광에 물들기 시작하고 있었다. 공주나비는 하늘하늘 고요하고 따사로운 공기 속을 날아와서 빛나는 색깔을 흐트리고 있었다. 푸르스름한 분가루를 뿜고 있는 통날초의 꽃에서 붉고 검은 반점이 있는 수많은 갑충(甲蟲)이 소리 없이 이상한 밀집을 이루어 길고 가느다란 다리를 자동적으로 움직이고 있었다. 벌써 하늘에는 한 점의 구름도 없어지고 주변의 숲은 검푸른 도토리나무의 가지 끝에 날카롭게 단절되어 청명한 푸름 속에 펼쳐져 있었다.

우리들이 학생이었을 때에 언제나 가을의 횃불을 치던 가장 높은 바위에 서서 뒤를 돌아보곤 했다. 아래쪽 반은 그늘진 흐름이 빛나고, 희게 거품이 일고 있는 물방아의 홈이 빛나고 있는 것도 보였다. 그 평지에는 갈색의 지붕이 보이는 우리들의 옛 마을이 드러누웠고 그 위를 푸른 대낮의 부엌 연기가 조용히 직선으로 하늘에 오르고 있었다. 또 그곳에는 나의 아버지의 집과 옛 다리가 걸려 있고 작고 붉은 북쇠통 위의 불이 날름거리고 있는 우리들의 공장이 보였다. 훨씬 강 아래엔 납작한 지붕에 풀이 자란, 희게 번쩍이고 있는 유리창 뒤에서 수많은 다른 사람들과 함께 벨타 페그린턴이 일을 하고 있는 방직공장이 있었다. 아아, 그 여자! 나는 그 여자에 관해서 아무것도 알려고 하지 않는다.

정원이며 놀이터며 은밀한 장소며 모든 고향의 거리는 죄다 알고 있는 옛날 그대로의 친밀감으로 나를 치켜보고 있으며 교회 시계탑의 금빛 바늘은 햇볕을 받아 반짝반짝 빛나고, 그늘진 물방앗간의 운하에는 집과 나무들이 온통 시원스럽게 검은 그림자가 되어 뚜렷이 비쳤다. 다만 나만이 변하였을 뿐, 나와 이 그림자 사이에는 소원(疏遠)이란 무서운 장막이 걸려 있다는 것은 오로지 나만의 소이였다. 벽이며 냇물이며 숲으로 이루어진 작은 이 구역에 이미 나의 생활은 안전에 만족하여 갇혀 있지는 않았다. 나의 마음은 보다 강한 밧줄로 이 장소에 묶여 있으면서도 이곳에 뿌리를 내리지 않고, 둘레의 한계도 없이 도처의 좁은 세계를 넘어서 멀리로 나아가려는 동경이 물결치고 있었다. 스스로의 슬픔을 품고 내가 아래쪽을 바라보고 있는 동안에 갖는 나의 비밀스러운 생활의 희망이 —— 아버지의 말이며 존경하는 시인의 말이 —— 나 자신의 남 모르는 맹세와 함께 나의 감정 속에 엄숙히 솟아올라서 성인이 되고 자기 자신의 운명을 의식하고 손에 잡는 것이 참다운 것이며 한결 거룩한 것으로 생각되었다. 그리고 곧 이 생각은 벨타 페그린턴에 관한 일이기 때문에 나를 억누르고 있던 의혹 속으로 빛깔처럼 떨어져 갔다. 그녀가 어여쁘고 그리고 나를 좋아할는지 모르지만 마치 행복이 완성되어 있는 무엇처럼 조금도 노력하지 않고 여자의 손에서 받는다는 것은 결코 내가 할 일은 아니었다.

벌써 정오까지는 얼마 시간이 남지 않았다. 산에 오른다는 흥미가 없어지고 생각에 잠겨, 나는 마을로 가 좁은 산길을 내려왔다. 어릴 때 여름이 올 때마다 무성하던 잣나무 속에서 공주나비가 검은 털이 많은 벌레를 잡고 있던 작은 철교 밑을 기어가서 묘지의 벽 옆을 지나갔으나 그 문 앞에는 이끼가 짙은 호두나무가 검은 그림자를 떨어뜨리고 있었다. 문은 열린 채였으며 안쪽에서 샘물이 흐르는 소리가 들렸다. 그 바로 옆에는 오월제며 사당제 때의 요리가 놓여지고 건배를 올리고 연설이 행하여지고 춤이 있는 유원지의 식장이 있었다. 지금 그것은 고목이 된 느티나무의 그늘 밑이 되어 붉은 모래 위에 눈부신 태양의 반점을 떨어뜨리고 조용히 잊혀진 듯이 가로누워 있었다.

이 골짜기의 밑바닥인 길은 해가 비치는 흐름을 따라가 한낮의 더위가 불타고 있고 번쩍거리고 있는 집채들과 마주 보이는 이 시냇가에는 약간의 멀구나무와 단풍이 엷은 잎을 달고 늦은 여름인 것처럼 누렇게 변하고 있었다. 습관처럼 나는 냇물 기슭을 걸어가며 고기의 모양을 내려다보았다. 들여다보이는 강물 속에는 수염처럼 자라 있는 물풀들이 기다랗게 물결치고, 그 사이의 검푸른 곳에 내가 정확히 알고 있는 여기저기에 한 마리씩 굵다란 고기가 물줄기에 거슬러 수염을 쭉 뻗고 힘없이 몸을 가누고 있었다. 그러다가 때때로 작고 검은 은빛의 가마우지들이 떼를 지어 수면 위를 날아갔다. 아침에 나는 낚시질을 오지 않기 다행이었다고 생각했으나, 공기며 물이며 두 개의 둥근 바위 사이의 맑은 물 속에 거무스레한 햇수를 묵은 잉어가 쉬고 있는 모양은 기필코 오늘 오후에는 무엇을 낚으리라는 것을 틀림없이 약속하는 것 같았다. 나는 그것을 마음 가운데 기억하고 걸어가서는 눈부신 거리에서 문을 지나고 지하실과 같이 차디찬 집의 현관에 들어섰을 때 후우, 한숨을 내쉬었다.

"오늘은 또 틀림없이 바람이 불 것이다."
라고 식사 때 날씨에 민감한 나의 아버지는 말하였다. 하늘에는 구름도 없고 서쪽 바람의 기색도 느껴지지 않는다고 나는 말문을 열었으나 그는 미소를 띠우며 말하였다.

"얼마나 공기가 긴장하고 있는가, 그것을 너는 느끼지 못했나 보구나? 곧 알게 될 거야."

그렇다손 치더라도 아주 무더워서 하수구는 남풍이 불 때처럼 몹시 냄새를 풍기고 있었다. 그제야 나는 등산과 들이킨 열기에 피로를 느끼고 마당이 내려다보이는 베란다로 나갔다. 멍하니, 주의하면서도 여러 번 졸음에 겨워서 나는 갈도므의 영웅 클턴 장군의 이야기를 읽고 있었으나 금시라도 바람이 불어 올 것 같은 생각이 내게도 점점 느껴졌다. 여전히 하늘은 맑고 높았으나 공기는 차츰 무거워져서 마치 하늘 위에 걸려 있는 태양 앞에 작열한 구름의 층층이 있는 것 같았다. 두 시에 나는 집으로 들어가서 도구 준비를 시작하였다. 줄과 낚시를 살피고 있는 동안에 나는 성급히도 고기를 낚는 강렬한 흥분을 느끼고 더욱이 깊고도 열정적인 만족이 내게 남아 있다는 것을 감사히 생각하였다.

그 오후의, 특별히 서늘하고 숨이 막히는 고요는 잊혀지지 않고 나의 기억에 남아 있다. 나는 고기 바구니를 달고 냇물의 아래쪽, 이미 그 절반은 높은 집들의 그늘이 되어 있는 작은 다리목까지 갔다. 근방의 방직공장에서 빛의 날개 소리와 같은 졸음을 복돋우는 단조로운 기계의 우짖음이 들리고 위쪽 물방앗간에서는 톱날이 부서지는 둥근 톱이 거실대는 소리가 쉴 새 없이 들렸다. 그 외는 지극히 조용하고, 직공들은 일터의 구석에 들어박혀 버리고 길에는 사람 그림자도 없었다. 물방앗간의 물 속 섬에는 한 사내 아이가 발가숭이가 되어 물에 젖은 돌 사이를 돌아다니고 있었다. 바퀴 목수의 주인 일터에는 벽에 거치른 판자가 기대어 있고, 볕에 쪼이어 코르크 냄새를 몹시 풍기고, 그 메마른 취기(臭氣)는 내게까지 흘러와서 풍겼는데, 얼마쯤은 비린내가 서린 물향기 속에서 뚜렷이 분간할 수 있었다.

고기들도 사나운 날씨를 예감하고 있었는지 어색한 움직임을 하고 있었다. 최초의 15분 새에 두세 마리의 송어를 낚았고, 곱다란 붉은 배 지느러미를 달고 있는 큼직한 놈은 내가 거의 손으로 잡으려 하였을 순간에 낚시줄을 끊고 달아나 버렸다. 그러자 곧 고기들 사이에도 불안이 나타나고 송어는 흙탕물 속으로 깊이 잠기고 한 번도 미끼를 보려고 하지 않았으나 작은 새끼 고기떼가 수면에 모이고 차차 다른 무리에 섞여서 함께 달아나듯 냇물을 헤치며 갔다. 모든 것이 이제는 판이한 날씨로 변하고 있다는 것을 나타내었으나, 공기는 유리처럼 조용하고 하늘은 흐려 있지 않았다.

어떤 나쁜 개울물이 고기를 쫓았으리라고 나는 생각하고 아직 단념할 결심이 생기지 않아서 다른 자리를 찾아 방직공장의 하수도 있는 곳으로 갔다. 거기서 창고 옆에 자리를 발견하고 도구를 준비하려 하고 있을 바로 그때, 공장의 계단으로 뚫어진 창에서 벨타의 모습이 나타났는데, 이쪽을 보고 내게 손짓을 하였다. 그러나 나는 그것이 보이지 않는 듯이 낚시 도구 위에 몸을 기울였다. 냇물은 벽으로 둘러싸인 개천을 거무스레 흐르고 거기에 머리를 발치 사이에 드리우고 앉아 있는 나의 모습이 물결에 흔들거리는 윤곽을 이루고 비쳐 있는 것이 보였다. 위쪽 창문에 여태까지 서 있던 처녀는 나의 이름을 불렀으나 나는 꼼짝도 하지 않고 물을 들여다보고 머리를 돌리지 않았다.

낚시질은 헛수고였으며 여기서도 고기들은 무슨 급한 볼일이나 있는 것처럼 바삐 돌아다니고 있었다. 지루한 더위에 짓눌려 이제 오늘은 더 아무것도 기대하지 않고 작은 벽 위에서 앉은 채로 빨리 저녁이 오기를 원했다. 뒤편에서는 방직공장의 광장에서 기계의 소리가 끊임없이 들리고 개천은 푸른 이끼가 서려 습기찬 벽을 따라 낮은 소리를 내며 흘렀다. 나는 졸음이 오고 어떻게든지 되라는 마음이 들었다. 몸이 너무나 고단했기 때문에 그저 앉은 자세 그대로 다시금 나의 낚싯줄을 당겨올리려고는 하지 않았다.

아마 그대로 반 시간이나 지난 뒤에 갑자기 나는 깊은 불안감에 쫓기어 이 어처구니없는 나태에서 깨어났다. 한 가닥의 불안스런 바람이 억눌려 부질없이 홀로 맴돌았다. 공기는 찐득찐득하고 김빠진 듯했으며 두세 마리의 제비가 놀라서 주변을 아찔아찔하게 날았다. 나는 현기증이 났기 때문에 어쩌면 일사병에 걸렸는지도 모른다고 생각하였다. 물은 전보다도 더욱 강렬히 냄새를 풍기고 있는 것 같았으며 위장 속에서 치밀어 오르는 듯한 기분 나쁜 감정마저 돋우어져서 머리가 흔들흔들하고 땀이 쭉 흘러 나왔다. 나는 낚싯줄을 끌어올리고 물방울로 손을 추긴 다음 도구를 걷기 시작하였다.

내가 일어섰을 때 방직공장 앞 광장에는 자욱한 먼지가, 피어

오르는 구름같이 회오리를 치고 있는 것이 보이고 문득 그것은 다음 순간에 높이 솟구쳐 단 한 조각의 구름으로 뭉쳤다. 동요하는 공중 위에 새가 재촉하듯 쫓겨 날아가고 연달아 골짜기 아래쪽에서 공기가 억센 눈보라처럼 부옇게 되어 있는 것이 보였다. 칼날 같은 바람은 원수나 되는 것처럼 내게 불어닥쳐서 낚싯줄을 물로 앗아가고 동시에 나의 모자를 빼앗아 가고 주먹다짐을 하듯이 나의 얼굴을 갈기었다.

눈벽과 같이 저쪽 지붕 위에 머물고 있던 흰 공기는 돌연 차디차고 숨가쁘게 나를 감쌌다. 개천물은 속도가 빠른 물방아 바퀴에 부딪친 듯이 높이 치솟아 낚싯줄을 앗아가고, 울부짖는 황야가 나의 주위에서 미친 듯이 파괴하여 나의 머리와 손은 그 무엇에 얻어맞고 나의 옆에서는 땅의 흙이 퉁겨 오르고 모래와 나무 토막들이 공중으로 휘날렸다.

모든 것이 내게는 알 수 없는 일이었다. 다만 무슨 무서운 일이 일어나서 위험하다는 것만을 느끼게 되었다. 한 발자국씩 뛰어서 나는 창고로 달려가서 놀라움과 공포에 넋을 잃고 그 안으로 들어갔다. 나는 쇠로 만들어진 기둥을 부여잡고 현기증과 동물적인 공포 때문에 숨도 쉬지 않고 정신없이 한참 동안 서 있었는데, 겨우 정신을 돌이킬 수가 있었다. 여태까지 한 번도 본 적이 없고 또 있을 것 같지도 않는 폭풍우가 악마와 같이 지나가고 상공에서는 험상궂은 광포한 포효가 울리고 내 위의 평평한 지붕이며 들머리의 지상을, 커다란 우박이 굵다란 뭉치가 되어서 희게 나려 부딪치고 그 큰 알맹이 얼음이 내게까지 굴러왔다. 우박과 바람은 무서운 울부짖음을 토하고 생물이 얻어맞은 듯 물거품을 일으키고 불길한 물결은 벽을 치고 있었다.

나는 순식간에 모든 것이, 판자며 지붕이며 나뭇가지가 공중으로 휘날리고 돌과 담벽 부스러기가 떨어지고 연방 그 뒤에 뿌려진 우박으로 덮어 버린 것을 보았다. 세차게 해머로 얻어맞은 듯

기왓장이 부서지고 유리가 깨져서 빗물통에 떨어지는 소리를 들었다.

바로 이 때, 한 사람이 공장에서 얼음으로 뒤덮인 앞마당을 가로질러서 폭풍우를 뚫고 옷자락을 휘날리며 몸을 비스듬히 이쪽으로 달려왔다. 그 모습은 무섭게 혼란한 대홍수의 한가운데서 저항하여 내게로 점점 비틀거리며 다가왔다. 창고 안으로 들어오자 내게로 뛰어와서는 귀여운 눈을 크게 부릅뜬 조용한 그러나 좀 생소한 얼굴이 뼈저리게 웃으면서 나의 바로 앞에 떠올랐다. 말없는 다사로움이 감도는 입술이 나의 입술을 찾고 팔이 나의 목을 감고 숨도 쉬지 않고 한량없이 오랫동안 내게 키스를 하고 그 블론드의 젖은 머리칼은 나의 볼에 사뭇 붙어 있었다. 주위는 우박의 소나기가 온 천지를 진동시키고 잠자코 있던 사랑의 폭동은 더욱 깊이 더욱 무섭게 나를 휘감았다.

우리들은 말도 없이 바싹 붙어 바닥 위에 앉아 있었다. 나는 겁쟁이처럼 이상한 마음에 사로잡혀 벨타의 머리를 쓰다듬고 나의 입술을 그녀의 볼록하고 힘찬 입술에 갖다 대었다. 그녀의 체온이 달갑고 괴롭게 나를 감쌌다. 나는 눈을 감고 그녀는 나의 머리 위에서 물결치는 가슴이며 무릎에 손을 대고 가벼이 난처한 손으로 나의 얼굴과 머리칼을 쓰다듬었다.

현기증이 나는 어둠 속에서 깨어나 눈을 떴을 때 진심에 가득한 얼굴이 슬픈 아름다움을 띠고 나를 내려다보고 있었다. 그녀의 두 눈은 황홀히 나를 뚫어지게 보고 있었다. 흩어진 머리칼 밑 그녀의 밝은 이마에서는 가느다란 한 줄기의 붉은 피가 얼굴을 흐르고 목 있는 곳까지 주룩 그어졌다.

"어떻게 됐어? 도대체 어떻게 됐어?"
라고 나는 걱정에 가득 차서 물었다.

그녀는 나의 눈을 더욱 뚫어지게 쳐다보며 힘없이 빙그레 웃었다.

"이 세상이 없어지는 것 같아요."
라고 그녀가 낮은 목소리로 말을 했을 때 억누를 듯한 폭풍의 소
동이 그녀의 말을 앗아갔다.
"피가 나오고 있어."
라고 나는 말했다.
"우박 때문이에요. 내버려둬요! 당신 무서워?"
"아니, 그렇지만 당신은?"
"조금도 무섭지 않아요. 아아, 이제 온 읍내가 무너질 것 같아
요. 정말 당신은 나를 사랑해 주시겠지요?"
　나는 입을 다물고 슬픈 애정에 넘쳐 있는 그녀의 커다란 밝은
눈을 질린 듯 바라보았다. 그 눈이 나의 눈에 가까워지고 그녀의
입술이 무겁게 삼켜진 듯 나의 입술에 겹쳐져 있을 동안 나는 곁
눈질도 못 하고 그녀의 느닷없는 눈살에 쫓겨 쳐다보고 있었다.
그녀의 왼쪽 눈가의 희고 젊은 피부 위를 엷은 진홍의 피가 흐르
고 있었다. 그리고 나의 감각은 도취되어 어찌할 바를 모르면서
도 가슴은 이와 같은 폭풍 속에서 사뭇 나의 의지를 기억하고 빼
앗기려는 것에서 달아나려고 애쓰며 마구 비벼대었다. 내가 일어
서자 그녀는 내가 동정하고 있다는 것을 나의 눈에서 알아냈다.
　그러자 그녀는 몸을 주춤거리고 성난 듯이 나를 응시하였다.
나는 불쌍한, 그리고 불안한 태도로 그녀에게 손을 내밀자 그녀
는 그 손을 두 손으로 잡고 그 속에 얼굴을 묻고 무릎을 꿇으며
엎드려 울기 시작했다. 나의 떨리는 손에 눈물이 따뜻하게 흘렀
다. 당황해서 나는 내려다보았다. 그녀의 머리는 흐느껴 울며 나
의 손을 가리고 그녀의 토실토실한 손등에는 잔털이 가만히 떨고
있었다. 만약 이것이 다른 사람, 내가 진실로 사랑하고 나의 넋을
바칠 수 있는 사람이었다면 그 얼마나 나는 이 사랑스런 잔털을
귀엽게 손가락으로 매만져 주고 이 흰 광대뼈에 키스를 해 주었
을 것인가를 열심히 생각하였다. 그러나 나의 피는 차츰 진정되

고 나의 청춘과 사랑을 바치기 싫은 이 여자가 바로 나의 발밑에 무릎을 꿇고 있는 것을 보고 나는 수치의 괴로움을 느꼈다.

내가 마법에 걸린 그 1년이나 흐른 듯이 느꼈던 여러 가지 작은 감동이며 태도가 거대한 시대처럼 기억 속에 남아 있는 이들 모든 일은 현실에서는 몇분간 계속되었음에 지나지 않았던 것이다. 뜻밖에 빛이 들어오고 푸른 하늘이 조각조각으로 온화하고 청명함 속에 젖어 나타나고 그리고 문득 메스로 날카롭게 단절된 듯이 폭풍의 소리가 지나가고 놀라우리만큼 믿을 수 없는 고요가 우리들을 에워싼 것이다.

환상적인 꿈의 동굴에서 나오던 나는, 창고 안에서 다시금 깨어난 듯한 햇빛 속으로 나아가서 아직 내가 살아 있는 것을 이상하게 생각하였다. 황폐한 안마당은 처참한 꼴을 보이고 땅바닥은 파 뒤집히고, 말에 의하여 짓밟힌 것처럼 도처에 커다란 눈의 뭉치가 쌓이고 나의 낚시 도구는 어디론지 없어지고 고기 바구니도 어딘지 모습을 감추었다. 공장은 사람들의 소동으로 난장판을 이루고 부서져 떨어진 수많은 유리창 문으로 넓은 홀 안이 보이고 문간에서 사람들이 비비대며 밖으로 쏟아져 나왔다. 바닥에는 유리의 파편이며 깨어진 기왓장의 조각들이 한껏 흐트러져 긴 양철의 빗물통에서 빠져나와서 비틀어진 채 처마밑에 비스듬히 걸려 있었다.

그런데 나는 방금 일어났던 모든 일을 잊어버리고 도대체 무슨 일이 일어났는지 얼마 만한 참사를 폭풍우가 저질러 놓고 지나갔는지 보고 싶은 호기심 이외에는 아무것도 느끼지 못했다. 공장의 부서진 창문이며 지붕의 기와는 정말 허황하고 무참한 꼴을 나타내고 있었으나 그래도 아직 모든 것은 그다지 혹독하게 못쓸 정도는 아니었으며, 회오리 바람이 내게 준 무서운 인상과는 별로 어울리지 않았다. 나는 안심하고 그래도 반쯤은 이상하게 실망하며 술이 깬 것처럼 후유, 한숨을 내쉬었다. 집들은 전과 다름없이 나란히 서 있고 변함없이 산도 골짜기 양편의 저편에 있었다. 아니 세계는 몰락하지 않았던 것이다.

그럼에도 내가 공장의 안마당을 나와서 다리를 건너고 최초의 골목에 들어섰을 때, 재화(災禍)는 또다시 한층 참담한 광경을 보이고 있었다. 작은 길가에는 파편이며 부서진 창문의 창살로 가득 차 있었으며 굴뚝은 무너지고 여러 개의 지붕을 함께 파괴하여 사람들은 놀라고 비탄에 빠져서 갈 길을 못 잡고 제각각의 문간에 서 있었다. 그 모두가 그림에서 본 것 같은 점령당하고 약탈된 시가와 꼭 같았다. 돌뭉치며 나뭇가지가 길을 막고 나무토막이며 조각 난 돌의 배후 도처에 창구멍이 들여다보이고, 정원의 울타리는 땅 위에 넘어지고 더러는 넘어질 듯 벽에 기대어 있었다. 행방불명이 된 아이들을 찾는다는둥 우박 때문에 들에서 죽은 사람도 있었다 한다. 주위에는 은화만큼 커다란 우박이며 그보다 더욱 큰 것도 있었다.

나는 집에 돌아가서 집과 정원의 손해를 보기에는 아직 너무 흥분하고 있었다. 누군가가 내가 있었다는 것을 눈치채지 않는가 하는 것에는 생각이 미치지 않았으나 사실 나는 그것에 개의하지 않았다. 이 이상 나는 이 파편 속을 뿌리치면서 걷는 것을 그만두고 교외로 가는 길을 걷기로 결심하였다.

묘지 옆에 있는 옛날부터 축제의 장소로 쓰이던 곳에서 소년시대를 그 그늘에서 놀며 큰 축제를 축복한 일이 있는, 내가 좋아하는 장소가 나를 꾀듯이 머릿속에 떠올랐다. 산에서 내려올 때 그 옆을 지나간 이후 아직 네 시간이나 다섯 시간밖에 경과되지 않은 것을 알고 놀랐으나 나는 그로부터 오랜 시간이 지나간 것처럼 생각되었다.

그래서 나는 골목을 되돌아가서 아래쪽 다리를 건넜다. 담의 뚫어진 밑에서 마당의 붉은 모래와 바위로 만들어진 교회의 탑이 간신히 서 있는 것이 보이고 체조장도 대단한 피해를 입지 않은 것을 알았다. 먼 데서 지붕이 보이는 옛 요리점이 저 멀리 쓸쓸하게 서 있었다. 그것은 옛날과 다름없이 서 있고 더욱 이상한 모양으로 보이기는 했으나 그것이 어떻게 된 셈인지 당장에는 알 수가 없었다. 나는 정확하게 생각해 내려고 애써서 비로소 겨우 요리점 앞에는 언제나 두 그루의 높은 포플러가 서 있다는 것에 생각이 미쳤다. 이 포플러 나무는 이미 그 곳에 없었다. 옛날부터의 그리운 풍경이 파괴되고 좋아하던 장소는 피해를 입고 있었다. 그 사이에 또 많은 것과 귀중한 것들이 멸망해 버리지는 않았는가, 하는 불길한 예감이 나의 마음속에 솟아났다. 문득 나는 얼마나 알뜰하게 내가 고향을 사랑하고 있는가? 나의 마음과 행복이 얼마나 깊이 이 지붕과 탑과 다리와 골목과 나무와 정원과 숲에 뿌리박고 있는가? 숨 가쁜 가운데도 유난히 뚜렷이 느꼈던 것이다. 새로운 흥분과 불안에 걸려 나는 위쪽, 축제 때의 광장에까지 줄곧 뛰어갔다.

나는 그 곳에 멈춰서서 나의 가장 정든 장소가 여지없이 파괴당하고 형언할 수 없으리만큼 황폐되어 늘어져 있는 것을 보았다. 그 그늘에서 축제 일을 보내고 학교생도이던 우리가 세 사람, 네 사람이나 둘러싸 그 나무 둥치를 안아도 모자라던 그리운 느티나무는 꺾여져서 쥐어틀리고 뿌리 채 뽑히어서 넘어지고 땅 위에 집채만한 구멍을 파고 있었다. 또 한 그루의 나무도 제 자리에 없고 몸서리 칠 듯한 싸움터로 화하고 보리수도 단풍도 덮쳐서 넘어져 있었다. 이 넓은 장소는 가지가 찢긴 둥치며 뿌리며 흙뭉치며 무서운 잔해의 산을 이루고 억센 둥치는 아직 땅 속에 있었으나 그래도 나무는 없고, 꺾이고 비틀리고 희게 터져 나간 곳이 많이 드러나 보였다.

이 이상 나는 걸어가는 것이 불가능해지고 광장과의 거리는 집 높이까지 마구 내던져진 나무 조각으로 가로막혀 있었다. 그리고 나의 최초의 유년 시대 이래 깊고 신성한 그늘과 높은 나무의 당우(堂宇) 밖에서 멍하니 하늘이 파괴된 곳을 응시하고 있었다. 나는 나 자신의 모든 사사로운 뿌리가 뽑혀 사정없이 내리쬐는 햇빛 아래 내던져진 듯한 생각이 들었다. 온종일 나는 돌아다녔으나 이미 숲의 길도, 그리운 호두나무 그늘도, 어릴 때 기어올라 간 떡갈나무조차도 한 그루 없이 마을의 주위는 먼 곳까지 도처에. 파편이며 구멍이며 풀을 벤 듯이 무너진 숲의 언덕이며 뼈 아프게 노출된 나무 뿌리를 태양 아래 드러내놓고 있는 수목의 사해 뿐이었다. 나와 나의 유년 시대 사이에는 한줄기 공간이 생기고 이미 나의 고향은 옛날과는 변하여 있었다. 지나간 날의 사랑의 마음도, 마음도 어리석은 내게서 멀어져가고 그 후 곧 나는 한 사람의 보람을 거두기 위하여 그리고 그 최초의 그림자가 그때의 나를 스쳐간 인생과 싸우기 위하여 이 마을에서 떠나왔던 것이다.

〈崔赫洵 譯〉

　H. 헤세(Herman Hesse, 1877~1962) : 독일 시인, 소설가. 독일의 슈바빙지방 칼브 출생. 어려서 수도원 부속 신학교에 들어갔으나 중퇴하고 서점의 견습사원을 하다가 서점주인이 됨. 22세 때 첫시집을 냈으나 별로 인정을 받지 못하다가 장편소설 〈향수(페터카멘친트)〉(1904)로 문단의 인정을 받기 시작함. 그 후 〈수레바퀴 밑에서〉, 〈게르트루트〉 등을 발표. 전쟁의 체험과 아내와의 이별 등은 그의 작품경향을 변화시켜서 자아 내부의 분열과 고뇌를 그리기 시작함. 〈데미안〉, 〈황야의 이리〉 등이 그러한 경향을 대표하는 작품임. 또한 〈싯달타〉를 통해서 불교적 해탈의 비밀을 탐구하기도 함. 그 후 〈지와 사랑〉, 〈유리알 유희〉 등을 발표함. 그는 토마스만과 함께 독일 최대의 작가로 손꼽히며, 1946년에는 괴테상과 노벨문학상을 수상하였음.

줄 거 리

　고향의 작은 공장에서 견습공 노릇을 하며 살고 있던 나는, 큰 폭풍이 왔던 그 해에 기계에 손을 다쳤다. 공장에 갈 수가 없었던 나는 거의 매일 한 권의 책과 한 조각의 빵을 넣고 마음내키는 대로 돌아다녔다. 아름다운 풀밭과 정원, 그리고 많은 나무들을 지나치면서 상념에 사로잡히곤 하였다. 나는 세상에 태어나서 돈도 벌 수가 있고 여흥을 즐길 수도 있었지만 미래의 의의는 사랑에 있다고 생각하였다. 지난 주일에 한 견습공이 벨타 페트린이라는 처녀가 나를 사랑하고 있음을 알려주었고 나는 그녀를 보았다. 그 후로도 몇 번 그녀를 보았는데 그녀가 나를 바라보는 눈빛은 동경과 기대, 수줍음으로 꽉 차 있었다. 그러나 나는 유쾌하지 않았다. 나는 나의 사랑을 동경하고 있었기 때문이다.

　그러던 어느 날, 낚시질을 나갔던 나는 회오리치는 구름과 함께 쏟아지는 폭풍우를 만나게 되었다. 나는 정신없이 창고로 달려갔다. 두려움에 떨고 있던 중에 누군가 폭풍우 속에서 창고로 뛰어들어왔다. 벨타 페트린이었다. 우리들은 말도 없이 바싹 붙어 있었고 나는 그녀의 머리를 쓰다듬고 키스를 하였다. 그런데 그녀의 얼굴에서 피가 흐르고 있음을 발견하고 내가 그녀를 동정하는 태도를 보이자, 그녀는 엎드려 울었다. 그러나 나는 나의 청춘과 사랑을 그녀에게 바치기는 싫었다. 폭풍우가 쏟아졌던 그 날 이후 나는 인생과 싸우기 위해서 고향을 떠나왔다. 그리고 그 때의 사랑과 청춘은 내게서 멀어져 갔다.

작품 해설

　이 작품은 〈청춘은 아름다워라〉에서 보여주었던 청춘에 대한 향수와 동경을 담고 있는 작품이다. 헤세는 자신의 작품에서 젊은이들의 청춘과 고뇌를 주로 그려내고 있는데 〈데미안〉, 〈지와 사랑〉 등이 대표적인 작품이다. 이들 작품은 젊은이들의 고뇌를 철학적이고 사색적으로 다루고 있으며, 특히 〈데

미안〉은 반전의식이 깔려 있는 작품으로서 '아프락삭스'라는 신의 존재와 '새로운 세계로 나아가기 위해서는 알에서 깨어나야 한다'는 글귀로 유명하다. 헤세의 작품들은 청춘과 사랑의 문제를 그 자체로서가 아니라 인생이란 무엇인가라는 문제와 결부시켜서 심도있게 보여주고 있는 것이다.

이 작품은 단편이기 때문에 〈데미안〉이나 〈지와 사랑〉에서처럼 철학적이고 사변적인 성격을 가지지는 않는다. 다분히 자전적인 성격을 드러내고 있는 이 작품은 청춘기에 있었던 한 사랑의 일화를 보여준다. 그러나 사랑의 일화를 그리고 있는 작품들 중에서도 이 작품이 돋보이는 것은 그것이 전원적인 배경을 가지고 있는 데다가 청춘이라는 것과 연관되어 있기 때문이다. 이제는 그러한 가슴떨리는 사랑을 경험할 수 없는, 중년의 나이에서 돌아보는 청춘과 사랑은 너무나 아름답고 풋풋한 것이다. 전원적인 배경은 이 소설의 분위기를 자연스럽고 아름답게 해주고 있을 뿐 아니라 이 사랑의 일화가 한편으로는 고향에 대한 향수를 느끼게 해준다.

이 작품으로부터 우리가 황순원의 〈소나기〉를 연상하는 것은 그리 어려운 일은 아니다. 소년, 소녀의 아름답고 순수한 사랑을 그리고 있는 〈소나기〉는 소녀의 죽음으로 결말을 맺는 비극적인 이야기이지만 〈소나기〉에서의 '소나기'와 이 작품의 '폭풍우'의 유사성 때문에 우리는 그 작품을 연상하게 되는 것이다. 황순원의 작품에서 소나기는 소녀와 소년의 사랑을 성숙시켜주는 매개가 되는 동시에 그들의 사랑이 한 순간 확, 쏟아지는 소나기와 같은 것임을 암시해준다. 이 작품에서도 폭풍우는 벨타 페트린과 나를 만나게 해주고 하나의 추억을 만들게 해준 매개로 기능하면서 한편으로는 청춘기의 사랑이란 폭풍우와도 같이 일시적인 것, 더 나아가서는 청춘 자체가 그러한 것임을 암시해주고 있는 것이다. 그러나 〈소나기〉가 어린 아이의 시각에서 그들의 사랑을 보여주고 있는 반면, 〈청춘〉은 어른의 시각에서 자신의 청춘과 사랑을 회상하는 형식으로 되어 있고 거기에는 향수가 결부되어 있다는 점에서 두 작품은 차이를 보인다. 그래서 〈소나기〉에서는 사랑의 아름다움이 강조된 반면 〈청춘〉에서는 그 뒷면이 더 강조되고 있는 것이다.

문　　제

1. 이 작품에서 폭풍우가 암시하고 있는 것은 무엇인가?
2. 이 작품에서 많은 지면을 할애하고 있는 전원과 풍경에 대한 묘사는 무엇을 나타내고자 하는 것인가?

해　　답

1. 사랑과 청춘의 일시적인 성격과 덧없음.
2. 고향에 대한 향수.

＊엮은이 / 구인환＊
서울대학교 사범대학 국어교육과 졸업
서울대학교 대학원 수료(문학박사)
서울대학교 사범대학 교수
동 국어교육연구소 소장 및
한국현대소설연구회 회장

＊주요작품집＊
동굴 주변 외 140여편(이상 중·단편).
움트는 겨울, 일어서는 산, 별들의 영가,
불타는 서울 외 다수(이상 장편).
산정의 신화, 벽에 갇힌 절규,
숨 쉬는 영정(이상 소설집).

＊저서＊
문학개론, 한국 근대소설 연구, 이광수 소설
연구, 근대문학의 형성과 현실의식 등.

엮은이와
협의하에
인지생략

고교생이 알아야 할 세계 단편소설 · 1

엮은이 / 구 인 환
펴낸이 / 신 원 영
펴낸곳 / (주)신원문화사

초판 1 쇄 발행일 / 1994년 6월 20일
초판16쇄 발행일 / 2005년 3월 15일

주소 / 서울시 강서구 등촌 1동 636-25
전화 / 3664-2131~4, 1611~4
팩스 : 3664-2129
출판등록 / 1976. 9. 16   제5-68호

＊잘못된 책은 바꾸어 드립니다.

값 7,500원

ISBN   89-359-0258-6   03810